愛吻文創

愛呦文創

驚！說好的選秀綜藝竟然
Colosseum-Escape Show
6
完

目錄
CONTENT

SHAO

【第一章】紅桃K只是一個符號

天光如魚肚慘白。

水聲嘩嘩響起，巫瑾洗了把臉，在洗手間鏡子中細密觀察貼近肌膚的「人皮面具」。這張餅子臉就像是從脖子根部自己長出來的，浸水之後不濕，甚至「王平」面部的毛孔都在跟著巫瑾的微表情而收縮。

這種匪夷所思的生物模擬技術，幾乎可以確定會藉由這輪逃殺秀掀起一大波爭議與熱潮。越靠近真實，越讓人生懼。

偽裝可以由主人自己撕下，也可以被外力強行剝開。

兩小時前的畫面再次於腦海中閃過。救生艙、一路延伸的血紅色顏料、一片腥紅糊好的牆壁上黏著的人皮。

巫瑾微微呼出一口氣。

身後，洗手間隔間內沖水聲嘩啦一響，尼古拉斯連蹦帶跳地跑出，一步兩回頭，「邪門兒，我總覺得有人在後面跟蹤我似的……」

巫瑾領著隨身血包出門。

走廊的粉刷牆和暗沉的天際線一樣慘白，洗手間和練習室隔了十分鐘步行路程，高窗外透進來的天光冷冷淡淡，像是眼睛上翳了一層霾。

走廊七彎八轉，空無一人，尼古拉斯愣是要拉著巫瑾才敢出來放水。

「王哥，你說銀甲那臉皮擦拉一下撕下來，得多疼啊！」尼古拉斯嘰嘰歪歪：「他也能忍，一聲都不吭！」

巫瑾：「不是撕。」

就算撕下，也要借助藥水。銀甲未必在一眾練習生中實力最強，但呼救的當口不至於沒有。巫瑾隱隱猜測，最合理的解釋——救生艙彈出時，淘汰者臉部浸入艙內藥水，面部偽裝在化學反應下自動脫落，落入兇手手中。

尼古拉斯茫然。然而很快他又找到了新的吃瓜點，「紅桃K連銀甲都能單殺……這是，忤逆者死？王哥，你怎麼看？」

巫瑾琢磨：「挺有意思。」

「紅桃K大半夜不睡覺，來練習室砌牆。顏料還灑了一地就為了引我們過去。要想不沾到顏料，他這一路得弓著身子走。」巫瑾誠實想了想，「不知道他今天會不會腰疼。」

就為了裝一個逼，至於嗎！

尼古拉斯：「……」

練習室就在眼前，尼古拉斯猛地把巫瑾往後一拽，「王哥，別別，紅桃K就在咱們班，他這次要清五個人，咱們避著點，等重新分組完了就好！」

巫瑾慢慢回頭，眼裡的光也同樣翳了一層霾，讓人不寒而慄。尼古拉斯一頓，有那麼一瞬，他甚至覺得王平在直白了當地懷疑自己——尼古拉斯猛地反應過來。

再往前面鋪了兩個鏡頭。尼古拉斯火速拉住巫瑾，趕在進入拍攝範圍之前，把聲音壓到最低，「王哥，別。紅桃K真在。」

巫瑾同樣站在監控範圍外。

你怎麼知道？他用口型問。

尼古拉斯卻一下卡了殼兒，支支吾吾顧左右而言他。

巫瑾抱臂看向他。記憶中所有極易被忽視的碎片飛快綴連。

尼古拉斯。抽到第二名的是他，第一個聽到敲門聲的是他，與銀甲單間最接近的也是他。

最重要的……

巫瑾緩慢開口：「在牆上寫字的，為什麼就是紅桃K？」

第一個帶節奏的，也是尼古拉斯。

尼古拉斯驀然臉色脹紅，「王哥，我真沒別的意思。咱倆是利益共同體……」

監控死角下，兩人氣氛驟僵。

正在此時，練習室大門打開，陸續又有去洗手間的選手走出。巫瑾卻轉身，就像一切未發生過，帶著尼古拉斯進門。

門內氣氛一片寒涼。萊迦和幾位練習生占領了西南角，望舒坐在東南角，又有一批不知何時分出來的，三兩坐在房間其他角落。

所有團體的共同點就是，出門必須成群結隊。

白牆上，鮮紅的「九」字終於被透入房屋的陽光爬上，像是宣布下一次處決的序幕開始。

訓練室中央，休息了一整晚的綜藝節目攝影機位自動開動。

巫瑾指揮尼古拉斯，「開工，放血。」

尼古拉斯一傻，接著喜從中來，「你沒拋棄我啊……」

巫瑾右手插入口袋，那裡躺著一根棉線。兩小時前，銀甲出事時，他比尼古拉斯更早一步衝進寢室走廊，敲門示意一切安全，解下之前在尼古拉斯寢室門鎖繫好的棉線，再親眼看著他從寢室走出。

棉線繩結完好。把顏料從銀甲寢室一路灑到練習室的，絕不是尼古拉斯。

對面，尼古拉斯摩拳擦掌，「咱們今天要不還練習rap，王哥、王哥……」

巫瑾嗯了一聲。尼古拉斯可疑，但本質是廢柴無差。基本功、警覺性、步伐和肌肉都能作證。退一萬步，紅桃K真要裝成尼古拉斯這樣，也就沒臉面對盛名廣譽了。

尼古拉斯一定有問題，他卻未必是紅桃K。

巫瑾低頭。無數思緒從微微下垂的眼皮子底端劃過。銀甲一晚上只開過一次門，紅桃K是如何在隨後的密室中完成對銀甲的擊殺？

紅桃K的目的是什麼？

消失的林青山在哪裡？紅桃K又在哪裡？

還有——

巫瑾掃了眼腕表，王平劇本上的最後一句話。

「你是『王平』的第一任主人。」

「叮鈴鈴！」急促鈴聲響起，練習室像是驟然被驚醒。

早晨八點。AI Rap導師、攝影師紛紛打著哈欠走進練習室，刷刷在牆面白板寫下今天的訓練計畫。

「舞臺實景彩排……」

全體訓練生：「……」

那位AI導師一愣，這才注意到貼在牆壁上的銀甲臉皮子：「喔，死了啊。」

旁邊的攝影師點頭，「好像是的，瓜娃子，被人砌到牆裡了呢。」完了還給血紅的牆面放了個特寫。

巫瑾眼神茫然，終於想起這還是直播，趕緊打開腕表終端開小差。

粉絲論壇，陸續有觀眾意識到「銀甲被人剝皮貼在牆上」的事實，一群小粉絲嚶嚶嚶呼天搶地。

「哥哥還沒出道就被暗殺了！」

「寶貝們看看這裡，No.45的陸小秋，和銀甲哥哥五官神似。銀甲代餐不考慮下嗎！」

「神似+1，代餐可。想爬牆+1。」

巫瑾：「……」

克洛森秀顯然沒有對副本劇情邏輯進行優化，但無形中給巫瑾敲響警鐘。

銀甲屍骨未寒，機靈的小練習生們和粉絲們就知道從中吸血了！自己再不努力，永遠只能是No.96的小糊逼王平！

訓練室內，AI導師下發完表演服之後就開始講解舞臺彩排分Part。

「Rap，最重要的是要有範兒。臺風要炸……」

此時仍有不少練習生沉浸在紅桃K的威懾之中，不知為何，巫瑾隱隱感覺到rap二班的分班非常蹊蹺。星塵盃訓練生所占名額太多，鬥志低迷的不止一個兩個。紅桃K似乎是施加在他們所有人身上的魔咒。

一旁，尼古拉斯狗腿兒搶了兩套表演服裝。一套遞給巫瑾，「王哥，我還沒聽過你Rap。」

巫瑾面無表情，低頭掃了眼分配給自己的歌詞。

尼古拉斯雖然通篇口水歌詞「觀眾就是我的bro，舞臺就是我的flow」，但自己比起來更加可憐。

整首歌，十幾個Part，分到王平手上的只有一句「Let's get it」。

還是和聲，舞臺上鑲邊湊數無疑。

——好在可以發揮的地方還是很多。

巫瑾折起歌詞，擋住背面的寫寫畫畫。第一段副歌後面自己可以接個b-box，進入主歌之前的過渡段，自己可以偷偷摸摸freestyle 一段melody rap，間奏還能衝到鏡頭前來個後空翻，killing part還能跳起來搶鏡頭。

只要會搶戲，鑲邊也能大放光彩。

於是一群人浩浩蕩蕩換上演出服準備去彩排，臨走前又耽擱了少許。一位手慢的練習生沒搶到演出服。

AI導師同樣困惑，「不應該啊，剛才是送了十四套過來……」

然而很快節目組又送了一套過來。練習室大門打開，穿著亮片禮服西裝的壯碩訓練生們坐上大巴，開了十分鐘路進入Rap二班專用演播舞臺。

開門的一瞬，巫瑾微微一頓。

舞臺被布置成繁華夜都市風格，迷離絢爛。

能容納八百名觀眾的場館不大，所有燈光都彙聚於正中臺上。舞臺已經初步搭建完畢，幕布燈光自下而上打開，帶有龐克重金屬色彩的摩天大樓布景頹靡奢華，一座座布景板重疊掩映，選手的升降臺就在「摩天大樓」之間。

巫瑾輕輕呼氣。無論任何時候，舞臺都能輕易讓人血液沸騰。

接著練習生們被逐一趕鴨子上架走上舞臺。

站位隨便、表演隨便。

幾乎所有人的注意力都放在偵察幕布、機關、布景板、移動牆體、軌道、升降臺、噴火器。複雜的表演機關帶來的是近乎於人造迷宮的地形，按照節目要求，表演開始時所有選手都在臺下B1層，站在自己的升降臺上。

輪到自己那Part時，升降臺會自動上升，把選手送上舞臺。

「咱們表演分全開麥和半開麥……」AI導播招呼：「每個人想好了就過來登記，要半開還是全開。」

尼古拉斯傻眼，這會兒就連望舒也一臉迷茫，不著痕跡向巫瑾靠攏。

「唱的時候純放伴奏，現場拿麥克風開唱，就是全開麥。唱的時候放伴奏和人聲，現場麥克風調低音量跟唱，就是半開麥，容錯率更高。」巫瑾解釋。

尼古拉斯恍然，霎時間選手紛紛登記半開麥——真要在舞臺上殺起來了，逃命都來不及，誰還記得唱歌！

巫瑾跟在人後，向導播報備：「全開麥。」

導播豎了個大拇指。

分配完畢之後，選手被排成一隊帶入舞臺B1層。

舞臺地下一片漆黑。布景之間是十六個散亂的升降臺，只是其中兩個已然空缺。簡陋的升降臺基本僅能容許一人站立，升降臺之間隔板複雜，雖然四通八達，但彎彎繞繞難以記路。極端微弱的光線讓不少選手瞬間緊張，巫瑾輕微閉眼，再睜眼接受光線，閉眼，再睜眼時已然適應。

AI導播正在做最後指揮：「一人一個臺，站好。別兩人擠一起，升降臺承重力有限，兩個人它升不起來……」

選手互相相隔不遠，但因著複雜機關阻隔，能聽到最近的呼吸聲也十分清淺。

黑暗未必意味危險，卻與危險同源——巫瑾在記下自己升降臺方位後，手速如電從衣領中取出窗簾布條包裹的菜刀，在腰間以警戒姿態插好，再放下演出服擋住刀柄。

臺上，音樂第一個小節已經給出。

刺耳的音箱聲透過隔板，巫瑾被吵得頭皮發麻。緊接著舞臺機關轉動，第一段flow的rapper被升降臺送上舞臺。

尼古拉斯。

「觀眾就是我的bro，舞臺就是我的flow，嘿嘿嘿you know……」

巫瑾痛苦擰眉，尼古拉斯基本就沒找到過拍子，好在半開麥事先錄音修過聲，但整個一flow下來就是侮辱饒舌！

接著是第二位選手被送上舞臺，銀甲的歌詞被他和三、四、五位順次瓜分，這位音感稍好，第四位竟然是個沒經驗的全開麥，整座舞臺刺啦刺啦震耳欲聾。

第五位。

第六位……

巫瑾突然一頓，耳朵因為捕捉到極其細小的聲音微動，右手在電光石火之中按上刀柄，脊背被極其冰涼的寒意攀上！

有人像是沒有骨頭似地在一片黑暗中慢慢俯身，黏膩冰冷的身體往巫瑾的脊背貼去。

巫瑾驀然回頭！

少年眼中冷光大盛，刀柄劃過空氣急速劈去。

手肘因為腰部、肩部關節同時扭轉而精準蓄力。

背後那人急退！

巫瑾的背後是一片黑暗的舞臺機關群，很難想像有人之前就躲藏在這裡，一開始就融入黑暗之中。那人的氣息很輕，甚至初始隱匿的幾分鐘裡，連巫瑾都未能分辨出來。

巫瑾大口喘息。心跳從疾速躍動狀態平復，交手的一瞬已經分出高下。

對方很強。

這種強又和大佬、魏衍截然不同。他明明比巫瑾更強，卻比巫瑾更謹慎，一擊不得手之後迅速後撤。低調、謹慎，外傾性低，動手時卻不假思索。

巫瑾腦海中猛然閃過一張臉。星塵盃表演賽第一輪，帝國首都龐大的賽場中央。紅桃K靦腆向觀眾微笑，永遠比在役選手落後半步表示尊敬。平凡到和任何練習生別無二致。

紅桃K。

他為什麼會在這裡？

剛才那一瞬間似乎是他要擠入巫瑾的升降臺。他是什麼時候從練習生中走出，躲到機關裡？或者他是從什麼時候開始躲在這裡，等待所有練習生進入機關？還有，他為什麼要設局……

巫瑾瞇起眼，攥住刀柄的指節從蒼白恢復正常。體能、戰鬥意志在瞬間恢復到全盛，然而還沒來得及出手，驀然一道光芒照下！

升降臺緩緩上升。將他與紅桃K隔離。

舞臺璀璨的光芒攏入。

臺下AI導師以及臺上毫無專業素養，滿舞臺亂跑的Rapper練習生，齊齊吃驚看向巫瑾。

練習生：「……」

尼古拉斯顫顫巍巍，「王、王哥，刀、刀刀……」

拿著砍刀的王平突然反應過來，把砍刀往腰間一插，做出嘻哈手勢，成為整個舞臺第一個找到節拍的Rapper，面無表情喊出自己唯一一句歌詞：「Let's get it.」

AI導師一愣，點頭，「不錯，王平選手氣勢很強，就是自帶道具不用了……」

臺上的騷亂終於恢復正常。

巫瑾之後，選手一個接一個從升降臺上升。

整個舞臺因為音響效果吵吵嚷嚷，選手大多半開麥，假唱、忘唱比比皆是。倒數第二升降臺運行，巫瑾似乎隱約感到腕表一震。

存活八十八人變為存活八十七人。

巫瑾一頓。

陸續有練習生反應過來，死死盯著舞臺機關。

升降臺順利上升。最後一個升降臺卻遲遲不出，直到表演結束。

臺下，導師揮手表示表演通過，大家回去記得各自練習。

散場後，人群快速衝往B1機關層。

「萊迦哥！」手電筒照射到最後一架沒有上升的升降臺，裡面蹲著的選手猛然激動，對著萊迦打了個招呼。

萊迦也鬆了口氣。這位排名八十九的選手名為塞拉，同樣是他的勢力範圍之一，林青山出事之後，如果塞拉再出事，自己的團體領袖地位必然搖搖欲墜。

巫瑾緊跟其後，手腕再次不動聲色地握上刀柄。

他記得塞拉，住在自己隔壁寢室，宣揚「K因為銀甲不敬而動手」的練習生之一。

只是他依然沒有想明白，剛才在臺下時，紅桃K為什麼要爬上他的背部。

就像是「附身」。

腕表上意味不明的語句再次一閃而過。

「你是王平的第一任主人。」

——第一任主人。

如果紅桃K是要成為第二任主人……

腦海中驀然翻江倒海，巫瑾突然按住太陽穴。無數數不清的碎片、線索在瞬息之間拼合，結果又近乎匪夷所思。

怎麼可能？

身旁，尼古拉斯小心翼翼，壓低聲音：「王哥沒事吧？你剛才為什麼拿刀？這地方黑得很，磣的慌。」

巫瑾點了下頭，呼出一口氣，「遇到了紅桃K。」

尼古拉斯渾身一震。他不可思議地看向巫瑾，似乎從沒想過巫瑾能從紅桃K手下逃脫。他的指節緊攥，在重新估算巫瑾的價值。

升降臺機關處，萊迦還在和沒升上來的那位練習生塞拉討論：「升降臺沒上去？你體重超標了？」

「沒啊！冤枉啊，我就正常體重，不是說兩個人站著才上不去嗎？」

機關區一隅，尼古拉斯眼神微動，似乎終於做出了決定。

「王哥，這次比賽，其實我事先答應了……」

巫瑾抬頭。

尼古拉斯欲言又止，半天給了個手勢，「不影響比賽平衡。我們這種外卡訓練生，就靠這個生存。我真沒別的意思。王哥，要不你保我進前四十？關於紅桃K，我還能再透露點。」

巫瑾緩緩掃了他一眼。

這位傻子像是終於恢復了正常。尼古拉斯很弱，但能留存到現在的外卡隊練習生，說是戰隊老油條也不為過。

巫瑾：「成交。」

尼古拉斯終於鬆了口氣：「回去說。」

巫瑾嗯了一聲：「小心塞拉。」

尼古拉斯瞬間領會，他深深看了眼遠處的塞拉，露出極端警惕的神情，但很快就恢復正常。

B1層機關區光線昏暗，尼古拉斯沒待多久就決定跟著其他練習生上去回到「更安全」的舞臺。

臨走前巫瑾把人叫住：「明天的訓練是什麼？」

尼古拉斯：「王哥，這……我這麼知道？」

巫瑾：「記住，答案是白孔雀。」

尼古拉斯一愣，認真點頭，記住暗號。

練習生一下走了七個，B1舞臺機關層少了一半人，空空蕩蕩。

塞拉再次表示了自己的體重絕對沒有問題，於是幾個人爬上升降臺，想確認看看是否機關出了問題……

接著突然有人尖叫。

銀色救生艙就卡在升降臺機關接駁處。

一張臉皮貼在機關吊索軸承上。

臉皮的主人正是失蹤的林青山。塞拉的升降臺無法上升，是因為承受了兩個人的重量。

塞拉自己，和林青山的「屍體」。

巫瑾終於移開目光。最後一道猜測終於驗證。

遠處人群團團把塞拉圍住，驚慌討論紅桃K為什麼在這裡殺害林青山，是否昨天就預言到今天要發生的一切，下一個要對誰動手……

巫瑾再無耐心傾聽，他低頭看向腕表上的「劇本」。

「你是王平的第一任主人。」

任何劇本都可能有第二任主人。

銀甲不可能在上鎖的密室被殺害，紅桃K也不可能預估出表演彩排的行程。

以及，剛才表演時，腕表上的振動代表又有一位練習生淘汰。

如果巫瑾不警覺，淘汰的就是他自己。

而現在……淘汰的是塞拉。

人群中的「塞拉」，是塞拉的第二個主人，披上塞拉「人皮」的新主人。

巫瑾從角落站起。

遠處人群還在鬧騰，萊迦的安撫能力一塌糊塗。

巫瑾再看時，塞拉卻不見蹤影。

巫瑾闊步走去。

「塞拉？他說下面太黑，剛才也跟著回舞臺上了……」

巫瑾眼神驟變。

他快速向通往舞臺的直梯走去，樓層卻始終顯示為舞臺地面層，電梯門口似乎被什麼堵住，遲遲無法下行。

巫瑾再不等待，毫不猶豫衝向祕密通道。

跟在巫瑾身後的望舒都看得一愣，「等等，你……」

巫瑾還未開口，兩人腕表同時振動！

存活八十七人變為存活八十六人。

望舒：「電梯來了。」

兩人迅速進入電梯。樓層從B1進入地面。

尼古拉斯正等在門口。

望舒聳了聳肩，把空間留給巫瑾—尼古拉斯小團體。

尼古拉斯高高興興跟巫瑾打了個招呼，看上去像是個沒什麼膽子的美麗廢物。

巫瑾一頓。

巫瑾：「怎麼在這裡？」

尼古拉斯：「王哥，下面太黑。」

巫瑾：「明天的訓練是什麼？」

尼古拉斯茫然：「我怎麼知道？」

巫瑾點頭，插在口袋裡的指節猛然攥緊。

舞臺光炫目迷離。白熾燈強烈的光線在環繞舞臺的金屬框架中來回反射，熱量聚集。

巫瑾緩緩張開插在口袋的右手，細微的濕潤很快蒸騰。

巫瑾抬頭，眼神微深，呼吸勻稱如常。

王平和尼古拉斯就站在地面層舞臺的角落，和早晨、前一天乃至於比賽剛開始時一模一樣。

直到舞臺邊沿驀然有人驚聲喊叫，銀色救生艙體順著臺階翻滾向下跌去。

「王哥。」尼古拉斯開口，用巫瑾再熟悉不過的五官和與上一任尼古拉斯一模一樣的微表情。他低頭，刻意挨近，壓低聲音，像是對巫瑾的耳朵吹氣。

「王——哥，出事了。」

選秀節目鏡頭前，兩人曖昧靠近。

巫瑾眉心一跳，周身敏銳的神經、肌肉先於理智一步做出反應，右手在電光石火之間抬起。尼古拉斯似乎露出了果然如此的表情，下一秒又猛然隱去。

巫瑾伸手。不是職業逃殺選手慣有的應激反應。

他不輕不重地在尼古拉斯肩膀上一推，面無表情，「起開，不炒CP。」

尼古拉斯不著痕跡挑了挑眉毛，下一秒毫無銜接恢復正常，「王哥，真出事了！這人怎麼就突然變救生艙了……」

電梯門再次打開，B1機關層的選手面色凝重上樓，Rap二班重新在舞臺聚集。場內只剩下十三個人——剛才上樓的塞拉不見蹤影。

臺階下方，銀色的救生艙反射熾烈的舞臺燈光，刺得人眼底發疼，心底生寒。

練習生在一片沉寂中猛然炸開。

Rap二班，存活十三。

「塞拉什麼時候上來的？」

「不可能，救生艙滾過來的時候沒有任何人在那裡，是誰把它推過來的？除非紅桃K能在五秒內完成刺殺，淘汰塞拉……」

「和銀甲一模一樣，無法解釋的淘汰手法……」

人群中，望舒卻像是猛然想到了什麼，突然看向電梯，又轉向巫瑾。

巫瑾錯開他的目光。

尼古拉斯撓著腦袋，「王哥，你怎麼看？」

巫瑾一言不發。

尼古拉斯突然開口，說話語氣畏縮，和美麗廢物別無二致，話裡卻耐人尋味：「王哥，你玩過文字冒險遊戲嗎？」

巫瑾側頭。

尼古拉斯比劃，「一句話不對，遊戲結束。王哥，我沒別的意思，你說紅桃K會不會在暗中監視咱們，然後聽咱們說話，選擇下一個刺殺對象……」

兩人目光直直相對。

巫瑾的右手距離刀柄不足一寸，「尼古拉斯」就站在對面。

「尼古拉斯」的手臂同樣隨意插在口袋中，毫無心機似的看向巫瑾。幾秒鐘前，在他攀附耳邊的時候，巫瑾卻分明能認出冰寒跗骨的氣息——他是紅桃K。

巫瑾微微垂下視線，腦海無數思緒如驚濤駭浪翻滾。紅桃K在B1機關層解決塞拉，披上塞拉的人皮走上電梯，然後乾淨俐落取代尼古拉斯，換皮站在自己面前，然後……提出了一場遊戲邀請。

「王平」的第一任主人和「尼古拉斯」的第二任主人。

誰先露餡？

誰先交出底牌？

誰先能試探出對方？

誰先動手？

如果「王平」能分辨出「尼古拉斯」之間的不同，這句話與挑釁無異。反之，如果「王平」分辨不出，按照人設，他會在毫無察覺之下對盟友尼古拉斯直白吐露、傾囊相授。

「尼古拉斯」仍然站在自己對面。即使透過這位No.2偶像選手輪廓好看的眼眶，在看自己的，是紅桃K冰冷如蛇信的眼睛。

K再次問道：「王哥？你怎麼看？」

巫瑾抬頭。既然如此，遊戲開始。

「電梯，問題在電梯。」

遠處，混亂的練習生依然圍繞在塞拉的救生艙爭吵，巫瑾在舞臺角落緩慢輕聲開口：「紅桃K殺死塞拉的時間比救生艙滾落的時間更早。如果我沒有猜錯，紅桃K至少有五分鐘解決塞拉，而不是被誤以為的五秒。」

尼古拉斯立即露出驚奇的表情，「為什麼？」

巫瑾對上戲精，渾然不懼，甚至露出了王平慣有的、教育傻子的表情，回答：「腕表振動的時間。」

尼古拉斯立即反駁：「腕表振動了不止一次，每個班級都有選手淘汰，無法找出哪一次振動對應『塞拉』淘汰。還有，救生艙滑落時，每個人都有不在場證明。」

巫瑾指向電梯，「因為推動救生艙的，根本不是紅桃K，而是電梯。」

「很簡單，紅桃K先處決了塞拉，然後把救生艙卡在地面層電梯夾門內。一旦B1層有人按動電梯，當然，需要B1的選手按住制動按鈕很久，直到地面層夾門自動關閉。救生艙失去支撐，向背離電梯方向滾動。」

「舞臺上障礙物遮板繁多，救生艙滾入遮板後，沿臺階跌落。從B1層坐電梯上來的選手也會因此和救生艙擦肩而過。」

「這時紅桃K早已補足了他的不在場證明。而救生艙，一直滾到觀眾席才引起注意。」

尼古拉斯立時猛烈誇讚：「厲害，王哥！」

巫瑾看向這位尼古拉斯。他有行雲流水的作案手法，每一次謀殺都像在製造藝術品。在自己以王平的口吻複述之後，這位紅桃K同樣也會二次陶醉於場景復現之中。

表演性人格，狂歡型殺人犯。

巫瑾微微眯眼，但他所掌握的其他線索卻與眼前的「紅桃K」完全相悖。

星塵盃上靦腆的新人K、認真表明要戰勝K的「銀甲」。

不可能，說不通，難道是比賽風格和個人風格完全不同的特異型選手？

尼古拉斯好奇看向巫瑾。

巫瑾開口：「剛才你有沒有看到誰走過去？」

尼古拉斯：「沒啊，王哥，我這不是和他們抱團站著嗎，還是說王哥你知道紅桃K是誰？」

巫瑾點頭。

尼古拉斯眼神驟然亮起。

巫瑾：「很簡單，他根本不在Rap二班。」沒等尼古拉斯開口，巫瑾飛速瞎扯：「表演時，我在B1機關層遭遇過一次K。選手走出升降臺必然發出聲響，紅桃K能在B1層設局，說明他在選手抵達之前就開始埋伏。」

尼古拉斯故作震驚：「這……」

巫瑾點頭，「那麼所有線索都能拼合。紅桃K自始至終不存在於Rap二班，能在密室絞殺銀甲，是因為他提前躲在了銀甲的寢室房間。在舞臺B1層伏擊，也是他的計畫之一，伏擊失敗後轉為向剛剛放鬆警惕的塞拉下手。」

巫瑾定定看向尼古拉斯，「所以真正的紅桃K很好辨認。」

「一位擅長伏擊，臉龐陌生的練習生選手。」

尼古拉斯看了巫瑾許久，突然露出了愉悅的笑容。

巫瑾甚至能捕捉到笑容裡微不可察的遺憾，對於「王平」無法找出真相的遺憾。

這套解釋幾乎可以算作完美，但卻依然無法覆蓋銀甲密室謀殺的漏洞。但如果巫瑾故意漏掉重要線索「換皮」，這就是他能得出的唯一結論。

尼古拉斯伸手，啪啪啪啪給巫瑾鼓掌，「厲害啊王哥，也就是說咱們只要見不到陌生練習生，就安全了……」

巫瑾輕輕呼出一口氣。視線掃過尼古拉斯鼓掌的雙手。

那隻原本插在口袋裡，準備隨時「處決」王平的右手，此時終於放下戒備，輕鬆抽出。

半小時後，大巴載著僅剩的十三名練習生回寢。

巫瑾表現如常，甚至還在鏡頭前繼續對尼古拉斯吸了點血。尼古拉斯毫無異議，適應偽裝配合巫瑾。

兩人坐在最後一排，霸占了兩個直播鏡頭，就像是戲精vs.戲精。

接著練習生下餃子似的下車。

距離紅桃K的殺戮數字還有四人，此時沒有一人敢掉以輕心。

巫瑾走在路上，竟然開始想念第一任大傻子尼古拉斯。

還有尼古拉斯沒有交代出來的真相。

「王哥，這次比賽，其實我事先答應了……不影響比賽平衡……王哥，關於紅桃K……」

巫瑾微微皺眉。

尼古拉斯的真相，紅桃K的問題。儀式性質的殺戮、設局、心理恐嚇。如果不是尼古拉斯強調「不影響比賽平衡」，他甚至有理由懷疑Rap二班在打假賽……

Rap二班不僅士氣明顯低迷，相比於克洛森秀，組員平均水準低到可怕。且紅桃K淘汰的多數選手似乎都存在一種特質。

他們都是比賽初始的「紅桃K吹」，包括塞拉、包括尼古拉斯……

巫瑾猛然一頓。紅桃K的「處決」是有指向性的。

幾乎被遺忘的細節猛然翻上水面。彩排時，因為銀甲的淘汰，第二part的rap歌詞分到了三、四、五位選手手裡，後續所有選手出場次序前挪。

如果次序沒有挪動，那巫瑾本該站著的升降臺，是一位名為「盧可哥」的九十一名練習生選手，這位選手同樣是比賽初始的「K吹」……

身旁，尼古拉斯突然止步，往巫瑾身旁靠了靠。

這裡正是當初「銀甲」找上兩人的走廊。

尼古拉斯面色誠懇：「王哥，我怕。」

巫瑾：「……」

他趕走紅桃K，面無表情。

——紅桃K也是你，銀甲也是你，你怕什麼怕？

然而他不得不表現出對美麗廢物戲精的寬容，領著亦步亦趨的尼古拉斯穿過走廊。

腦海中原本的思緒被打斷的，似乎只差一線連上……

巫瑾突然一頓。紅桃K是什麼樣的人，最簡單的方法莫過於去問他自己。

巫瑾狀似無意：「關於紅桃K，你知道多少？我問的不是這場比賽。」

身後的尼古拉斯步伐一停。

巫瑾看不見他的表情，緊接著兩人先後走過克洛森秀的監控，直到監控死角。巫瑾聽到他緩慢開口：「他是一個符號，不是一個人。」

入夜。練習生陸續回寢，望舒也領著他的兩個跟班溜達回來。銀甲房間內，救生艙已經被比賽GM清出，卻沒有任何人敢接替銀甲住進去。晚上九點，幾人腕表瘋狂跳動。

四人寢毫無睡意，四處靜默無聲。

一百進六十的表演就在第二天，要出手的，今晚一定會出手。

不止Rap二班，營地的各個角落……

隔壁寢室猛然傳來慘叫！

幾人齊齊一頓，衝出時救生艙已是彈出兩具，其餘寢室選手紛紛趕來，包括赤腳穿反了拖鞋的大傻子尼古拉斯……

「回去吧。」巫瑾招呼室友。

紅桃K要在今晚殺到九個人，還得加班，但自己並沒有義務陪著紅桃K在比賽裡996。

四人回寢，關門，相顧無言。

巫瑾索性開啟寢室夜聊：「紅桃K是星皇戰隊？戰隊成績怎麼樣？」

望舒之外，兩位同樣是星塵盃的選手接過話頭。畢竟紅桃K屠殺到這個地步，就是與所有人為敵，「星皇戰隊？不大好。」

「前年成績就開始下滑了，去年跌出四強。不過因為有紅桃K存在，投資人沒撤資，粉絲也在等K出道，照我說，他就是一出道位預定……」

旁邊，望舒沉默許久，忍無可忍，「你們就這麼被他套話？」

兩位室友愣怔：「王平不是和咱們一起的嗎？」

「你倆之前認識？」

巫瑾趕緊笑咪咪打圓場：「哪有、哪有，一見如故！」

望舒：「……」

寢室內一時氣氛活潑，兩位室友紛紛表示驚喜，四人結盟如虎添翼。

望舒面無表情，恨不得離巫瑾十萬八千里。然而巫瑾臉皮極厚，為了表達和望舒的深厚友誼，甚至不惜拖著被子爬上望舒的單人床。

望舒被gay到渾身發毛，「走開、走開……」

兩位室友哈哈大笑，巫瑾撲通把人往床內一按。

望舒驀地一頓。

巫瑾在他耳邊，用只有兩人能聽到的聲音極輕開口，帶著冰寒涼意的呼吸打在耳垂。

「我知道紅桃K是誰。怎麼說，是想被他一路殺下去還是要反擊？」

「我們結盟。我解決紅桃K，你盯著萊迦。」

「合作吧，拉斐爾。」

望舒渾身巨震。

許久，望舒面色複雜開口：「你知道K是誰？你能解決K？」

巫瑾點頭，看向腕表。那裡，王平的劇本上，有一張無人知曉的，他與尼古拉斯的合影。

練習生宿舍洗手間，白熾燈幽幽發亮，水龍頭嘩啦啦大開。

水聲遮擋下，拉斐爾眉心一跳，脫口而出：「銀甲、尼古拉斯、塞拉都是紅桃K？」

巫瑾靠在發黃的白瓷牆磚上，點頭，「都是K。」

「至於林青山……」

「有可能是，有可能不是。但對結局沒有任何影響。」

巫瑾微微揚起下巴，語速在水流聲中飛快，「血字『十五』在第一晚出現，當時最後一個離開練習室的是銀甲。無論K是銀甲還是林青山，這個時刻就是他的動手時間。」

拉斐爾迅速回憶，「第一位選手的確是在晚間訓練結束後被淘汰。」

巫瑾：「他是把人敲暈，帶到銀甲寢室動的手。」

拉斐爾表情一頓，無可避免想到銀甲寢室裡的密室謀殺案……

巫瑾向他點頭，「對，第一位被淘汰的練習生，就是銀甲寢室裡的救生艙。然後K拿到了救生艙掉落的『臉皮』。很幸運，他成為了全場比賽第一個知曉規則的選手。」

「當你淘汰他，你就可以披上他的臉，繼承他的『一切』。」

這棟老樓的練習室窗戶坐南朝北，濕氣重，水行陰。巫瑾說到這裡，拉斐爾眉頭狠狠一皺，下意識伸手摸上自己的臉。

「望舒」的偽裝與皮膚完全服貼，偽裝與真皮的接觸面是細膩透氣的隔離薄膜。他記得上妝前AI在他的臉上塗了一層液體，如果液體風乾，把整張臉皮完整撕下也並非沒有可能。

如果不是心理素質強硬，此時聽巫瑾說話的人已經打了個寒顫。

拉斐爾少頃開口：「你是說，換皮的事情，只有K自己知道。」

巫瑾嗯了一聲，一字一頓，「所有無法解釋的密室謀殺、血字威懾、心理施壓都只源於一個武器——信息不對等。」

嘩嘩流水聲下，巫瑾繼續說：「K很聰明。他在殺害第一位選手的時候發現了規則。規則給了他遊戲的靈感。所以他回到練習室，寫下了第一個數字。」

拉斐爾：「十五。」

巫瑾用餅子臉笑了下，「然後K頂著銀甲的臉挑釁了『自己』，為之後的謀殺鋪墊。」

「當晚各自回寢。紅桃K披著銀甲的臉，手裡還有林青山的臉。夜裡第一次傳來敲門聲，是紅桃K為了引所有選手出來——讓他們親眼看到『銀甲開門，並鎖上了門』。」

「他要讓密室的必要條件成立。」

拉斐爾瞇眼，「但所有人都看到銀甲在門內，那到底是誰在敲門……」

拉斐爾猛然一頓。沒有人在門外敲門，只剩下一個解釋。銀甲在寢室內敲自己的門！

隨著水聲和敘述，畫面似乎在腦海中具象。有著兩張臉皮的紅桃K站在銀甲的寢室內，看著受害者的救生艙，笑容詭異敲擊木門……

巫瑾見他想通，點頭繼續說：「等選手回寢，紅桃K開始著手布置現場。包括房間內打鬥的痕跡，包括把紅色顏料一路灑向練習室，包括把十四寫成九。」

「最後，在練習室，他撕下『銀甲』的臉貼在牆上，為『挑釁』寫上終章。然後他換上林青山的臉，回來第二次敲門，引出所有練習生去看銀甲房內的救生艙。」

「這就是第一晚我們所看到的『密室謀殺』。」

拉斐爾猛然抬頭。

巫瑾語速越來越快：「當然，把一大片牆面糊紅還有一個原因。指紋。比賽開始時，每個選手都在牆上印下過掌印。現在想來，應該是節目組留給『換皮者』的破綻。」

拉斐爾反應過來，「臉可以換，指紋不能換？」

巫瑾眼中光芒微湛，「對，也因此。紅桃K把整面牆上刷上紅色顏料。不過，有了『一路的血跡』和『銀甲的臉皮』干擾，沒有任何選手能在第一時間想到，K真正想銷毀的是牆上的指紋。第二天，身披『林青山』身分的K隱匿守在了練習室外。截取了『舞臺排練』的行程情報，並且從送往練習室的十四件演出服裡偷了一件。」

「因為——他在準備替代下一個人。」

拉斐爾嘴唇緊抿。

一切終於串通連貫。早已穿上演出服的K事先守在了舞臺機關B1層，在一場演出的間隙淘汰塞拉，換上塞拉的臉皮，又將林青山的臉貼在機關軸承上作為威懾。

相同的服裝讓K輕而易舉替代了「塞拉」。和所有練習生會合後，那位「第一任塞拉」的救生艙自然被誤認為林青山的救生艙。

最後是用「塞拉」取代「尼古拉斯」。

拉斐爾緩緩開口：「他在往上爬。」從一開始，到第九名、到第二名，K不斷替代身材和他相似的選手，排名一路飆升。

拉斐爾看向巫瑾，「你要怎麼做？」

巫瑾走向水龍頭，朝旋扭伸手，「把他留在尼古拉斯的身體裡。」

「然後，」巫瑾向他遞出照片，眼中是銳利的光，「王炸。」

水龍頭生銹的金屬部件碰撞，流水聲終於停下。

兩人一前一後回寢，望舒神色複雜。和巫瑾聯手對抗紅桃K無疑是當下最好的方式，但因為上輪比賽的緣故，他本人對於巫瑾依然存在心理陰影。

不料兩分鐘前，巫瑾竟然爽快開出結盟條件。

那張「夜店男模黑歷史」照片同樣傳了一張給自己。巫瑾大方表示：「……有可能我會需要你說明，但也可能永遠不會。在那時之前，收下這份禮物。記住，你可以隨時淘汰王平。我奉獻我的誠意，你只需收下即可。」

熟悉的臺詞讓拉斐爾瞬間想起了遠古電影中那位西西里島的教父！出於對自己義大利西西

里島先祖的尊敬，拉斐爾再無猶豫，伸手和巫瑾碰拳。

結盟達成。

然而此時走在走廊，拉斐爾總覺得似乎有哪裡不對……

自己可以用這張照片淘汰王平。

王平可以用這張照片淘汰尼古拉斯。

王平可以用這張照片淘汰他自己……

拉斐爾猛然反應過來，巫瑾的王炸就是自雷。王平從頭到尾都是一張棄牌！巫瑾大方送給自己的「誠意」就特麼是一張廢圖……

拉斐爾猝不及防再次被坑，腳步陡然加快。

走在前面的巫瑾聽到身後腳步加快，自己也加快。

拉斐爾氣憤不已要給自己討個公道。

巫瑾趕緊加速，邊跑邊快樂摸了把自己的餅子臉，「你答應了！說好結盟了！不能反悔啊啊別打我……」

撲通一聲，兩人終於回寢。

王平表情慈祥，望舒臉色鐵青。剩下兩名室友好奇打了個招呼，巫瑾把望舒塞到床上，擺正，坐好，協同兩位室友共商大計。

夜盡天明，比賽第三天正是「一百進六十」的第一輪比賽，宿舍氣氛已是不如昨晚活躍。

「我猜K會優先淘汰能在舞臺分票的人氣選手。」一位室友琢磨：「現在最大的問題在於，比賽開始三天，不能精準定位自己的排名。」

巫瑾恍然：「有道理！」於是大手一揮，打開粉絲論壇，嫻熟發帖：Rap二班，小哥哥安利帖，在你喜歡的選手樓層下扣1。

幾分鐘後，樣本資料獲取完畢。

望舒、室友們：「……」你為什麼會這麼熟練？你不是逃殺練習生嗎！

然而一百六十餘份樣本到手，Rap二班的人氣再評隱約露出輪廓。尼古拉斯一騎絕塵班級第一，接著是相當會來事兒的萊迦，中位圈兩位選手，然後是瘋狂吸血的王平、望舒，另一位掉出中位圈的萊迦陣營選手，和兩位室友。

一時間，眾人齊刷刷看向巫瑾：這真的是個初始九十六名？

巫瑾嗖的看向望舒：大兄弟你也升段了？

望舒扭頭，克洛森秀A級練習生朝夕相處，不可能認不出來對方。自從分班時發現巫瑾，他確實有學著巫瑾給自己加戲……

為了防止兩位室友在進六十中被末尾淘汰，巫瑾大方分享了種種拉票經驗。包括並不限於舞臺搶鏡頭、rap假裝忘詞再假裝freestyle假裝炫技、選手自我介紹時賣慘、在論壇發帖攻擊隊友半開麥假唱（這是事實）、在鏡頭前瘋狂後空翻博取注意……

兩位室友瞬間心服口服。

原本對於「王平有可能是紅桃K派來的臥底」疑慮瞬間打消，這哪裡是臥底，這簡直是來末尾寢室精準扶貧的！於是在望舒一派木然的目光中，兩人義氣對巫瑾表決心，四人小團體順利聚攏。

天朦朦亮。練習室的鈴聲響起，幾人路過一片狼藉的走廊。

「剩幾個？」巫瑾輕聲問道。

拉斐爾比了個手勢。

九個。

練習室中。沉寂無聲蔓延，一晚的屠殺讓萊迦團體損失慘重，這位「指揮者」臉色陰鬱，在幾人進門的一瞬就把審視視線剜向望舒，繼而是巫瑾。

尼古拉斯把自己縮在牆角，見到巫瑾的一瞬跟上。

「王哥！」

望舒眉心一跳，移開目光。

巫瑾直接忽略了戲精K，看向牆壁。

九字再次被劃去。

取而代之的是一個嶄新的數字——一。

AI導師恍若未聞，將九件精心備好的演出服下發給選手。通往舞臺的大巴再次停在門口，相比於昨天的十四人，車內空空蕩蕩。

尼古拉斯坦然自若地和巫瑾坐在一起，背後是望舒以及室友。大巴一分為二，人多勢眾的萊迦終於以四比五落了下風，眼中隱有敵意。

巫瑾移開目光。

從任何角度來說，萊迦才應該是星塵盃下位圈選手的典型。實力未必強，卻會抓住一切機會拿到指揮位，用盡所有辦法活到最後，對抗紅桃K，而非懼怕紅桃K。

很有可能這就是紅桃K把萊迦留到最後的原因。

——「紅桃K只是一個符號。」

紅桃K是星皇戰隊捧出來的符號，是戰隊成績下滑時捧出來的「希望」，是拿來飲鴆止渴、為職業戰隊擋槍的練習生。第一任尼古拉斯，和那些被紅桃K親手淘汰的選手一樣，是星皇戰隊在節目裡找好的「托兒」。

任何綜藝節目，包括克洛森秀、包括星塵盃，本質都是綜藝節目。導播任意運鏡，在選手之間轉換視角，只要「托兒」到位，紅桃K就永遠是星皇戰隊的新星。但紅桃K似乎並不願意以這種方式存在。

所以……

巫瑾掃了眼尼古拉斯，像是透過他在看當初走廊上的銀甲。

——「他的名譽都是虛的，位置是戰隊的前輩給的，名聲是經紀公司捧的。我要戰勝它，這對我很重要。」

大巴嗖的一個急轉彎。

尼古拉斯‧戲精K立即向巫瑾告狀：「王哥，萊迦怎麼老是用眼神突突突你。」

巫瑾把尼古拉斯推開，「不意外。在他看來，車裡每個人都可能是K。」

「你不對K動手，K就會對你動手。只有淘汰掉真正的K，才能安全留到下一輪。像不像米勒山谷狼人？區別在於，你還不一定打得過這隻狼人！」

「到了，下車！」

大巴外，一百進六十的舞臺場館門口人山人海。

數不清的AI扮演著觀眾、選管、廠務、保鏢並擠來擠去，這些AI寫得非常務實，觀眾裡甚至連不講文明插隊的都有。一處側門門口，兩位觀眾因為互相插隊形成了進程鎖死，擠在門框裡不進不出，很快有更高級的AI把它們兩人分開。

「……」巫瑾極度懷疑，大佬把浮空城掃地的AI都搬來了，貼了一張複製黏貼的臉過來當觀眾。

很快就有選管過來招呼，把選手一個一個領進場館。跨過一道工作人員專用門，場景豁然開朗——

幾人齊齊一頓。

昨天彩排的舞臺帷幕被徹底拉開，巨大的舞臺竟然是依附於一座旋轉的圓盤！圓盤被均勻切割成六個龐大的扇形，只有一扇正對著觀眾。舞臺妝點得燈火輝煌，虛幻不真。每座扇形中分別布景，有蒼山雪原、海底深淵，還有昨天排練時的頹廢都市。

它們隸屬於舞蹈、聲樂、Rap和六個不同的組別。

從觀眾席最頂端向下看去，舞臺就像是轉動的微縮甜品臺。每輪到一組表演時，圓盤會將所有場景順著中軸旋，上一折轉入幕後，這一折轉入幕前。此時工作人員還在調試的、地面上光彩耀眼的布景燈同樣隨著實景變換切出各不相同的絢爛投影。目眩神迷。

所有舞臺的正上方，掛著復古曲面大屏，正是十個世紀前流行的「粉絲牆」。螢幕中瘋狂滾動著粉絲論壇內的高樓主題與回覆。

巫瑾低頭，掃了眼腕表，將主題帖編輯好，存為草稿。

導播一個招呼，六組選手分別被往布景領去。

巫瑾走下觀眾席臺階，順著扇形邊沿坐電梯通往B1舞臺機關層。視線猛然昏暗。

耳邊機關運行聲不絕，巫瑾卻突然皺眉，此時的雜音比彩排時多了十倍不止。

後勤AI笑咪咪地領著幾人就位，「Rap二班。你們是第二個上場，跟在一班後面。另外，為了增添舞臺的趣味性，我們特意調整了升降機的大小和運行頻率……」

AI伸手，手電筒光線掃過昏暗的機關層。

九人齊齊瞇眼，視線如電跟隨光線在複雜精密的舞臺機關中掠過，接著同時愕然！

原本的十多臺升降機只剩下九臺，且拓寬為巨大的方塊。升降機交互相接，將舞臺分為工整的九宮格！

升降機幾乎是以十秒一次的頻率交錯瘋狂運轉，整座舞臺就像是被精準切割的城市，十秒一到，有的板塊下落，有的板塊上升。有那麼一瞬，巫瑾迅速想起了首輪淘汰賽中的細胞自動機，但升降機運動的規律卻明顯不同。

「九宮格。」巫瑾毫不猶豫甩掉尼古拉斯，和隊伍最後的拉斐爾會合，「九臺升降機，九格。規則不變，升降機站立多於一人時無法上升。」

拉斐爾迅速反應過來，壓低聲音：「一百進六十的最終賽場，K會在這裡動手。」

巫瑾點頭，rap歌詞紙叼在嘴中，雙手速度如電從腰間解下一柄西瓜刀、一柄長菜刀、一把自製匕首。

拉斐爾同樣行動。

遠處，尼古拉斯已經隱入陰影之中。

AI後勤面帶微笑離開，「那麼，舞臺就留給你們。」

巨大的輪盤緩緩轉動，Rap一班最先展示於臺前，表演已經開場許久。

巫瑾低頭，腕表不斷震動，Rap一班竟是淘汰了至少七人，競爭之激烈可見一斑。Rap二班和Rap一班靠得極近，巫瑾甚至能聽見隔壁舞臺上的慘叫。

這根本不是旋轉甜品臺。這是俄羅斯轉盤中的左輪手槍，唯一的區別在於，六個舞臺——六個旋轉彈槽全部裝有致命子彈，這是奉獻給場內八百名觀眾的殺戮表演。

巫瑾與拉斐爾裝備完畢。

拉斐爾直切要害：「搶九宮格中間點。」

中間點扼守關隘，直達其餘八個區域，巫瑾毫無異議。兩人身如鬼魅踩上邊沿升降機，升降機承重兩人，自動下降，和中間塊接軌。巫瑾一腳踏上中間點，拉斐爾還未跟上……

升降機吱呀一聲。

緩緩下沉。

巫瑾瞬間瞇眼！升降機上不止有一個人！

尼古拉斯從陰影中顯露，露出微笑，「王哥。」

巫瑾點頭，神態放鬆，「你怎麼在這……」

話音未落，尼古拉斯身如鬼魅出手，尖刀緊緊對準巫瑾咽喉。巫瑾卻是比他動手更早，刀刃上挑，冰冷寒芒哐噹相撞！

正在此時，巨大的舞臺機關轉動。

Rap二班背景音樂炸著耳朵迸出，帷幕上升，觀眾鼓掌如潮水。

拉斐爾一躍而下，和巫瑾並肩而站。

尼古拉斯臉色驟冷。

王平推進刀鋒，在震耳欲聾的噪音中輕聲和他說道：「請開始你的表演。」

舞臺光鋪天蓋地湧入眼眶！

舞臺邊沿，萊迦措手不及地擋住刺眼的光線，愕然看向舞臺正中對峙的兩人。

AI觀眾鼓掌鼓掌，「尼古拉斯哥哥又和王平互動啦！」

紅桃K直直看向巫瑾，僅僅半秒之差，形勢就在預料之外。

巫瑾笑了下，緊接眉宇間厲色陡盛，右腕猝然爆發，長刀以迅雷不及掩耳之勢順著K的刀鋒側滑，狠狠壓向他的頸動脈！

K眯起眼睛，左腳順勢急退，平滑的升降機玻璃面在巨力踩踏下咔嚓一聲，竟是生生崩出了一圈蛛網似的碎裂區！紅桃K戰鬥經驗出乎意料的老辣，他鞋底在裂痕處一銼，驀然有玻璃碎屑向巫瑾裸露在演出服外的腳腕飛起。

巫瑾側身與玻璃碎片擦過。

緊接著紅桃K故意惶恐開口：「王哥，你怎麼反悔！不是說好結盟……」

拉斐爾猛地反應過來：「拉住他！」

但紅桃K卻動作更快，一腳踩在升降機邊沿借力，繼而整個人向B1機關區疾墜。

紅桃K消失於黑暗之中！

拉斐爾不甘心抿唇，但紅桃K的實力，單打獨鬥都在他們任意一人之上。

「就這麼打。」巫瑾卻並不擔憂，他指向臺下，「看，出舞臺事故了。」

Rap的第一段flow伴奏響起，尼古拉斯卻一躍下臺，場內觀眾紛紛騷動。無他，第一任尼古拉斯出於大傻子的直覺選了個半開麥。這會兒尼古拉斯都不在場，音箱裡呱唧呱唧還有人聲。

巫瑾眯眼，讀著場館頂端的大螢幕，一條瞬間幾百回覆的主題被頂到最高。

「【呵呵】尼古拉斯假唱實錘。」

拉斐爾：「……」

臺上幾人猛的恍然，除去舞臺、升降機、觀眾投票。與彩排不同，最重要的隱性規則還有一條——當輪到你的唱詞時，你必須要站在舞臺上。

對面，萊迦等人同樣反應過來，神色警惕看向巫瑾。

巫瑾毫不意外萊迦的敵意，向萊迦解釋「尼古拉斯就是K」純屬浪費生命。現在對於萊迦來說，尼古拉斯不是K，巫瑾就一定是K。

緊隨尼古拉斯之後，萊迦flow開始。這位練習生迅速向距離巫瑾兩人最遠的升降機跳去，跟著音樂對口型：「hey hey 我的buddy，我的兄弟……」

巫瑾掃視四周，低聲開口：「四架。現在正在上升的升降機只有四架。」

巫瑾、拉斐爾下降，兩位室友各自乘坐單人升降機上升，萊迦在邊對口型邊上升。而萊迦的小團體中，兩位中位圈選手阿阮、塔克抱團下降。

但馬上就是阿阮的唱段。

拉斐爾稍一思索，立即瞭然：「阿阮要上臺，就必須換板塊上升，也就是塔克只能留在原地單人下降。紅桃K躲在B1層，他的殺戮習慣是尋找落單……」

巫瑾點頭，緩慢開口：「下一個，塔克。」

B1機關層。九宮格板塊的交替浮沉立刻讓原本的抱團聯盟分崩離析。

塔克落到舞臺底端，剛鬆了口氣，不料頸肩猛然一涼！對方動作極快身如鬼魅，刀刃刺入脖頸前一瞬，救生艙被動激發！

淘汰前最後一眼，尼古拉斯面無表情站在他的面前。

麻醉藥劑帶著無毒卸妝化學藥劑從救生艙底端蔓延，比賽中的裝扮接觸藥水，薄分子膜迅速剝落、分離，人皮從「塔克」的救生艙內掉落。尼古拉斯單膝下蹲，伸手就要去撿——救生艙猛地前滾，將人皮面具壓在艙下。

推動救生艙的拉斐爾：「快！」

尼古拉斯驟然抬頭，與巫瑾的刀鋒明晃晃對上。

升降機縫隙中傾瀉下來的舞臺燈將刀刃照出慘白的光帶，王平就在光帶後直直看著自己。光影錯視中甚至能看到他偽裝下的琥珀色瞳孔原色。

巫瑾如閃電出擊！

哐噹！冷硬的金屬撞擊聲在複雜錯落的舞臺機關中震盪，鐵銹與沉悶的濕氣鑽入鼻中。巫瑾一擊而退，不與K正面作戰，閃身躲入附近帷幕。

紅桃K一腳踹開厚重幕布，正逢下一臺升降機降落觸底，光芒透過四面八方的縫隙爭相恐後擠入幽暗的視野。

升降臺制動時帶起的機械風裹挾強光探入，B1層無數厚重帷幕從黑暗死寂的靜止開始瘋狂湧動，帷幕層層震顫像是噬人魂魄的深淵。

王平奔跑的方向，黑色舞臺幕布在強風下群魔亂舞。

僅僅幾秒之差，巫瑾先於紅桃K一步躍起，手腕發力勾住邊沿，爬上升降機！

升降機觸底上升，將兩人徹底隔絕。

紅桃K腳步驟停。

舞臺排燈與流動的頂光，在龐大的升降機上鋪開出濃厚的銀白與碎金，帷幕被強風再度激蕩開來。

王平依然在不斷上升，他居高臨下站在光芒耀眼的高處。隔了一道光影的分界線，K站在帷幔翻滾的深淵。

兩人隔著近四公尺的升降機落差，視線帶著強烈的勝負欲相撞。

K身後，望舒早已搶奪了「塔克」的面具，爬上另一架升降臺去往舞臺與王平會合。

熟悉的戰術布置、熟悉的突擊指揮風格、熟悉的非正面作戰。

紅桃K突然開口：「我認出你了。克洛森秀，巫瑾。」

巫瑾露出一個笑容，「榮幸之至。久仰，紅桃K。」

咔嚓一聲。

巫瑾上升到舞臺層，兩人視線徹底隔絕。

舞臺上氣氛凝重。巫瑾、望舒與塔克同下，塔克卻沒能活著上來，萊迦對巫瑾的視線敵意已成實質。

望舒從另一側跑來，把塔克的「臉皮」扔給巫瑾。

巫瑾撚了兩下，腕表滴滴傳來提示。

巫瑾隨手塞入內側口袋，「用不了，只有親手淘汰的選手才能取代身分。」接著轉開話題：「要到和聲部分了。」

一場硬仗開打。

和聲，在Rap二班的分Part中，和的是一段melody rap，練習生人人都需露臉。場內此時還剩八人，上升中的升降機卻僅有四臺。要想升上舞臺，這是一個變相的「搶椅子」遊戲。區別在於，搶不到椅子的選手可以坐上「別人的椅子」，拉著他一起共沉淪。

十秒後，那位中位圈練習生阿阮終於耐不住首先出擊，向王平的室友動手。拉斐爾二話不說就去幫忙，巫瑾替拉斐爾守住背部視線死角。

很快，被趕走的阿阮被迫沉入B1層，巫瑾、拉斐爾火速追入機關區，只聽見阿阮一聲慘叫！

紅桃K再次祭刀，場內只剩七人。

正在此時，臺上猛然爆發出歡呼——人氣選手尼古拉斯終於登場。

巫瑾一頓。紅桃K竟然在舞臺上，他不是在B1層靜止狀態下動手的，他是在相鄰升降臺上下交錯時甩出飛刀動手！

阿阮的救生艙跌落。

巫瑾卻鬆了口氣，紅桃K隔空擊殺，自然拿不到阿阮的面具。他要確保K的手上永遠只有「尼古拉斯」這一張面具。

永遠只有這一步死棋。

【第二章】

咱倆現在算不算雙雙出軌

臺上，一位室友突然大喊：「望舒、王哥！」

又一名選手差點遭殃。巫瑾同樣搜刮了阿阮的面具，與拉斐爾對視一眼，兵分兩路坐上通往上升區域的升降梯。

然而巫瑾剛一站好，上方陡然落下一道人影。兩人重量相加，升降梯下沉，巫瑾正對上萊迦猝不及防、懼怕與敵視並存的目光。

巫瑾攤開手，從腰間拔刀，行了個毫不拖泥帶水的執劍禮，「請指教。」

萊迦面色一變，就要溝通巫瑾結盟。然巫瑾竟是直截了當動手，兩人瞬息戰成一團。

十五秒後，巫瑾按住刀柄，手腕下壓對萊迦胸膛突刺，救生艙以最標準的姿勢彈出。

他撿起萊迦的面具，「抱歉，我們是對手。」

面具柔軟、精細。腕表滴滴振動，幾行小字浮現。

萊迦。男。《浮空偶像秀》應屆選手。初印象觀眾投票：三十九名。

恭喜30012號選手巫瑾成為萊迦的第二任主人。

舉皮振衣，而披於身。只有雙手浸染鮮血，才能揭開比賽規則。再次熱烈歡迎來到克洛森秀&星塵盃表演賽聯合秀場，《畫皮》。

請將比賽腕表對準面具晶片。

巫瑾的指尖在「畫皮」兩個小字上劃過。

舞臺頂端戰成一團。而他與上一任「萊迦」主人的救生艙在B1機關層靜立，還差一分半結束表演。

事實上，王平整場表演中都在像瘋狗一樣阻攔尼古拉斯收集「新面具」，一句Rap都沒冒頭唱過，得到零票也不為過。不過，萊迦唱得認真就行。

還差一分二十秒。

巫瑾從腕表切入粉絲論壇，將早已編輯好的主題帖草稿俐落點擊發送。

幾架克洛森秀微型鏡頭圍著巫瑾轉來轉去。

巫瑾將腕表對準「萊迦」的面具晶片，很快身分讀入完畢，貼在自己臉上的「王平」自動鬆落。

巫瑾伸手。昏暗的舞臺機關層中，平淡無奇的面具被撕下，露出少年略微汗濕的五官，和同樣濕潤的小捲毛兒。原本軟乎乎的臉頰瘦了少許，因為銳利的戰意而顯出一種少年氣的英俊。那是從第一輪淘汰賽，到第七輪，一點一點磨出來的那種英挺。

幾臺攝影機突然一頓，在遠端導播的操縱下瘋狂圍繞巫瑾盤旋。

不遠處升降機再次傳來聲響，紅桃K已向這裡找來。

巫瑾把嶄新的面具貼在自己的臉上。肌膚與面具毫無芥蒂融合，瞳孔前用於偽裝的隱形鏡片在晶片控制下被微調出屬於「萊迦」的灰藍色偏光，臉上成膜覆蓋的介質正根據巫瑾五官迅速調整出最適合的偽裝方案。開場時植入咽喉中的變聲設備同樣變波轉頻，巫瑾被迫咳嗽兩聲，再開口時已經與萊迦音色無差。

他一腳俐落踹走第一任「萊迦」的救生艙，升降機承重恢復一人，快速上升。

觀眾席突然傳來喧嘩聲，大螢幕似乎轉到某一處，數不清的粉絲憤慨抗議，甚至場務不得不出面平息風波。

舞臺上，望舒剛經歷艱難鏖戰，正在壓低重心調整呼吸。兩位室友則再次隨升降機沉入B1層，場內僅剩室友、望舒、自己與尼古拉斯五人！

尼古拉斯突然轉頭，看向萊迦。

表演還剩最後三十秒。

紅桃K揚起眉毛，語氣肯定，「巫瑾。」

巫瑾點頭，「抬頭。」

紅桃K不為所動，好整以暇地看著萊迦。舞臺層，他與巫瑾、拉斐爾兩人分站不同升降梯，呈三角挾持之勢。

巫瑾打不過紅桃K。紅桃K也打不過拉斐爾加上巫瑾。

最後二十秒。場內喧嘩越來越盛，頂端粉絲屏已經完全被一張照片占據，越來越多的爭論自臺下傳來，「尼古拉斯」及「王平」出現頻率很多。

「根本不是兄弟情……」

「原來他們是那種交情！太氣憤了！粉轉黑！粉轉黑！」

「有傷風化、不知檢點……」

紅桃K猛然抬頭！大屏上，傻乎乎的尼古拉斯和平平無奇的王平在那種場合和那種客戶左擁右抱。

紅桃K：「……」

隨著黑歷史放出，原本粉絲表白牆上對尼古拉斯絡繹不絕的彩虹屁變為痛心疾首的唾罵。螢幕旁的支援率預估柱狀圖上，尼古拉斯在短短幾十秒內暴跌到百分之零點一。票倉清零。

紅桃K：「……」

巫瑾笑咪咪攤手，一字一頓，「訊息不對等。」

他頂著萊迦的臉說道：「你用一局，我也玩一局。這才公平。」

紅桃K終於把視線移向巫瑾。這位星皇娛樂的練習生點頭，贊同，「很有意思。」

繼而K以迅雷不及掩耳之勢向巫瑾撲來。

拉斐爾脫口而出：「小心！」

好在巫瑾反應極快，然K這次卻沒有用刀，而是一拳砸向巫瑾的臉頰。

貼身肉搏一寸短一寸險，巫瑾來不及以刀刃防禦，胳膊肘死死抵住K的突襲，兩人在升降臺上扭打成一團，拉斐爾不得不把巫瑾從地上拽起，揮拳砸向紅桃K的臉。直到表演倒數計時還差最後一秒——K毫不戀戰放開巫瑾，從升降臺一躍而下！

音樂聲停。臺下掌聲如雷鳴轟動，所有升降臺歸位，兩位室友捏了把汗與他們會合。

AI導播過來吹哨，指揮選手退場，「Rap二組一百進六十結束，六十進十二開賽前不允許對其他選手動手……」

此時終於弄懂萊迦等於王平的室友，長吁一口氣，「是說，下一輪比賽之前咱們都安全？K也找不到新的身分去替代，所以會以尼古拉斯的身分淘汰。」

巫瑾還在撥動自己的胳膊，剛才一通混戰手臂瘀青。紅桃K願賭服輸，最後沒動刀子，這人也算是非常有意思。但是，K為什麼要衝過來揍自己？

兩位室友集思廣益，「氣不過吧，下場前把罪魁禍首揍一頓……」

拉斐爾琢磨：「就是來吸一口小巫氣吧，這詞應老師說過的。」

巫瑾瞪圓眼睛，「怎麼可能！」

臺下終於歸於沉寂。舞臺緩緩轉動，下一組「舞蹈一班」表演即將開場。

一百進六十的選票會在所有選手表演結束後放出，巫瑾對著AI導播死纏爛打，因為比賽公平性的緣故，愣是沒能留下來看人跳舞。

巫瑾表示十分遺憾。

萬一大佬要跳舞呢？萬一大佬要唱歌呢？萬一大佬要又唱又跳呢！

AI盡職盡責，死死拖著巫瑾往前拽，「不可能，剛才Rap一班也不許看Rap一班的表演，沒這個特例……」

巫瑾戀戀不捨回頭。

遠處舞臺燈光閃耀。血字、密室、升降臺和扮作銀甲的K在腦內一一劃過，最後啪嗒打了個封印。塵埃落定。

巫瑾接過拉斐爾遞來的創可貼，兩人一起在巫瑾青紅紫白亂七八糟的手肘、膝蓋上一通亂貼，巫瑾齜牙咧嘴。

然後拉斐爾鄭重表示，為了防止自己再次被巫瑾騙，巫拉拉同盟宣布解散。

巫瑾點頭。下一輪選手不再劃分位置，六十人一起大混戰，拉斐爾自然會尋找克洛森秀中配合更默契的盟友。

拉斐爾扭頭，看天看樹就是不看巫瑾。

巫瑾卻突然亮起星星眼，心想：你想解散就解散，解散前還特意給我找個創可貼，還幫我貼完再開口。你咋這麼彆扭呢！

表演場館外，拉斐爾措不及防，惱怒把巫瑾往下扒拉，「別往我身上貼，一身創可貼跟個破布娃娃似的！」

巫瑾嗯嗯啊啊答應，突然警覺回頭，然後茫然轉回。

路邊，AI劇務示意巫瑾往回走，「那邊是選手休息區，你們別走錯了。對，所有表演完的練習生都會到那裡稍事休息。Rap一班已經在了。你們可以為下一輪比賽自由尋找隊友……」

巫瑾哎了一聲。

拉斐爾終於鬆了口氣，與他猜測無差，下一輪為自由結盟。所有選手以最完備的狀態，帶著最堅實的後盾參戰。

路邊，兩位出來在樹蔭下給自己充電的AI粉絲正在興致昂揚地議論剛才的兩場表演，雖然巫瑾也不知道那一塊無線充電板，兩個AI是怎麼分配的。

「有錢真好呀，原來成為富婆就可以和尼古拉斯、王平他們交朋友了！」

「望舒很可愛呢，以前怎麼沒發現。」

「Rap第一組的C位好帥呀！全程追著隊友暴揍，等他拿到麥克風之後只rap了兩個字——呵呵。」

「啊啊啊啊是呢，呵呵真的好酷呀，呵呵，呵呵！」

巫瑾在旁邊聽了一耳朵，心想這位C位也不知道是哪裡來的逼王，不知道能不能和克洛森逼王一戰。

選手休息室大門打開。

選管AI熱烈為大家介紹：「房間很多，不想被人打擾就關門，希望有人進來配對盟友就掩一條縫。門口有張卡牌，可以隨便寫結盟廣告。當然，我們的選手包廂還提供一些遊戲道具，有俄羅斯輪盤和左輪手槍，有國王遊戲的命令卡，有爆米花、霰彈槍……」

Rap一班碩果僅存的幾人：「……不需要、不需要，謝謝！」

AI微微躬身，為他們關上大門。

巫瑾在房間內嗑了兩口瓜子兒就決定出去逛逛。萬一遇到明堯了呢！萬一遇到凱撒哥了呢！萬一遇到……

走廊七彎八轉。一扇門微掩一條縫。巫瑾走近，敲了敲門，然後探進去一腦袋，然後吸了吸鼻子。

巫瑾撲通跑進去，突然被房間主人用一把遊戲用的左輪手槍抵住。

男人面無表情：「站住。」

槍繭厚重的手掌握住槍柄，帶著強進犯侵略性將巫瑾一路抵到牆上。

巫瑾啪嗒一下貼牆成餅。

巫瑾好奇：「俄羅斯輪盤？」

男人：「國王遊戲。」

巫瑾恍然，興奮問道：「咱倆誰國王？」

男人：「……」

被槍抵著的巫瑾：「……」我這是問了個什麼問題喔！

男人低頭，陌生的臉龐往下，巫瑾能看到熟悉肌肉緊實的脖頸，低頭時帶著爆發性緊繃的線條弧度，衣領往下，帶陳舊彈痕的蜜色胸膛……

國王抬起巫瑾下巴，聲音微啞訓斥：「看哪裡？」

貼在牆上的巫瑾渾身貼滿創可貼，青青紫紫帶著被凌虐的奇異美感，有的是和人打架打的，有的是自己在舞臺機關上撞的。整一個能輕而易舉激起內心邪火的小可憐。

國王眼神驟深，口袋裡一遝子試紙愣是沒拿出來貼。貼了就怕得讓這小兔崽子出不了門。

國王命令：「手舉起來。」

巫瑾舉起兩隻手，越過頭頂鼓掌鼓掌，熱烈給大佬打CALL。

國王：「……舉起來，貼牆。」

巫瑾只能乖巧把手背貼牆。

國王：「自己比出兔子耳朵。」

巫瑾比了兩個V字手，放到腦袋兩側，像小兔子軟塌塌的耳朵。

國王滿意了，冰涼的槍口抵著巫瑾脖頸曾經癒合的咬痕，俯身與戀人熱烈糾纏。

事畢。巫瑾咂吧著嘴，手也不認真比了，兩個兔子耳朵都比到大佬腰子上去了。

巫瑾琢磨：「咱倆頂著這兩張臉，現在算不算雙雙出軌？」

休息室突然靜默。

巫瑾繼續摸著大佬的腰子放聲歌唱：「最怕空氣突然的安靜……哎！哎哎啊啊啊別揍我！」

衛時面無表情，內心迸出想要屠宰大白兔的凶殘火星。

眼前的小兔崽子成天在被按倒的邊緣試探蹦躂，膽子肥了不止幾圈。大半年前剛領回家的時候還抖抖索索地要命，稍微嚇一下就豎起兔子耳朵到處找大哥。現在煮得九成熟了，每天就在鍋子裡蹦來蹦去。

而且還圈不住。就現在一身傷，上輪比賽肯定活力四射——就一小兔子追著其他選手後面凶巴巴亂咬。

房間猛然傳來聲響。風在吹，雲在飛，小巫要被錘！

巫瑾啪嗒一下又被扔回了牆上貼著，只見大佬冷漠眯眼，「出軌？」

下一瞬巫瑾被狠狠按在牆角，哇哇嗚嗚掙扎想跑，但粗糙的掌心帶著蠻力把偽裝後的小捲毛連帶熱乎乎的後腦杓，一起凶殘按向面前這位頂級逃殺選手。

巫瑾被迫抬起脖頸，在狹小空間急促喘息，唇齒再次糾纏。

幾分鐘後。巫瑾為表抗議，臉朝下躺在沙發上，「比賽呢！現在還在比賽呢！」

衛時把人翻面。巫瑾嗷嗷抗議，嗖的一下又把自己翻了回去，繼續臉盤子朝下埋著。

衛時剝了幾顆開心果，往旁邊茶几的空碗裡一丟。

巫瑾動了動耳朵，斥責：「被鏡頭拍到多不好！」

衛時看向賽場內無所不在的浮空娛樂的LOGO。

「……」巫瑾繼續嗶嗶：「主辦方，就算是主辦方也不能這樣欺負其他選手！」

衛時起身，走向門外。巫瑾立刻把自己從沙發刨了出來，「哎哎，咱這算結盟了……」

衛時手中紙筆沙沙作響，寫完了往門口一貼。

三〇二房間已滿，請勿打擾。

Rap一班之後，dancer、vocal們表演飛快。衛時回來時巫瑾正在打嗝，桌上剝好的開心果掃蕩一空。

大佬帶回了一遝子創可貼和半瓶碘伏，於是巫瑾齜牙咧嘴重新消毒。

第七輪淘汰賽相比於之前多了不少人文關懷，藥劑、食物絕不短缺，但分階段的硬仗卻極端殘酷。僅一場一百進六十，紅桃K就滅了小組近四分之三選手。

直到小半瓶碘伏消毒完，腕表滴滴提醒，前六十名順位終於即將公布。

公布前夕，巫瑾千方百計試圖哄騙大佬再rap一次，最終只得到一個單字兒。

「呵。」

「……」巫瑾掀桌：你在臺上好歹還rap了一聲呵呵了呢！怎麼現在還打對折了！

然而巫瑾終於鬥不過這位克洛森逼王，氣憤之下用碘伏在大佬手背上畫了個兔頭。

衛時緩慢抬起眼皮，「這就是你說的賽後消毒？」

巫瑾趕緊把兔頭連著大佬的手背一扔，岔開話題，把自己在舞臺上的光輝業績使勁兒烘托了一番。

這一點上巫瑾和絕大多數直男無差。

打完一局遊戲，反覆回味高光操作，一拍大腿，哎我剛才賊帥。半小時後後再回味一下，哎我半小時前賊帥。一小時後再再再回憶……

敘述完畢，巫瑾終於給自己調回了比賽模式。

「畫皮，選秀，投票，末位淘汰，」巫瑾看向窗外，那裡AI觀眾正在三五成群散場，「決定了比賽的晉級模式。對於選手個人，最重要的就是『皮』。」

「選手身披各式各樣的皮，唯一的目的就是討觀眾歡心。贏得比賽的方式有兩種，第一種，確保選票能脫穎而出，第二種，去搶奪更光鮮的『皮』。」

克洛森暨星塵盃青訓表演聯賽，選擇第二種的將遠遠多於第一種。

遠處記憶熟稔的二十一世紀風格訓練廠房、選手宿舍，和窗外嘰嘰喳喳的比賽觀眾竟形成了一種荒謬而有趣的不真實感。就像是曾經「選秀」中陰暗一角被刻意放大。如果臉孔、劇本和人氣都能搶奪，那麼為了紅，人設最純良的小練習生也會不惜一切手段。

巫瑾收回目光，「選手按初排名分為高、中、低三位圈。但比賽從一開始就是公平的。高位圈披著的是炙手可熱的『人皮』，被點狙帶走機率最大。下位圈初始排名較低，但有綁定遊戲道具。」

巫瑾打開腕表，展開王平「與尼古拉斯合照」，而初始排名三十九的萊迦卻沒有配備任何道具。衛時所抽到的初始身分是位於中位圈的練習生「祝嵐」，開局同樣裸出裝。

衛時點頭。

巫瑾思忖：「不過，這種公平僅限於開局。」

「一百進六十，混戰之後名次、身分大洗牌。」

「遊戲規則不再需要為下位圈做出特殊補償，即中位、上位圈同樣擁有接觸到特殊道具的機會。我猜，第二階段比賽的賽制會很有意思。」

兩人腕表同時振動。在六十順位發布之前，腕表存活數字停在了「六十七」。

與巫瑾想像無差，在六組同時通票的機制下，為了晉級，每位選手都在試圖殺掉足夠多競爭者以確保自身分票。

順位從第一百名開始倒序發布。

倒數第一名就是首先被紅桃K祭刀的「林青山」，巫瑾跟著順位默數，最先報出的應當是混戰中淘汰的三十三名練習生。從「六十七」開始，才是真正存活的練習生們。

九十六名，銀甲。

九十三名，塞拉。

八十七……

巫瑾微微唏噓。八十七的位置本來應該是給到被淘汰的尼古拉斯，但紅桃K始終頂著尼古拉斯的身分存活，且上輪中尼古拉斯因黑歷史人氣清零，名次應當在六十七左右徘徊。

巫瑾低頭，在順位發表間隙在草稿紙上迅速鋪出預估的名次範圍，等待資料驗證模型。

腕表機械音終於響起。

倒數八十七，尼古拉斯。

巫瑾劇震。

淘汰者，尼古拉斯……不可能，絕不可能！K手上只有尼古拉斯一張身分，就算是自殺式拉起救生艙，淘汰時間也應當是其他選手表演期間！

記憶潮水翻湧。

尼古拉斯淘汰，換皮，沒有問題。Rap二班表演前所有死者的臉皮都被貼在牆上以作震懾，沒有問題。比賽表演中自己搶了塔克的臉皮，同樣沒有問題……

最後紅桃K撲上來揍人……

巫瑾驀然一頓。右手如電探入作戰訓練服內側，那裡原本存放塔克臉皮的口袋空空如也。

紅桃K再次披上了嶄新的身分。

巫瑾猛然站起，衝出房間就要往Rap二監獄間奔去。

「怎麼，」衛時抬了下下巴，「誰欺負你了？」

走廊腳步倉促。

「六場表演結束，選手倒序發布順位排名。名次公布後解除進戰限制，紅桃K躲藏在塔克皮下，名次發布後一定會動手……」

Rap二班大門砰的打開！

房內，巫瑾的兩位原室友齊齊瞪大了眼，「紅桃K沒淘汰？」

沙發上，拉斐爾向巫瑾微微點頭。尼古拉斯低位淘汰必然意味紅桃K晉級，非此即彼。

此時名次念到五十八，緊接著一位室友之後，腕表放出廣播。

「五十七，Rap二班，塔克。」

房間內陡然炸開。散場時無論塔克還是紅桃K都未出現，結論顯而易見。

拉斐爾身邊，那位新加入的、在克洛森秀就時常與他組隊的新盟友一臉好奇，「紅桃K有這麼強？」

兩位室友紛紛表示：「可不！一百進六十都被他搞成上帝模式了！」

那位新盟友又興致勃勃看向萊迦，似乎能勉強認個形狀又不能確認，忍不住詢問：「咦，這是小鳴——」

拉斐爾一把給盟友捂上嘴。

萊迦身旁，身形高大的練習生突然冷下臉，以保護者姿態居高臨下把人擋在身後。

拉斐爾向巫瑾點頭，「知悉。一切小心。」

巫瑾隔空和拉斐爾碰了個拳，與衛時關門離開。

房間內，拉斐爾的新盟友迅速嚷嚷：「是他！我認出來了！臉型還是能看出來點兒，咱們克洛森就這麼一個小圓臉！」

兩位原室友則對巫瑾身邊的男人感到好奇：「這是王平哥的原配隊友？也是克洛森秀的？王哥這麼強，隊友肯定也不差……」

拉斐爾：「豈止不差。」他琢磨著開口：「要是這場比賽，晉級全靠拉票、熱搜、炒CP，他倆穩贏。」

室友張大了嘴。

拉斐爾：「還有，萊迦剛才帶進來的那個人，紅桃K打不過他。」

室友：「……什麼！」

排名報到三十六，巫瑾找了幾間房間，毫不意外地發現紅桃K躲藏近乎完美。

二十四名，巫瑾．萊迦。

十二名，始終穩在臺上的拉斐爾．望舒。

第二名是在Rap一班舞臺控場，只呵呵了兩個字的大佬，偽裝身分——練習生「祝嵐」。

狹小的走廊上，偶像選秀鏡頭與克洛森秀鏡頭，同時在光影婆娑處找到正在交談的兩人。

衛時冷臉看向一身青紫被K揍成破布娃娃的少年，在得知紅桃K翻了巫瑾口袋之後，就跟自家養的兔子被陌生人摸了一把使勁欺負般感到不爽及不悅。

巫瑾卻還兀自蹦躂，鬥志昂揚，「這是我和他的過節，衛哥你別插手。」

衛時眯眼。

巫瑾鄭重：「我要和他一決勝負！」

克洛森秀直播間。

久違的圍巾同框讓觀眾陡然沸騰，睡醒起來看直播的克洛森鐵粉嗷嗷高舉「打紅桃，吃小巫」的CP大旗。

「麻麻的倆兒砸怎麼打扮成這樣！縱你容顏千百遍，茫茫人海之中一眼是你是你就是你！」

「這兩個人怎麼組隊的？什麼時候勾搭上的！攝影機攝影機呢——」

直播後臺，幾位小編導面面相覷，這輪由浮空娛樂贊助的比賽竟還真沒捕捉到兩人結盟的上下文。

克洛森PD異常痛心，「機位沒給到？不給機位怎麼讓氪金土豪CP粉滿意！」

「你們錯過的是機位，人家CP粉看來，錯過的是選手感情突飛猛進的劇情線！萬一這兩人在組隊時候啃上了呢！萬一這兩人在組隊的時候求婚了呢！萬一……」

後臺一片混亂間隙，圍巾論壇歡歡喜喜再迎新梗。自「圍巾畢業各自簽約，CP單飛」的消息傳出後，兩人同隊鏡頭看一眼少一眼。

「娛樂圈paro，前世今生梗。小糊逼從Rap二班九十六名殺出重圍，撞見排名第二高高在上的頂流。頂流第一眼看到小糊逼就想把人搞上手……」

「時・K・瑾絕美娛樂圈三角戀，兩皇一后……」

然而很快就被版主清帖。

論壇首頁打了一個巨大的「禁K」，有管理出來解釋：「K在職業賽也是頂流。小巫還沒出道，禁K相關是為了保護小巫，拒絕捆綁。為什麼不給？星塵盃那裡吵翻了，紅桃K唯粉女友粉太多，所以不行。」

「逃殺選手最重要的是實力。只有小巫能暴揍K的時候，才沒有任何人會掐他捆綁。」

「為什麼不可能？以小巫的成長速度，現在不行，總有一天可以。」

「現在？你問現在？對於紅桃K，當然還有一個解決方法——」

「衛哥，揍他！」

直播間內。血鴿再度複盤了九宮格上的戰鬥，「紅桃K的戰鬥經驗遠超巫選手和拉斐爾，這種肌肉反應和熟練度需要至少兩年才能追上，但兩人的作戰武器都很有意思。」

「像小巫說的，訊息不對等。」

應湘湘點頭，切換面前的虛擬螢幕，「目前聯賽支持率上，紅桃K穩占第一，百分之二十四，後面是小巫、衛時、魏衍、左泊棠以及星塵盃選手金燦碩的第二梯隊……那麼第二輪次比賽，」應湘湘微笑，螢幕正中，一副特質撲克牌懸空，「遊戲規則更改，任何選手可以為了選票使用任何手段，我們稱之為——真實選秀。」

第七輪淘汰賽賽場。

選手再次聚集，改裝後的舞臺天翻地覆。

前六十名順位只有五十九人認領，塔克不知所蹤。

巫瑾視線掃過人群，紅桃K可能是其中的每一個人。

原本六等分的賽場此時等分為三塊，布景統一變為舞會、城堡與叢林。

六十進十二的曲目主題已經確定——格林兄弟、安徒生與王爾德童話。

巫瑾仔細想了想，三位文學巨匠之中竟然只有安徒生是寫童話給孩子看的。王爾德的成人童話不提，格林兄弟壓根就是民間志怪的搜集者，第一版格林童話光怪陸離不乏恐怖血腥。

巫瑾對衛時無聲做出口型：選安徒生。

臺上，很快有選管AI笑咪咪出現，安排場內五十九名選手抽取道具。

一副五十四張撲克牌，人數多出時，又在另外一套勻出五張。

巫瑾手中是一張紅桃三，根據運氣基本也就這樣。

大佬攤手，赫然一張黑桃九。巫瑾迅速睜大眼，自己手中紅桃花色如常，大佬的黑桃卻微微變形。

桃尖銳利向上，像是一個正放的delta上升三角，下方一行小字——黑桃九。【上增三角】增加鏡頭九秒。

巫瑾看向自己這張。

紅桃三。【紅心】水軍買讚三萬次。

巫瑾：「……」

五十九張卡牌下發完畢，所有選手表情呆滯。臺上，AI微笑宣布六十進十二比賽規則。節目將由直播改為剪輯錄播，每期播出後根據觀眾投票末位淘汰十二人，四期為止。

當然，死亡選手自動算作淘汰。

當然，卡牌必須在節目播出前使用。

當然，殺死選手，未使用的卡牌可以搶奪。

巫瑾猛然反應過來。

「六十進十二次有不止一種玩法。」巫瑾湊著大佬耳朵輕聲開口：「炒人氣、奪取安全線內選手的身分，還有……養蠱，再取而代之。」

衛時動了動耳朵。

人群吵吵嚷嚷，巫瑾語速越來越快：「和上一輪一樣，末位淘汰，前位晉級。最安全的是擦邊晉級位。第一輪次先留道具，我卡二十四，你卡前三，根據形式動用卡牌，儘量能留到最後一輪。二十四進十二。」

「還有，節目改錄播。」

巫瑾微微闔眼，記憶中的預習資料場景紛至遝來。

「要不惜一切代價搶到鏡頭，鏡頭必須和人設相符。」

巫瑾繼續呱唧呱唧，說話時就像個對衛時耳朵根刺溜兒放氣的小氣球，「如果鏡頭能小爆，我這裡三萬水軍隨時跟上。資源砸兩個不如砸一個，咱倆先把你推上去，話題度夠了我再吸點血！鏡頭細節也要注意，粉圈就是放大鏡……」

衛時耳根酥麻，伸手進口袋，指尖在試紙上摩擦。

巫瑾：「打個比方。鏡頭前面，你給我帶吃的，等於你要和我炒CP。你不給我帶吃的，等於你要拆CP獨自美。你給我帶兩次吃的，等於人設倒貼重複油膩，你再也不給我帶吃的，等於蒸煮暗示打壓CP粉洗唯粉。所以在鏡頭前都得注意……」

衛時轉過臉。

巫瑾眼睛晶晶亮亮，「欸，哎衛哥聽懂了嗎？」

衛時一言不發，凶狠伸手，一張黑桃九直接塞到巫瑾手裡，槍繭厚實的虎口劃過少年濕濕軟軟的掌心。

巫瑾睜圓眼睛，然後掏出自己那張紅桃三，自覺上交，「喔！那行！咱倆換著保管！」

道具發放結束，緊接著就是選曲。安徒生、格林童話下熙熙攘攘擠了一大群人，相比之下王爾德知名度顯著下降，人數寥寥。

巫瑾跟著大佬混入人群，準備領取安徒生童話的舞臺分part。這一組舞臺主題一片緋紅，旁邊正有練習生在嚷嚷：「安徒生，小紅帽啊！這誰不知道！」

「……」巫瑾：那是格林童話。這麼巧，凱撒哥！

然而無論如何，無憂無慮的凱撒最終還是跟著安徒生洋洋灑灑的大部隊走進練習室。AI攝影師打了個板，示意第一期錄製開始。

巫瑾推測，和任何偶像選秀一樣，拿到曲目第一環節無非是爭leader，搶C，心機分part。練習室布置同樣以紅色為主。最中間蓋了塊幕布，擋住了一塊黑板和地上的道具。

巫瑾掃了一眼，暗自琢磨。

小美人魚，紅色，小美錦鯉。也有可能。

醜小鴨，進化成火烈鳥，紅色。也有可能。

幕布猛地被AI攝像拉開。一副被砍斷的雙腿倒在血泊之中，腳上是鮮紅的舞鞋。

Dancer組，六十進十二表演曲目。

《紅舞鞋》漢斯・克里斯汀・安徒生。

人群像是被凝重的濕氣浸沒，血腥味從幕布下騰然蔓延，有選手蹭蹭後退兩步，有選手脫口而出：「臥槽，小紅帽被人砍了！」

巫瑾看了眼大聲嚷嚷的凱撒：「……」

練舞室一片混亂，巫瑾恍惚轉向大佬，「安徒生是我選的吧？」

衛時點頭。

巫瑾抓狂：「所以我為什麼會選安徒生？」半天又自我安慰，「總比王爾德好，而且至少不是安潔拉・卡特……」

練舞室鏡子前，腳本被AI選管逐一下發。這似乎只是完整腳本的殘缺部分，A4打印紙封面一片血紅。

選管順手打開了練習室內的老舊電視機，雪花與噪音響起的一瞬巫瑾甚至以為有貞子要從電視裡爬出。

直到電視信號終於恢復正常，螢幕裡開始反覆播放一段詭異畫面：陰沉的天空毛骨悚然，大雨傾盆，人群擁著棺材無聲向前，膠捲畫面呈現黑白，黑又不到位，舊式螢幕燈管裡紅綠都沒燒夠，整個視頻陰森森發藍。

等到女主角出現，巫瑾才知道這段視頻原是彩色。面色慘白的小女孩穿著血紅色的舞鞋，五官都在大雨裡模糊，她一路踢踢踏踏跟著棺材緩緩地走。

巫瑾低頭，劇本翻開到第一段。

「母親入葬的哪天，凱倫穿著她的紅舞鞋……」AI選管暫停了正在播放的錄影，「這就是你們的編舞demo，六十進十二淘汰賽最後一場會在觀眾面前表演。」

練習室內突然有人舉手。然而還沒等選管點名，天空驀的一道炸雷。不止一人條件反射一個瑟縮。

窗外的光線極暗，比剛才選手聚集時昏暗了不止一個色階，天色壓抑沉悶。

烏雲阻塞傍晚的餘光，有零星雨滴打在練習室玻璃窗扇上。空氣一時滿溢著腥濕鐵銹的腐朽氣息，巫瑾摸了下胳膊肘子，在空氣裡冷颼颼發涼。緊接著雨聲越來越大，窗外本來還算清晰的視野糊成一片。

「下雨了。」巫瑾開口，回頭時一頓。

大佬的視線正看向電視機，巫瑾順著目光轉去，猛地瞪大眼睛。

昏暗的練習室內，電視螢幕。被暫停的視頻裡，雨聲、棺材和路人同時靜止。只有穿著紅色舞鞋的小女孩，緩慢、緩慢地回頭。

巫瑾一驚。

占了眼眶近三分之二的漆黑瞳孔大而無神，她慘藍的脖子扭轉了近一百八十度，看了螢幕外一眼，又緩慢轉過頭去。

幾組選手同時倒吸一口冷氣，這視頻不是被暫停了嗎？

巫瑾腦海中思緒飛轉，然而旁邊的大佬早就不看螢幕裡的恐怖片了，正卡著攝影機死角趁亂揉自己偽裝後的小捲毛。

巫瑾：哎呀！

練習室窗外雨聲越來越大，傾盆暴雨幾乎和視頻中重合。AI選管又點了下剛才舉手的同學，「請講。」

那位選手禮貌開口，聲線溫和：「老師，編舞裡的女主角怎麼辦？這裡只有男練習生。」

那人聲音悅耳，開口的一瞬巫瑾立即想起文麟，那人甚至還站在凱撒身邊——然而很快巫瑾就推翻了猜想。

說話的選手比文麟微微略瘦，嘴邊帶著溫柔的笑容。他站在凱撒身後半個身位，隱隱成結盟態勢，凱撒走突擊，那人更像是為隊友提供戰略保護——輔助位。

巫瑾無聲敲定。事實上，無論克洛森秀還是星塵盃青訓，落單的輔助位都並不多。狙擊和輔助在戰隊中通常需要密切默契培養，例如佐伊、文麟。

除了——腦海中閃過賽前收集諮詢：「星塵盃青訓賽，支持率排名第一的是紅桃K，第二名是『北方狼』青訓隊替補輔助金燦碩……」

巫瑾清楚記得與大佬觀賽時，第一個出場的戰隊就是帝國頭號種子「北方狼」。金燦碩得票率高，一方面與多數粉絲愛嗑北方狼練習生全家桶有關。

另一方面，巫瑾記得文麟所說：「金燦碩是適配性很高的輔助，所以簽約不久就做了替補。當然，也因為適配性太高，和誰配合都打不出風格。專業賽事不缺他，讓他打低一級賽事又屈才，索性就被丟到星塵盃再打一次青訓了。」

「至於燦碩本人實力……青訓賽上，有他在，狙擊位隨便牽隻倉鼠也能贏。」

巫瑾抬頭，依然分辨不出這位選手是否是傳說中的金燦碩，更不知道凱撒怎麼和這人攪在了一起。

此時一眾練習生正安靜等待選管的回應。

窗外雨聲肆虐，螢幕裡的紅鞋女孩撐著傘，不再回頭。

「編舞裡的女主角，」AI選管點頭，「是個好問題。」緊接著這位AI露出了詭異的微笑，「當然，她不會陪著你們訓練。」

「但她會看著你們。當你們訓練懈怠的時，她會親自出來督導。她無所不在。」

場內猛地一頓。

AI選管笑咪咪道：「那麼，先選出C位來穿鞋吧。」

雪花信號躍動，電視螢幕再次開始循環播放，小女孩穿著紅鞋，扶著棺材繞教堂走了一圈又一圈，像是永不讓棺木內的靈魂安歇。象徵C位的舞臺道具從櫥櫃中被拿出，和砍斷的雙腳放在一起——那是一雙紅色亮膠鞋。

人群紛紛後退！

巫瑾記憶中「紅舞鞋」的故事模糊不清，大致是穿著紅鞋的少女一刻不停跳舞，直到被劊子手砍斷雙腳，在森林中血淋淋爬行，最終在教堂通過懺悔得到救贖。

「……她不得不舞，一直舞到黑森林，這雙鞋已經生在了她的雙腳，她會一直跳舞直到變成骸骨……」

女主角的詛咒從穿上紅舞鞋的一瞬開始奏效。

原本試圖爭C位的選手無一例外息聲。巫瑾視線掃過練習室內每一張臉龐，與他想像無差，不穿鞋未必會出事，穿鞋一定會出事。中位圈、高位圈各自按兵不動，即便是卡位選手也不願做第一隻小白鼠、抗衡「紅舞鞋」的核心故事規則。

沒有一個人想要穿鞋。

AI攤手，把鞋收起，「那麼，我會讓女主角親手把紅舞鞋交給你們。」

幾位AI撤走，房間終於讓給了攝影師和練習生。

窗外雷聲沉沉，房間內血跡斑駁。黑色幕布重新罩上了兩隻砍斷的雙腿，練習室響起了《紅舞鞋》的舞臺音樂，與視頻如出一轍。

《紅舞鞋》的配樂驚悚詭譎，多數時候沒有曲調，反而像金屬在液體中被緩慢敲擊，帶著恐怖片特有的空曠迴蕩感，抑或是指甲尖在冷硬表面上來回刮動。

巫瑾：「……」萬萬沒想到舞臺背景音樂還有用水琴演奏的。

水琴，恐怖片特用配樂工具，又稱「來自於地獄的樂器」。很快就有選手捂住耳朵，覺著脊背發寒，開門向走廊湧去。

暴雨中的練習室極為沉悶，四面空曠的鏡子又尤其詭異。巫瑾在幾位練習生驚愕的目光中闖進練習室後的櫥櫃，少頃出來。

「紅舞鞋還在。」巫瑾和藹向周圍幾隊伸出友誼之手，「問題不大，這是綜藝選秀，不是恐怖選秀。」

接著拉著大佬就開始瘋狂蹭鏡頭。

這一期起始直播改錄播，選手得票率大機率取決於鏡頭、輿論、初始支持度。巫瑾能隱約在腦海中拉出模型，每期十二位選手淘汰。必然有人死於明爭暗鬥，也必然有人死於副本。只是不知道其中的比例如何分配，核心驅動力又由什麼決定。

安徒生副本此時塞了整整二十四個人，格林童話其次，人數二十，王爾德副本人數十五。其他兩組主題又是什麼，三組是否存在公平制衡，以及，紅桃K在哪裡……

然而按照巫瑾的話說，「紅舞鞋綠舞鞋，能上鏡的舞鞋才是好舞鞋。」

短短一小時錄製內，巫瑾創造了一切從大佬身分、No.2練習生「祝嵐」身上吸血的機會，堪稱克洛森吸血姬。罷了還狠狠消費了一下過世選手尼古拉斯，特意在鏡頭前留下了「懷念隊友、給尼古拉斯生前發帖奮力點讚」絕美兄弟情操作。

巫瑾一通亂秀，轉眼就忘記了紅舞鞋的女主角。

周圍一群選手目瞪口呆。

巫瑾立刻靦腆擺手，「打架是打不過，苟延殘喘再混一輪而已。」然後拖拖拉拉帶著大佬走向走廊，直到周圍空無一人。

巫瑾緩慢思索，低聲重複：「……當訓練懈怠的時候，她會親自出來督導。她無所不在……咱們不選C位，算不算消極怠工？她什麼時候出來？」

克洛森秀攝影機就在兩人附近。衛時抱臂，「你是說女主角？」

巫瑾點頭，接著開口：「儲藏室櫥櫃我翻過了，紅舞鞋在玻璃櫃內，鑰匙在選管手上，取不出來。有點奇怪，這裡層高比上一輪的練習室更低，還有……」

衛時突然眯眼，對巫瑾做出了一個噤聲的手勢。

巫瑾一頓，耳邊指甲摩挲光滑金屬表面的聲響在一瞬間由遠及近，在這一瞬間他才分清《紅舞鞋》的背景樂和刮磨聲來自於兩種聲源，脊背猝然寒涼，暴雨中的走廊黑暗無燈，像是有陰風飄過。

一道閃電陡然照亮視野！巫瑾看向大佬背面的牆壁，瞳孔猛然撐到最大。

長約十幾公分的血印從雪白牆壁無端滲出，衛時眼疾手快把巫瑾往牆角一摁，兩人短刀同時如青鋒白練抽出，似乎都想搶先護在對方身前。

克洛森秀直播間。

原本還坐等圍巾嗑糖的觀眾一片靜默，接著陡然炸開。

「霧草啊啊啊啊！剛才那個是？這是恐怖片嗎？」

彈幕中早已選擇兒童保護模式，綠色觀影分級的觀眾紛紛憐憫。

「早跟你們說了，我上上上……上輪比賽裡全是蛾子那時候就開遮罩了。」

彈幕此起彼伏一片哀嚎，像是方才有什麼悚然駭人的物事閃過。

應湘湘露出可愛的淑女笑容，「血鴿導師，剛才那一下，選手能看到嗎？」

血鴿確信搖頭，「看不到。我們的鏡頭是開了夜視的，才能給觀眾透底。在練習室走廊這種自然採光下，就算是改造人練習生，都捕捉不到原委。」

應湘湘點頭，「那很有意思了。」

走廊，指甲摩挲金屬的聲響終於消失，周圍一片死寂。

衛時乾脆收了刀，巫瑾上下左右愣怔看去，似乎除了牆壁的血跡，那道聲音沒有留下任何痕跡。似乎什麼都沒有發生過，牆壁、天花板、走廊一切如常。他甚至不知道牆壁滲出的是誰的血。

巫瑾似有所覺抬頭。然而下一秒耳膜瞬間刺痛。

幾十公尺外，練習生洗手間，有人在以一百分貝尖叫：「啊啊啊啊啊——」

兩人對視一眼，闊步向洗手間走去。

同樣奔湧而來的還有三、四隊練習生，其中就有凱撒和他的新搭檔。洗手間門扇半掩，血腥味濃重，一路走來光線依然昏暗，卻又有種鬼影幢幢的約束感。

巫瑾看向四周，走廊到這一段，每一面牆壁都是沉默的鏡子。

據巫瑾所知，除了路易十四之外，很少有人喜歡給走廊裝這麼整面整面的鏡子。雨天冗長的走廊漆黑沒燈，鏡子吸了光，又反射出不清不楚的人影。

腕表上的存活數字已是從五十九停在了五十八。

巫瑾完全沒預料到第一次淘汰來得如此迅速。

洗手間內救生艙炸開，受害者的隊友正驚恐靠在牆上，胸口呼吸急促。

凱撒的盟友——那位氣質極佳的輔助位大步上前，單膝蹲下與倖存者對視。

好在倖存者與這位輔助並不陌生，很快恢復鎮靜。

巫瑾眯眼看向倖存者，看了許久才移開視線。

倖存者名叫「九月」。

「是女鬼，」倖存者九月體格強壯，很快就反應過來，他啞聲開口：「被砍掉雙腳的女主角。我打開隔間門，就看到她站在門口。洗手間的門被她堵住了，我的隊友正在這個時候開門。不知道為什麼，她沒有選擇我，而是撲向我的隊友，然後……」

他看了眼還在晃動的救生艙，驚魂未定。

巫瑾與一群練習生擠在門口，將目光掃向洗手間各處。生銹的水龍頭、模糊泛黃的鏡子與廠房無數個洗手間無差，只是不知為何更顯壓抑。洗手間窗扇微開，門外是接連不停的暴雨。再敏銳的聽覺在雨聲中也會被削弱。

巫瑾為了保持五感，徑直上前關窗，窗外是新鮮甜美帶花香的空氣。巫瑾低頭，一大叢紅玫瑰鬱鬱蔥蔥盛開。

身後，一群練習生正在審訊。

「你怎麼證明是女鬼對你的盟友下手，而不是你自己？」

「女鬼是投影還是有實質身體？如果是投影，她怎麼對你們動手？如果不是，她怎麼從洗手間消失？」

中間還混著目瞪口呆的凱撒：「有貓病，人小紅帽才幾歲。怎麼可能偷看你們上廁所？咱們這節目還播不播了？」

眾人：「……」

那位倖存者九月辯解無門，乾脆打開隔間小門。

隔間外只是零散血跡，隔間內卻是一地一牆凌亂血跡蔓延。

空氣陡然寂靜。

逃殺秀中，任何選手淘汰都是「一擊斃命」式安全彈艙，絕不存在凌虐、折磨。凱撒那位輔助位盟友彎腰，指尖在牆壁一蹭，「是道具。和砍斷的雙腿切面一樣的紅色液體道具。」

九月點頭，「女鬼被砍斷了腿，她一直在滴血。」

幾人齊齊瞪大眼睛看向九月。

那位輔助位輕聲嘆息：「好吧，那麼請你說說看，你見到的女鬼。」

九月是排名不高的中位圈練習生，從Vocal一班晉升而來，受害者就是他在Vocal一班的原盟友。九月描述中的女鬼比視頻裡的紅鞋女孩更年長，西方面孔，十八、九歲年齡，面色慘白。洗手間內幾人沉默聽著，直到巫瑾開口。

「……當你們訓練懈怠的時候，她會親自出來督導。她無所不在……」巫瑾複述選管曾經說過的臺詞：「她會親手把紅舞鞋交給你們。」

那位輔助位猛地回頭。

凱撒一驚一喜，隱隱約約能認出巫瑾，又不能確定。

巫瑾微笑開口：「萊迦，Rap二班練習生晉升，幸會。如果我猜的沒錯，只要我們不選出C位，女主角就會用各種方式淘汰我們。」

「這是她的規則。當然，女主角同樣只喜歡向落單的練習生下手。比如，她會在洗手間僅有兩人時出現。」

凱撒非常給面子，點頭點頭！

凱撒的那位輔助盟友走來，溫和與巫瑾握手，「我叫禹初，幸會。所以您要……」

巫瑾禮貌同禹初握手，「我想邀請這位女士再次出現。」

幾人齊齊愕然。

不少練習生露出不可思議的表情看向巫瑾。

克洛森秀直播間，就連觀眾也一愣：「小巫這是要……」

巫瑾坦然開口：「很簡單，這裡有三個隔間，每次洗手間進二到三人，其他人守在門外。一旦女主角出現，裡面的選手立即預警，門外選手衝入支援。」

那位倖存者九月愣愣開口：「要是……要是她不出現呢？」

巫瑾笑咪咪道：「那就證明，只要選手抱團，她一定不會出現。」

人群裡很快爆發一小陣討論，然而節目中畢竟不可能一直蓄水不如廁，整棟樓只有這麼一間洗手間，巫瑾的提議很快被贊同。

每次洗手間進二到三人，其他人留守。

但在選擇誘餌時，幾人又產生了些微爭論。如同沒人願意穿上詛咒的紅舞鞋一樣，沒有人願意首先被當做誘餌，除非對實力尤其自信——

巫瑾作為提議者，倒是乾脆地和自家大佬報名。

出乎意料地竟然還是被凱撒搶了先。凱撒的盟友禹初有一瞬愣神，但很快苦笑同意首輪被當做誘餌。畢竟早在組隊之初就把凱撒的智商摸了一乾二淨。

好在禹初對凱撒的實力同樣有信心。

首輪誘餌布置完畢。凱撒進門前對巫瑾擠眉弄眼——巫瑾可以百分百確信，凱撒這廝就是想活捉女鬼撈回去炫耀。

兩分鐘後，巫瑾敲門。放凱撒、禹初出來，換自己和大佬進去。

兩分鐘不長，巫瑾提前敲門，擺足了誠意不讓凱撒、禹初涉險。

接著是巫瑾、衛時進門，臨走前最後掃了眼憂心忡忡的眾練習生、驚魂未定的倖存者九月、興致勃勃的凱撒和有些腦仁疼的禹初。

黑漆漆的洗手間空蕩安靜。進門前，巫瑾商議十分鐘後再換人，像個照顧隊員的紳士，很快就贏得了眾人的信任。

兩人預備進入隔間。巫瑾大大咧咧占了中間，把大佬擠到旁邊。

衛時揚眉。

選秀節目中的洗手間隔間並不髒亂，相反十分乾淨整潔，畢竟在偽裝的「二十一世紀訓練廠房」之下，用的還是三十一世紀的高端排水、垃圾處理循環系統，絕不苦著廣大粉絲的寶貝兒子們。

馬桶蓋都是巫瑾記憶中最先進的。巫瑾乖巧坐在隔間的馬桶蓋上，然後悄悄地敲了下大佬的塑膠牆。

衛時回敲。

巫瑾壓低聲音：「衛──哥──」

衛時能隔著牆板腦補出巫瑾在鼓著臉頰呼呼吹氣。

那廂巫瑾莫名興奮，那語氣就跟在浮空城捉住一隻最肥的火烈鳥似的，「衛哥，知道咱們為啥要進來不？」

衛時示意他繼續。

巫瑾信誓旦旦：「我被坑了一次，就絕不會被坑第二次。」

本小巫絕不會在相同的門檻上摔倒兩次！

「因為九月。」巫瑾一字一頓開口：「九月就是紅桃K。」

克洛森秀直播間，粉絲猛地譁然。

「媽耶！」

「絕了，他怎麼認出來的？所以小巫和K又兩方認出了，這是要搞計中計、諜中諜？」

隔間內，巫瑾飛速開口：「體型、手法都和在Rap二班一模一樣。而且他一定會來找我，不死不休。」

「救生艙裡選手是紅桃K殺的，所以他才能替換成九月。也就是說，絕不可能是女鬼殺的。而且……」

巫瑾深吸一口氣，眼神熠熠發光，語氣肯定：「紅桃K必然見過女鬼，因為剛才……」

衛時言簡意賅：「走廊裡。」

巫瑾果斷點頭，「對。走廊裡那次，我們遇到的應該就是從洗手間撤退的女鬼。」

「K知道該怎麼對付她。」

「暗殺、明殺裡面，他最喜歡的殺人手段是心理恐嚇、利用資訊不對等。」

「節目組不會設置必死之局，女鬼同理。如果我沒預判錯，這一輪，K是要借女鬼的手殺人……《紅舞鞋》這一輪，他能摸出來的規則，我們一定也能。」

巫瑾突然一頓。極端昏暗的洗手間隔間內，右側正對窗扇、空蕩無人的隔間似乎有一道影子，擋住窗外投射而來的月光。

巫瑾低頭，從影子推斷，右側隔板上似乎趴了一個沒有骨頭的人。女性，瘦弱，長髮。

滴答、滴答。鮮血順著隔板淌下，彙聚成紅色的血窪。

克洛森直播間。彈幕中原本圍巾粉的快樂歡呼戛然而止。

「小巫搞他！衛神搞他！圍巾合璧衝鴨鴨鴨。圍巾嗑呀呀呀——啊啊啊啊啊臥槽！小、小巫啊啊啊啊你你你旁邊——」

「救命！我就是想嗑個CP，啊啊啊小巫快抬頭啊啊啊——」

巫瑾緩慢抬頭。一張毫無血色的慘白臉頰越過洗手間隔板，脖子彎了九十度正直勾勾從上至下盯著他。

《紅舞鞋》的女主角。她的皮膚極白，瞳仁又極黑，臉上掛著詭異的微笑。她的瞳孔占了整個眼眶的三分之二，長髮濕濕漉漉，像是從下水管道鑽出的幽靈。

巫瑾又低頭，沒有看到女主角的雙腳。女主角的雙腳早已經被砍斷，傷口處順著隔板不斷流血，不知道她是怎麼飄上來的。

巫瑾嗖的站起致敬，用沖水聲掩蓋人聲：「小姐姐！」

身旁，大佬已是二話不說衝出。

巫瑾誠懇：「小姐姐，我能問您個事兒？就剛才那個九月……哎衛哥先別動手，咱們先看看能不能溝通！」

衛時氣勢冰冷駭人，從牙縫裡開口：「她剛才看你的時候，你穿褲子了沒？」

巫瑾一呆。

女鬼還在廁所隔間邊緣OB，巫瑾腦子沒轉過來，條件反射跳起給大佬開門，「穿、穿穿穿穿一直穿著……」

嘩嘩流水聲中，只見衛時尖刀直入，凶殘推門！

幾架微型攝影機秒速捕捉到洗手間內風雲變幻！

克洛森秀直播間。彈幕陷入詭異寂靜，接著驀然翻起滔天巨浪。

「我新來的，看不懂，這抓的是什麼重點？這會兒不是該說『當心，站我身後』、『快走，我保護你』——衛神你特麼關心小巫穿沒穿褲子幹啥！」

「哈哈哈哈哈哈哈嗝！小巫被嚇得喔，剛才見女鬼姐姐都沒事兒，現在，譃！這無處安放的小手手！」

某非公共版面，圍巾少女也被砸了個措不及防，接著滿屏嗷嗷亂叫。

「啊啊啊啊圍巾是真！臥槽衛哥這占有欲，這還親自衝進去檢查？『我的老婆誰都不能碰』，今天也特麼是看直播嗑暈的一天！」

「求女鬼視角機位！@節目組，換我趴在上面可不可！」

「報——衛神衝進去了！」

圍巾少女瞬間上頭。瞬息之間，克洛森秀直播平臺，爆手速輸入身分晶片、驗證合法年齡的觀眾不計其數。

就連血鴿都嚇了一跳，繼而恍然大悟，「真人版《紅舞鞋》評級為血腥、暴力，PEGI-12，現在看來，觀眾對女鬼類型恐怖電影都非常熱情。」

應湘湘：「……」想多了，她們只是想看衛選手、巫選手在洗手間胡搞亂搞。

然而觀眾熱情顯然也催發了講解導師血鴿的熱情。

血鴿接過麥克風，十分感慨：「我從兩位選手身上看到了非常樸實的情誼。多數時候，盟友、觀眾只在乎你的比賽名次，只有真正的兄弟才會關心你的真正處境和身體狀態……」

直播螢幕正中。

衛時不容反抗擠入巫瑾隔間，目光冷硬不悅，先剜過女鬼，接著是到處盤旋的機位，在看到巫瑾穿著完好時才稍有收斂。

巫瑾只能再次沖水以作掩飾，面具下的小圓臉傻傻愣愣，「衛哥，我沒……沒……」沒脫褲子……

衛時視線下移。

巫瑾：「……」臥槽！這眼神背著攝影機，怎麼有點不對！

乾淨、狹小的洗手間隔間立即被擠得滿滿當當。

衛時氣勢極強，巫瑾不得不戰略性後仰。

掛在左側隔板上的女鬼像是沒有骨頭的液體，慘白的頭部繼續向巫瑾探來，脖頸根部和脊椎以一百八十度彎折疊起，腥濕的長髮就要落到巫瑾臉頰。

巫瑾把女鬼往旁邊撥了撥，藉故乖巧提議：「她在這裡有點擠。」

女鬼瞇起眼睛。

兩人交錯站開，巫瑾與女鬼拉開距離，和衛時卻又挨得極近，呼吸灼熱相交。

巫瑾誠懇：「我倆又有點擠。」然後殷勤替大佬打開門。

衛時面無表情：「你先出去。」

女鬼蒼白的指節因為憤怒顫抖。

碰的一聲，巫瑾被推出隔間門外，留下大佬一人在內。巫瑾左思右想覺得不對。

窗外暴雨不絕，水汽氤氳，門內又是孤男寡女，衛哥一百九十左右的個頭和蠕動的女鬼形成最萌身高差……

巫瑾再次敲門，探頭探腦，「衛哥，要不還是我進去，你出去？哎呀！」

隔間門板，被忽視許久、忍無可忍的《紅舞鞋》女主角猝然爆發！

女鬼原本垂墜的頭顱猛然昂起，慘白的皮膚泛出和視頻一樣的詭異幽藍，血盆大口毫無徵兆張開，扒在隔板上的雙手一併伸出，沒有指甲、血肉模糊的指尖向最近的衛時狠狠抓去！

巫瑾瞬間瞪圓眼睛。全身血液陡然沸騰，腎上腺素激增，巫瑾在電光石火之間同時進入戰鬥狀態！

克洛森秀直播間，直播導師應湘湘迅速拿麥克風講解：「女鬼出動了！衛時選手目前是第一仇恨對象，如果巫選手擁有遠端攻擊武器，那麼衛時現在的站位能給他創造出非常有利的機會。但可惜……」

鏡頭中，出乎眾人意料，巫瑾壓根就沒考慮正面支援衛時。

少年後撤急退，從隔間門口一側越過，順手打開了嘩啦啦兩個水龍頭掩蓋打鬥聲響，接著直直衝入最左側半敞開的隔間……

應湘湘張大了嘴巴，那是女鬼所在的隔間。

隔板上方，女鬼整個身子都要探入中間隔間去襲擊衛時，冷不丁巫瑾直接從後背闖入，對著小姐姐兩隻被砍斷的、空蕩蕩的小腿一個猛拽——

女鬼吧唧一聲，被巫瑾強行拽回！

洗手間內情形驟變！少年拖麻繩似的把女鬼扯回隔間，接著動作迅猛如電，膝關節急促抬起，兩手反捉女鬼手臂，膝蓋猛地壓向女鬼脊背，把她狠狠抵在閉合的馬桶蓋上。

巫瑾終於揚起下巴，最標準的近戰搏擊體術。

膝蓋抵住的最下方，塑膠板被巫瑾和女鬼同時壓著，受力過重，竟是「吱呀」一聲從中裂開縫隙。

場外瞬間譁然！

應湘湘轉向血鴿，「小巫、衛選手兩人組隊，但我記得哪怕是上一輪，主輸出位也一直是給到衛選手？這場竟然是小巫……」

血鴿點頭，眼神讚賞，「主輸出位只是個形式。逃殺團隊中，一旦涉及到資源、專精分配，就存在輸出、輔助等分位。但這張地圖不吃資源，所以最完美的雙人團隊，是雙核運轉同時能C。」

鏡頭裡，巫瑾微微呼出一口氣。桎梏女鬼雙臂的指節觸感冰涼黏膩，按照他與大佬開賽前的約定——這場比賽是大佬與他的最後一場「教學賽」。

戰鬥不過分干涉，線索不提示。無他，這輪以後，無論是克洛森秀出道決賽，還是以後的甲級賽事、星塵盃、星際聯賽，都將由巫瑾一人一力擔當。

身後，大佬推開摺扇隔間小門。

巫瑾微微低頭，試圖與女鬼溝通無果，仔細觀察時目光卻微微一愣。

巫瑾的視線在女鬼臉部輪廓附近徘徊。

女鬼NPC毫無疑問是節目組的AI，被砍斷雙腿、在暴雨天徘徊行凶的厲鬼。她的手臂皮膚也呈現明顯的機器人矽膠觸感，體溫冰涼，但臉部卻覆蓋近乎以假亂真的皮膚。

女鬼扭曲的四肢微微動了動。

巫瑾一頓。挾制住的女鬼頭部朝下，赫赫作響，四肢在以不易察覺的幅度微微扭動。下一秒，女鬼柔軟的關節一百八十度旋轉，向下的頭部毫無徵兆轉向朝上，被反手挾持的雙臂轉為正手——女鬼再次對巫瑾張開血盆大口。

巫瑾：「什麼！」有沒有道理了？

AI女鬼百折不撓，巫瑾措不及防就連連後退，接著女鬼猛地從隔間撲出！

衛時毫不猶豫拔出短刀，直直將女鬼逼退，兩人瞬息並肩而戰。巫瑾急促喘息，同時亮出匕首，目光如電在洗手間掃視。

不對。

兩人負責值守的十分鐘已經過了近八分鐘，女鬼戰鬥力與A級練習生相當，但作為戰鬥永動機究極難纏。紅桃K能單打獨鬥女鬼，還能從她手上拿走選手人頭，絕不會遊刃有餘。

洗手間此時血跡一片混亂，有之前打鬥留下的，有女鬼被砍斷腿部新淌下的……

巫瑾驀地一頓。

所有血跡在靠近洗手臺處終結。

「洗手臺！」巫瑾言簡意賅，拉著大佬就向洗手臺靠攏。

女鬼神色陡變，在半空中一個扭轉就要阻隔兩人去路，然而巫瑾動作更快，兩手掬水火速向她潑去！

毫無反應。

女鬼果然站在了距離洗手間的洗手臺一公尺外，張牙舞爪卻寸步不進。

巫瑾心念電轉。

二十分鐘前，紅桃K無疑也躲藏在洗手臺安全區內，女鬼無法踏入洗手臺一步，她怕的不是水，也不可能是鋪滿洗手間的白色瓷磚。還有，之前自己與大佬在走廊上遇到的，就是頭頂上方飄過的女鬼，傷口在牆壁灑下血印。她為什麼會選擇那裡撤離，而不選擇洗手間就近的走廊，布滿鏡子的走廊……

巫瑾猝然回頭。

洗手臺牆壁上，一面老舊發黃的鏡子直直照著自己與大佬。

鏡子裡沒有女鬼的身影。

「……鏡子。」巫瑾輕聲開口。

衛時點頭。

無需多言。

下一瞬，兩人齊齊踏出洗手臺旁的一公尺安全區，巫瑾直直躍起，抓住女鬼的胳膊就往鏡子前面扯。

女鬼慘白的臉上竟是罕見露出了痛苦、懼怕的表情，奮力掙扎就要後退！

巫瑾終於呼出一口氣。

【第三章】——

通曉規則，飛龍騎臉怎麼輸？

鏡子。

《紅舞鞋》女鬼的約束規則是鏡子，雖然這玩意兒和紅舞鞋本身沒有任何聯繫，巫瑾想破腦袋也想不出被砍斷雙腿的少女為何會懼怕鏡子，且逃殺秀中很少出現毫無意義的規則——但這就是規則。

巫瑾張開嘴，大聲開嗓：「啊啊啊嗷嗷嗷啊啊啊啊——」

洗手間厚重木門外，等待已久的其餘選手大驚，踹開門就向內湧來。

首當其衝第一個就是凱撒：「真有鬼！啥玩意兒？不是蘿莉？」

門內，衛時還在同女鬼負隅頑抗，巫瑾似乎正在奮力奔跑求救。

然而人群甫一出現，女鬼毫不猶豫翻出窗外，只用慘白的臉頰憤恨看了眼選手們，就再不見蹤影。

人群瞬間爆發出竊竊私語。

女鬼的臉頰瞳孔處處可怖，但很快凱撒的盟友，那位名叫禹初的輔助位就溫和安撫：「至少證明了一點，她不會在人多的地方出現。今晚大家儘量抱團，不要單獨外出……」

巫瑾的視線穿過人群，掃了下偽裝成「練習生九月」的紅桃K。

紅桃K似有所覺。

然而巫瑾極其坦然，掃完紅桃K又去掃旁邊的練習生甲乙丙……

凱撒偷偷摸摸湊過來，「你咋沖水沖那麼多次？」

巫瑾睜圓眼睛，「啥！」

凱撒壓低聲音批評：「你是不是最近吃辣吃多了啊！這比賽呢！算了我不告訴你隊長。」

巫瑾：「……」

洗手間的喧嘩終於停歇。

巫瑾覺著，禹初這人簡直是個奇才，他竟然想了個法子，眾人拿號排隊去洗手間，湊成六個再手把手過去以防被女鬼盯梢。原理類似於小女生課間手把手去廁所。

然而巫瑾很快就移開了關注。對付紅桃K，需要謀定而後動。

窗外暴雨連綿。趁著熄燈前的工夫，巫瑾迅速掃蕩了一遍整棟練習室大樓。樓中統共只有兩層，上層宿舍、下層練習室，小半走廊裝有鏡子。除《紅舞鞋》外，格林兄弟與王爾德的童話劇本組別分散在各自的練習室建築，此時被傾盆大雨阻隔。

巫瑾只能在開窗時，透過雨水中微弱的光看到不遠處的小樓。

小樓下無一例外是大片大片的紅玫瑰，和遠處練習室的鏡子反光。

腕表微微振動。距離練習生集合、向觀眾放送當日節目剪輯只剩十分鐘。

腕表還剩五十二人。

巫瑾用指節戳了下鏡子，跟著大佬快速歸隊。

AI選管正和顏悅色地站在練習室中央，周圍統共聚集了二十一名練習生，另外三名不知所蹤。紅桃K同樣混跡於人群，跟著從洗手間歸來的大部隊，倒是沒有抽空再下殺手。

巫瑾掃了一圈同組選手，能從一百晉級六十，各個都不可能是善茬。

此時電視中反覆播放的《紅舞鞋》終於被按下暫停，選管首先表達了節目組的不滿，由於《紅舞鞋》組排演進度停滯不前，本期二十一人鏡頭剪輯將只占節目總長度的五分之一，無法有較長時長在觀眾面前拉票露臉。

但在播出前，選手還有一次修改「剪輯」的機會。

之前下發的撲克牌花色含義終於統一放出。紅桃能控制論壇輿論風向，黑桃擬形為上升箭頭，可增加選手出鏡時間。梅花擬形為剪刀，可剪掉任意節目段落，方塊則回歸本意象徵財富，抽中方塊卡牌的選手能為自己增加選票。抽中大小王無效。

規則公布在下位圈造成了少量轟動，上位圈明顯並不在意。

巫瑾很快不再關心。

這場逃殺秀的精髓在於殺人、換皮，卡牌遊戲只是其中無傷大雅的點綴。

雖然於卡位練習生來說，卡牌無異於淘汰前的最後救星——在AI宣布可以交牌之後，迅速有練習生隱祕地用腕表交牌。

幾分鐘後，節目終於開播。

一時間勾心鬥角你死我活的練習生們，如同小學生圍坐螢幕。

巫瑾坐在大佬旁邊。自己和大佬竟然還沒認認真真看過一場電影！雖然這會兒已經變成看綜藝。

當期節目中，其餘兩班剪輯放出。

「Vocal組是王爾德《夜鶯與玫瑰》、綜合組是格林兄弟《白雪公主》。」巫瑾低聲琢磨。

巫瑾對《夜鶯與玫瑰》記憶不深，似乎是夜鶯在荊棘裡穿破胸膛，用鮮血澆灌出世上最美的紅玫瑰。

節目推進到《紅舞鞋》組。十二分鐘不到的鏡頭已是用盡全力把所有選手掃了一遍，塑造人設可圈可點——

巫瑾突然一頓。人群逐漸喧嘩，不止一人回頭看向巫瑾。

這位想方設法蹭夠了鏡頭的練習生「萊迦」，在視訊短片中竟是一次都沒有露臉。

「練習生萊迦」即時支持率排名，二十四下跌至三十六。下一輪卡位。

偌大的練習室霎時爆發出竊竊私語。

巫瑾表情不變，向人群微微頷首，實際心思電轉。毫無疑問有人用卡牌剪掉了他的鏡頭。

此時存活五十二人，五十二名練習生攥著開場時的五十九張卡牌。梅花花色可減去任意選手鏡頭……

周遭，原本投向巫瑾的好奇目光卻下意識傾向於戒備。

距離巫瑾最近的幾位練習生看似同情，瞳孔裡卻分明謹慎敬畏。

「萊迦」在六十進四十八的表現可圈可點，鏡頭前長袖善舞，鏡頭後還能單挑女鬼。一旦萊迦卡位、一旦萊迦需要被迫奪取別人的身分晉級，整個練習室裡能與他抗衡的人屈指可數。

落地窗前，AI選管啪嗒關閉了播放結束的本集綜藝放送。人群像是突然回過神來，幾名先前和萊迦交好的選手紛紛前來安慰，並有意無意露出自己卡牌花色讓萊迦驗牌。

「是誰暗算剪掉鏡頭的？太不要臉，梅花可以剪切鏡頭，可惜我這裡只有紅桃，幫不上萊迦哥……」

就連紅桃K偽裝的那位「九月」，也有意無意展露出了他手裡的「紅桃牌」。

巫瑾視線微微掃過九月。

紅桃K淘汰了上一版本的「九月」，手裡至少應當有兩張卡牌。

巫瑾擰眉，強烈的違和感湧來。任何逃殺選手，即便面孔、身分千變萬化，作戰風格只會隨著資歷增長趨於穩定、老辣。

紅桃K擅長的是暗殺，追求的是病態華麗的規則，博弈遊戲下的你死我活。如果是K在試圖用卡牌淘汰桃子，與他上一輪的作戰習慣略微相悖。

巫瑾移開目光，腦海中猝然一閃——

「六十進十二，選手可在休息室內自由結盟。」

如果K在這一輪有了盟友。如果……

不遠處，凱撒急吼吼擠入人群。衛時不著痕跡攔住凱撒的猛撲之勢，再面無表情放行。

巫瑾算是看清了，第七輪淘汰賽選手互相剝皮爾虞我詐，只有大佬氣定神閒，就跟平時出門遛兔無差。

凱撒壓低聲音，想也不想伸出援手：「要幫忙直接喊一聲，隨叫隨到。」

巫瑾比了個碰拳的手勢，表達感謝。

凱撒還不放心，表面是暴躁老哥，私底下又鬼鬼祟祟把巫瑾拉到牆角，避開所有鏡頭給巫瑾比劃，「我說你聽。這場比賽規則不大對勁，淘汰其他選手能披上他們的皮，你哥我這張臉就是……」

巫瑾聽了個目瞪口呆。從第一輪到最後一輪，凱撒哥似乎第一次把比賽規則完全抓對！

凱撒一拍巫瑾肩膀，嘿嘿嘿，「想什麼！都禹初給我說的。」

巫瑾恍然。古往今來，主輪出位和優秀的輔助位都有點那麼惺惺相惜的意思。百人混戰地圖中，最優秀的輔助選手更是會在第一時間挑出「最出色」的突擊、狙擊手迅速抱團。

禹初就是凱撒這輪比賽的大腦中樞，從一百進六十跟到六十進十二。

那廂，凱撒又神神祕祕給巫瑾開口：「留點心……別隊友給人整換了都不知道。知道怎麼看著你隊友不？臉皮子貼上臉到貼合得整整三分鐘，你和那誰，別分開超過三分鐘，要不被掉包了你也發現不了。」然後以身作則，「你哥就是這麼看著輔助的。」

「……」巫瑾：所以凱撒哥你從頭到尾都和禹初gay在一起，沒分開超過三分鐘？

「喔，」凱撒又補充：「這也是禹初教我的。」

巫瑾終於了悟。禹初進可號召練習生手把手一起上廁所，退可把凱撒在身邊綁得嚴嚴實實。作戰風格可謂十分謹慎。

人群邊緣，禹初終於無奈擠入。

這位年輕的輔助位練習生視線直接掠過凱撒，他向巫瑾伸手，「再正式認識一次。禹初，輔助位。」

巫瑾回握，「萊迦，突擊位。」

兩道目光相撞，巫瑾竟無端有一種對方和自己略微相似的錯覺。

禹初溫和一笑，「既然如此，隊友的盟友也是我的盟友。保持聯繫，卡位問題不大，這一輪我們一起。」

「面具完整黏合時間需要三分鐘，也就是說最短的『完美身分替代間隔』是三分鐘。」禹初看了眼凱撒，「只要萊迦也能保證你的隊友不被替換，我們的同盟就牢不可破。六十進十二，《紅舞鞋》出線至少會有四席。我希望是我們。」

巫瑾終於露出微笑。

衛時揚眉。

禹初比凱撒察覺得更快，他向衛時禮節性地點了點頭，領著凱撒掉頭離去，與其他練習生搭訕。

練習生晚課散場。不出巫瑾意料，腕表迅速由五十二跳到四十九。最終前四十八名名次固定，節目花絮中「瘋狂刮贊助商糖果卡、給心儀小哥哥投票」的AI粉絲也終於停止戰鬥。

No.49名被AI選管帶出，場內最終定格為「四十八人存活」。

供給四十八人的寢室已是標準雙人寢，比上一輪生活環境優越不少，當然上位圈的寢室「特權」也隨之消失。

巫瑾想都不想地和大佬包下一間寢室。

一小時後，攝影機出於隱私考慮電源熄滅。

狹小的寢室逐漸傳出詭異聲響。

寢室床榻，呼吸壓抑倉促，巫瑾被迫仰起脖頸，手臂緊繃出線條流暢淺薄的弧線，為了掩飾喘息聲，狠狠抿住雙唇——

衛時鬆開對巫瑾的桎梏。巫瑾脫力，吧唧一下攤在床上。

撲騰半天又不信邪爬起，「不可能啊，這麼捉女鬼真有用？再來再來！」

衛時把人撈起，又麻利按下挾制。

巫瑾作鹹魚掙扎，愣是掙不出大佬控制範圍，半天驚喜開口：「哇！真可以！」

衛時：「壓住脊椎，你臂展比她長，她碰不到你。」

巫瑾恍然大悟，眼巴巴看著大佬，想換位練習。

衛時冷靜：「不好示範，我臂展比你長。」

「……」巫瑾鼓起小圓臉：矮個子就不能拿你練手啦！我好歹也是接近一百八十，吃得飽了還能再長高！

然而在大佬的拒絕下，巫瑾只能自己對著床柱練習。

練完了嗖的擠到大佬床鋪上，熟練裹起被子。

寢室兩床並排。巫瑾那張被他自己拱得亂哄哄，被子都團成一團兒，大佬這床乾乾淨淨，在雨夜裡還暖和得很！

巫瑾占完地盤就開始裹著被子搞起腕表。

選秀粉絲論壇，萊迦的投票排名正卡在「第三十六」，因為鏡頭一剪沒，當晚翻不出任何水花，倒是大佬的「No.2練習生祝嵐」在論壇腥風血雨。

大佬在身邊躺下。窗外雨聲如瀑，巫瑾打了個哈欠，被大佬揉了把腦袋。巫瑾順勢換了個方向捲著玩腕表，小小一塊，不怎麼占地。

「明天排練會選C位。」巫瑾懶洋洋開口：「如果和今天一樣，排練進度停滯不前。當然，還有一種可能。」

「如果有一名練習生，實力中上，排名偏低，急需掙個鏡頭給自己抬咖。那麼C位非他莫屬。當然，其他選手也樂見促成。因為，如果實力強勁的選手跌出卡位圈，誰也不知道他會動手取代誰的身分。」

「這場遊戲裡，設局者所希望的——這名練習生就是萊迦。」

「設局者的目標是萊迦。設局者可能是K，也可能不是。從風格上看，不像……」

衛時嗯了一聲：「你要拿C？」

巫瑾鬥志昂揚：「拿，為什麼不拿。《夜鶯與玫瑰》、《白雪公主》的C位都健在，再說咱們這組的小姐姐……」

隔了不知道多少面牆，猛地傳來悶聲尖叫。緊接著是細微金屬摩擦聲響在天花板游離而過，最後消失。

腕表存活數字，從四十五減到四十。

「小姐姐又動手了。」

兩人床頭的櫃門打開，更衣落地鏡對著兩張床。「鏡子」是防住女鬼的護身符，這一輪知道的選手極少。而女鬼就游離在整座寢室大樓，四處狩獵。

「只要有鏡子，她就不會出現。」巫瑾笑咪咪開口：「既然找到了規則，C位就一定要拿。不拿C，苟到最後有什麼意思！」

月光下少年信誓旦旦，就差沒握拳在那兒衝鴨衝鴨給自己打氣。

衛時微微瞇眼。

巫瑾拿起腕表，開始準備給自己積攢人氣。

紅桃三的卡牌端正放置——【紅心】論壇點讚三萬次。

腕表讀取卡牌晶片，很快給巫瑾開出水軍後臺。

論壇裡顯然還有不少選手在雇傭水軍，其中甚至包括凱撒的盟友禹初在內。這位輔助位約莫同樣消耗了一張紅桃卡牌，大力宣傳了本期節目中的一段高光鏡頭。

關聯搜索一水兒「禹初亮眼」、「禹初綜藝咖」、「禹初正能量」之類，人為痕跡明顯。

巫瑾也大肆發帖頂貼。

「萊迦哥哥怎麼查無此人了！555安利隱形的哥哥！」

「防爆剪鏡頭預警，我們要給萊迦哥哥申請應有的剪輯待遇……」

衛時：「……」

巫瑾發帖頂帖點讚艸熱度一氣呵成不亦樂乎，小圓臉洋溢著接觸新奇事物的快樂！

巫瑾：「哇啊啊啊啊有AI頂帖了！」

巫瑾：「啊啊啊啊有野生路人混入了！」

巫瑾：「啊啊啊啊我要紅了，我要紅了！哈哈哈哈嗝！」

巫瑾在被窩裡滾來滾去。

衛時瞇起瞳孔。緊接著巫瑾被一把按住偽裝後的小捲毛，整個人被托著頸部抱起，再扔進柔軟的枕頭裡。窗外暴雨打上玻璃叮咚作響，空氣濕潤寒冷，被窩裡卻熱氣騰騰暖意橫生。

巫瑾：「——唔！」

熱氣緩慢蔓延上巫瑾的臉頰到耳垂。

衛時喘息低沉，但最終只捏了兩下少年的耳垂。

「嗯，確實紅了。」男人確認。

「……」巫瑾猛地爬起，對著衛時就一陣不服輸的亂啃。

幾分鐘後。巫瑾饜足地搶了大佬的枕頭，不知是否是錯覺，連綿暴雨稍減。

「先不對K下手。」

「我們等他的盟友現身。」

「明天說不定能放晴，出去遛一圈。」巫瑾睏得迷迷糊糊，有一搭沒一搭說道：「看看我上一輪的老盟友還活著沒！」

「外面這是啥聲音，白雪公主那棟樓，是誰家玻璃砸碎了？」

「對了，咱們小姐姐那臉是不是能……」

「小姐姐咋又動手了，她這次跑得比上次還快。這是吸了練習生精氣還是怎麼的！這樓層高不高啊？估計天花板上面都是空的，小姐姐就在咱們頭頂跑來跑去！」

衛時：「睡覺。」

巫瑾：「她住那麼大一loft，咱家都沒loft！」

衛時：「想要？」

一回頭，巫瑾已經高興入睡，小呼嚕蹭著枕頭直往外冒。

衛時伸手，在巫瑾軟乎乎的臉頰洩憤似捏了一把，反覆調整姿勢最終入睡。

深夜。巫瑾突然驚醒。

大佬正抱臂靠在床頭，視線對準床前的鏡子。

巫瑾把腦袋湊過去一看，猛地倒抽一口冷氣。

夜色是凝重化不開的濃墨。

鏡子模糊不清，泛黃的鏡面裡分明只映出巫瑾、衛時兩人。空氣帶著強烈的腥濕氣息，像是幾個月沒清理過的、布滿了菌斑黏液被長髮堵住出口的下水道。

鏡子與床的左側。窗外細淺淡的月光透入，臉頰慘白的女鬼瞪著比常人大了兩倍不止的瞳孔無聲看著床上兩人！

《紅舞鞋》的女主角。

與洗手間內第一次見面相比，此時她更像是女主角的完全體，無聲無息，以恐怖片中最常見的狩獵姿態蹲守在狹小的寢室內，頸椎不正常彎曲。她站在距離鏡子最遠的一隅，卻探出長而彎折的脖頸，帶著詭異的笑容看向寢室床。

巫瑾：「啊！」

少年嗖的一下就要從床上彈起，然後猛地被大佬按住。

「衣服穿好。」衛時面無表情命令。

巫瑾急得在被子裡團團轉。

這哪是穿不穿衣服的問題！隨著女鬼出現，寢室攝影機綠燈直冒。正是直播鏡頭開啟前為不侵犯選手隱私而提前十五秒閃爍的提示燈。

半夜三更。兩位克洛森秀選手同床共枕，並和一位dancer小姐姐在寢室鬼混，可不就是克洛森觀眾的快樂源泉！

八秒，巫瑾胡亂把睡衣紐釦扣好，練習生制式長褲早不知道睡覺時被蹬到哪裡去。巫瑾想都不想就開始扒衛時的長褲往自己身上套。

衛時：「……」在攝影機開啟之前，衛時三下五除二把亂穿一氣的巫瑾往被子一塞，大長腿筆直邁向另一張床。

鏡頭滴滴打開，正拍到兩位練習生先後醒來，從各自床上掀開被子，而鏡子前的女鬼已是直直向巫瑾撲去！

巫瑾急速閃躲！視線終於在此時適應了夜晚的黑暗，眼前的女鬼與第一次所見有明顯差異。她原本蒼白帶瘀青的手臂、指節此時延伸出一種近乎於擬態的血色，臉頰也更為豐盈。就像是吸足了精血，距離鏡子也靠得更近。

巫瑾看向腕表。存活數字四十，一晚上選手淘汰了整整八人，與之相反，女鬼氣焰大漲。淘汰的選手像是成為了紅舞鞋女主的「口糧」……腥濕味衝入鼻腔，讓空蕩的腹部隱隱作嘔，在女鬼就要抓著巫瑾腳踝把人拉下床之前，巫瑾右手作掌刀陡然將女鬼手臂劈開！

女主角傾身閃避，軟若無骨的上身軀幹詭異折疊。正此時，衛時支援抵達，男人一腳踹向女鬼空蕩蕩的小腿！

女鬼猝不及防後仰。

巫瑾反應極快，再不與女鬼糾結，少年瞳孔微瞇，右手貫入巨力，狠狠鎖向女鬼咽喉，然後借勢將人直直往寢室的穿衣鏡按去！

利用規則遠比惡鬥來得輕鬆。

女鬼立時激烈掙扎，在脊背抵住落地鏡的一瞬臉色倉促惶恐。

巫瑾長舒一口氣，剛要低頭，被自己挾持的女鬼卻突然露出詭異的微笑。

她似乎已經不再懼怕鏡子。

或者在吸食了數位選手之後，她已經比「鏡子裡的東西」更加強大……

衛時：「小心！」

巫瑾的肌肉反射比意識更先一步對大佬的指令做出服從。少年瞳孔驟縮，右手毫不猶豫放開對女鬼的挾持，身形驟矮。

血淋淋尖銳如五根倒刺的手掌狠狠劃來，正是剛才巫瑾臉頰所在的方位！

如果女鬼的實力也能評級。那麼短短一個晚上，她已是從克洛森秀C級晉升到A。

巫瑾驟然抬頭。女鬼漆黑可怖的瞳仁毫無感情，血盆大口帶著嘲諷。但即使是此刻，她的脊背始終與鏡面留有一絲縫隙，不與鏡面相貼。

巫瑾再次動手！他幾乎是不管不顧地對著女鬼衝去，正面破綻大開，但凡被女鬼指尖勾住巫瑾現在就得原地淘汰。但毫無保留的攻勢讓巫瑾在力量上占了絕對上風，他狠狠舉起女鬼冰涼的腰肢，接著用盡全力把她向鏡子砸去——

嘩啦！

女鬼臉上的血色肉眼可見地褪去，鏡面破開一條縫隙，女鬼竟是不再去看巫瑾，而是反覆回頭，像是害怕有什麼東西從縫中鑽出。

在她身前，衛時與巫瑾並肩已是合力準備第二次撞擊。

女鬼倉促發出無聲尖叫，身形順著牆縫一擠，掙開巫瑾束縛就掉頭逃竄而去，消失在天花板中！

巫瑾仰頭。他終於看清了女鬼從哪兒來，到哪兒去。

整座訓練室層高被一分為二，練習生在下，女鬼在上。天花板可從任意縫隙無聲分開，女鬼抓著鋼絲似的細線騰空，或是從天花板降落，無聲無息趴在巫瑾床前。

女鬼唯一懼怕的是鏡子，就像是鏡子裡有什麼東西隨時會破出。

衛時撞了一下巫瑾胳膊。巫瑾緩緩抬頭。

被數道裂痕分割的穿衣鏡面內，有一道人影正在直直看著自己。

巫瑾瞪大了眼睛。

人影模糊不清，看不清臉。它站在自己和大佬的正中，但鏡子外分明又只有兩人。

「它」身著宮廷復古長裙，也是一位女士。

巫瑾歪了下腦袋，她跟著也歪了下腦袋。如果說紅舞鞋的女主角是鏡子照不出來的人，那這位就是只出現在鏡子裡的人。

月光透過輕薄的窗簾。鏡中的女士益發清晰，五官、眉眼逐漸成形——占了眼眶三分之二的瞳孔猝然清晰，和紅舞鞋女主如出一轍的蒼白臉頰狠狠看向巫瑾。

她慢慢、慢慢從鏡中伸手……

衛時一把將巫瑾推到身後。

正此時，不遠處綜合組練習生大樓內，尖叫聲急促響起，接著是鏡面破碎的聲響，隔了幾十公尺從雨後濕潤的空氣傳來！

那位女士直接放棄巫瑾，掉頭鑽回了鏡中，了無痕跡。

《紅舞鞋》、《白雪公主》、《夜鶯與玫瑰》三組同時被驚叫聲吵醒。

練習生陸續打開窗戶，窗外鮮豔的血紅玫瑰在一晚上暴雨中狂野生長，刺眼的紅色花瓣與荊棘幾乎要堵住整個窗扇。

腕表微微一震。練習生淘汰一人，存活三十九。

腳步聲在走廊各處匆匆響起。

女鬼、紅舞鞋、練習生接二連三消失，其他大樓頻出的狀況讓長夜提前結束。巫瑾眉頭緊擰，所有線索東拼西湊也無法聯繫在一起。

女鬼至少有兩位。在天花板遊蕩的紅舞鞋女主，和能在鏡中穿梭的女士。但《紅舞鞋》故事裡從未有過提及。

巫瑾順著人流匆匆開門，低頭同大佬討論，「《紅舞鞋》女主凱倫曾經有過一位養母，但她不會穿著宮廷裝束……」

走廊有一扇窗戶半開。

巫瑾突然一頓。整座練習生廠房在雨後玫瑰盛開，黑紅相間驚心動魄，所有玫瑰都長在練習生寢室的窗外。

不遠處，王爾德《夜鶯與玫瑰》的練習生大樓，每一扇窗戶都牢牢進鎖，甚至有練習生用鐵絲網糊住了窗扇，其中又間或夾雜幾扇被砸破的窗戶。

窗外的玫瑰格外繁盛，裡面黑黢黢一片，無人開燈。

安徒生組。訓練室內燈光昏暗，電視機還在一遍一遍播放《紅舞鞋》女主凱倫扶著棺材前行。凱撒、禹初抵達得最早，在巫瑾進門時，禹初向他微不可察頷首。

紅桃K也混跡人群，坐在牆角。

一群練習生中，禹初極有技巧的拿到了指揮位。這種技巧比第一任「萊迦」要成熟得多。凱撒咋咋呼呼，戴個面具跟沒帶一樣。禹初毫不避諱利用凱撒的「克洛森秀高位圈」身分，向其餘練習生隱晦表達能夠提供的武力保護。並在幾次突發事件中一點一點為自己謀取話語權。

「少了五人。」禹初面色終於凝重。

《紅舞鞋》一晚上減員五人，而三個小組加起來也才淘汰九人，《紅舞鞋》的淘汰率要遠遠高於其他小組。

隨著眾人走進練習室，節目組攝影機打開，開始新一輪的「節目錄製」。

禹初回頭看向練習室旁的櫥櫃。

那裡鎖著女主角的紅舞鞋。

「C位，」禹初斟酌了少頃，終於開口：「《紅舞鞋》至今沒有選出C位……當訓練懈怠的時候，她會親自出來督導。她無所不在……」

「這是她的恐嚇。我想，我們需要一個C位。」

人群小幅度爆發出議論，沒有任何人願意穿上代表詛咒的紅舞鞋。然而禹初很快給出了解決方案，「C位擁有整期節目最多的鏡頭量。我傾向於，讓中位圈的選手去嘗試，當然。其他選手有義務給予C位保護，人多的時候女鬼一定不會出現……」

臺上，在禹初溫和引導下，竟是真的有卡位選手躍躍欲試。

巫瑾的目光在人群裡逡巡。紅桃K偽裝的練習生「九月」安靜坐在人群中，不和任何人交流，無法分析出他的盟友究竟是誰。此時人群中頻頻有人看向巫瑾，毫無疑問巫瑾作為實力卡位選手，是「擔當C位」的最佳人選。

萬一巫瑾C著C著就被詛咒淘汰了呢！

對剩餘選手來說豈不美哉！

然而臺上的禹初巧舌如簧，愣是讓所有卡位選手同樣躍躍欲試。

巫瑾略微感動。禹初為了把自己挪出話題中心煞費苦心，巫瑾無需被形勢強推拿C，意願在他自己。

但《紅舞鞋》的C位他勢在必得。

早晨六點，AI選管魚貫而入，紅舞鞋從櫥櫃中拿出，新一輪選C開始。

巫瑾直接了當舉手，他需要這個C位晉級。

還在猶豫的幾位選手驚愕看向巫瑾，就連禹初也是一愣。

選管很快露出讚賞笑容，紅舞鞋被遞到巫瑾手中，因為「排練進度終於推進」，新一輪的劇本下發。

巫瑾低頭翻閱。

「……凱倫不僅穿著紅舞鞋參加了母親的葬禮，她還穿著紅舞鞋去了教堂。一位曾經是皇后近衛的士兵攔住了她，大聲讚美她的美麗……」

選管AI溫柔邀請巫瑾：「試試吧，穿上你的舞鞋。」

節目組終究沒有遞給巫瑾一雙紅色高跟鞋，代表C位的舞鞋為男女通用款，紅色亮膠面，尺碼稍大，但絕不妨礙穿鞋。

此時不少練習生都向巫瑾圍攏過來。

巫瑾脫下作戰靴，剛要穿鞋——

少年動作一頓，謹慎是任何抉擇的必要前提。

在選管饒有興趣的目光中，巫瑾伸手，徑直將一雙紅鞋倒提，對著訓練室地板抖去。紅色亮面膠鞋內很快傳來不自然的聲響，緊接著咔嚓一聲。

一塊碎玻璃從舞鞋右腳落在了地板上。

人群猛地譁然。

凱撒立刻就要跟AI選管理論：「咋回事兒啊？你們這還讓不讓C位跳舞了？」

禹初迅速走來擋住眾人目光，不遠處，紅桃K扭過頭去。

巫瑾心思電轉，玻璃不是紅桃K放的。比起慶幸，偽裝成九月的K更多是「不屑」，K有絕對的實力正面作戰，就絕不會選擇暗算。

另外，C位直到今天早上才被選出，往舞鞋裡扔玻璃的人只能是盲狙。

巫瑾低頭撿起玻璃碎片。

這不是一塊玻璃，而是一塊鏡面。鏡面與練習室的無數塊鏡面一般微微泛黃，邊緣銳利如刀，只有半個巴掌大小，背面凹凸不平。

巫瑾翻轉鏡面。

一行被截斷的小字陽刻在背面——Mirror mirror……

鏡子、鏡子。

巫瑾猛地收回鏡片。遠處，凱撒還在吵吵鬧鬧，人群紛紛湊著腦袋圍觀。

背面刻字的鏡片，放在紅舞鞋中是陷阱，從紅舞鞋抖出之後卻可以稱之為「線索」。

巫瑾身旁，禹初看到字樣先是一愣，接著火速擋住巫瑾，用眼神示意他收好，然後繼續控場掩飾，「我說過，C位很危險……」

巫瑾向禹初微微點頭。他並不介意和盟友分享手中的線索。凱撒和禹初從沒分開超過三分鐘，禹初絕不會被替換。最重要的，他想要凱撒哥晉級。

舞鞋裡的玻璃碎片在練習室造成了小幅度轟動，很快又歸於平靜。

AI選管給不出任何解釋，只反覆強調「舞鞋一直鎖在櫥櫃裡，沒有任何人能碰到」，而禹初那邊，已是給出了「女鬼報復」的理由。

電視機鏡頭一換，女主凱倫已是長到十三、四歲。

那位曾是皇后近衛的士兵正在馬車前誇張誇讚凱倫的美貌：「……您像宮廷中的皇后一樣美麗端莊……」

凱倫則與士兵調笑：「為什麼不是公主……」

巫瑾看了幾眼，就準備拉著大佬回撤。

練習室一角，無所事事的凱撒也準備跟著巫瑾出去鬼混，但很快就被禹初欲言又止拉住。

「分頭行動。」巫瑾和凱撒碰了下肩，「我去其他大樓看看。」

巫瑾又突然想起什麼，轉向禹初：「禹初哥，昨晚把紅桃牌用了？」

梅花卡牌能在錄製好的節目中剪去鏡頭，紅桃則能在論壇控制輿論。昨晚的安徒生組別中，除去另外一名卡位選手外，首頁被巫瑾和禹初刷頻。

格式還一模一樣。

守護全世界最好的萊小迦。

守護全世界最好的禹小初。

在發現水軍撞車後，兩人才改變思路，一個炒「美+強」，一個單炒「慘」。

禹初無奈：「嗯。我排名也不高。」

巫瑾點頭，善意提醒：「如果再搶到卡牌，儘量留到最後一輪。」

兩組在寂靜的走廊拐角分別。

身後，凱撒正對線索表示十分不滿：「啥玩意兒？它一面鏡子，在背後寫鏡子、鏡子。這不廢話嗎！跟我在我腦門兒上寫凱撒、凱撒有什麼區別！」

禹初一把按住凱撒，「小點聲、小點聲……」

巫瑾與大佬走出安徒生組大樓。

巫瑾終於呼出一口，從口袋裡小心翼翼拿出碎裂的鏡片。

紅舞鞋、玫瑰、鏡子、兩位女鬼、安徒生、王爾德、格林兄弟。

所有線索加起來都不如這一行字來得有力，像是一切零散的故事被串通。

——六十進十二輪次，不是劃分戰場作戰，而是六十人混戰。

巫瑾把鏡片遞給衛時，低聲開口：「鏡片是節目組放進舞鞋裡的線索。」

「Mirror mirror，第一個M是大寫。這是一句話，不是重複複寫的兩個單詞。或者說，是一句魔咒。」

「六十進十二涉及三個童話故事。」

「所以只有一種解釋。」

「Mirror mirror on the wall who's the fairest of them all.」

「鏡子背面的咒語，連在一起就是——魔鏡、魔鏡告訴我，誰才是這個世界最美麗的人。線索指向《白雪公主》。」

「魔鏡的持有者是皇后，《紅舞鞋》女主凱倫懼怕的或許不是鏡子，而是鏡子裡的宮裝女鬼，這位女鬼有極大可能就是皇后。錄影帶中，士兵攔下凱倫，也曾稱讚她與皇后相似。」

「安徒生第一版《紅舞鞋》中，凱倫紅舞鞋的詛咒，就是從她被這位士兵攔下開始。」

「我在想，紅舞鞋的詛咒來源於哪裡？」

巫瑾一抬頭，「……」他終於確信大佬一本童話都沒看過，狀似專心致志，實際毫無回饋。不過轉念一想！大佬這種天生殺器估計從小看的都是《紅色足部火箭推進器》、《雪地武器重裝公主》、《夜鷹F-117隱形轟炸機和玫瑰大炮》。

巫瑾開口：「格林兄弟第一版《白雪公主》和現世流傳的《白雪公主》有幾個顯著不同，刪去了血腥、暴力和現實，才真正成為『童話』。」

「《白雪公主》中，皇后是白雪公主的親生母親，王子愛上白雪公主後，抬著她的棺材到處亂跑。不過最重要的一點……」

「在故事的結尾，王子強行下令讓皇后穿上燒紅的鐵鞋，不斷跳舞致死。」

「聽起來，像不像《紅舞鞋》？」

「所以凱倫和皇后至少有一段經歷相似。當然，還有《夜鶯與玫瑰》。既然兩組都有女鬼，沒有道理第三組沒有女鬼。」

「女鬼的詛咒相似，且互相剋制。」

巫瑾看向遠處排演《白雪公主》的練習生大樓。

「還有，女鬼淘汰練習生之後會變強。六十進十二，隨著女鬼間的關係被劇本揭露，安徒生、格林兄弟、王爾德三個戰場會匯合。」

「這輪比賽是三位腥風血雨女鬼的博弈，練習生是送給她們的祭品。」

雨後的空氣沾染泥土的腥濕。

巫瑾把鏡子碎片揣到懷內收好，腦海中突兀閃過某個幾乎被忽略的細節。

燈光昏暗的洗手間內，第一次把《紅舞鞋》女主凱倫制住在隔間，女鬼臉部輪廓在燈光下晦暗不清的「接痕」，像是兩種相似的膚色被拼合在一起。

如果是這樣……

巫瑾差點被自己嚇了一跳。想法太大膽，趕緊住腦！

第一場雨後，巫瑾跟在大佬身後迅速往《白雪公主》的訓練大樓摸去。

與巫瑾想像無差，此時幾乎所有選手都默認六十進十二為分割賽場。當《紅舞鞋》的組員出現在《白雪公主》訓練室時，眾人先是一愣，很快就移開注意力。

這棟樓風格與巫瑾的寢室近似，走廊上每一面鏡子都鑲嵌了富麗堂皇的邊框，像是剛剛從皇后奢華的宮殿內抬出。

只是不少鏡面都有人為破壞的痕跡。

《白雪公主》的組員對巫瑾兩人並不親近，在巫瑾問起鏡子時異常冷淡，時刻戒備巫瑾怕他潛入組內「殺人換皮」。

兩人閒逛到寢室區時，巫瑾終於確定猜測。

寢室走廊上一排鏡子被砸了個稀巴爛。這棟樓層高正常，頂端並無供女鬼行走的loft隔層，但走廊卻尤其「狹窄」。

「鏡子後有隔間。《白雪公主》副本裡，女鬼走在『鏡子裡』。」巫瑾低聲和大佬探討：「咱們那裡女鬼索命的方式是從天上空降，這裡是皇后從內打碎鏡子，把站在鏡子外的練習生殺死。」

巫瑾覺著，這組的淘汰方式比從天而降要浪漫多了！

紅舞鞋的詛咒從皇后到凱倫一脈相承，但細節混沌不清。

如果能與這組練習生交換劇本——

走廊拐角，有練習生零星路過，在看到兩副陌生面孔後迅速加快腳步離去。

巫瑾微微擰眉。《白雪公主》的練習生分明比《紅舞鞋》更警戒，可能成因有多種，女鬼殺人方式殘忍、高級練習生較多、缺少類似禹初的安撫者和組織者。

無論如何，在別人的地盤動手代價太高，巫瑾很快做出選擇，低聲同大佬開口：「我們去找克洛森秀選手，直接跳身分，換劇本。」

直截了當，經濟高效。

巫瑾再次琢磨：「身分是你跳還是我跳？」

衛時嗯了一聲：「有區別嗎？」

巫瑾：好像還真的沒有區別！畢竟圍巾和井儀一樣，通常作為固定作戰單位存在……

兩人順著樓層兜兜轉轉。路過寢室區某個拐角時，巫瑾兩眼驟然放光，坐在寢室的一位練習生就差沒把身分寫臉上。

第七輪淘汰賽的選秀綜藝十分真實，不僅復古了二十一、二十二世紀的遠古錄製剪輯手法，還完美還原了偶像界未出道練習生的真實生活環境。寢室內從練舞服、晾衣架、護膚品到面膜應有盡有。

而這位練習生正坐在寢室椅子上敷面膜。

巫瑾想破腦袋也想不出來，竟然會有人隔了一層面具還要敷面膜。

巫瑾禮貌敲門，「薄哥！」

門內，薄傳火一愣，立刻放鬆。這位A級練習生的觀察力絕不遜色於凱撒，同樣一眼認出，「小巫啊，你倆咋來了？」

說著說著，把精華液往脖子上抹的右手就悄無聲息探入腰間去抓刀柄。

巫瑾趕緊出聲：「哎薄哥，我這兒真沒敵意！love and peace、love and peace，我就只想找您換個……」

薄傳火「喔」了一聲，左手把精華液拍上右手手背，然後左手又接著去捉刀柄……

巫瑾只能把自己的劇本扔了過去，「薄哥，別別別，有話好說，咱們換個劇本看看！」

薄傳火終於停下動作。在接下來的十幾秒內，這位銀絲卷練習生表現出了高超純熟近乎於炫技的職業素養。薄傳火先是在訓練服上迅速抹乾濕潤的雙手，然後從第一頁開始手速如電檢查夾在劇本內的易燃易爆物，然後身形一閃躲入掩體後，與門口的巫瑾、衛時遙遙對峙。

「驗貨。」薄傳火言簡意賅。

半分鐘後，薄傳火的劇本被拋出，「行了，沒事就走吧。你薄哥也不容易，這比賽開始幾天了，這輩子都沒這麼久不洗臉……」

巫瑾高高興興接過，離開時乖巧給薄傳火帶門。

「薄哥，」巫瑾又探一腦袋，「你們這組淘汰幾人了啊？」

薄傳火：「零到九人吧！」

「……」巫瑾：打擾了！

走廊上，巫瑾迅速翻閱劇本。

「……很久很久以前，國王迎娶了舞會上最漂亮的少女，她的美貌無人能及，為了與她共舞，人們願意付出任何代價……」

「沒有詳寫皇后的出身，」巫瑾微微擰眉。薄傳火的劇本也僅是到皇后將毒蘋果交給白雪公主為止，關於皇后不過輕描淡寫。

美貌、舞會。

巫瑾呼出一口氣，再找不出頭緒，合上劇本。

皇后當然美貌，不然怎麼把優良基因傳給白雪公主。

「去夜鶯組。」巫瑾終於開口：「皇后把詛咒傳給了紅舞鞋裡的凱倫，皇后剋制凱倫。考慮到閉環公平……」

「《夜鶯與玫瑰》裡的女鬼必然和凱倫、皇后同時關聯。」

巫瑾突然一頓。

王爾德的《夜鶯與玫瑰》在腦海中閃過。與安徒生、格林童話不同，《夜鶯與玫瑰》只有一版，故事情節並無可發揮空間。

如果節目組要加以改編，只能是在故事的開頭之前，和故事的結尾之後……

《夜鶯與玫瑰》裡同樣有一位熱衷於舞會的美貌少女。

學生想與少女共舞一曲，少女便說，只要為她採得一朵紅玫瑰，就能與她跳舞。然而花園裡並沒有紅玫瑰。夜鶯為了學生的愛情，將自己的胸膛穿破荊棘，用鮮血染紅玫瑰的花瓣，用歌聲誕出玫瑰的芬芳。拿到紅玫瑰的學生請求少女共舞，少女卻已答應與貴族共舞，隨口把學生拒絕。學生一怒之下將紅玫瑰扔在街頭，玫瑰被車輪碾碎。

這很王爾德。

巫瑾微微唏噓，童話裡的夜鶯就是王爾德自己，心血結成的作品被隨手拋棄，但時過境遷也算終成所願。

衛時冷靜：「他們倆談戀愛，關夜鶯什麼事？」

巫瑾：「……」這是藝術！藝術！夜鶯是為了世間最美麗的真愛犧牲的！該童話用反諷手法表達了夜鶯的「真誠」、少女的「虛榮」和學生的「浮躁」成鮮明對比……算了你又沒高考過你都不懂……

兩人很快向《夜鶯與玫瑰》宿舍樓進發。

巫瑾腦海中一片亂麻，玫瑰、舞會、舞鞋諸多意象到處飛舞，像是隱隱要連成一線又差了十萬八千里。

「虛榮。」巫瑾突然喃喃開口：「《紅舞鞋》、《白雪公主》、《夜鶯與玫瑰》三個故事，講的都是虛榮。」

宿舍樓上。薄傳火見兩人終於離開，飛快關窗關門。

他這是招誰惹誰了，兩人堵在門口找他換劇本！巫選手也就算了，這人就是要靠走推理智謀這條路出道的！怎麼衛選手也跟在後面？還有衛選手那表情，就跟剛下完雨，出來遛遛什麼倉鼠兔子之類小動物似的，哪有點比賽的樣子！

幾十公尺開外，《夜鶯與玫瑰》小組。

正在窗邊布防的拉斐爾比薄傳火更加不幸，被巫瑾直接機智捉住。

拉斐爾本欲拔腿就走，把在窗邊蹦蹦跳跳的巫瑾一人丟下。

不料身後狹窄的寢室門撲通衝進兩個人，又把自己擠回了窗邊。

拉斐爾：「……」

拉斐爾、巫瑾的前室友們喜出望外：「萊迦、喔不，王平哥！」

巫瑾隨口詢問：「你們淘汰了幾人？」

「兩人！」室友毫不在意回答。

巫瑾笑咪咪揮手，順帶緬懷了曾經的戰鬥友誼，不費吹灰之力和幾人交換翻閱了手中劇本。拉斐爾本來已經悄悄退出門外，在看到劇本後又狀若無事走了回來。

巫瑾批評：「要不是看在咱們一百進六十共同戰鬥的份兒上，就不跟你換劇本了！咋這麼彆扭呢！送上門的線索也不要！」

「不要就不給了！」

拉斐爾：「……要。」

巫瑾得寸進尺，繼續嗶嗶：「那行。拿了我的劇本就是欠了萊迦人情……」

巫瑾的視線掃過一處劇本人物對話，瞳孔驀然一縮。

那廂，拉斐爾刷刷翻完，對準巫瑾偽裝後的小圓臉扔了回去，然後啪嗒關窗。

窗外，巫瑾迅速和衛時會合。

巫瑾輕聲開口：「《夜鶯與玫瑰》……」

方才翻閱劇本時收入眼底的一行行字跡浮出，在腦海中迅速組裝成完整的故事，一條條脈絡纖毫畢現，大量細枝末節在三份劇本比對中過濾。

「故事主幹與原文無差。學生帶著用夜鶯的血染紅的紅玫瑰找到少女，少女卻早已接受了王公貴族的邀舞。」

王公貴族，王公、國王、皇后。

《夜鶯與玫瑰》裡的少女，拒絕了用鮮血塑成的紅玫瑰，在貴族的舞會上結識了年輕的國王。《白雪公主》中，國王則迎娶了舞會上最漂亮的少女，且劇本隱晦提及「為了能與她共舞，人們願意付出任何代價」。

巫瑾肯定：「白雪公主裡的皇后就是成年後的少女。」

「《紅舞鞋》呢？」衛時開口。

巫瑾呼出一口氣，換了個話題，「這組是Vocal組，少女只是配角，C位給到夜鶯，夜鶯唱的是聖歌。」

《紅舞鞋》的結尾裡，讓凱倫解脫的也是聖歌。安徒生的第一版原著中，凱倫日夜在教堂懺悔，唱著死囚的聖歌，最終天使帶著一朵紅玫瑰指引她飛向天堂。

「夜鶯對學生的唱詞裡有這麼一句——虛榮也曾讓我悲傷，我雙腳空蕩無法落地，但虔誠予我歌喉和雙翼。天使也曾贈我玫瑰，而我今日願贈你這朵玫瑰。高興吧、快樂吧，我向你索取的報酬，僅是讓你們相愛，讓你們去做忠實的情人……」

夜鶯就是凱倫。

巫瑾抬頭看向遍布整座草坪、練習生寢室窗前的荊棘玫瑰。

《夜鶯與玫瑰》的悲劇性強烈聚集在「夜鶯」與「人」之間的矛盾。

夜鶯崇高，學生、少女虛偽虛榮或是卑劣。遍地狂野生長的荊棘叢中，每生出一朵玫瑰，就有一隻夜鶯死去。

「《夜鶯與玫瑰》組在過去一晝夜中淘汰兩人。」巫瑾開口：「女鬼身披羽翼出現在窗外玫瑰茂盛處，上半身探入窗內，把毫無防備的練習生硬生生扯出，砸在花叢淘汰。」

「這一組的狩獵者並非一定被稱作女鬼，她是因為學生違背諾言而執行懲罰的夜鶯。」

「另外，」巫瑾緩緩說道：「她也是凱倫。」

「夜鶯是《紅舞鞋》故事結束後的凱倫。」巫瑾語速逐漸加快：「凱倫因歌唱聖歌而飛升，被饋贈玫瑰而抵達天堂。她雖失去雙腳，卻被給予羽翼和歌喉，成為夜鶯。《紅舞鞋》、《夜鶯與玫瑰》劇本在聖歌、玫瑰、雙腳的線索上完全重疊。」

「安徒生寫的是虛榮和救贖。王爾德同樣，不過卻是失敗的救贖。夜鶯犧牲之後，學生沒有履行諾言與少女忠誠相愛，紅玫瑰變為對虛榮的詛咒。」

「虛榮的少女如願嫁給國王，然後迫害自己的女兒，也就是白雪公主。最終詛咒兌現，皇后踩著燒紅的鐵鞋不斷跳舞致死。」

「皇后死後，詛咒沒有結束。士兵將詛咒帶到皇宮之外，在母親葬禮上穿紅色舞鞋的虛榮小女孩成為了詛咒的下一個依附者，不得不為了擺脫舞鞋而砍斷雙腳。」

「然後女孩再成為夜鶯，夜鶯再詛咒少女，少女再成為皇后。」

「周而復始，不停不息。」

《紅舞鞋》、《夜鶯與玫瑰》、《白雪公主》。

時間像是扭曲成了莫比烏斯環，少女是皇后的過去，皇后詛咒了紅舞鞋，凱倫因紅舞鞋被砍斷雙腳，凱倫被救贖為自由的夜鶯，少女又被夜鶯詛咒。

巫瑾猛地脊背發涼！

三份劇本以匪夷所思的方式首尾相連，作為副本狩獵者的女鬼們被困在命運的莫比烏斯環裡永世不得超生。

除非能在相遇前剿滅對方一切生機，而女鬼唯一積攢實力的方式就是殺掉祭品。

「戰場遲早會匯合。」巫瑾篤定。

「從時間線推測，皇后剋制凱倫，凱倫作為『過去』拘束夜鶯，夜鶯詛咒了皇后。三位女鬼的標識又尤其顯著，所以……」

衛時言簡意賅：「鏡子剋凱倫，紅舞鞋剋夜鶯，玫瑰剋皇后。」

巫瑾打了個響指，Bingo。

然後巫瑾一頭衝到花叢中就要搶玫瑰當護身符！

「……」衛時把人拎起，彎腰，乾脆俐落折斷一枝猶帶露水的玫瑰，遞給巫瑾。

巫瑾耳後控制不住一熱。眼前的紅玫瑰和記憶中無數朵香檳玫瑰重疊，大佬搞起這種好看的薔薇科植物是真的帥氣！

巫瑾心跳撲通一下上揚，立刻也刷的折下一朵玫瑰，就要送給大佬。衛時揚起眉毛，小兔子精收了禮物就黏人得很。面前的少年神采飛揚，雙唇微張像是索吻——

衛時熟練把人按下，俯身。

巫瑾略微猶豫，最終還是試探性把玫瑰插到衛時清爽偏硬的頭髮絲兒裡。

「……」衛時於電光石火之間展現出SSR級別職業逃殺選手素質，手臂飛快格擋，粗糙帶槍繭的虎口將玫瑰花枝凶狠按下，勉強保住人設不崩！

巫瑾：「……」

巫瑾猛地反應過來：「你不是讓我把花插進去？那你低頭做什麼？」

衛時神色危險。

巫瑾嗷嗷亂叫，臉頰發熱抗議：「……什麼，難道你想、你想……不行！這麼多鏡頭，浮空贊助也不行！光天化日……」

正在此時，腕表猝然振動，存活數字在方才連跳三下。

不知是女鬼還是選手出手，存活降至三十七人。

巫瑾收斂表情。

「準備回去。」巫瑾把玫瑰收好，扣上訓練服的袖釦。

現在他與大佬具有全場最頂端資訊優勢，高出禹初、凱撒，不出意外也會遠勝於紅桃K。

萬事俱備，飛龍騎臉怎麼輸？

巫瑾頓時豪情萬丈，規則於胸中無比清晰，紅K將死，圍巾當立，天下大巫……

衛時在巫瑾脖子後面捏了一把，「還不走？」

這小兔子又不給親，又不走，還傻乎乎站著不動。

巫瑾趕緊哎了一聲，血液中戰意激蕩。

C位、紅舞鞋、玫瑰和鏡子。這裡將是他的主場。

約是集齊了紅舞鞋、玫瑰、鏡子三聖器的緣故，巫瑾在回程途中竟然走出了六親不認的猖獗步伐！等到了練習室門口才稍有收斂。

門內，禹初見巫瑾出現鬆了口氣，凱撒毫無顧忌地打了個招呼。

包括AI選管在內，所有人早已等候在位。

巫瑾視線掃過人群。紅桃K偽裝的九月懶散混入一眾練習生中，似乎不與任何人交好。六十進十二，無論是K，還是K可能存在的盟友都堅決不冒頭。

巫瑾思緒飛快翻過。相比於一百進六十的凶殘，K這會兒甚至可以競選逃殺秀和平大使。K是否結盟？K的下一步策略是什麼？如果從K的角度反推分析——巫瑾、衛時結盟，衛時的武力值必成一大隱患，那麼K要做的第一件事，就是拆散巫衛兩人的同盟。

練習室臺上，AI選管微笑示意巫瑾這名《紅舞鞋》C位，「既然人都到齊了，就開始學習今天的舞步。」

巫瑾回神。六十進十二，不僅是PVP，也是連環副本下的烏比斯環劇情PVE。與其分辨誰是K的隊友、誰又被K替代，不如只信任牢不可破的盟友。

衛時、凱撒，和與凱撒從未分離過三分鐘的禹初。

要高位晉級，洞悉規則後，四人足矣。

練習室木質地板上，巫瑾利索換上了代表C位的紅色男士膠面舞鞋，就像是欽定送給女主角的祭品。

《紅舞鞋》的舞步相當簡單，甚至連逃殺中的QTE（快速反應事件）都算不上，選手只要繞著舞臺中央鮮血淋漓的一雙斷腿，手把手傻跳即可。C位動作稍複雜——需要牽著女主的手臂轉兩個圈圈。

巫瑾只看了一眼就恍然領悟，退側行步，轉並步側行，轉墜落式過度傾斜步。

等輪到自己表演時，巫瑾特意放開對肢體的掌控，表現得和自己初次接觸交際舞時的笨拙別無二致。

場內：「……」

禹初使勁給巫瑾使眼色：跳爛點、跳爛點，身分暴露了啊呦喂！

巫瑾慌不迭手舞足蹈，亂七八糟，眾人紛紛鬆了口氣，挪開懷疑目光。之後的半小時排練，巫瑾表情不忍直視，鏤空層裡的女鬼小姐姐也沒飄下來，估計是因為練習室裡舞技平均值太低，羞憤致死。

巫瑾倒是瞄了眼女主角的編舞。

很有點意思。

劇本裡為凱倫設計的舞步乾淨俐落不矯情，像是安徒生時代愛爾蘭吉格舞與木鞋舞的變種，鮮紅的舞鞋上下雀躍翻飛，小腿靈活踢踏旋轉。

雖然小姐姐沒有腿。

巫瑾最終仍是把編舞仔細摳了兩遍。意念恍惚又回到模擬記憶裡的練習生時代，那是從「巫槿」身上衍伸出的一段，自己剛進男團沒多久，替隊友扒舞到凌晨四點，接到電話聽說MV女主角換成了新十六線小咖，沒有唱跳經驗，於是掛斷電話又開始替女主角扒舞。

巫瑾是跳過女式舞步的，不過這事妥妥不能讓大佬知道！那人簡直有特殊癖好……

訓練完畢。

選管和藹叫住巫瑾，當期節目錄製最後一個環節，需要選手依次去參加女主角的單獨輔導。從C位萊迦開始，出來的選手再喊下一個進去。

人群驀然炸開。原本還因為沒有搶到C位而心酸的選手再不羨慕巫瑾，巫瑾簡直就是替全組首先受難的壯士！

望舒也低聲詢問巫瑾：「要不要幫忙？」

巫瑾果斷搖頭。

半分鐘後，巫瑾進入會面間。會面間最裡面的牆壁有一扇落地鏡。

四十秒，大佬開門，把第二面穿衣鏡扔給巫瑾，巫瑾高高興興接過，對著牆壁刷刷揮動，想像自己是中世紀的重裝盾兵。

銀鏡・奧義之盾。Lv99光反射防禦者，巫瑾……

天花板驟然破開！凱倫幽幽從天而降，眼中怨恨有若實質。

巫瑾猛地睖眼。

凱倫有腳了。原本兩腿下被砍斷、血肉模糊的截面像是重新長出了血骨，從膝蓋到腳踝延伸出不自然的弧度，似乎只再長出一節大趾骨，就能再次戳入紅舞鞋中。

被她吞噬的練習生最終彙聚成她嶄新的、鮮活的血骨。

凱倫猛地出手！

巫瑾不退反進，巨大的穿衣鏡一個猛烈盾擊向凱倫砸去，女鬼瞳孔放大，一個側身，腥濕的長髮在勁風下揚起。

時間像是拉長成了慢動作。

狹窄的會面間內，《紅舞鞋》舞樂悠揚響起。蘇格蘭風笛音色嘹亮純美，像是穿著紅鞋翩翩起舞的女孩。緊接著陰鷙的水琴突兀加入，空洞瘆人的迴響飄蕩！

女鬼凶狠折身，退側行步轉並步側行，血淋淋的指尖與巫瑾持舉鏡盾的手肘擦過。

巫瑾絲毫不為所動，右腳滑轉墜落式過度傾斜步，鏡面又是被高舉、砸下！

兩人在刺耳的音樂中凶狠換位。女鬼的手臂搭在巫瑾肩膀，巫瑾持盾的手錯位中就像在托舉她的腰部。然舞池中的兩人都恨不得對方立刻灰飛煙滅。

但巫瑾的視線又極其專注。他在看凱倫慘白驚悚的臉頰和飛揚髮絲下，耳後極其不明顯的膚色差異。兩塊膚色細微到只有粉一白和黃一白的差別，不細看，就算資深彩妝師也未必能分辨得出來。

整個克洛森秀，除改造人外，很可能只有對舞臺妝敏感的巫瑾和薄傳火才能看出。

正此時，穿衣鏡正面與女鬼貼近，背面又是鑲嵌在牆壁上的落地鏡夾擊，凱倫倉促折身，牆壁中的落地鏡猝不及防被砸出一道裂縫！

凱倫那雙把眼白擠到無處容身的瞳孔突然詭譎一動。

女鬼手臂一伸，細密絲線從天花板下墜，鮮血淋漓的少女再次消失於天花板上，只留出一道細縫，像是要欣賞巫瑾的「死亡」。

牆壁落地鏡的裂縫後，灰濛濛的鏡面終於顯露出新的鬼影。

雍容的皇后姍姍來遲。

她或許是為了凱倫而來，但練習生「萊迦」也不失為餐前甜點。

巫瑾就站立在落地鏡前。

鏡子一端是惡鬥後的少年。另一端是心狠手辣的皇后，同樣鮮血淋漓的食指跟隨著尖銳的指甲陡然從鏡面鑽出，直直剜向巫瑾心口。

巫瑾突然握住她的手。少年的手熾熱，溫暖，帶著舞會中第一支舞、第一位舞伴的熱忱。

皇后的面孔卻猛然扭曲！鏡面自碎裂的縫隙起始泛出漣漪，皇后手腕驟縮，和巫瑾接觸的部分被燒傷似的焦糊、發黑，鮮嫩的皮肉被詛咒——

巫瑾攤開手掌，兩片玫瑰花瓣就躺在掌心。

鏡子剋凱倫，玫瑰剋皇后。所有猜想在這一刻驗證。

巫瑾甚至能夠肯定，如果他現在把皇后從鏡子裡強行拽出，也一定可以。

但遊戲不應這麼早結束。通曉規則的人享受遊戲，被矇騙在內的人被遊戲折磨。

這一次他與K換位。

【第四章】——歡迎覺醒！穿紅舞鞋的少女

幾分鐘後，巫瑾氣喘吁吁地開門，就像被虐待的萊迦號小白兔。

AI選管饒有興趣地揚眉，明顯在驚奇巫瑾活著出來，「好吧，那麼女主角的意思，下一個是誰？」

AI問詢巫瑾。

巫瑾點頭。背後房間鏡子碎裂一地，玫瑰被重新收好，他看向遠處的K。

「練習生九月。」

十幾人的練習室一靜，紛紛神色微妙地向九月看去。

死道友不死貧道。

幾位與萊迦並不交好的選手各自鬆了口氣，看向兩人時眼神探究。比起萊迦、禹初的上位氣質，「九月」在人群中毫不顯眼。

巫瑾與紅桃K視線直直相對。

像是兩把淬了火的刀刃在空中猝然撞擊。兩人面容、瞳孔分做偽裝，此時卻又與王平在看銀甲、尼古拉斯在看王平時別無二致。

巫瑾勾了下嘴角。自此，六十進十二所有規則他已知悉，無論紅桃K潛伏的目的是什麼，盟友是誰，自己都有絕對優勢。

不如直接宣戰。

很快，排練室外，AI選管笑咪咪押送九月去見《紅舞鞋》的女主角。

凱倫原本實力只有B，在吸食了數位選手之後晉升到A。加上鏡子裡的皇后，就算紅桃K最終能夠逃脫，也必將經歷一場鏖戰。

不過，巫瑾想看到的不止是這些。

排練室門口，紅桃K終於露出不達眼底的笑容，目光直直越過巫瑾、衛時，然後毫不留戀地進門。

門內打鬥聲哐啷響作一片。

十數分鐘後，K推門而出，胳膊上有不長不短兩條血印。

人群瞬間譁然！就連禹初也吃了一驚，凱撒終於露出了認真的表情，視線在K的身板上掃視評估。

沒有任何人能預料九月竟然能活著出來。先前被女鬼淘汰的六位選手，無一不是在單打獨鬥的環境下被撂倒。也就是說九月的實力至少在他們之上，但九月第一次在洗手間求助時，分明是偽裝成下位圈練習生。

看向K的目光終於在此時警惕。

巫瑾揚眉。與其揭穿K的身分，不如直接暴露他的實力。

另一邊，AI選管毫無所覺，繼續微笑詢問K：「那麼，下一位是誰？」

一眾練習生紛紛視線眉眼低垂，唯有巫瑾不放過K的任何細微表情。

紅桃K的盟友至今沒有浮出水面。

「女鬼與選人」實際是一場有規則的博弈。

上位圈實力強於女鬼，中下位圈弱於女鬼。紅桃K選擇上位圈等於浪費一次機會，而一旦選擇中下位，那麼就很可能從選項推出他的「盟友」勢力範圍。

K轉向選管。

這柄代表「女鬼」的尖刀終於從巫瑾的手上換到了K的手上。

人群中，與萊迦走近的幾人面色忌憚，警惕防備被九月拿來復仇，就連禹初都顯得不大自然。然而K的目光只是從幾人身上輕蔑飄過。

「祝嵐。」K慢吞吞開口：「下一位選手，祝嵐。」

眾人齊齊看向頂著祝嵐身分的練習生——衛時。

巫瑾一頓。他竟完全沒有猜到K的選項是衛時！

K能識別他的身分，就必然能識別大佬的身分。衛時絕不會在女鬼手下被淘汰，也就是K直接選擇浪費這輪機會。

衛時與K的目光在空氣中無聲相撞。

K騰然生起饒有興味的笑容，戰意如滔天巨浪捲起！

AI選管欣然點頭，領著下一位選手衛時進入房間。

門外，巫瑾低頭，心念電轉。

K看大佬的眼神是在看對手，K認知中「旗鼓相當」的對手。眼神之熾熱，讓巫瑾甚至有一種錯覺，K潛入《紅舞鞋》組，原本就是因為衛時。從一百進六十反推，K的戰鬥風格以速擊、暗殺為主，而大佬在克洛森秀播出鏡頭裡的「風格」幾乎與K重疊。

巫瑾猛然想起銀甲說過的話。

「紅桃K的名譽都是虛的，我會戰勝它。這對我很重要。」

巫瑾緩緩呼出一口氣，K就是衝著擊敗同樣戰鬥風格的大佬而來的。

一百進六十，K表演完了屠殺，此時目的同樣明確。這場比賽，原本就是他的正名之戰。

而圍巾同組有巫瑾決策，K向衛時單挑機會都難找。

要「擊敗」衛時，必然需要先解決巫瑾。所以才有了K的盟友。而之前的卡牌刪減鏡頭、輿論逼迫巫瑾選C，所有與K風格不同的決策，應當出自那位「盟友」之手。

一人去單挑衛時，一人負責解決巫瑾。

巫瑾終於再次抬頭，K這個人相當有意思。

K和自己的恩怨，竟然真的在臺上暴揍一頓之後就了結了。而他的盟友……巫瑾視線掃過整個練習室。兩天之內，唯一與K走近的選手只有一位中位圈練習生，點頭之交有五名，毫無交集或是避嫌的又有三名。

毫無頭緒。

五分鐘後，衛時從小房間走出，人群再次小幅度騷動。

AI選管卻只是微笑點頭，「今天的排練到此為止，節目會在半小時後播出。」他意味深長地看了眼巫瑾的紅色膠鞋，「女主角的時間很寶貴，不過，明天你們還能再見。」

晚飯前最後一場訓練結束。

等人群散去，衛時開口：「你摸她手了？」

「呃……」皇后的手確實被巫瑾燒了幾個指印，巫瑾趕緊辯解：「當時情況非常特別，十分危急……」

衛時伸手。粗糙帶槍繭的掌心夾著玫瑰花瓣在巫瑾手上蠻橫碾過，巫瑾哎呀一聲，瞬間被搓來捏去服服帖帖。

「衛哥，晚上的節目……」巫瑾趁機笑咪咪開口。

萊迦四十八進三十六卡位，饒是刷了水軍、搶了C位，也未必能保證完全穩固。但是，身為「No.2練習生祝嵐」的大佬是萊迦的盟友。

一個活生生的、沒有放過血的、CP史一片空白的良家大佬！這還不趴上去使勁蹭！

衛時：「……」

晚間，當期節目準時播出，此時淘汰至只剩三十七人。

三十七進三十六，多數選手安全，原本劇烈下竄的存活數字終於穩固。

選手中仍有人使用卡牌，但巫瑾穩坐C位，鏡頭比重極大，動用所有卡牌也刪減不完。等訓練part結束，選手採訪開始，守在論壇上的粉絲們已是活躍到當日巔峰。

「給你的Pick蓋樓。」

「盤點三大vocal、dancer、rapper，誰才是不動C。」

巫瑾嗖嗖掃過論壇密密麻麻的發帖，毫不意外混跡其中六成都是桃浦粉。

桃浦粉，又稱top粉，搞選秀只搞高位，高位掉了再換個高位繼續搞，享受眾星捧月、一騎絕塵，並時刻致力於維護top榮譽，為任何不符合top尊榮的事件維權……

比如現在。

「祝嵐小哥哥一期鏡頭就這麼點兒？這是前三應有的待遇嗎？節目組過來挨打！」

巫瑾喜上眉梢。

節目最後，選手按照名次由低到高依次被剪入採訪，等輪到萊迦時，這位卡位練習生乖巧Cue到了祝嵐。

「我很喜歡祝哥的rap，祝哥的舞臺我翻來覆去看了很多次，特別是那一聲『呵呵』，寫詞、節奏、押韻flow都是當下頂尖rapper水準。」

衛時：「……」

一眾練習生表情恍惚：「……」這你也吹得出來？

論壇粉絲卻立刻欣喜：「萊迦選手也是哥哥的粉絲嗎？萊迦粉我們聯票嗎？」

然而很快粉絲就陷入了迷之沉默。

這位名叫「萊迦」的選手未免也cue祝嵐太多次了！左cue一下，右cue一下，同寢也cue，訓練也cue，和祝嵐一起吃麻辣兔頭也cue。這人敢情不是來respect，是來蹭祝嵐哥哥翻紅的吧？

就萊迦這個努力的態勢，如果他是個兔子倉鼠喵喵精什麼的，蹭那麼大力，這會兒身上的毛毛都要被他自己蹭禿了！

祝嵐粉瞬間緊急控制態勢：「等等，先不聯票，應該只是倒貼我們家哥哥。」

訪談順序從中位向高位挪移，輪到衛時之前，祝粉終於達成統一戰線。

「這位叫『萊迦』的練習生上期鏡頭一剪沒，這期就翻身搶C，鏡頭量占到全組五分之一左右，請各位理智判他有沒有搶走祝哥的鏡頭。也希望祝哥在訪談中和萊迦撇清關係，為共同出道考慮，上位圈的CP只能是上位圈……」

祝嵐─衛時終於走進訪談室。

贊助商的糖果堆滿了整個訪談間，一盒一盒五彩斑斕煞是可愛。祝嵐面無表情坐在糖果之間，很快論壇有人驚叫「炫酷boy」。

對面，AI導播有技巧的誘導衛時對之前選手的評價做出回饋，「參加節目三天，你印象最深刻的選手是誰？」

衛時：「萊迦。」

粉絲瞬間譁然！然而緊接著下一個問題讓論壇簡直炸鍋。

導播：「你們是最好的朋友嗎？」

衛時：「不止是朋友。」

粉絲論壇：「祝、祝哥……咱們是不是要尊重祝哥意願……」

節目裡，導播笑咪咪問道：「採訪最後，給贊助商打個廣告吧。」

衛時暴力撕開面前的一盒糖果，從裡面徑直翻出與該選秀節目聯運的投票卡，從桌上拿筆，下筆字跡龍飛鳳舞鋒芒畢露。

兩張票都投給萊迦。

接著借用了導播的手機，掃描投票卡，字跡識別，投給萊迦的票數記入。

投票卡背面，粉色的廣告詞十分可愛：「XX軟糖，甜美回憶，送給最動人的他（她）。」

採訪結束。祝嵐抽走兩袋糖果，打開門。

萊迦就等在門外，祝嵐不假思索把糖果塞給萊迦。

粉絲論壇：「……」

還能怎麼辦？正主都營業成這樣了，就只能給萊迦也順便投票了……

節目結束，電視機啪嗒被關閉。

最終投票已出，巫瑾從三十六上升二十一，兩輪晉級無虞。

一群練習生頓時被兩人秀得眼花繚亂，凱撒更是給巫瑾點了個讚——戰術思路可以！

禹初同樣對兩人欽佩一笑，K毫無反應。而在選手廠房不遠的另外兩端，明堯思路打通眼神發亮，薄傳火目瞪口呆，拉斐爾被gay到雞皮疙瘩亂竄。

晚課結束之前。

AI選管告知：「下一輪三十六進二十四，三組選手會同時去舞臺進行彩排，希望你們做好準備。」

巫瑾瞭然。

與他猜測無差，《紅舞鞋》、《白雪公主》、《夜鶯與玫瑰》的脈絡線最終彙聚，凱倫、夜鶯與皇后將同臺競技互相殘殺，選手也從送給女鬼的個人祭品變為「共用祭品」。

混戰將從三十六進二十四開始。

練習室內，選手紛紛倉促回寢。

凱倫昨天來過，今天必然也會來。至於紅桃K，早在節目播出完畢時就消失到不見蹤影。

禹初低聲向巫瑾問詢練習生九月的身分。

「九月是A級練習生，」巫瑾模糊透露：「如果他今晚不對我們動手。」

「我們對他動手。」

禹初一頓。巫瑾語氣堅定不容置喙，禹初很快點頭，「怎麼布置？」

晚十一點，第七輪淘汰賽的時間以比正常快三倍的速度瘋狂推移。因白天選管查房的緣故，練習生九月的房間門並未上鎖，而是微微掩起，巫瑾、衛時悄無聲息守在門內。

這座房間的鎖門鑰匙隸屬於K，K也僅有這一把鑰匙。

這裡是K的安全區，今晚他一定會回來。

走廊一片寂靜。

腕表論壇廢棄板塊，凱撒每分鐘報點一次，禹初守在走廊另一端。

按照遊戲規則，面具從上臉到與面部貼合至少需要三分鐘。因而每三分鐘兩人碰頭交接，以防對方被淘汰並「替換」。

而巫瑾、衛時則手握尖刀，站在寢室中央，等待K推門而入。

驀地走廊傳來驚叫！

是禹初。

巫瑾一頓，禹初、凱撒的偵查位置相當隱祕，K摸過來的速度遠超自己預料。好在禹初很快傳訊安全，走廊遠處傳來雜音，約是凱撒迅速趕去支援禹初，又不知被誰攔住。

腕表滴的一聲，禹初倉促發訊：不止一個，九月在攻擊凱撒！

巫瑾神色驟凝，紅桃K的實力絕不遜色於凱撒。

K提前出現是他自己的指揮失誤，他不能讓凱撒在三十六進二十四中被淘汰。

巫瑾迅速看向衛時。

衛時揚眉，無聲詢問：你一個人守著？

巫瑾點頭。房間內有一扇禹初確認過的、背對牆扣著的穿衣鏡，他口袋裡還有玫瑰，腳上穿著紅舞鞋。就算K潛入，他也能隨時召出女鬼。

衛時頷首。

按照他與巫瑾的約定，這一輪是巫瑾自己的比賽，即便巫瑾被淘汰也不會插手。從第七輪淘汰賽，到第八輪、往後的新秀賽、星塵盃、星際聯賽，他都不會伸手干預。

這是巫瑾按自身意願選擇的路。

房門微開。衛時消失在漆黑的走廊之中，去同凱撒會合。

凱撒在遠處大聲嚷嚷，有腳步急速傳來，又急速走遠。

腕表傳來訊息，攻擊凱撒的果然是K，衛時已經和凱撒接頭換崗，一切安全無礙。

正在此時，寢室門外傳來微不可察的腳步。

「萊迦！」禹初站在門外，氣喘吁吁。

透過門縫，巫瑾再次確認禹初面具貼合，沒有被替換。

巫瑾終於鬆了口氣，攻擊凱撒的是K，干擾禹初的就是K的盟友。禹初始終沒有發訊求援，代表K的盟友與巫瑾猜測出入不大，腦力型，輔助或指揮位，擅長隱匿而非正面強攻。

門外，禹初握上房門扶手。

房門虛掩，巫瑾上前替他開門。

然而禹初動作更快。

耳邊傳來微不可察的「咔嚓」一聲。

緊接著是鑰匙窸窣作響，銅製門鎖機關在巫瑾敏銳的聽力下相互撞擊、鎖鑰旋轉一百八十度將所有銅齒嚴絲合縫聚攏，然後鑰匙毫不猶豫抽出！

禹初把他鎖在了K的房間內！

巫瑾瞳孔驟縮。房間外站著的人明明是禹初，禹初怎麼會有K的寢室鑰匙？禹初為什麼要鎖門？剛才追逐禹初的是誰？

巫瑾猝不及防開口：「你……」

門外，禹初一言不發。

他似乎在門外站了許久，突然溫和開口：「巫瑾選手，很高興遇見你。」

「再見。」腳步聲自走廊消失。

巫瑾神色陡變，他再無猶豫，直接向走廊上的衛時、凱撒呼救，門外卻毫無反應！巫瑾迅速轉向腕表終端，幾人用於通訊的廢棄論壇板塊中，僅能看到凱撒最後一次報點。

——九月把他們引向了《白雪公主》訓練樓方向。

巫瑾突然抬頭。頭頂天花板上方隔層，指甲尖摩擦金屬的刺耳聲響響起，像是有滑輪機關上升下降，有人在巫瑾頭頂行走。

天花板輕微打開一條細縫。

巫瑾毫不懷疑《紅舞鞋》的女主角凱倫就趴伏在他頭頂的天花板上，睜著三分之二眼眶的詭異瞳孔，從縫隙裡猙獰凝視自己！

上鎖的房間內，巫瑾用有生以來最快速度拉上防護服拉鍊，左手凌厲拔刀。K的寢室位於三樓，沒有窗戶，陰氣森森。緊接著巫瑾翻開那面藏於櫃中的更衣鏡。

巫瑾耳朵微動，猛地一頓。

遠處，隔著牆壁和空曠的廠房院落，《白雪公主》節目組大樓，劇烈的打鬥聲伴隨玻璃碎裂聲響傳來！

K把大佬和凱撒帶到了《白雪公主》方向，然後皇后被K引出。

皇后只有一個。

皇后出現在《白雪公主》，就絕不會現身於《紅舞鞋》樓內。凱倫懼怕的是鏡子裡的皇后，而不是鏡子本身。

房間內，顯然意識到這一點的不止是巫瑾。頭頂，被凱倫推開的天花板縫隙輕微拉大。

巫瑾驀然抬頭。一雙陰氣瘆人的眸子對著巫瑾緩慢、緩慢眨了一下。滴答一聲，腥紅的血液從天花板落下。

剋她的皇后不在，女鬼似乎異常愉悅。她臉色紅潤，此時接近常人，不知道又吸食了哪位練習生。

巫瑾的視線與她直直相撞！

凱倫沒有下來，巫瑾也上不去。

兩人隔空僵持，凱倫更像是在玩弄獵物，被鎖在房間內的巫瑾無路可逃。凱倫滿意看向門鎖——她似乎不是第一次這樣接受貢品，動作之嫻熟，巫瑾甚至懷疑前六位練習生都是被人鎖在房內「餵」到凱倫面前。

巫瑾握緊拳頭，原本隱約的猜測在這一刻浮上水面。

凱倫的AI並不比皇后、夜鶯強大，但《紅舞鞋》一組被女鬼淘汰的練習生卻比《夜鶯》、《白雪公主》加起來還要更多。如果是有人刻意在供養凱倫，刻意在利用凱倫和門鎖「殺人」，再最終利用凱倫和失效的鏡子除掉自己——是禹初。

巫瑾深吸一口氣。

知道鏡子剋女鬼的是K，知道皇后魔鏡線索的是禹初。如果禹初和K原本就是盟友，資訊共用，那麼巫瑾能推出紅舞鞋—鏡子—玫瑰的關係，禹初也可以。

紅桃K的盟友——輔助位，指揮位，不擅長戰鬥，心思縝密，善於偽裝，符合所有條件的只有禹初！

天花板上，凱倫依然在享受巫瑾作為獵物的最後掙扎。凱倫不下來，巫瑾也不催促，他甚至爆手速打開腕表在論壇發訊：禹初是K的盟友。

——有內鬼，終止交易。

然而不管大佬、凱撒能不能看到，已經無法改變巫瑾和凱倫共鎖一室的事實。

但是。禹初，怎麼可能？

腦海中無數記憶碎片閃過。凱撒和禹初自一百進六十開始結盟，逃殺秀中嘉獎拚搏、更嘉獎友誼，背叛結盟、背叛誓約為選手和觀眾所不齒。

除非禹初被半路替代……

但凱撒和禹初從未分開超過三分鐘。凱撒、自己對禹初的信任都基於此。

面具從撕下到上臉服貼，至少需要三分鐘。禹初從頭至尾都沒有更換過面具，行為表現與任何一個合格的隊友無差。

甚至從巫瑾見到禹初開始，他從未做過一件「超出常理」的動作，除了……

六十進四十八第一晚，禹初在論壇給自己刷了一晚上安利帖。

巫瑾心跳猛然急促，被忽略的細節猛地閃回！

禹初居於高位圈，排名穩定，沒有任何理由在六十進四十八造勢。但大量水帖湧入論壇還有一個作用。

新帖擠掉舊帖。任何藝人的黑歷史都可以依靠時間和遺忘消除，而加快遺忘的方法，就是用新聞抹去舊聞。

巫瑾警惕地看了眼天花板上的凱倫，手速飛快如虛影在主論壇搜索「禹初」，在整整八十頁結果中直接點向最初一頁——選秀開始的第一天。

零碎資訊夾雜在各類安利帖中。

「尼古拉斯好可！JMS加油，送他上C位【舉手】【舉手】」

「銀甲——百戰選秀再翻紅！」

「突然發現，王平小哥哥不錯？唱歌很戳！」

「為寶藏雙胞胎禹初&禹末蓋樓！」

雙胞胎。

巫瑾脊背驟然冰涼森寒！凱撒確認禹初沒有被「替代」的依據只有一個，面具從撕下到上臉服貼至少需要三分鐘。

但所有人都忽略了比賽中可能有兩張完全相同的「皮」。

禹初和禹末是一對「雙胞胎」。禹末殺死並替代禹初，不需要換臉，遠遠要不了三分鐘！腕表微微振動，不知哪裡又淘汰一人。

正在此時，天花板上機關聲吱呀吱呀傳來！陰風瑟瑟。

原本在看腕表的巫瑾猛地警覺，凱倫從天花板一躍而下，猙獰衝向獵物！

巫瑾急促閃躲，手臂刀尖橫放。此時的凱倫全然不懼怕鏡子，吸食練習生後斷腿重生，已能看出扭曲的紅舞鞋虛影！

巫瑾找準站位，不再躲避，凶狠向凱倫撲去！

他退無可退。上鎖的房間內，他和凱倫只有一人能存活，凱倫此時的實力在A與A+之間。

正巧，自己也是。

女鬼指甲尖銳的手指呼嘯向巫瑾剜去，少年急促矮身，左肩被迫撞向床柱哐啷一聲巨響。巫瑾嘶地倒吸一口冷氣，然而下一秒，巫瑾左手精準卡住女鬼脖頸，接著慣性換位，狠狠把凱倫向行軍床的銳利尖角摜去！

凱倫吃痛，無聲嚎叫！女鬼眼珠在巫瑾扼住脖頸的巨力下幾乎要從不自然的眼眶裡爆開！巫瑾這一砸不僅傷及女鬼，自己半隻手臂同樣震到發麻，下一秒他毫無憐惜地壓上膝蓋，將女鬼挾持在行軍床狹窄的夾角內。

不料女鬼再次關節詭異翻轉，手肘猝然砸向巫瑾面頰！

巫瑾猛地後撤，生理性淚水控制不住溢出。

女鬼的拳尖精準砸在了巫瑾的鼻梁，給了她掙脫的間隙。

被挾持的凱倫再次逃開，與巫瑾視線猝然相撞！

巫瑾卻比她行動得更快。少年精準遞腕，短刀出手如電，直直穿透女鬼左肋。鮮紅的血液從AI體內源源不斷湧出！

女鬼眼神驟然淒厲，銳利的指甲在同一時間劃向巫瑾。

巫瑾只勉強來得及擋住臉頰，左臂猝然被劃出二十公分不到的創口，皮肉翻開。

巫瑾倒吸一口冷氣，腎上腺素瞬間壓制痛感。

他不管不顧，尖刀再次對準女鬼。一人一鬼竟是同時放棄防守！

但凱倫終究是AI。AI比選手多出太多優勢，她們沒有痛覺，失血也不會傷及要害。

不料巫瑾突然俯身，刀尖穿過凱倫手掌，趁女鬼躲避間隙，手肘猛擊，把女鬼的脊背壓向牆面。

紅桃K的宿舍與自己、大佬那間相似，巫瑾清楚記得那天大佬在宿舍的演示。

——壓住脊背，她臂展不比你長，碰不到你。

凱倫吃痛低頭，四肢扭曲胡亂攪動，卻被巫瑾死死壓制！

寢室內的打鬥聲終於歸於平靜。

巫瑾抽空看了眼手臂上的傷口。

不深，沒殘，不礙事。

只是沒有人開鎖，他依然出不了門。

巫瑾微微扭頭，向被壓制在牆上的凱倫靠去。

他與女鬼挨得極其近。占據絕對上風的少年看向女鬼側臉的目光帶著專注，在打鬥時浸了血光，顯得殘忍而灼熱。

旁邊的鏡頭立即飛近。

克洛森秀直播間。正在解說的應湘湘瞅了半天，突然眼神放光冒出來一句：「小巫真A！

先把對手徹底擊潰，再讓對手身心臣服……」

血鴿：「嗯？」

血鴿：「喔，那麼巫選手現在終於發現了節目組給出的最後線索……」

此時的巫瑾就像是從背後環繞女鬼，溫柔深情，只是他的目光在看女鬼臉部輪廓上的細微色差接痕。

女鬼的臉頰與脖頸膚色差了一個色階。

AI的皮膚質地也從脖頸起始微有不同，就像……有人給AI戴上了面具。

巫瑾猝然伸手。

女鬼像是意識到了什麼，目光霎時驚恐，然而巫瑾不管不顧，順著那道色差縫隙果決下手撕去——刺啦一聲！一張偽裝臉皮應聲而落！

巫瑾瞳孔微縮。意料之外，又在意料之中。

凱倫臉皮下的面孔光禿一片，女鬼的七竅不過是漆黑可怖的空洞，只有兩隻詭異的瞳孔驚恐望著巫瑾。

巫瑾也在看向她。

「見一獰鬼，鋪人皮於榻上，執彩筆而繪之；已而擲筆，舉皮，如振衣狀，披於身。」

——蒲松齡《畫皮》

第七輪淘汰賽的主題就是「畫皮」。

女鬼是凱倫、是皇后、是夜鶯，也是《畫皮》中的女鬼。

能被奪走偽裝的不僅有選手，還有NPC。

巫瑾倒吸一口冷氣！手中凱倫的面具柔軟、精細。

腕表滴滴兩聲，浮現出一行小字。

凱倫。女。《紅舞鞋》舞劇女主角。當前吸食選手數：六。

「你是凱倫的第二任主人。」

「你因皇后的詛咒被斬斷雙腿，虛榮是你的原罪，可誰生來沒有原罪？你因懺悔走向天堂，但故事的盡頭，又真如你所想？你是哭泣舞蹈的少女，是教堂裡的懺悔詩，是一隻夜鶯的憂傷。你飄蕩在低矮的天上。」

「如需使用『凱倫』身分，請將比賽腕表對準面具晶片。」

巫瑾攥緊面具。

被撕下臉龐的「第一任凱倫」此時萎靡無力，像是隨著身分被剝奪而失去了生機。

寢室門外突然傳來腳步聲響。

巫瑾一頓，他無法確認現在來到走廊的是誰。

寢室鑰匙只可能在禹末或者紅桃K的手上。而一旦進門的是兩人之一，自己剛經過一場鏖戰，絕不會是K的對手。並且現在的寢室是上鎖的密室，除了門無處可逃！

除了……

巫瑾驟然抬頭望向天花板！繼而抬臂，腕表以最快速度對準面具晶片，臉上屬於「萊迦」的偽裝自動剝落，女鬼凱倫那張被數個練習生供養出的、蒼白精緻的「臉皮」貼上臉龐！

轟的一聲。巫瑾被巨力擠壓到牆角！

隨著自己替代凱倫，那位NPC竟是突然被彈出的選手同款銀色救生艙包裹！

巫瑾愕然睜大眼睛，接著瞬間了悟。選手取代了女鬼，那麼女鬼就要代替選手「死亡」。凱倫彈出救生艙對他來說是利好，任何進門的人都會把它當做「巫瑾淘汰後的屍體」。

門外窸窣作響，有人握上了寢室門的握把。

門內，巫瑾與「凱倫」的身分完全融合。

——你是哭泣舞蹈的少女，是教堂裡的懺悔詩，是一隻夜鶯的憂傷。你飄蕩在低矮的天上。

巫瑾仰頭，向天花板伸手。

層頂驟然張開巨大的縫隙！兩道繩索從頂端隔層向巫瑾探出，巫瑾毫不猶豫在胳膊上纏了幾圈，接著被繩索平地拽起！

隨著巫瑾被拉入隔層，天花板縫隙迅速關閉。

正在此時，空無一人的寢室門外傳來開鎖聲響。

衛時面無表情開門，氣壓沉沉，周身冰冷森寒。

跟在後面的凱撒就差沒破口大罵：「爺爺我一定要搞死禹初和那個K，竟然讓他們跑了，只搶到鑰匙……」

兩人猝然停頓。從外反鎖的寢室空無一人，鮮血蔓延一地，靠近行軍床角落還被濺了半個牆壁。屋內陳設因扭打七零八落，那柄屬於巫瑾的、原本卡在女鬼肋骨間的尖刀跌落在血泊之中。匕首的主人不見蹤影，取而代之是銀白色的救生艙。

巫瑾的……救生艙。

血腥味刺鼻瀰漫。

在凱撒反應過來之前，衛時瞳孔猝然張開。

巫瑾消失。

剛才兩小時中淘汰不止一人，淘汰順序無從考校，此時寢室只剩少年的救生艙。

衛時瞇起眼睛，視線在還未凝固的血跡上掠過，原本和普通人類無差的瞳孔光猛地熄滅。拳頭在巨力下攥緊，在被鏡頭掃過時一雙眼漆黑駭人，就像是猝不及防被扯斷韁繩的凶獸。

兩架攝影機飛過，鏡頭後遠程操控的小攝影師竟是無端脊背一涼！

——等等，這只是普通的比賽跟拍……

下一瞬。男人一腳踹開半敞著的大門，驃悍身形如尖刀凶狠地擠入亂做一團的寢室，裸露在訓練服外的肩臂肌肉生理性繃緊，像是失去拘束、隨時會爆發的高危凶器——然而下一個動作卻極盡小心確認救生艙密封口完好。

門口，凱撒張大了嘴巴，接著暴跳如雷，「小巫呢？我小巫呢？」

衛時卻猛地回頭，身形如不可破的牆體擋在救生艙前，視線冷漠冰涼，不容置喙地攔下凱撒。有衛時在，凱撒甚至無法再接近救生艙一步。

「失血過多，去叫節目組。」衛時從牙縫裡冒出一句。

凱撒立時反應過來。地上的鮮血還沒凝固，救生艙只能強制選手進入休眠，不及時輸血依然會對艙內選手造成短期機能損傷。

凱撒火燒火燎打開腕表，緊急呼叫節目組運輸救生艙。

身後，衛時依然沉默擋住寢室內唯一的救生艙體，不僅凱撒，就連攝影機都難以寸進。

克洛森秀直播間。

彈幕屏息看著形勢瞬息驟變的練習生寢室，陡然爆發出無限高漲的熱情！

解說導師血鴿難得批評了衛時選手的表現，「我們知道，九月和禹末目前還在《白雪公主》的大樓內逃竄，掉頭追擊紅桃K才應當是衛時選手的正確戰略選擇……」

螢幕中央，接到緊急救援通知的克洛森秀搜救AI裝模作樣地抵達現場。裝模作樣地用中型無人機吊走寢室內的救生艙。

裝模作樣地飛離賽場。

衛時終於收回視線，男人壓下筆直的脊背，單膝俯身。

解說員應湘湘睜大了眼睛。

緊接著衛時從血泊中撿起那柄原本隸屬於巫瑾的尖刀，粗糙帶槍繭的指側腹將尖刀狠狠攥緊，兩指如電將「遺物」佩在了自己腰間。

那廂，凱撒早已經提起了幾十公分大砍刀，化身暴躁老哥就要去替巫瑾復仇，「這兩個【嗶——】敢對小巫下手，我【嗶——】」

衛時嗯了一聲，一身血氣驃悍可怖，抬起的眼皮讓人不寒而慄。

他緩慢開口：「去找K。」

克洛森秀直播間，彈幕陡然興奮。

「啊啊啊！這是朕最愛的假死Play嗎！衛神剛才那眼神簡直是要守著救生艙到天荒地老。衛神醒醒，這不是你最愛的巫子！不要為了救生艙自責，你的巫子現在正在天花板上軟乎乎地爬來爬去……」

「感人至深。我要帶著你的武器和意志走下去，用你的刀替你復仇。」

「圍巾都這樣了，特麼還不is Real？」

數千星里外，蔚藍深空浮空城。

阿俊愣是對著虛擬投影看了半天，最終忍不住提問：「不應該啊……衛哥知道這輪比賽的規則不？」

宋研究員悠閒替豚鼠梳毛，「衛哥不知道啊。」

「啊？」阿俊：「臥槽，衛哥不是贊助商嗎？你們沒給衛哥放水？我說你們怎麼搞的，人家贊助商老闆打比賽，都是規則提前透好，陣容四保一選好。你工作沒了我跟你說！」

宋研究員立刻反駁，衛哥高風亮節，是那種會賽前利用職權給自己謀利的人嗎？

阿俊：「真沒謀私？」

宋研究員想了想，「倒也不是，這不沒讓衛哥唱歌跳舞嘛！」

克洛森秀第七輪淘汰賽賽場。

《紅舞鞋》練習生大樓，天花板隔層。

巫瑾嘶地一聲給右臂纏上繃帶。

天花板頂端打空的隔層比想像中狹窄，灰塵沉重嗆鼻，頂燈昏暗無光，這裡纜線、繩索凌亂。巫瑾抿住唇，在隔層靜謐穿行。頭頂是數不清的滑輪、軌道，而幫助女鬼凱倫升降的繩索就綁在活動軌道上。

這是「凱倫」的祕密世界。

十幾分鐘前的形勢與脈絡在腦海中梳理完整。

NPC是「凱倫」的第一任主人，而自己是「凱倫」的第二任主人。

這位被紅舞鞋拘束的女主角依靠滑輪、繩索與隔層飄蕩在選手的頭頂上方。腳下的天花板隨時可在「凱倫」的控制下開裂，女鬼牽著繩索一躍而下，擊殺選手吸食血肉，再拽著繩索上升，是為一次完整的「狩獵」。

此時選手基本配備的繃帶已經用完，右臂的傷勢依然猙獰。

巫瑾咧著嘴刺溜兒吸冷氣。

視線因為失血微微眩暈，很快又找到焦距。他需要更多的物資，不僅是繃帶、藥品——還有武器。自己丟掉了順手的那把尖刀，他現在需要屬於「凱倫」的武器。

巫瑾微微擰眉。

他的狀態並不好，現在必須與他的盟友聯絡。

少年翻開腕表論壇，在昏暗的光線中仔細敲字，按下發送鍵之後卻猛地一頓。

「許可權不足。」

不僅是論壇，原本王平、萊迦的故事線和選手劇本統統無法點開。

巫瑾愕然瞪圓眼睛，接著手速如電驗證猜想。接替女鬼凱倫身分後，自己和普通練習生已經切斷一切聯絡，「陰陽兩隔」。

「……」巫瑾終於意識到，現下自己只能自救。

昏暗的隔層已經被他摸了個遍，物資極其有限。

既然如此，物資的來源只有一種。就如同第一任凱倫從皮肉乾癟到豐盈——去吸食獻給女鬼的「祭品」。

巫瑾低頭，盯了腳下的天花板半晌。

接著長吸一口氣，最後俐落處理完傷口。他可能真的要通過淘汰其他練習生來換取凱倫「升級」的物資。

腳下能隱約聽到練習生行走、交談的細小聲響。巫瑾在隔層反覆摸了半天，最終鎖定一處方位。與記憶中的地圖印證，應當是一位星塵盃C級練習生的寢室住址。

巫瑾再次作好爆發性快速戰鬥準備，接著呼出一口氣就要從天花板降落。

腕表滴滴兩聲，天花板紋絲不動。

狹窄隔層內，無數滑輪軌道間隙，機械臂不知從何處幽幽飄來，將凱倫的戰袍遞給巫瑾。

紅色長裙。

紅色高跟鞋。

高溫絲黑長直假髮。

巫瑾：「……」

少年呼吸凌亂，略顯蒼白的嘴唇抿起，額角細汗沁出，右臂繃帶下鮮血滲出。

長裙、假髮與紅色高跟鞋距離手臂僅有一寸，觸手可及。

不穿，只能被困在狹窄的天花板內，任由傷口發炎、高燒，孤獨淘汰！

穿，就能身披戰袍從天而降！成為這棟大樓的真正黑暗主宰！吸食精氣！大殺特殺……

巫瑾表情空洞，眼睛瞪得溜圓。

幾架盤旋的小型攝影機紛紛向巫瑾湧來，試圖捕捉巫瑾最後妥協的一瞬。

巫瑾突然移開目光，看天花板、看軌道、看滑輪，就是不看女裝。

鏡頭前，托舉一整套女裝的機械臂又貼心往巫瑾眼底挪了挪。

巫瑾狀若無事地在狹窄逼仄的隔層中爬走。

機械臂又往巫瑾身前推了推。

巫瑾恍若未見，開始撬身下的天花板，準備強行對鎖定的練習生展開攻勢。

機械臂探到巫瑾鼻子前。

巫瑾嗖的閉眼，沒看到就是沒看到，少年繼續伸手在黑暗中摸索……

克洛森秀直播間。應湘湘露出了難以言喻的表情，彈幕陡然爆發出巨大歡樂：「哈哈哈哈哈哈哈#拒絕接受現實」

「我小巫就算瞎了也看不到女裝！」

「你強任你強，我自己致盲！」

身旁，血鴿思索：「提示這麼明顯，巫選手不可能不知道要穿特製服裝才能捕獵。」

「……」應湘湘：不知道和不想穿能一樣嗎！

混亂中，這位女導師接過麥克風溫柔回答觀眾提問：「為什麼每次女裝的都是小巫？凡爾賽副本，卡牌是他自己和薇拉選手交換的。偶像選秀副本，是小巫自己去揭走女主角面具的。古諺語說道，命裡有時終須有……」

鏡頭正中。和小瞎子巫瑾耗了許久的機械臂終於忍無可忍！

只見至少有三百公斤臂力的機械臂驀然舉起，將一整套裝束往巫瑾腦袋上迅速傾倒，然後一把將可憐又無助的巫瑾按住，扒衣！

「啊啊啊嗚哇哇哇——」巫瑾瞬間被機械臂擼掉練習生外套，緊接著紅裙當頭套去，巫瑾瘋狂掙扎，然而任何反抗都迅速在精密機械之下被鎮壓。

巫瑾不得不保住最後的尊嚴，「我自己穿！我自己穿！」

機械臂退後半步監工。出於對選手隱私保護，幾架鏡頭再次挪開，只聽見巫瑾仍在和機械臂討價還價——

「您看不穿裙子，就戴假髮行嗎？」

「高跟鞋？穿高跟鞋怎麼打？把我腿剁了行不？怎麼真要剁？等等，別吧，怎麼還有襪子，這不可能，絕對不可能，啊啊啊——」

天花板隔間回音沉悶，反覆爆發出巫瑾討價還價，以及巫瑾被揍的聲音。

等巫選手終於換裝結束。鏡頭緩緩轉身，上移。

面容精緻雌雄莫辨的少女鼓著小圓臉，用手擋臉，特別生氣。

濕漉漉的長髮垂到腰間。原「凱倫」的身高比不上巫瑾，長裙這會兒也變成短裙，再往下是紅色飛揚的短裙襬，以及——八公分的紅色細高跟鞋、半透明白絲長襪、線條極端引人遐思的兩道筆直長腿。

應湘湘、血鴿：「……」

彈幕：「臥槽！」

逃殺練習生因肌肉收緊而充滿爆發力的腿部線條沒入白絲襪與細高跟鞋之中，身為鋼鐵直男解說的血鴿導師終於意識到似乎有哪裡不大對，又隱隱說不上來。

第七輪淘汰賽賽場。隨著戰袍加身，巫瑾終於完全融入凱倫身分。

這件「戰袍」比巫瑾所想的重量更重，裙襬、收腰處暗藏機關，機械臂甚至強行對巫瑾的指尖做了金屬化生物凝膠處理，即便目前看不出效果，仍能猜測有某種特殊效用。

巫瑾起先還用手擋著臉，接著猛地反應過來。

臉不是他自己的啊！丟的也不是他小巫的臉！

原本過於氣憤的小圓臉終於在此時略微緩解。巫瑾俯身向天花板下層貼耳，最後一次確認「獵物」位置。

比起丟臉，他更渴望的是「贏」。

腕表存活數字停留在三十三人，越往後，點子扎手的可能性越大。肩臂的傷口仍不斷傳來隱痛，自己必須儘快下手。

周遭走廊寂靜無聲，天花板下只偶爾傳來走動聲響，正在巫瑾準備結束潛伏之前，腕表猛地振動。

存活三十二。

存活三十。

有人在清場！

巫瑾猛地反應過來，賽場上最後留存的三十幾人平均也有B+水準，能在這種情況開啟屠殺模式，實力至少是S！且絕不可能是另外兩名A級女鬼。

清場的是誰？K的對手是大佬，沒有理由在這時候動手。魏衍也很少提前開啟無差別屠殺模式。至於大佬……大佬不是克洛森秀划水王嗎？

然而還沒等巫瑾想破腦袋，天花板下，同樣收到存活數急速下降訊號的選手一愣，就要走出門外。

巫瑾再無猶豫，打開天花板，從黑暗中驟然躍出，腰間唯一一把剩下的短刀，狠狠向那名C級練習生穿喉劃去！

刀刃如雪敞亮劃開夜幕！

那位練習生瞳孔驟縮，反手對刀刃就是一擋，但巫瑾動作更快，膝關節在半空中陡然扭轉，尖銳的鞋跟往對手膝下狠狠一踹，接著刀勢驟轉化劈砍為上挑。

寒光凌冽鋒芒畢現，刀刃遞入對方咽喉前一秒，巨大的銀色救生艙彈出！

巫瑾站定，俯身，撐住膝蓋深呼吸等心跳平復。

當前賽場再少一人：存活數字二十九。

這一輪次閃電戰，是自己依靠制空權打了個出其不意。當然，也與自己撿漏C級練習生有關，巫瑾略微慶幸。

對面，那位倉促淘汰的練習生在救生艙完全覆蓋之前，愕然看向有什麼不一樣的「女鬼凱倫」，然後在淘汰的最後關頭低頭……下意識看了眼巫瑾的腿。

巫瑾絲毫不覺，等待救生艙掉落新面具。

鏡頭卻順著淘汰選手的視角給了巫瑾一個特寫。

彈幕猛然炸開，「66666腿玩年！」

「兒子別從上往下跳，跳就是被吃掉！」

「不拍寫真太可惜……」

克洛森秀後臺，小劇務也瞠目結舌，問道：「不對吧，紅高跟鞋不是配黑絲襪嗎？誰給小巫配的白絲襪？」

很快地有同事回覆：「一開始是給巫選手穿的黑絲網襪，然後PD看了下效果，還是臨時換白絲襪了。為啥？因為咱節目不能打擦邊球！」

鏡頭正中。隨著救生艙將廢棄面具彈出，巫瑾一瘸一拐杵著脫不掉的高跟鞋走去，接過掉落道具。按照他的設想，只要能再搶到一張面具就能脫了問題很大的女裝，然而將腕表對準面具時卻是一頓。

「凱倫。《紅舞鞋》舞劇女主角。當前吸食選手數：六。」

巫瑾：「……」淘汰選手身分呢？怎麼只有凱倫！

腕表敘述再變。

「凱倫。《紅舞鞋》舞劇女主角。當前吸食選手數：七。」

右臂陡然一涼。巫瑾愕然低頭，覆蓋右臂的生物凝膠迅速被細小的電流電解外殼，速效基因傷藥以迅雷不及掩耳之勢深入右臂創口之中，接著創口以肉眼可見的速度癒合！

——女鬼吸食練習生的血肉，以充盈自身。

下一瞬，巫瑾忍不住一聲冷哼。指尖拉扯一般地刺痛，附著在指甲蓋上的延展金屬同樣從凝膠中釋放而出，接著凶狠生長、拉長，十根利刃般的合金刀尖轉瞬牢牢附著在了手指之上。與第一任「凱倫」血淋淋的指甲相仿，卻顯然更加堅固。

在腰腹、胸腔與脖頸，原本不合身的戰袍凝聚成護住要害的膠質軟甲，凝膠中流淌的介質正是能在瞬間溶解金屬刀尖的強鹼！

腕表敘述再變。

「從替代凱倫的那一刻開始，你已不能回頭。」

「你遊蕩在世間，吸食無辜者的血肉為生。你因殺戮而變強，從不為殺戮而懺悔。」

「歡迎覺醒，穿紅舞鞋的少女，凱倫。」

「……」巫瑾終於反應過來，絕望抓狂：他得變身魔法少女一直到比賽結尾？

腕表上存活數字仍在瘋狂跳動，短短幾分鐘內從二十九跳到二十五，早已不是正常的淘汰速度，但巫瑾無暇顧及。此時此刻，巫瑾恨不得把紅桃K摁在地上暴揍……

少年終於恢復冷靜，無數瑣碎思緒在腦海閃過。

他必須先找大佬。

腕表再次跳動。

存活數字二十四，三十六進二十四即將強行結束。

緊接著節目組緊急發出通知：「請三組選手速來演播廳彩排，請三組選手速來——」

正在此時，巫瑾身後，寢室門被人吱呀一聲打開一條縫隙。

巫瑾猛地回頭，只見被拉開的寢室門外，鑲嵌於整個牆面的落地鏡正對著自己！

鏡子中沒有自己的倒影，只有皇后模糊的剪影，和那位拉開門的練習生。

脫不掉的紅色高跟鞋鞋底騰然生起難以忍受的高溫！

巫瑾幾乎條件反射跳起。《白雪公主》中的皇后剋凱倫，皇后穿著燒燙的鐵鞋跳舞至死，這也是她送給凱倫的詛咒原身。

落地鏡中的皇后半個身子已經探出，而在舞鞋灼燒滾燙的同時，那位練習生凶狠對準巫瑾舉起尖刀——有人在守株待兔！

巫瑾倒吸一口冷氣，猝然後仰急退！

幾百公尺外。

人數從三十六驟減到二十四，淘汰賽進度在人為操控下以摧枯拉朽之勢推進。

天空再度陰沉。雷聲於烏雲之上劈開，豆大的雨點砸下。整個《白雪公主》練習生大樓灰暗沉悶，燈光無一處亮起，像是被困死在雨水中的死城。

樓外。僅剩的幾名練習生瘋狂逃竄，其中一人終於忍不住抱怨：「誰特麼趕這個時候清場？那兩個人什麼來路？能攆著紅桃K到處亂跑？」

暴雨傾盆而下，泥濘的濕土黏軟泛腥，大片大片的荊棘與紅玫瑰在夜幕下詭異恐怖。身後大樓已經變成K與追逐者的死亡競技場，《白雪公主》最後幾名練習生在聽到廣播後不得不立即冒雨往演播廳跑去。

薄傳火擦了把臉，面色陰沉，「兩個都是克洛森秀A級練習生。」

盟友吃驚：「只是A？」

薄傳火：「那個祝嵐，就是把短刀別在腰間那個，能避開就避。這個人實力深不可測，而且進入狂躁狀態了。別惹。」

盟友：「什麼——」

薄傳火不耐：「腰間那把刀不是他的。你看他戰鬥動作和雙利手，這種型號短刀不可能是他的慣用武器。能被他佩在腰間，只會是他『盟友』的武器。從刀柄改裝部件推測，短刀主人為突擊位，進展搏鬥水準在A與A+之間，臂展比他本人略少，身高一百七十八左右，體型偏瘦，所以，也不是站在他旁邊的那個練習生。」

盟友吃驚：「那——」

薄傳火：「很簡單。他的盟友被淘汰了，所以這人狂暴了。這人就是來為偶像，呸，為他盟友復仇的。惹不起。」

「不僅咱們惹不起，紅桃K也惹不起。至於站在他旁邊那個，是克洛森秀出了名的傻子，等咱們有空把他揪出來暴揍一頓……」

暴雨如瀑。

《白雪公主》大樓，閃電陡然照亮慘白的牆壁與無數詭譎相映的壁鏡。

紅桃K在走廊角落急促喘息！他的心跳要躍出胸腔，周身布滿傷痕和凝固的血印，不致命，但已足以說明他與衛時之間的高下。

黑暗中紅桃K的瞳孔異常閃亮，他的防護服被摧毀大半，皮膚裸露的地方被毫不在意蓋上腥濕的泥土。

腕表滴滴作響。

禹末在廢棄論壇版塊不斷催促：「準備去演播廳集合，你還活著沒……」

K回覆：「不用管我。」

禹初：「你瘋了？就剛才那場追擊戰，你打得過衛時？這是直播，你們戰隊不可能允許你擅自……」

K合上腕表，不再理會。

得勢時，他可以是玩弄血字規則的遊戲制定者，失勢時，他也可以是一無所有的挑戰者。他要戰勝虛假不真的「紅桃K」，就絕不吝於全力以赴，也不吝於暴露自己的缺陷與差距。他要去找衛時決戰。

狂風暴雨之中。K提著一柄長刀，滿身血污，慢慢悠悠走到走廊轉角，終於與衛時相遇。

K笑了笑，「奇怪什麼？我確實本來能跑，但逃跑哪有決戰爽快。」

刀尖直指衛時。

衛時抽出巫瑾的短刀。

下一秒，冷兵器交接如龍鳴。血腥與鐵銹在濕氣中猝然蔓延！紅桃K的瞳孔從猝然放大，到收攏，再到光芒暗淡——

救生艙彈出前一秒，K哈哈大笑，「衛選手，幸會。下次再向您請教。」

紅桃K被救生艙包裹。

當前存活數字二十三。

克洛森秀直播間，觀眾猛地譁然，有K粉、星塵盃聯賽粉，在彈幕瘋狂刷起存在感！

血鴿接過麥克風，「他的名次不該是二十四，如果單看一對一對決，他的名次應該是第二至第三。」

「衛選手？衛選手已經放了他一線生機。是紅桃K自己選擇去決戰。對於逃殺練習生來說，最重要的難道是名次？我記得兩百年前，第一屆逃殺秀舉辦，為的就是讚頌星際大航海時代應有的英勇無畏……」

「我不看廣告，不瞭解粉圈。我個人認為，你們說的『人設崩塌』在逃殺秀是不存在的。娛樂圈的一套不適用於競技。紅桃K是一位我很看好的練習生，難道要一直贏下去才不會人設崩塌？還有，他今年只有二十二歲，假以時日，未必不可能追得上衛選手。」

「至於衛選手……」

此時，《白雪公主》大樓內，除卻盯著救生艙的凱撒之外，兩位臨時結盟的練習生齊刷刷看向衛時！

男人站在夜幕暴雨下的慘白牆壁前，於巫瑾那把刀柄上摩挲的右手帶著微不可察的血氣。

除了凱撒，身後幾人齊齊心驚膽戰！

這是怎樣的戰術天賦和格鬥技？

除去戰隊裡老隊員給新手餵招，幾人再沒看過如此恐怖的實力壓制，而且被壓制的一方還是K——即使是受傷的K。

幾人目光毛骨悚然，有人此時看向衛時已不僅是在看這輪比賽的對手，而是在看原本籍籍無名的逃殺新星。印象中，祝嵐多數時候都站在萊迦身後，一言不發。

有萊迦牽制和沒萊迦牽制的祝嵐根本就判若兩人……

腕表滴滴作響。

一位臨時結盟的隊友看向交流論壇，露出喜色，「凱倫也出現了，女鬼已經被困在那間『被鏡子包圍』的寢室！」

衛時點頭，男人帶著一身冷漠的煞氣看向遠方，重新把巫瑾的短刀佩上腰間。

「去解決凱倫。」

暴雨愈盛，滲入骨髓的濕氣在空氣中蔓延。

距離節目組要求的「演播廳會合」時限還有半個小時。

《紅舞鞋》的大門被猛地推開。守在裡面的練習生吃了一驚，走在最前面的衛時撐著一把黑傘，像雨夜中遊走收割的煞神。

衛時站在門口收傘，慘白的雷電將他的輪廓驚悚描繪，五官滲出寒氣，線條冷峻如刀鋒裹挾冰寒雨水。

在萊迦淘汰、禹初失蹤之後，這位一言不發的「祝嵐」練習生以最快速度接過指揮權。

祝嵐實力太強，竟無一人有異議。

訓練室附近，由於二十四進十二提早開啟，本該晚間「剪輯」播出的節目在過於迅猛的淘汰速度之下被迫改為直播。

事態進展與巫瑾當初猜想的一模一樣——發給選手的卡牌不過小打小鬧，在絕對力量壓制下沒有任何作用。

衛時扔開傘柄。

凱撒此時已不在隊伍之中。紅桃K的追擊戰是凱撒離隊的重要原因，有衛時在，凱撒出手機會太少，這位白月光練習生毅然決定單幹，他要去演播室親手淘汰「禹初」。

缺少了凱撒的練習室走廊上，幾人迅速往布置好的寢室走去。

留守的練習生表情並不樂觀，「原本寢室內值守的選手一個照面就被凱倫淘汰了，甚至沒來得及打開鏡子，凱倫很可能變強了……」

衛時步伐迅速，「門外值守的是誰？」

練習生：「白夜。奇怪的是，白夜報訊兩次之後就再沒傳來任何消息……等等，白夜發訊了！」練習生驚訝看向腕表，「他說，鏡子出了問題，讓人一個一個進來。」

這位練習生言語間含糊不清，神色略微躲閃，但很快就主動請纓要第一個進入為凱倫設套的寢室。

衛時直直看向他。

「你要的凱倫就在裡面。」練習生抬頭，一字一頓，「我們替你捉住了女鬼，交易會兌現，但是我要先進去。」

衛時乾脆俐落，做了個請的動作。

眼前的男人多數時候沉默，他的沉默遠比開口更令人畏懼。然而這名練習生不再注意，只要他和「祝嵐」的交易還成立，祝嵐就不會對他下手。按照白夜的傳訊，女鬼在大樓間遊走的重要道具就在寢室內，一定不能讓「祝嵐」先進——

房門微微打開一條縫，練習生進門，反手關門。

幾秒鐘後，寢室內愕然傳來一聲慘叫，接著是第二聲！隔著承重牆，能聽到寢室上方滑輪在鐵軌上轉動，像是指甲在狠狠刮動金屬表面，血腥味驟然散開！

衛時眯眼。男人一腳踹開寢室大門！房間內兩個救生艙擋住所有行路空隙，頭頂天花板紅色裙襬一閃。

衛時不假思索抬臂，一柄備用匕首凶狠向上擲去，破開空氣時發出尖銳氣鳴！

天花板上方。被匕首擊中的巫瑾忍不住差點爆出粗口！

三分鐘前，他在寢室發現埋伏之後便是當頭一場惡戰。

皇后、星塵盃A級練習生兩面夾擊，腳尖踩著燒紅的高跟鞋底，刺痛鑽心湧出。

好在自己還藏了一枝玫瑰——衛時當初送給自己的那朵玫瑰。

碾碎的玫瑰花瓣第一時間逼退了鏡中的皇后。

A級練習生卻遠比巫瑾想像中反應要快！

在巫瑾與皇后對峙的間隙，長刀直直貼著他的後背刺來，刀尖在沒入凝膠護甲的一瞬被強鹼溶解，剩下的木質刀柄卻把巫瑾的脊背撞得鐵青！電光石火之間，巫瑾急速轉身，附著在指尖的金屬化成利刺狠狠對選手劃去！

緊接著巫瑾的幸運值第一次在比賽中起到作用。

「凱倫」的伴生武器，指尖利刺中植入的是注有麻藥的細小輸液導管，和毒蛇的管牙類似。這位名為「白夜」的練習生在麻藥效果下迅速昏睡，自己則抓著他的手在腕表上一字一句敲下訊息，騙來第二位練習生，動手，搶走兩人面具、晶片一氣呵成。

直到剛才有人向自己扔了一柄匕首。

「啊！」還沒來得及飛上天花板的巫瑾驟然吃痛，超出常人的忍耐力讓他嚥下悶哼，緊接著消失在天花板隔層之中。

來人至少是S級練習生！

血腥味微微瀰漫開來，昏暗的天花板隔間內，巫瑾靠牆而坐，一邊倒吸冷氣一邊檢查傷口。那位S級練習生扔來的匕首穿過強鹼膠質甲，依然在膝蓋下方拉出一道口子。

巫瑾皺眉。是紅桃K？還是魏衍？不可能是大佬，大佬這種投資商爸爸鐵定知道遊戲規則，不可能不知道自己代替了凱倫……

然而無論天花板下是誰，形勢都遠比想像中要嚴峻。

加上大佬，三位S級練習生至少有兩人並未被淘汰，且其中一人與女鬼凱倫不死不休——

巫瑾呼出一口氣，兵來將擋，水來土掩。第七輪淘汰賽，凱倫身分給了他無數限制，也給了他無限優勢。

他要贏。

少年低頭，腕表讀取練習生「白夜」晶片。

女鬼凱倫的腕表滴滴作響，獻祭成功。下一瞬，巫瑾齜牙咧嘴倒灌一口冷氣！膝下傷口在強力基因藥劑下以肉眼可見的速度癒合。

「吸取練習生血肉」的加成遠不止這些。

附著在指尖的利刃突兀進化！帶有麻醉劑牙管的「金屬指甲」倏忽延展出無數細微精妙的軸承零件，原本直戳戳的指甲已是可以自動伸縮收回。覆蓋全身的凝膠護甲重新被機械臂修復、注入新的強鹼溶劑，紅色高跟鞋鞋尖陡然彈出利刃！

普通小巫進化成機械小巫！

巫瑾瞳孔驟然璀璨！

沒有哪個直男不喜歡機械，甚至遠在巫瑾記憶中的二十一世紀，多數直男都會在「開一次鋼彈」、「被心儀女神表白」中痛快選擇開一次鋼彈。

而現在，巫瑾自己就是變種機械姬。

無論天花板下是誰，他都有一戰之力。

但不是現在。

腕表不斷催促，距離「所有選手」在演播室集合只剩最後十分鐘。按照劇本，在燈光璀璨的舞臺下，凱倫、夜鶯與皇后將與練習生共同演繹死亡劇本。

那將是凱倫的盛大出場。

【第五章】——終極・童話女王機械姬大亂鬥

暴雨如瀑。天花板下，僅剩的三位練習生同樣收到腕表催促。除衛時外，所有人面色凝重。凱倫像是暴雨與黑夜中的幽靈，再次吸食了兩名練習生，事態向著完全意外的方向發展。

等待最後三位選手的中巴停在門外，後面還跟了輛豪華轎車，就差沒寫著女主角專用。練習室中，AI選管和顏悅色拿出一雙嶄新的紅色膠鞋。

「排練馬上開始，你們之間需要一個新的C位和女主角對戲……」

衛時俐落接過。

幾架選秀節目直播鏡頭齊齊向衛時轉去，這位排名第二的Top位練習生「祝嵐」表情冷漠，眼中鋒芒畢露。如果這是一場真正的選秀節目，他就是氣場十足、無可撼動的C位。

此時的祝嵐和前一天與萊迦快樂炒CP的祝嵐截然不同，如同被斬斷了某種情感感知裝置。男人穿上紅色雨膠鞋，指尖在腰間的短刀刀刃上輕微擦過，像是隨手告知巫瑾自己接替了他的C位。

攝影機在衛時身側運鏡。粉絲論壇驟然爆發出歡呼。

「祝哥終於知道搶C了！」

「哥哥，萊迦淘汰了，那個rap舞臺上身為魔王的你也該回來了！」

選管露出滿意笑容。中巴載著最後三位選手向演播室進發，選管最後向這位新C位招手，「那麼，期待你與女主角的領舞。」

古董汽車運行聲很快被暴雨掩蓋。第二輛轎車駛來，巫瑾悄摸摸跟著上車。

窗外被雨水糊成一片，下車後，巫瑾又從演播廳的窗沿下折了幾朵玫瑰，揉碎花瓣塞進裙子口袋。

演播廳門口，有AI劇務殷勤為「女主角」巫瑾撐傘。

白絲紅裙的少女以霸王之姿走進演播廳，畢竟巫瑾壓根就沒學會怎麼用紅舞鞋優雅走路。

演播室的大門被保全人員紳士打開，地上鋪著通往舞會的紅毯。

美豔絕倫的少女凱倫踩著八公分鞋跟踏上紅毯，《紅舞鞋》的排演舞臺就在前方。那首凱倫專屬的BGM在不遠處悠悠響起。

巫瑾用腕表掃向手中最後一張選手面具晶片。少女原本超出常人三分之一大小的詭異瞳孔周圍肌肉組織驟變，瞳孔大小終於恢復正常。幾乎在同一時刻，巫瑾背部凝膠護甲迅猛蔓延出青色夜鶯擬態紋路，像是少女露肩長裙下、脊背上瘋狂生長的刺青。膝蓋、腳腕、手肘被突然延展出的鈦合金屬輕甲覆蓋。

機械小巫進化，超高校機械小巫！

巫瑾在晃眼的頂燈下伸手，收回五指再次伸手。

利刃在指尖隨心收縮。

他闊步向舞臺走去，戰意在血液中激昂。

他倒是要看看是哪個崽種向自己扔的飛刀！S級練習生？S級練習生能打得過超高校機械小巫嗎？能嗎能嗎！

一牆之隔。

舞臺上。在僅剩的十八名選手中，《紅舞鞋》舞臺只站著最後三人。

凱撒在隔壁《白雪公主》提大刀追著禹初到處亂跑。

薄傳火時刻想趁機淘汰凱撒，卻被同組的佐伊處處牽制。

《夜鶯》組存活人數最多，拉斐爾、文麟站立一側，與井儀遠遠對峙，魏衍不知所蹤，秦金寶則像看到了某種極其震驚的景象，神情恍惚。

人群中克洛森秀練習生與星塵盃練習生混雜而站。

第一支舞將從《紅舞鞋》開始，選管示意衛時走上臺前。

這位上位圈練習生冷淡走到站位，腰間依然佩著巫瑾的短刀，在女主角進門前的一瞬手掌毫不留情覆上刀柄。

門外，巫瑾收回指刃，手臂在備戰狀態下繃緊出淺薄細緻的肌肉紋路，隨時準備彈出刀鋒幹掉那個扔匕首的S級練習生。

通往舞臺的小門打開。

英俊的男主角在熠熠頂燈下脊背挺直站立，俏麗的少女穿著短裙，詭譎刺青蔓延的雪白脊背下，一雙線條細緻俊美的長腿被白色絲襪覆蓋。

《紅舞鞋》第一個樂章響起。

凱倫走上舞臺，燈光下的男人看不清五官，被強光勾勒的身形頗有些眼熟。

舞臺上的少女同樣頗讓人眼熟。

男人瞳孔驟縮。

衛時頓了足足兩拍，布滿槍繭的虎口在凱倫上臺的一刻握緊刀柄，卻在交際舞的第一小節、向舞伴遞出右手前鬆開。

男人喉結微動。

巫瑾同樣對這位C位男主伸手。接觸前一瞬，巫瑾驀然眯眼，遞去的左手化為掌刃，附著於指尖的金屬尖刺瘋狂長出，凶狠向著男主角的喉嚨劃去。

衛時於電光石火之間抓住凱倫手腕。

巫瑾心念驟凝，手臂爆發出巨大肌肉力量，一身金屬器械迅速延展組裝，覆蓋凝膠護甲的手臂在狠狠砸向男主角之前勾出堅硬的透明倒刺！同時紅舞鞋鞋尖刀刃彈出。

衛時不容置喙按下巫瑾的小爪爪。

舞樂歡快奏響。

衛時托住少年勁瘦的腰身，一個翻轉俯身避開刀刃。

少年裙襬飄揚，視線中的強光被男人遮擋。從下往上，依次是男人腰間自己丟失的那把短刀、衣襟內兩把極其眼熟的投擲匕首，和——衛時的臉。

巫瑾：「……」

衛時低頭，眼中深了不止一個色階，接著騰然躥起極度危險的火苗。

巫瑾氣憤！雖然剛才是我先揍你，但是你扔匕首在先！你這也不先解釋一下……衛哥你這也太心虛了！不敢看臉，只敢看腿？

頂燈熾熱璀璨。舞臺上光影交疊，風光無限，天上人間。

舞伴裸露的脊背在血紅色衣裙間隙皎白如雪，細瘦的肩胛突起如蝴蝶雙飛一對，裙襬往下——是白絲勾勒、極富暗示性，每一弧都恰到好處的腿。

「……」衛時瞳孔騰然生起火焰，捧著巫瑾手腕的指尖發力，狠狠將人往身前一拽。裙襬上下翻飛，男人挺直的脊背猝然擋住臺下目光，「誰給你穿的？」

巫瑾鄙夷。這個人！竟然為了把扔暗器的事蒙混過關，顧左右而言他！於是巫瑾機智提醒：「那個，匕首……」

衛時沉默，視線下移。

下一秒，男人毫不猶豫把衣襟內剩下的兩把匕首摘下。匕首極輕，刃側薄如蟬翼，男人用槍繭厚重的虎口裹挾雷霆之勢握住匕首握柄。

巫瑾張大了嘴巴。

衛時調轉刀刃，將鋒刃對準自己、握柄對著巫瑾坦然遞了過去。

巫瑾：「……」有點帥，但這是什麼操作？

衛時：「傷口怎麼樣了？」

還沒等巫瑾反應過來，男人斷然就要在眾目睽睽之下俯身檢查創口，巫瑾秒速回神。不成！下面還這麼多鏡頭杵著，成何體統！巫瑾趕緊把大佬扯起，「沒沒沒！傷口沒事……」

衛時側過臉頰。

舞樂踏入下一個重拍，紅色帷幕在鼓風機特效下飛揚湧動。衛時手臂驀然用力，兩人交錯時衛時一個替舉換位，在被男人脊背擋住的鏡頭死角，巫瑾覺著自己幾乎要被大佬摁到懷裡，肩膀被鋪天蓋地的熱度吞沒。

這就是衛時的道歉。

巫瑾一滯。

男人一言未發，巫瑾耳後猝然泛紅。等等，這是什麼展開？自己一個超高校級機械武裝稀有戰力，豈能被衛選手不費吹灰之力打倒！

下一個重拍給出。

巫瑾火速挺直脊背，一秒扳回局勢。少年瞳孔眼中光芒湛湛，戰意勃發，氣勢洶湧。

衛時面無表情：「先去換衣服。」

巫瑾一噎，凶殘抬起下巴。

——你以為現在站在你面前的還是那個普通小巫嗎？錯了！這套衣服就是超高校級機械小

巫的黃金戰衣！

巫瑾抬起手腕展示，下一秒，五根延展金屬麻醉牙管倒刺自指尖瘋狂生長，對著衛時手腕俐落攻去！

巫瑾熱情高漲：「奧義・固態金屬化利爪！」

男人肩膀微沉，身如鬼魅躲過巫瑾的炫耀性進攻，喉結微動，眼前一大片胳膊肘子白到刺目。衛時伸手封住巫瑾退路！

巫瑾絲毫不懼，膝蓋聚力向衛時撞去。圍繞膝關節的金屬護甲延伸扣合，無數精密零件在聽覺最細微處叮咚相撞，護膝外側猛然突出數根合金倒刺，刺鋒尖端電流聲滋滋作響！

巫瑾興奮：「終極技・超導金屬奪命追魂刺！」

衛時瞳孔微縮。少年的膝蓋就抵在自己身前數公分處，裙襬在最標準的戰術動作下掠起，金屬甲冑、白色絲襪、肌肉緊繃沒有一絲贅餘的腰線與長腿在眼前迸發出讓人咬牙切齒的光芒，連空氣都被攪動出一小團奶凶奶凶的兔子味！

試紙要壓不住了。

舞臺周邊，鏡頭瘋狂飛舞！機械與美人天生就合該相配，沒有人不沉醉於機械改造美少年的暴力美學！

臺下，幾位選手終於鬆了口氣。練習生祝嵐和女鬼凱倫總算打起來了，死道友不死貧道！另一側，《紅舞鞋》與《白雪公主》組練習生同樣探頭探腦。

明堯更是大呼小叫：「隊長，他們組女鬼長得比咱們組好看，是不是有人充錢了？」

左泊棠面色微頓開口：「不像打鬥，像在餵招。」

臺上。

衛時瞇眼，瞳孔深不見底。少年如同凶狠的小獸，無論在視野中還是在鏡頭前都爆發出極具戰鬥侵略性的氣勢，讓人恨不得一口咬上脖頸，再肆意侵入，讓他哭著接受主權標記。

衛時啞聲開口：「打完了？」

巫瑾趕緊展示鞋尖上的彈簧刀，伸一下，縮一下，伸一下，並自發配音：「Biubiubiu——」

衛時驀然脫下作戰服外套，兜頭套在了biubiubiu的巫瑾身上，擋住大片裸露的脊背。

巫瑾瞪圓眼睛。

衛時言簡意賅：「準備戰鬥，結束比賽。」

舞曲在第一樂章末尾稍歇，兩人同時轉身。

根據《紅舞鞋》劇本分配，C位男主角領舞之後就是男配角們與女主角對戲。按照原本安排，男主角和女主角本該先一步搏命廝殺、你死我活，現在卻並肩而立，氣場不分上下。

臺下瞬間譁然！

下一位即將上臺的選手毫無意外退縮，「他們結盟了？祝嵐和凱倫結盟？」

舞臺邊沿，明堯不屑：「這不廢話！衛選手……喔我說那個祝嵐，衣服都給女鬼披上了，這不是結盟，這是對女鬼效忠啊！太分奴了吧！為了贏這都可以？不過這妹子身材真好，要我，我也可以。」

身旁，左泊棠始終看向舞臺。

明堯：「哎我說隊長，剛才簾子後面是誰在哈哈大笑來著……」

左泊棠突然打斷：「你看凱倫像不像巫瑾？」

「……」明堯大驚失色：「小巫這腿子還真好看……隊長不對啊，小巫沒淘汰？他還搞一身機械裝甲回來了？」

左泊棠：「先撤。他倆要清場，我們出去。」

明堯秒速反應過來：「一旦清場，選手淘汰速率遠比規則規定要快。也就是說現在彩排上不上臺沒有任何意義，那我們現在……」

「去找機械武器，」左泊棠開口，細枝末節的線索最終在確認巫瑾身分的瞬間拼合。女主角，可以被代替、機械裝甲、熱武器的唯一供應體。

「去找——夜鶯。」

井儀附近。拉斐爾和文麟迅速對視，兩人作戰風格偏穩，在井儀離場後同樣不再逗留。

拉斐爾視線最後掃過四周。

他的盟友在上一輪次浩劫中被淘汰，夜鶯暴起發難，不僅那位盟友，連S級練習生魏衍都就此失蹤，場內此時只剩十八人存活。文麟是他決賽圈的最後盟友。

決賽圈的氣氛遠比拉斐爾想像的詭異。互不信任的人群，帷幔後突然爆發出的詭異笑聲，又倏忽戛然而止。且按照拉斐爾原本的推測，場內魏衍、巫瑾、紅毛、紅桃K不見蹤影，最大的敵手只有井儀，此時形勢卻天翻地覆。

巫瑾回來了。

腕表從十八跳動到十七，《紅舞鞋》劇組已無人再敢靠近巫瑾、衛時半步。目前勢力順位推測，圍巾高踞第一，往後是井儀……

身旁，文麟突然輕聲開口：「小巫回來的方式。」

拉斐爾：「什麼……」

文麟：「小巫把女鬼淘汰，所以才能回來。你有沒有發現，最近半個小時，夜鶯失蹤了。同時失蹤的還有魏衍。」

拉斐爾瞳孔猛縮：「你是說魏衍也有可能……」

場內，腕表再次一震，所有人同時低頭。

存活數字十六。

《紅舞鞋》附近已成煉獄，而下一輪《夜鶯與玫瑰》即將開場。

選手轟然而散，不知哪裡又爆發出小規模爭搶。秦金寶咔嚓拿出彈簧刀，這位卓瑪練習生一個招呼，帶著盟友就向人堆裡廝殺，「去勸架。」

那位星塵盃盟友乾脆點頭，「咱要不要先占個高地？那塊帷幕後面怎樣？」

秦金寶一頓，表情又恢復到剛才狀態，像是因為看到了某種極其震驚的景象而神情恍惚：「那裡……剛聽到後面的笑聲沒？」

盟友點頭，「你那會兒不是也在帷幕後面？」

秦金寶：「有個紅毛因為笑太大聲被殺掉了。」

盟友：「啥？因為太可愛被吃掉了？」

下一瞬，《夜鶯與玫瑰》的舞臺音樂緩緩淡出。

女主角夜鶯被升降機送上舞臺。

秦金寶盟友：「……」

秦金寶盟友：「……哈哈哈哈哈哈哈哈哈哈吼吼吼！」

舞臺中央，夜鶯面無表情，僵硬轉身，夜鶯的絲絨羽毛小仙女裙因為太小套不上肩，被爆撐成了一字齊肩衫。

夜鶯正看向兩人。

秦金寶：「……我特麼讓你別笑這麼大聲，那是魏衍！魏衍！快跑——」

幾十公尺外。帷幕之後，演播廳後臺走廊。

巫瑾壓低聲音開口：「皇后剋凱倫，凱倫剋夜鶯，夜鶯剋皇后。」

「最終戰裡唯一可能淘汰凱倫的，只有皇后。」

「所以要把皇后扼殺在舞臺開始之前。」

《白雪公主》女主角休息室就在一門之隔。

巫瑾躊躇滿志就要推門——

衛時突然攔住：「沒鏡頭。」

巫瑾：「可不！應該裡面才有。」

衛時：「你全身都機械改裝了？」

巫瑾思索：「也不全是。總不能給我武裝到牙齒……唔！」

未被機械武裝覆蓋的小白牙被凶狠撬開，唇舌激烈碰撞。

幾分鐘後。

巫瑾驚恐看向衛時。

衛時若有所思看向凱倫的裙子。

巫瑾：「你不會真要把這件裙子也買下來？」

衛時狀若未聞：「開門，準備作戰。」

巫瑾抓狂拍牆，「要穿你穿！」

牆上白粉簌簌而下，巫瑾被撒了一頭一臉，驀地覺著手感不對。

牆壁並不抓粉，白色砌牆顏料後掩蓋的是一面巨大的壁鏡。

皇后正站在鏡中冷冷看著巫瑾。

巫瑾一愣，向旁邊伸手。

布滿槍繭的手掌迅速覆上，給巫瑾塞了一手的玫瑰花瓣。

巫瑾抬手，對著自己腦袋，撒花！

皇后表情驟變，立時就要往鏡子深處退去——

巫瑾揚眉。下一瞬，少年凶狠抬腳，尖銳的鞋尖彈簧刀穿刺薄鏡，緊接著巫瑾又是一腳！

鏡面應聲而碎，金屬化機械改裝手臂擋住了飛旋而來的玻璃碎片。

巫瑾一身衣裙血紅，肩披玫瑰花瓣，破鏡而入！

玻璃碎片破裂迸出！頂燈被切割為無數斑駁陸離的光與影，玫瑰花瓣在銳利的玻璃尖刀中激蕩翻飛！

鏡子後是反過來的「世界」。走廊裡的桌椅、地毯紋路、花瓶在鏡面後的夾層中被一一複製，水平翻轉，就連鏈線式為左旋的天花板枝形吊燈也轉為右旋。

而皇后正站在頂燈之下，一臉怨毒、睜著漆黑空洞的瞳孔狠狠剜向巫瑾。

巫瑾沒有絲毫停頓，勢如雷霆向皇后衝去！

嗆的一聲，巫瑾與皇后同時抬手，半金屬化的手臂在劇烈動能下相撞！

超導金屬於瞬間擦出赤紅色電光，機械改造接駁處因電壓超載而滋滋作響，彷彿下一秒就要短路燃燒。兩人被迫同時疾撤！

巫瑾一腳踹向皇后脊背，左手下沉，繼而以最快速度打開右臂機械面板。材質相位變換，金屬面旋出，碳化矽絕緣晶體面旋入，然後頂著細微亂竄的電流一拳砸下——電光消散。

皇后一聲悶哼。

腥濕妖異的玫瑰甜香刺鼻鑽入，無數書籍、典章如冰雹砸落，皇后已是被巫瑾狠狠背身壓制在書櫃之上！巫瑾終於來得及急促喘息。

少年側過臉，第一反應就是笑咪咪向遠處的衛哥炫耀，「比我少了一個進化等級……」

被砸破的鏡面碎了一大塊，黑黢黢從外灌風。凱倫漆黑帶垂墜感的長髮在劇烈運動後激蕩飄動，原本披著的練習生外套早被打飛，裸露的脊背帶晶瑩的細汗，肌肉線條依然保留少年狩獵時的緊繃弧度。

衛時眯眼，大步上前，把外套再次甩到巫瑾身上。

巫瑾趕緊展示自己的活蹦亂跳，「不冷不冷！」

巫瑾順手把皇后甩給大佬，再坐到地板去拽腳上的紅舞鞋，「有規則克制，這鞋賊燙腳，還脫不下來。」

事實證明，好看的白絲美少年摳起腳丫也十分可愛。

衛時在皇后脊椎一劃，這位女鬼瞬間脫力趴下。衛時漠然低頭，「哪裡燙？」

巫瑾拍拍小紅鞋。

衛時示意巫瑾遞過來。

巫瑾想了想，只能連著腳一起遞過去，衛時隨手翻看，「感應器在鞋底，踩上去觸發震盪電路產生焊接熱，把腳腕鞋口焊死。旁邊一圈是焊接時的惰性氣體管。」

巫瑾恍然，早知道穿鞋前先仔細觀察——

等等，衛哥看個紅舞鞋，從鞋跟隨手捏到腳踝再到腿是怎麼個回事！

背對鏡頭處，衛時面無表情，下手不輕不重，和菜市場肉販的秤肉手法無差，罷了再滿意看一眼鞋。

巫瑾逐漸驚恐：「……」你難道還要把這鞋買下來？

然而恐懼催生智慧，摔跤讓人成長。巫瑾掃了眼皇后，再掃了眼衛時，再掃了眼皇后，一個快樂的想法瞬間成型！

「衛哥，」巫瑾揚起面具下的小圓臉，笑咪咪開口：「衛哥，你看她臉上是不是有張面具，衛哥，你要不要撕掉面具用腕表掃一下，衛哥衛哥——」

衛時嗯了一聲，看了眼巫瑾的長髮、紅裙、舞鞋，「然後變成你這樣？」

「……」巫瑾見計謀識破，趕緊乖巧安利：「……雖然只是暫時改變外表，卻換來了豐富的機械改造選項。你看這個皇后她又高又寬，你看她的裙襬又大又圓。從改造角度來說，以後的進化樹很可能是宮廷裝甲風方向，裙撐加固加大，頭髮長倒刺，罩裙出反甲。」

巫瑾突然一頓，猜測隱隱成型：「皇后，厚重宮廷服飾——進化方向為重裝。凱倫，三次進化生成匕首、指尖金屬刺，唯一護甲是強鹼溶劑膠質甲，同樣進攻性質大於防守——凱倫走突擊方向進化。夜鶯，童話裡能展翼高飛也能放聲歌唱，最有可能是走敏捷、干擾類進化。」

巫瑾眼神陡亮，「從前兩夜死亡人數比例反推，《紅舞鞋》最高，《夜鶯與玫瑰》、《白雪公主》其次，因為凱倫進攻性遠大於夜鶯、皇后。」

「安徒生、格林童話、王爾德三個劇本，選手選的不是劇情本身，而是——女鬼的進化方向和進攻方式。」

「第三夜、第四夜，夜鶯組的減員大幅度下降。遠低於《紅舞鞋》、《白雪公主》。女鬼不可能放棄進化，凱倫身分在我手上，故也不可能去干擾夜鶯，所以只有一種可能……」

「夜鶯也被選手替代了！」

衛時側過臉，只見巫瑾興奮開口：「衛哥，咱們要不要玩一把大的？」

「現在存活還剩十六人，晉級無憂。」

巫瑾湊過來，嘴巴一張一合，無意識對衛時吹兔子氣兒：「……我們把皇后扔這兒，等夜鶯找過來。」

衛時伸手，在被吹氣兒的脖頸上放了幾秒，緩慢、緩慢地抬起眼皮看了巫瑾一眼，「好，一個小時。」衛時冷酷開口：「一個小時，結束比賽。」

演播廳舞臺。

秦金寶的淘汰如同混戰的導火線，將僅剩無幾的選手向場內中心聚攏。

場內存活十五人。

留到現在的只有克洛森秀、星塵盃頂尖練習生。而數字十五則代表絕大多數選手保級A成功。存活已經不再有意義，唯一有意義的——就是淘汰十四人，劍指王座。

演播廳西南側，文麟、拉斐爾終於再次回到交戰中心。

「冷兵器作戰條件下，沒有人能一個照面淘汰秦金寶，卓瑪娛樂就是玩藏刀起家，」兩人潛伏進入主戰場，文麟壓低聲音：「女鬼不能，魏衍也不能。除非對方實力、裝備都遠遠壓制秦金寶……」

然而此時秦金寶的隊友已經落單。不僅秦金寶淘汰，他的隊友甚至在抱頭鼠竄。

「也就是說，魏衍代替了夜鶯的推斷很可能正確，而且魏衍獲取了夜鶯的能力。」

拉斐爾微一點頭，兩人迅速散開。

拉斐爾走突擊偵查位，文麟走輔助位，兩人巡邏、探查經驗老到，很快找到了事發現場。

「這裡，」拉斐爾微一沉思：「救生艙被運走，是這裡沒差。」

文麟一愣：「這裡好像是剛才傳來笑聲的地方。」

「兩次。」

「連續兩次，選手都是在發出巨大笑聲後被淘汰。魏衍淘汰選手是有指向性的，但正常比賽誰會笑成這樣……」

舞臺光瑩瑩微動，地上的羽毛晶晶亮亮。

文麟單膝俯身，兩指揀起，心臟頓時柔軟。地上是一羽粉色的羽毛，有著纖細的羽根和柔軟的絨，自然環保人工羽毛，常見於年輕女孩的髮飾。有那麼一瞬，他想到在家裡收看節目的妹妹，髮辮上就戴著這種細細軟軟的羽……

舞臺陰影側，拉斐爾和文麟陡然一頓！

直覺於瞬間警惕。

細瘦且帶著兩個肉瘤的影子兜頭而下，像是飄在天空中的幽靈！影子的本體絕不是這種形狀，斜斜投射在腳下，是因為來人正懸在半空中，雙腳離地飄蕩！

拉斐爾毫不猶豫按住刀柄，抬頭前的一瞬心念萬變，第一反應就是即將看到吊著脖子的長舌女鬼——

懸浮在半空中的，竟是表情僵硬的魏衍。

穿著小仙女雪紡細紗一字肩裙的魏衍。

戰鬥狀態全開，背著兩個粉紅色絨羽翅膀的魏衍。

「……」拉斐爾分明看到魏衍腳下踩的是飛行推進器，但這位人形兵器的粉紅翅膀依然在十分搶鏡地抖動。

拉斐爾喉嚨動了動，五官因為引以為傲的自制力扭成一團，旁邊文麟使勁捏了幾下自己的笑肌，似乎捏緊湊了就不會被本能操控。

此時隨著魏衍出現，數不清的機位向舞臺蜂擁而去！場內瞬間個人機位占比直衝第一！

魏衍緩慢抬手。

夜鶯是風的眷顧者。

數不清的推進發動器同時發動，魏衍於瞬間拔出細長的荊棘玫瑰刺刀，身形在推進助力下形成虛影，將攝影機凶殘擊飛！

魏衍：不想被拍。

拉斐爾：「哈哈哈哈唔……」

魏衍面無表情低頭。

拉斐爾立刻捏住自己的蘋果肌，不料驀地當頭一涼！拉斐爾神色巨變，出手如電拔出尖刀，哐噹與魏衍的攻勢相抵，接著刀刃橫劈轉上挑，卻如何努力都跟不上魏衍的速度——

救生艙猝然彈出！

當前存活：十四。

救生艙內猛然爆發出快樂的笑聲。

魏衍、文麟：「……」

搶在魏衍殺人滅口之前，文麟竟先一步預判。這位白月光輔助出乎所有人意料背了一柄最重的長刀，以重抵快，大巧若拙，竟是在魏衍手下撐了一分鐘有餘。

最終銀色救生艙彈出。文麟淘汰，當前存活：十三。

克洛森秀直播間，已是有不少觀眾為文選手打出長串6666，夾雜在滿屏哈哈哈哈哈譴譴譴哈哈哈之間。就連應湘湘都忍俊不禁，似乎只有血鴿還能以正常狀態解說：「文選手的天賦不是最頂尖，但他非常清楚自己要的是什麼。臂力是他的優勢，他需要的是一個機會……」

應湘湘接過麥克風，忽然好奇開口：「導播，給四十七號鏡頭。魏衍後面有人。」

克洛森秀第七場淘汰賽，演播廳舞臺。

在魏衍接連淘汰兩人後，陰影中的選手終於走出。

地上並列兩個救生艙，一個尚且安靜，另一個依然在哈哈哈、哈哈哈哈、哈哈無間斷表達快樂。

魏衍皺眉看著出現在他面前的選手。

這名練習生不是克洛森秀的任何選手之一。

星塵盃……

眼前的練習生微笑，聲線溫和：「現在場內百分之八十的鏡頭都在拍你，即便是現在結束比賽，這場高光鏡頭也很可能給到——現在裝束的你。」

「魏衍選手。」

「我可以幫你解決這個問題，我們做一個交易。」

演播室後臺。

腳步聲急促匆忙，薄傳火一聲粗口收了不知道哪兒順來的弓箭，差點被扔過來的飛鏢射穿了腎。

此時存活數字已直降到十二，距離他開始狙擊凱撒已經過了整整半小時。

凱撒……凱撒這貨壓根不知道哪裡來的狗屎運！

薄傳火怒火中燒。先是凱撒圍追堵截禹初，自己狙擊凱撒，被佐伊攔下。然後佐伊被井儀淘汰，自己繼續狙擊凱撒——神特麼被魏衍攔下！

怎麼可能？

凱撒看到都要笑成傻逼了，雖然他本來就是。

光線昏暗的走廊內時不時傳來凱撒笑出的豬叫，薄傳火再次搭弓，打算趁魏衍不備把凱撒俐落解決掉。然而在判斷地形時薄傳火驀地一頓。

魏衍在保護凱撒，也在追擊凱撒，他在把凱撒往某個特定的方向驅趕。

這一處走廊與任何地方都不同，牆壁壁鏡被撞破，玻璃碎片散落一地。皇后的休息室就在鏡子背後，鏡子裡映不出薄傳火的身影，地上……地上有不止一個影子。

薄傳火猛地反應過來，還沒來得及向後撤退。

薄傳火戰術伏擊處，嗖的冒出來一隻巫瑾。

和他並肩蹲著。

巫瑾高興：「這麼巧，薄哥你也蹲這裡！」

薄傳火：「……」你是蘑菇嗎？

巫瑾拔走了他狙擊凱撒的弓箭，「薄哥在幹什麼呢？」

薄傳火悄無聲息按上飛刀，桃花眼上挑，「看魏衍。」

巫瑾：「這麼巧！我也在看魏衍哥！」

薄傳火這才意識到巫瑾也和魏衍一樣穿得花裡胡哨，視線掃了一下巫瑾的腿，然後收回。

再好看也是男的，小巫腿子沒意思。巫瑾出現的地方必然有衛時，雖然衛時整七輪淘汰賽神出鬼沒，但圍巾的實力不容小覷……

走廊上，魏衍終於把凱撒趕進鏡室。

巫瑾突然好奇，跟在魏衍身後的竟是禹初。

鏡室裡，皇后被選手打擾，瞬間啟動。然而夜鶯剋皇后，魏衍很快占了絕對上風。

巫瑾左右拉伸了一下，慢慢站起。

身旁，薄傳火表情瞬息萬變。魏衍對皇后的關係呼之欲出，從規則三角環考慮，另外兩邊就是皇后剋巫瑾，巫瑾剋魏衍……合著巫瑾就是蹲這兒守株待兔的。

巫瑾打了個手勢，笑咪咪開口：「薄哥別狙我。」

然後踩著紅舞鞋以霸王之姿走向戰場中央。

走廊上，魏衍猛然回頭，半數推進器在巫瑾出現的瞬間失效。

夜鶯是皇后的詛咒，而凱倫是一隻夜鶯的憂傷。

克洛森直播間，彈幕陡然熱情！紅裙少女的對面是粉色仙女夜鶯……

後臺，節目PD一拍大腿，「快，顯示即時直拍鏡頭切入率！」

魏衍百分之六十二、巫瑾百分之三十八。

美人常有，而人形兵器小仙女不常有。

鏡頭中央，巫瑾對魏衍行了個執劍禮。內心戰意澎湃！出戰吧，機甲戰姬！

魏衍突然移開目光。無數鏡頭向他蜂擁而來，魏衍面無表情，眼神拘謹。

按照禹初所說，觀眾的口味是獵奇女裝，即便是巫瑾也無法分走大多數鏡頭，除非能有更獵奇——

魏衍猛然拔刀。數十推進器急速發動，巫瑾只來得及倉促舉劍——

魏衍的目標竟不是他。

殘餘的玻璃鏡再度被撞破，魏衍凶悍衝入鏡室之中，兩三刀挾持了正追著禹初亂砍的凱撒。

凱撒憤怒嚷嚷：「我X你讓我把這個叛徒解決了，再痛痛快快打一場！」

魏衍強行按住凱撒右手，對著皇后耳後就是一撕！面具應聲而落，接著魏衍拽住凱撒的腕表一掃，腕表滴滴兩聲。

房間外陡然衝入兩個機械臂粗壯的AI選管，捧著全套宮廷服飾熱情洋溢遞給凱撒。

凱撒大手一揮推翻，「啥玩意兒！」

選管再度撿起，繼續熱情遞給凱撒。

凱撒：「節目組呢？你們兩個機器人壞了——哎我擦！」

四肢機械臂奮力把凱撒壓下，厚重的宮廷衣裙兜頭套去，原本聚集於魏衍周邊的攝像鏡頭一愣，齊齊興奮飛向凱撒——

直拍鏡頭切入率。巫瑾百分之十五、魏衍百分之十四、凱撒百分之七十一。

巫瑾：「……」

血鴿、應湘湘：「……」

魏衍面無表情，眼神恢復正常。這位S級練習生雷厲風行，在給凱撒留下兩把單手刀、一枝一次性小範圍爆破武器充作補償後，頭也不回地出門。

身後，三百斤的凱撒被機械臂死死壓制，躺在地上，發出被糟蹋一般的嚎叫。

魏衍走到巫瑾面前，凱倫對夜鶯的壓制到達頂端。

推進器再度大半失靈，魏衍背後兩隻粉嘟嘟的翅膀蔫吧蔫吧垂下。

魏衍拔出荊棘玫瑰刺刀，同樣行了個切磋禮。

巫瑾回禮。

贏者王，敗者寇。

雙刀即將相撞的一瞬，所有人腕表同時振動——

凱倫、皇后、夜鶯，三后歸位。

十二進一，決賽圈，開啟。

克洛森秀直播間。

隨著決戰開啟，虛擬螢幕投影出決賽圈的最後存活數字，十二。

十二列選手特效應援縱幅自上而下破空展開！底端選手勢力值瘋狂上漲。

導播廳內，色彩斑斕的金主廣告從四面八方湧入，彷彿是在放送廣告附贈綜藝。

鏡頭切回淘汰賽賽場。

破碎的鏡面內隔間。身披暗紅刺繡貴婦禮裙的凱撒吭哧喘氣，緩緩升起。

應湘湘、血鴿：「……」

彈幕：「臥槽哈哈哈哈哈吼吼吼吼——」

場內九成機位瘋狂向凱撒湧去！

這位白月光突擊位直接撐爆了束腰，一百九十公分的個頭在禮裙下時刻彰顯著整整三百斤的霸王氣場，這是任何童話皇后都未曾擁有的牌面！

凱撒緩緩舉起了砍刀！

皇后腋下劈里啪啦叉了線頭，裙襬被手臂拉起，露出毛髮旺盛的野性雙腿。刺啦一聲，凱撒泡起的拜占庭式燈籠袖再次叉線——鼓起的壓根就不是燈籠袖，而是凱撒膨脹的三角肌和肱三頭肌！

門外暗中觀察的禹初拔腿就跑！

凱撒瞪眼如銅鈴，臉大如盤，鐵圈魚骨裙撐在巨大動能作用下砰砰作響。隨著凱撒的奔跑，罩裙周邊以肉眼可見的速度生成一圈碳基高硬度延展保護層，繼而表面鋼化加固，熔成堅不可摧的凱撒堡壘。

「敢在你凱撒爺爺跟前跑？我穿你【嗶——】的裙子……」

克洛森秀直播間，觀眾大飽眼福，熱切討論。

「硬核皇后！」

「白雪公主呱呱墜地，一睜眼，這不得嚇得把自己塞回去了！」

鏡頭中央，禹初在凱撒機械強化後的攻勢下終於放棄抵抗，顯得相當坦然，溫和狡辯：「我們原本就不是盟友。雖然算計過你，但現在我還了你一身裝備賠罪。算下來你憑空多了一個盟友，一身裝備，物超所值，你冷靜下來仔細想想……」

鏡頭外，正在解說的血鴿導師冷靜思忖，好像是這麼個道理。

卻不料凱撒二話不說一刀劈下！禹初選手瞬間化作救生艙爆開！

血鴿：「……」

應湘湘微笑：凱撒選手似乎並沒有「仔細想想」這個功能。

巨大的銀色救生艙從走廊盡頭滾落，當前存活十一人。

應湘湘控制機位，鏡頭給到凱撒再次加固的蛋糕裙堡壘重甲，這位女導師給出了同巫瑾一樣的結論：「皇后進化防禦，凱倫進化攻擊，夜鶯進化敏捷。那麼現在的凱撒選手——」

現場收音驀地一聲巨響！

像是有金屬劇烈撞擊，合金箭矢裹挾勁風從走廊角落凶悍飛來，直直打在凱撒的手臂金屬關節！

應湘湘愕然張嘴。

凱撒機械裝甲防禦力驃悍，終究沒有被箭矢破甲，只掉落了幾個表層零件叮叮噹噹順著樓梯滾落。

應湘湘立刻反應過來：「是左泊棠選手的箭矢？非常遺憾，以凱撒選手的目前防禦，可以說場內沒有一樣冷兵器能達成破甲。那麼現在，讓我們把鏡頭給到凱倫和夜鶯……」

主機位轉向。

在某個輔機位選手第一視角，凱撒跳起就要找射箭的人幹架。走廊角落，左泊棠卻迅速撿起從皇后肘關節處滾落的金屬零件，帶著明堯以最快速度撤退。

走廊另一端。

鏡頭切換一瞬，直播頻道內氣氛猛然熱烈！

如果說魏衍毆打普通選手、凱撒暴揍禹初是機械裝甲對上普通人類、一邊倒的較量，那麼凱倫與夜鶯就是基於黑童話、機械龐克與女裝視覺衝擊的極致盛筵。

螢幕正中，巫瑾急促喘息，膝蓋金屬延展關節報廢，周圍白色絲襪因燒焦而呈現炭黑。對面，魏衍絲毫不比巫瑾從容，一副粉色翅膀被打飛半邊，眼中戰意如熊熊烈火燃燒。

勢均力敵。

鏡頭機位迅速向兩人湧去！

應湘湘接過麥克風，迅速開口：「毫無疑問，魏衍選手展示出了完美的S等級表現。但必須提醒的是，巫選手的策略稍勝。凱倫對夜鶯的削弱剋制體現在推進器、機械臂攻速判定、防禦、準星瞄準幾個方向。」

「眾所周知，巫瑾選手是A級練習生，在規則加持下，巫選手可以輕而易舉抵禦魏衍的進攻，甚至比他在前幾輪淘汰賽中做得更好……」

魏衍驀然從半空躍下，布滿電光的玫瑰刺刀薄刃向下，裹挾雷霆之勢跳斬！

巫瑾側身讓過，繼而被膠質軟甲包裹的右手狠狠握上魏衍刀刃——

應湘湘毫不意外：「他要溶掉魏選手的刀刃……等等！」

只見巫瑾毫不猶豫下達改裝指令，掌心觸及劍刃前一瞬，少年從手腕向指尖延展出同樣電光閃爍的金屬甲冑。

魏衍神色驟凝，撤刀後退。

巫瑾嘴角一扯，不容置喙握著刀刃狠狠向自己方向拉去，金屬化手臂與刀刃接觸面阻抗降低，在高壓機械核心的供能輸出下猛然放出幾百毫安培致死量巨大電流！

劈啪！凱倫與夜鶯如同兩架金屬機甲相撞，天花板被電光整個炸開！土石磚瓦簌簌砸下。

夜鶯折身急退，惡靈凱倫不死不休！

克洛森秀導播廳，應湘湘驚訝開口：「這……自殺式襲擊破壞能力最大，但選手兩敗俱傷。場內不止有兩位機械女王，就算擊殺魏衍還有凱撒，小巫沒必要……」

血鴿搖頭，「問題就在凱撒。」

「目前存活只剩十人，凱撒在剛才追擊井儀失敗，為洩憤『順手』淘汰了薄傳火選手，裝甲進階加固。也就是說，除了三位女鬼，賽場內只剩七份能夠獻祭給女鬼的『口糧』。」

「如果巫瑾繼續和魏衍纏鬥，無論誰贏，等待他的將是吞噬七人、中子炮也轟不死的凱撒。相反，如果速戰速決——就能從凱撒手中搶下口糧，繼續進化。這樣才有資本和凱撒爭奪第一。」

第七輪淘汰賽演播廳。

穹頂因為強電流燒起的火光而破敗焦黑，磚石瓦礫碎落一地如同核爆後的廢墟！巫瑾踉蹌自廢墟中站起，與魏衍同時進入戰鬥狀態。

走廊拐角遠處，一位用弩箭對準巫瑾的選手猛地慘叫。

刀尖悄無聲息抵上他的脖頸。

衛時如幽靈出現。

那位選手立即認出衛時，毫不猶豫調轉弩箭對準魏衍，「打個商量，我幫巫瑾……」

話音未落，救生艙砰的炸開！

這位千辛萬苦留存到最後的克洛森秀B+級選手猝不及防被吞入救生艙，叫苦不迭。小巫不是衛神盟友嗎？怎麼幫小巫還不行？等等，衛時埋伏在這兒，隨時都能幫襯解決魏衍，結果還讓巫瑾自己上去打……所以他是來幹啥的？啥都不幹，就維護小巫選手一對一單挑的公平性？

救生艙外，衛時漠然收刀，一腳踹開擋住視野的球形艙體。

破裂的穹頂下方，魏衍搖搖欲墜起身，機械改裝受損程度明顯遠大於巫瑾。巫瑾周身同樣電流亂竄，凱倫的部分金屬外殼剝落，露出一排排小型單人作戰武器。

刺啦一聲，魏衍乾脆俐落撕去一字肩禮裙上身，漆黑的作戰背心勾勒出虯結緊實的肌肉線條，往上是冰冷無表情的臉，往下是粉色小仙女雪紡裙。

裙襬凌空飛揚！推進器猛然發動，魏衍右臂發力，玫瑰刺刀自上而下破空擲出，趁巫瑾躲避的當口，夜鶯直衝而下，束腰右側小型火力庫打開，微型藍色鐳射槍直直對準巫瑾眉心！

巫瑾閃速抬臂，原本包裹手臂的金屬盾牌張開如雙翼，與鐳射準心於瞬間相接，接著周身機械齒輪扣合，鏈鋸動力匕首從腰間匣口彈射而出，對準魏衍武器匣狠狠削去——

匕首與武器匣同時報廢，鏈鋸動能直直砸入鐳射能源核心，數不清的熒藍色光點如雨水炸開！兩人幾乎同一時間擋住頭部。

碳氫燃燒物因為推進器缺失無法爆出炸裂性傷害，飄蕩在空中像是藍色的幽靈。且本該在接觸目標後釋放的能量集束被提前引燃，藍火裹挾硫磺紙屑氣味的燃燒物湧出大量粉塵。

視線是一片霧白。熒藍光點飛旋、消散，湧出，飛旋。

氧氣被大量消耗。茫茫白霧之中，巫瑾面具下的臉頰因為屏住呼吸而通紅，損壞的膠質軟甲下，皮膚被劃出道道創口。

走廊出口就在十幾公尺開外，只要衝過去就能脫離戰鬥，呼入新鮮氧氣。

但現在是他最好的機會。

凱倫的機械裝甲損壞大半，滋滋作響。

而夜鶯——因為規則壓制，夜鶯的護甲起初就比凱倫削弱一半。

魏衍再無可用防禦鍍層。

巫瑾反手抽出了背後的長刀。

半分鐘後。

所有選手的腕表滴滴兩聲，魏衍淘汰，當前存活數字九。

巫瑾一頭從白霧裡衝出，使勁兒呼吸呼吸。

然後伸手召喚大佬：「快快快快快！」

剛才拍攝對戰的攝影機被炸飛好幾個，剩下的還在粉塵裡暈頭轉向，有一個差點追上卻被巫瑾又一腳踹了回去。

趁沒鏡頭注意——巫瑾嗖的伸手遞到衛時面前，眼睛一閃一閃。

熒藍色碳氫燃燒物在巫瑾勉強完好的、裝載隔熱鍍層的掌心攏著，火苗弱不禁風、奄奄一息，像是被捉住的藍色螢火蟲。

衛時揚起唇角，在巫瑾嘚嘚瑟瑟的小捲毛上隔著假髮擼了一把。

巫瑾放飛小螢火蟲，光點燃燒殆盡。

「距離一個小時結束還有二十五分鐘，」巫瑾看向腕表，扔掉鈍了刃的匕首，換上魏衍的玫瑰荊棘刺刀，豪情萬丈：「等著我提前交卷。」

衛時嗯了一聲，意味莫名：「行。」

粉塵、建築物碎屑在演播廳各處瀰漫，空氣嗆鼻，穹頂不斷有磚石跌落，障礙物比比皆是。賽場在向內收縮。

時間像是被按了快進，凱撒再次淘汰一人，百公尺開外，巫瑾同時狩獵成功。

凱撒皇后機甲升級，而夜鶯的合金防禦與鐳射輕武器也在戰後得到輕微修補。

只是夜鶯變成了巫瑾。

一處廢墟角落，巫瑾悄無聲息伏擊牆後。

凱倫剋夜鶯，夜鶯剋皇后。在擊潰魏衍之後，他毫不猶豫換上最優籌碼向凱撒出擊。

比賽已接近尾聲，AI選管不再強制要求巫瑾換裝，只是象徵性給他套了一對象徵夜鶯的白色絨毛小翅膀。讓巫瑾大為振奮的是，紅舞鞋終於能自由脫下，大佬也不會每分鐘一次地面無表情低頭看鞋。

巫瑾一回頭。

衛時負手而站。

巫瑾繼續埋伏，再一回頭。

衛時坦然擦拭刀鋒。

巫瑾抓狂！只有衛哥你站在我後面，明明就是你在擼我翅膀！這個人……

勁風驀然從遠處襲來，巫瑾猛地閃避，手肘在深紅色的地毯一撐，躲過要害，接著十二架動力推進器齊齊發動，少年持刀縱越，於漫天白霧塵霾中凌空！

兩架鐳射槍口預判敵人走位轟出！

巫瑾占據高空視野，迅速眯眼，「小心，他們有三個人！」

女鬼可以狩獵選手，選手同樣可以狩獵女鬼。

場內此時存活只剩七人，巫瑾、凱撒占據絕對裝備優勢。而巫瑾剛經歷鏖戰，戰備不在巔峰，毫無疑問當是眾矢之的。

巫瑾居高臨下，迅速開口：「星塵盃兩人以及明堯。」

明堯落單。

巫瑾一瞬驚異，很快做出判斷。井儀一向形影不離，左泊棠淘汰對當前形勢利好，只要能解決兩位星塵盃選手……

三枝箭矢破空而來！

巫瑾急速折空翻滾。躲過最後一枝箭矢，繼而右臂緊握玫瑰刺刀，身如鬼魅突進，刀尖對準一位星塵盃練習生胸口狠狠攢去！

哐噹一聲。

刀尖被演出道具盾牌阻擋，明堯從一側放出冷箭，箭鏃擊歪，只將巫瑾腰間一枝鐳射槍膛擊落，順著滑坡咕咚咕咚向下滾落。

演出臺邊緣瞬間爆發混戰，巫瑾背後，衛時如一道堅盾擠入戰局。

身側，明堯再度擊歪，這次掉落的是推動器零部件。巫瑾只掃了一眼就不再關注，「夜鶯」全身裝有三十餘個推進設備，單個機械無法撐起人體重量。

巫瑾猛地一頓。

第一次掉落的是槍膛。

第二次是承重三十公斤的推進器，發射回路不足以推動人體，卻足以在金屬膛道內推進爆炸反應物。不對，即使明堯收集這些也不足以達成殺傷效果，除非還有燃料。

燃料。

「回撤！」巫瑾於電光石火間開口，不遠處，自己與魏衍戰鬥的廢墟殘骸，只見消失的左泊棠從舞臺下方疾步衝去。從路線推斷，先後撿去了明堯打下的槍膛、推進器，再衝入鐳射燃料堆──

彈道，燃料，推進器，就是足以支撐原始槍枝的三要素。

廢墟燃起的黑煙與火焰勾勒出左泊棠精密儀器一般的雙手，這位狙擊手在高溫之下以最快速拆去推進器，摸出隔熱片、裝載激發器，固定鐳射彈道，組裝，加固，對著巫瑾瞄準──

左泊棠颯然一笑。

這是一把集齊凱倫、皇后、夜鶯，所有可掉落部件能夠拼湊出的、最好的槍。

克洛森秀直播間，觀眾、導師齊齊譁然！

一個合格的狙擊手，不僅能於千尺之外中的，也要熟知槍枝的每一寸構造，狙擊槍就是他的尊榮和信仰。

左泊棠在一場毫無優勢的練習生淘汰賽中，從三位優勢選手身上精打細算，竟然生生拼出了一把鐳射槍！

槍管轟鳴發熱，銀藍色射線光對著巫瑾狠狠擊去。

克洛森秀直播間。

應湘湘連連讚嘆：「也許左選手從第一眼看到機械裝甲就打了這個主意。我想我看到了井儀的未來。」

血鴿點頭，「狙擊雙C這一套老式打法只有井儀戰隊還在堅持，最難的是在於給狙擊手創造條件。左泊棠很有天賦，」血鴿看了眼明堯，「井儀後繼有人，小明配合也很精彩。」

應湘湘推進鏡頭，「那麼恭喜井儀，拿到了本場第一把槍。這裡必須提醒注意，巫瑾選手的機甲防禦並未完全修復，一旦被鐳射爆頭就是一槍擊殺。所以巫選手……」

第七輪淘汰賽賽場，巫瑾給左泊棠豎了個拇指，接著身形如鬼魅挪移，躲去背後箭矢的同時被鐳射槍擦身而過！

巫瑾嘶的倒抽一口冷氣。

比左泊棠押槍更可怕的，是左泊棠與身後持弓的明堯一併押槍。曾經的塔羅淘汰賽中，記憶裡自己愣是被槍線押到被迫跑了兩個小副本。

但隨著時間進化的，不僅僅是自己這身機械裝甲，還有自己。

過半數推進器同時發動，鐳射光在巫瑾腳邊炸開，少年如同踩住颯遝流星，以兩倍重力加速度下落，刺刀狠狠摜向射暗箭的明堯。

身旁，衛時替巫瑾默契擋住其餘兩名練習生進攻，巫瑾手臂發力，少年肌肉緊實的臂膀將刺刀一個旋轉，藉著推進器之勢直直楔入明堯的弓箭握把！

明堯措不及防被巫瑾搶走弓具，又在強悍的反應能力下瞬間拔刀！

幾乎在同一時間，巫瑾身後，弩箭自一位星塵盃練習生手中疾發，而左泊棠還在遠處同時狙擊——

巫瑾猝然伸手。

少年淡棕色的瞳孔在鐳射光映照下泛出無機質的藍光，「夜鶯」的面具被生生撐起鋒芒冷冽的氣勢。

盾牌飛旋而來，衛時一盾砸偏了明堯的刀勢。

巫瑾對襲來的弩箭箭矢伸手。

掌心的合金防禦逐一張開，手腕裝飾性的羽毛在勁風下劈里啪啦飛動。

夜鶯是這輪比賽速度的「掌控者」。

少年猛然攥緊掌心！

箭矢與合金裝甲疾速摩擦，最終速度停滯，落入巫瑾手中。下一秒，夜鶯還未修補完畢、僅有的燃料倉被巫瑾催動打開！

巫瑾將箭尖搓上火引，迅速對準遠處的左泊棠拉弓。

左泊棠站立的地方，堆積有大量易燃物。

左泊棠瞳孔驟縮。

鐳射光最後一次襲來，巫瑾膝蓋一痛，焦糊味絲絲入鼻。然而幾乎在同一時間，巫瑾手中箭矢射出——

轟隆！紅色焰光平地躥起，井儀隊長上方，原本就搖搖欲墜的穹頂因為爆破終於坍塌！左泊棠淘汰。當前存活，六人。

克洛森秀直播間。彈幕猛然炸開。

「小巫啊啊啊啊——」

「巫瑾、衛時這兩個人一個奪箭一個扔盾，他們有交流嗎？還是我瞎了沒看到？」

「腦電波交流，這兩人根本就沒說話，連個眼神都沒，就這麼配合了還能怎地！」

「點讚小巫。但是！左隊嗷嗷嗷，我左隊還是帥！就可惜了那把槍……」

應湘湘身邊，血鴿看了鏡頭許久，然後搖頭，「不可惜。」

不可惜。

這一屆克洛森秀遠超出他的預計。井儀輝煌十年，沒落八年，這八年少的就是這麼一個左泊棠。衛時、魏衍的天賦，在頂級職業選手身上都很少看到。巫瑾、明堯幾個月前還在副本裡菜雞互啄，而今都能獨當一面。

巫瑾的進步又尤為恐怖。

除此之外，薄傳火、佐伊、凱撒、秦金寶出道即是正役，沒有任何戰隊會讓這樣的新人坐冷板凳。即便是在公司戰隊配置中需要輪換位置的拉斐爾、文麟，欠缺的也僅僅是一個機遇。

如果他們畢業。星塵盃正式賽、新秀精英賽、蔚藍賽區職業賽，以至於星際聯賽，征途遠長，未來可期。

螢幕中央。

左泊棠淘汰之後就是明堯聯盟的瓦解。夜鶯斬殺左泊棠，徹底修補破損的機甲，此時唯一能與巫瑾抗衡的只有凱撒。

出乎巫瑾意料，剛才襲擊他的那位星塵盃練習生直截了當提出和自己決鬥。與其被巫瑾裝甲全開追逐致死，不如放手切磋。

兩分鐘後，該選手淘汰，當前存活五人。

切磋結束，明堯立刻帶著全身家當蹦出，一個自殺式襲擊就要替隊長報仇。

半機械改造、全身金屬化的巫瑾看向一窮二白的明堯：「……你是不是傻？」

明堯反駁：「你才傻！我們井儀同生死共進退，義薄雲天！」

巫瑾直接扔了個物事給他。

明堯隨手接了，正要扔回去砸一把巫瑾，猛然意識到手裡抓著的是什麼。

「左隊組裝的那把槍。」巫瑾轉頭向大佬解釋，假髮亂了大半，小軟毛探出一小捲兒，「從廢墟裡撿出來的！小明在這裡偷偷摸摸轉悠半天，肯定就是想撿槍！」

明堯嗶嗶：「你這就給我了？」

巫瑾嗶嗶：「不然呢！」

逃殺秀中，把武器送給對手，用於表達尊重認可。

如果沒有大佬在初賽給的槍，或是薄哥在第一輪淘汰賽給自己的槍——巫瑾覺著自己這會兒還在聯邦某處挖煤。

而井儀值得這份尊敬。

任何人放在剛才的處境，都不會做到比井儀更好。再說，這槍不還給明堯，回頭比賽一結束就能被PD找粉絲拍賣了！

出乎巫瑾意料，明堯直接把槍珍重收進內側口袋。

「槍不是我組裝的，」明堯十分乾脆：「我不該用。回頭還給隊長。謝了兄弟！來戰！」

弓弦再次對準巫瑾拉開。

三分鐘後，明堯淘汰，場內存活四人。

廢墟在熊熊火光中劈啪燃燒作響，最後僅剩的星塵盃選手被巫瑾擊殺。

場內存活三人。

穹頂最後的金屬支架終於坍塌，最後一道橫梁倒落時帶起轟然升騰的霧霾，鋪天蓋地的磚石瓦礫與餘火被一併吞滅，視野暗無天日，直到金屬撞擊聲像自遠及近傳來！

巫瑾終於認出凱撒的身影，以及凱撒消失許久的原因——

吞噬了數位練習生的凱撒已然進化成了加厚三層的重裝堡壘，巨大的裙外層延伸出反型裝甲、固定炮臺、真空火力線，連走路都舉步維艱。

巫瑾最後檢查了周身機械改裝，就要從白霧與映天火光之中衝出，猛地被衛時叫住。

「速戰速決，我出去等你。」

巫瑾一愣，按照他原本設想，自己先和凱撒一決勝負，大佬再與勝者決戰。

白霧在視野瀰漫，攝影機還在霧霾中亂轉。

巫瑾：「你不去……」

衛時解下佩刀，原本就屬於巫瑾的那柄短刀再次繫上少年腰間。

短刀闊鋒薄刃，一側印浮空娛樂Logo。

巫瑾向腰間伸手，下一秒男人粗糙帶槍繭的手掌按著巫瑾指腹覆上刀刃的贊助商標識。

衛時：「這場比賽的原因就是你。從這裡走過去，贏下它。」

白霧終於散去。場外觀眾驀然驚呼，殘破的演播室被燒去穹頂，雨後熹微的陽光自上而下投入，光芒衍射在廢墟與塵霾之中，唯一僅剩的表演廳在升降機操縱下緩緩升起。

站在舞臺上的僅有兩人。

當前存活，二。

克洛森秀直播間，導播、攝影師同時陷入混亂，「衛選手淘汰了？怎麼淘汰的？坍方？正好站在坍方下？沒拍到？」

螢幕正中。

巫瑾迎著熾烈的陽光拔出刺刀。

夜鶯與皇后兩座機甲裹挾雷霆之勢相撞。

舞臺寸寸碎裂，電光時隱時現，烈火騰然升起！

當前存活，二。

當前存活，一。

第七輪淘汰賽場外，隨著導播一聲令下，數不清的AI機器人蜂擁而入，有的搬救生艙，有的抬醫療器械——

巫瑾逆著人流走出。

【第六章】——讓這人去打逃殺秀真是屈才了

「二十一、三十六號機位推軌，準備賽後採訪，還愣著幹啥！快快快——」

第七輪淘汰賽賽場外，編導一聲令下，場內劇務如夢初醒！

唯一的倖存練習生從滔天火光中走出，全身機械裝甲幾乎完全摧毀，手肘處金屬零件滋滋閃爍電光。荊棘玫瑰刺刀被巫瑾背在身後，腰間還是衛時還給他的那把短刀。

凝固的傷口是遍布全身的功勳，殘破血紅色裙襬在闊步向前時飄動，熒藍色鐳射燃料從巫瑾腰間散作點點螢火，逐漸沒入化為廢墟的身後。

無數鏡頭向巫瑾蜂擁而來！

「注意抓拍，那邊鏡頭別懟臉，開長焦！」場內副導大喜過望，「今晚開始預售本輪比賽PB（官方寫真集），小巫這張放公開特典，衛預售銷量。凱撒和衛時選手呢？去，把人從救生艙裡挖出來，一起拍個絕美特寫！」

旁邊小助理焦頭爛額，吩咐場內AI：「把凱撒開出來，那邊體積最大的救生艙就是。衛選手……衛選手呢？誰把衛選手的救生艙推走了？什麼？他自己蹦出去了？」

場地邊緣，浮空娛樂贊助方負責人正樂呵呵地同克洛森秀劇組閒扯。

這位克洛森秀小劇務穿格子襯衫、戴黑框眼鏡，對浮空財團的科技樹仰慕到五體投地：「『畫皮』是生物記憶凝膠？晶片在太陽穴附近，主機板BIOS讀入選手五官並與預期相貌進行擬合計算……原來如此！什麼？已經投放日常應用了？」

小劇務驚訝激動：「……浮空科技旗下的公益宣傳專案，替輻射病患者恢復原本面貌……下季度開始會大規模投放商用……那真是太好了！」

浮空娛樂合作方笑咪咪地介紹：「這幾年浮空城不同以往，生物科技、旅遊業都值得投資。董事會資助了大量基因產業研究，這些都是實驗室的成果。浮空實驗室又被稱為『生物領域的新貝爾實驗室』。」

小劇務豎起大拇指，「董事會高瞻遠矚。」

這位合作方哈哈一笑：「可不！我們董事長也在這兒呢。」

小劇務定睛一看，嗨！哪有什麼董事長，那不是堆放選手救生艙的地方嗎？這會兒人手不足還沒人管開艙……

衛時選手正向這裡走來。

小劇務：「……」等等，誰給衛選手開的艙？衛選手不是被坍方砸到淘汰的嗎？怎麼看上去毫髮無傷！

身旁，那位浮空財團高管向衛時恭敬躬身，遞去車鑰匙，說道：「衛董，您要的車就停在後面。」

小劇務：「……」一個哆嗦後，慌不迭撥打克洛森PD通訊，「導導導、導播，衛衛衛選手，衛時選手他他……」

幾百公里外，克洛森秀導播大廳。

正忙於準備六一八節目周邊折扣活動的克洛森PD接起通訊，然後瞬間當機。

「你說什麼？」

第七輪淘汰賽賽場。

又一輛懸浮車抵達，阿俊麻溜兒接手與克洛森秀的溝通事宜。

蔚藍賽區職業賽報名在即，新成立的浮空戰隊必須在兩週內上報資質，時間正卡在第八輪淘汰賽的當口，正役隊員手續必須先行。

在浮空財團為克洛森秀砸了一大筆投資之後，克洛森秀的辦事效率高了好幾個層級。

兩方高層遠端會議開啟。衛時和阿俊同時作為董事和執行總裁出現在終端這邊。終端另一側，克洛森秀PD差點心跳驟停。

——我可服了你這個衛昭君！

克洛森秀基地，幾位副導同樣被嚇到東倒西歪。

浮空財團董事長。

身價幾百億信用點，屈尊降貴來克洛森秀當練習生，踏踏實實，勤勤懇懇，堅決不向節目組氪金購買出鏡率……

眼看幾個年輕骨幹被嚇到話都說不利索，比眾人年長一輪的節目PD哎了一聲，拍拍桌子。

「行吧。小衛啊你也不早說，你PD心臟不大好。小衛的事就是咱們的事，這兩天就把手續解決了。」

「還有，好好幹。浮空戰隊……衝出外卡賽區咱就不說了。」

「星際聯賽，四強。敢不敢？」

衛時俐落點頭。

PD喜上眉梢。短會結束後迅速吩咐後勤：「現在就囤幾個衛選手……衛董官方周邊版型，等人打上星際聯賽了，立刻再版發售。商機，商機懂不懂！」

淘汰賽賽場。

劈里啪啦燃燒的演播廳廢墟被迅速環保滅火，六臺戶外空氣過濾再循環機器吱吱呀呀運行，淨化煙霧瀰漫的空氣。

此時從救生艙裡挖出來不少選手，攝影後勤被吵到頭昏腦脹：「誰先把凱撒掏出來的？誰掏的誰去給凱撒按個靜音鍵……哎小巫別動，再拍兩張硬照！」

巫瑾身旁，克洛森基地醫師嫻熟地給巫瑾噴上基因藥劑，遞去白色毛巾，「裹著，等五分鐘看看傷口癒合。」

巫瑾聽話把自己裹好。

攝影師：「……」這怎麼就不對了！剛才霸氣四射的小眼神哪兒去了？毛巾一裹就乖得跟準備被吃的餃子餡似的！

巫瑾乖巧裹著毛巾，「我能把裙子脫了嗎？」

劇務：「好像說是不能。」

巫瑾睜圓了眼。

劇務也摸不著頭腦：「不知道啊，好像贊助商指名的，現在就不能換啊，難道是一會兒還有什麼活動……」

說話間，巫瑾身後猛地竄出來一隻明堯。

明堯探頭探腦，問道：「小巫你沒換衣服啊？哎誰給你穿的白襪子，你那腿子給我摸一下行不！」

「……」巫瑾使勁裹住毛巾，把明堯往旁邊擠，「不行！襪子還有，要想玩你自己穿，你玩你自己的！」

「不是吧！」明堯誇張嚷嚷：「都是兄弟，摸一下都不——哈哈哈哈摸到了嘿嘿嘿哈哈哈——硬邦邦的，也沒什麼嘛！」

選手休息區內，明堯偷襲得手，拔腿就跑。

巫瑾當即把毛巾一扔，對著明堯狂追猛趕，「站住！」

明堯：「哈哈哈哈啊哈——哎臥槽！」

巫瑾一個突進制住明堯，兩人瞬間扭打成一團。

路過的佐伊半天才分辨出巫瑾，向文麟感慨：「這兩人在裡面打，比賽結束還打。這勁頭，就跟期末考試之後再把知識點溫習一遍似的……」

等小巫、小明打完，兩個人軟乎乎懶洋洋攤在草坪上。

巫瑾踹了明堯一腳，「你那槍怎麼還帶著，沒還給你隊長？」

明堯美滋滋回踹，把槍揣兜裡摸了又摸，「你懂什麼，隊長都說送給我了！哎……女鬼可以被選手替代，沒想到啊！可惜了……」

巫瑾安慰：「線索確實難找，女鬼臉部有色差，也就薄哥這種美妝博主還可能看出來，要不你們拿鐳射槍穩贏……」

明堯小聲說了一句：「可惜了，沒看到隊長穿女裝。」

巫瑾：「……」

草坪另一端，傷勢癒合完畢的紅桃K過來和兩人交換通訊。

面具下真實的紅桃K英俊爽朗，乍一看不像逃殺選手，倒像是有點靦腆的鄰家大男孩。

巫瑾想了半天，在K的所有面具裡，竟然是銀甲與他本人最相似。

話不多，脊梁永遠挺直，眼裡有異常耀眼的驕傲。

等不到衛時出來，星塵盃選手就要回去基地。

「替我和他說一聲，星際聯賽見。今年我不一定能打得過他，明年或許可以。」紅桃K向小巫、小明揮揮手，咧嘴一笑，「你們也加油。」

星塵盃選手臨走前，那位青訓賽得票率第二的輔助金燦碩同樣與巫瑾道別。

金燦碩就是禹末。

這名選手在賽場外相當溫柔，且人緣極好——據說凱撒找了他半天，星塵盃愣是沒有一人告密。禹末特意給凱撒準備了一盒手信小餅乾，托巫瑾幫忙轉交，「就當是道歉了。」這位輔助選手笑咪咪道，順手給巫瑾引薦了「第一任」尼古拉斯。

「尼古拉斯」本人果然是個快樂的混分巨獸。

「巫哥！」這位選手對本場名次相當滿意，據說在這之前，但凡星塵盃青訓賽他都是墊底，混合躺交替不息！

巫瑾：「……」

尼古拉斯振振有詞：「外卡戰隊，能抗揍就不錯了！不止我，我們整個戰隊都是吃星際聯賽低保混分。畢竟外卡賽區就沒有一個能打的。」

巫瑾想了想：「還真不一定。說不定今年會有。」

尼古拉斯哈哈大笑，同巫瑾合影留念，念念不捨地說：「巫哥好好打，我等著這張照片能賣錢！」

巫瑾樂了：「趕緊的，走吧你。登機口都要關了！」

淘汰賽賽場吵吵鬧鬧，一群精力旺盛的逃殺選手湊一起就得雞飛狗跳。

場內副導終於核對完比賽名次，一喇叭宣布解散，天空已是有了晚霞徵兆。

左泊棠把躺在草地上的明堯撿了回去。

巫瑾躺得迷迷糊糊，一睜眼有人屈膝坐在身側。

巫瑾咧嘴一笑。

衛時：「上車。」

懸浮車從遠處飛馳而來，緩停在草坪前。

衛時嫻熟把裹著毛巾的小兔子薅起，逐一檢查創口完全癒合。

巫瑾扔了毛巾，把腰間的短刀解下，遞給衛時。

不負所托。

衛時接過，低頭，唇齒相接。

空氣帶著淡淡的水汽，在夜雨降臨前的最後一刻。衛時與他王座上的小白兔親吻。

車門打開。豆大雨滴砸下，巫瑾嗖的躥進車內。懸浮車開動後還在呱唧呱唧說個不停，活蹦亂跳：「我剛才賊帥！」

「等拿到聯邦駕照，換我來開！」

「紅桃K……」

「PD說下週食堂會加菜……」

「這音樂能調不？」

夏雨夾著雷鳴降落。

巫瑾一看導航，傻眼，「咱們不回浮空城？」

衛時給巫瑾貼了一試紙，「我附近有房產。」

被貼試紙的巫瑾肅然起敬。就藍星這個房價，自己打比賽也不知道幾年才能置業！

試紙摘下，活潑亮眼的紫羅蘭。

窗外是無邊無際的田野，車速越來越快，懸浮車載著兩人低空劃過。巫瑾這才意識到，大佬說的房產，估計還得是個莊園……

果然是莊園。

等等，這不是莊園，這得是私人防禦堡壘！無人機在堡壘上方巡邏，軍械庫儲證件貼在圍欄最顯眼處，威懾任何侵入者。

巫瑾眼神驟亮，軍械、小型堡壘炮臺、鐳射無人機！懸浮車駛入時，巫瑾在座位上擠來擠去、東看西看目不暇接，回頭時猛地一呆。

大佬坐在駕駛位，看他的眼神帶了點說不清道不明的危險。瞳孔淬了火，火光外黑色深不見底。

衛時伸手，巫瑾下意識向駕駛座前傾。

布滿槍繭的虎口在少年曾被烙上印記的頸側摩挲，另一隻手毫不費力替巫瑾解下安全帶。車窗外是鋪天蓋地的雨水。

衛時側過臉，英挺的眉目在極近處，專注看向巫瑾。他粗糙的指尖插入巫瑾細軟的捲髮，把人緩慢按向自己，帶著不容置喙的侵略性和占有欲。

窗外雷聲轟鳴。少年心跳劇烈躍動，衛時在他耳邊低聲開口，一字一頓像是要把人靈魂死死釘住：「巫瑾。」

像是一個火苗突竄的暗示。

引信爆破點燃，巨石垮塌，山洪與暴雨傾瀉而出，唇舌激烈相接。暴雨將整座莊園對外隔絕，天地之間除彼此之外就是轟鳴與水霧。

衛時拉開裝了保險套的駕駛座抽屜，巫瑾嚇到僵硬：「十、十二個？」

衛時啞聲開口：「不想用也行。」

雨聲在車門打開的瞬間蓋過一切聽覺，衛時把緊張到同手同腳的巫瑾從副駕駛接下，黑色氅衣俐落擋住了傾斜而下的雨水。

莊園兩層小樓內，家務機器人欣喜迎接主人回歸，衛時把巫瑾攬進屋內，接著直接把小機器人反鎖到門外。

「不怕。」衛時安撫。

巫瑾緊張到指節發白，小捲毛都嚇到軟塌塌不敢動彈，「根本不帶怕的……」

巫瑾突然攥住衛時的手。衛時布滿槍繭的手有力回握。

暴雨打濕窗外露臺，洪流捲起將人燃燒殆盡的烈火。衛時側過臉，為巫瑾發白的唇舔上血色，舐去伴侶眼尾的淚水。

再低頭，溫柔淺吻。

靈魂與意識在叫囂相融。巫瑾抱住衛時，像是在茫茫海水之中抓住唯一的浮木，繼而有酥麻電流湧出，像是把他從一個深淵裹挾到另一個跌宕起伏的深淵。巫瑾猝不及防喘息，從眼角、耳垂到蝴蝶骨、脊背逐一泛紅，「衛時——」

男人眼神驟深。下一瞬，狂風海嘯滅頂襲來。

意識於空茫之中劇烈浮沉，靈魂不受控制震顫。

天邊微微翻出魚肚白。巫瑾意識的最後，衛時低頭，虔誠親吻自己胸前懸掛的那枚子彈。

暴雨之後。晨風裹挾濕潤花香，窗戶微開，百葉窗簾清脆捲動。

巫瑾呆呆睜眼。

百葉窗簾外，被趕出門一晚上的家務小機器人正在勤勞擦窗。昨晚暴雨裡，被它頂在小腦袋上的避雷針還沒拆，機械臂抹一下窗，就扯一下身後的導電入地接引線。

空氣裡洋溢著手抓餅的芬芳。

巫瑾吸了吸鼻子，嗖的坐起，然後天旋地轉——

衛時往巫瑾身後塞了個枕頭，低頭在細軟的捲髮上淺吻。

「再睡一會兒，我給你端來。」

男人下床，純黑的浴袍懶散繫著，胸膛脖頸上的紅痕和陳年傷疤皆是勳章。

巫瑾在床上坐了足足有兩分鐘，大腦一片空白，然後電閃雷鳴！

六個小時……六個小時！讓這人去打逃殺秀真是屈才了……

衛時把手抓餅遞給巫瑾，像是把小兔子煎炸煮炒之後餵一根胡蘿蔔安撫，手臂熟練把人攬在懷裡。

晨光從床尾灑入，時針不過指向七點出頭。

衛時又下床給他兌水餵了消炎藥，巫瑾說話帶著鼻音，抱緊了還帶僵硬，應該是被欺負狠了，最後清理上藥的時候都沒什麼意識。

早晨七點的小兔子散發出沐浴露和手抓餅的混合香味。

巫瑾吃完，打了個嗝。兩人旋即交換了一個奧爾良蛋黃醬手抓餅味道的淺吻。

巫瑾瞪圓眼睛，這都不嫌沾油？

衛時低頭，瞳孔被晨輝覆蓋，晨輝溫柔湧動。巫瑾哎了一聲，嘴角上揚。

正式早餐在九點之後。

巫瑾量完體溫，一切正常，仍然沒什麼力氣。坐床上就軟乎乎一靠，坐椅子就把小圓臉貼桌上。衛時打開通訊，匿名諮詢醫師。

那邊私人醫師回覆極快：「六小時？大哥，你們這也太硬核了吧！人家玩遊戲還有分血條、精力槽兩樣呢，不發炎是一回事，精神不濟是另一回事……」
衛時直接合上終端，從背後抱住鬆鬆軟軟的巫瑾，「浮空戰隊未來在附近會有主場賽場。以後打完比賽，我接你回家。」
這裡是繼浮空城以後的第二個家。
巫瑾終於勉強振奮精神。
莊園裡的兩層小樓裝修簡單，平時少有人居住，金屬桌椅、現代畫框、枝形大吊燈多為冷色調。於是飯後，虛擬螢幕投影在客廳。
兩人靠在沙發上，巫瑾呱唧呱唧對改造兩層小樓提出各種天馬行空意見，衛時偶爾糾正，多數時候順著少年搭建小兔窩。
牆上的壁畫第一個被撤下。衛時撬去三枚釘子，只留一個。
巫瑾好奇：「要掛什麼裝飾？」
莊園地下倉儲打開，毫無意外又是一個小型私人軍械庫。
衛時抱了一箱槍械零件上樓，各色噴漆槍散落一地。
巫瑾把音樂調到民謠，往大佬身邊蹭著一坐！
少頃，巫瑾把組裝好的槍管扔給衛時，簧片、槍托與準鏡零件精準扣合。
巫瑾高高興興拿起噴漆槍，「噴點什麼？」
衛時思索：「嗯，畫個兔頭。」
「……」巫瑾堅決抗議，最後槍管側面被噴繪出圓溜溜的字跡。
三〇一九，衛時、巫瑾。
原本放置壁畫的牆壁掛上了槍帶，色彩斑斕的束流槍被固定在牆上。牆面寬而長，穿過整個走廊，巫瑾目測了一下，往後還能掛不少槍械。

來日方長。

第七輪淘汰賽賽後僅有一天假期，接著兩週不到就是出道戰。

懸浮車載著兩人駛往抵達浮空城的星船接駁口，巫瑾正與佐伊通訊交談。

「曲祕書好像找你有事，」通訊另一端，佐伊叮囑：「明早記得查收短訊，這兩天注意休息，別玩通宵。幹什麼都別通宵，通宵傷身。」

巫瑾心虛：「……哎、好！」

佐伊：「行了，明天早點回……你問後面兩週課程？都畢業季了，哪有什麼課程！訓練快一年了，不差這麼一天、兩天。回基地之後應該就是拍廣告、採訪、觀眾福利、狂歡派對，要麼就是燒烤大會聽PD他們吹牛。克洛森秀歷來都是這樣……」

星船穿越藍星大氣層，碎石帶與無數懸浮天體，再降落時，窗外浮空城霧氣繚繞。

先前被集體送去暖房過冬的火烈鳥再次放出，街邊隨處可見，用於招徠各式遊客。臨近浮空基地的小吃街又爆了幾個網紅小食，街角長隊折了好幾個彎兒，排隊的還有浮空護衛隊裡跟巫瑾打過籃球的小夥兒。

等到了浮空基地。

心理醫師周楠笑咪咪接過巫瑾：「小巫這輪打得不錯，你那身機甲就在我們基地倉庫放著，想拿走隨意啊。這季節也沒有橘子，要不我給你煮個紅豆飯吧……」

浮空高塔。

巫瑾進門時，宋研究員正向毛冬青吐槽：「小巫救下的那隻貓科改造人對吧。咱們這兒對改造人、改造貓一視同仁，厚待願意提供藥物回饋的改造人公民，包分配優渥工作機會！但他也太不上心了……研究室崗位不要，讓他當遊戲主播，三天打魚兩天曬網，現在把他分配到貓咪咖啡廳，結果你猜什麼，人比咖啡廳的貓咪還懶，就指揮貓幹這、幹那！」

「他昨天竟然轉性了，跟我說要競選浮空戰隊名額……」

巫瑾開門。

宋研究員笑咪咪拍了拍巫瑾肩膀，毛冬青點頭問好。

巫瑾對於檢查精神閾值駕輕就熟，換上防輻射服，撲通往儀器裡一躺。

資料幾分鐘後吐出，宋研究員十分滿意，「小巫和衛哥都恢復得不錯，就是小巫怎麼有點精神不濟，打比賽太累了？不對啊，衛哥也打了比賽，怎麼剛才查了，那精神波動頻率，都要激素超標了！」

巫瑾磕磕絆絆：「……是、是嗎！」

巫瑾離開實驗室時已是傍晚。

浮空城對情緒鎖的研究再次突破，有改造人送來了成箱的櫻桃感謝，整個塔樓飄蕩水果清香。走廊過了一彎，突然與水果香隔離。

白袍掛在走廊上，僅有的一扇小門裡面是隔離室、重要樣本採集處。

小門旁有一扇窗。巫瑾向窗內看去。窗內穿著病號服的受試者察覺到目光，抬頭，向巫瑾禮貌一笑，巫瑾也笑了一下。

受試者指了指手上的書，繼續低頭閱讀。

他桌邊的牆上釘著一張實驗結束以後的願望清單。

「在草坪上觸摸火烈鳥的羽毛。」

「駕駛一次懸浮車。」

「獲得浮空學會高等物理師範學位。」

「投稿浮空民間科學學會，糾正他們在一九年四期刊物上的錯誤。」

受試者再抬頭時，窗外已經不見人影。

他能分辨出他們之間隱約的血緣牽繫。受試者合上書本，如果自己有一個弟弟，那真的很驚喜。

旁邊鈴聲叮咚響起。受試者伸手。粗長的針頭插入血管，實驗藥劑注入，兩臺儀器迅速採集藥物反應。

宋研究員出現在投影，仔細詢問了幾個藥物排異問題後，關掉視頻。將記錄留檔：「小巫說的對，他是最好的實驗研究體。有他的存在，能救更多的改造人。」

記錄歸檔。

情緒鎖第七百二十二次藥物投放實驗（當前解鎖進度百分之九十二）。

受試者：邵瑜。

浮空基地。

逃殺戰隊招募在基地掀起了滾滾熱浪。招募條件極端苛刻，參與競選的護衛隊成員依然不少，其中大多是抱著好奇心態參與——接著第一輪筆試就慘遭淘汰。

「這些人就是來獵奇的，這性子，打不過幾輪就得嚷嚷回營地。讓他們當兩天愛豆試試，估計得全身難受！」心理醫師周楠敲著筆試試卷點評。

巫瑾抵達基地當晚正是複賽選拔環節。原本的訓練場被搭了個迷宮，兩隊浮空戰隊備選成員在迷宮裡亂鬥作一團。周圍屋頂上站了一堆護衛隊成員，嗑瓜子兒吃櫻桃又笑又罵。

衛時找到巫瑾時，巫瑾正在人群裡艱難爬屋頂。約莫是因為昨晚體力消耗太大，爬一點，往下滑一點，再爬一點，再滑一點。

衛時：「……」

巫瑾肩膀一熱，直接被大佬薅上屋頂。

巫瑾振振有詞：「以後浮空戰隊就是我白月光戰隊的對手，所以要提前探底，知己知彼，百戰不殆！」

衛時嗯了一聲，壓低聲音，呼吸在少年耳側灼燒，「你就當著浮空戰隊隊長的面竊取戰隊機密？」

巫瑾一拍大腿，「可不！」

被拍了大腿的衛時：「……」

巫瑾轉身，自家伴侶稜角鋒利的五官在夜色中要了命的性感。巫瑾鬼使神差，小兔爪子踩著鋼絲開口：「那個……昨天都向浮空隊長交過學費了。」

衛時眼神一深。好不容易爬上屋頂的巫瑾瞬間被擋住觀賽視野，兩人在櫻桃味兒的夜色裡於彼此唇齒間掠奪。

腳下，迷宮裡又有一人淘汰。

護衛隊隊員哈哈大笑，迷宮裡爬出來的青年忿忿不平，和觀眾互噴了兩句又把自己噴笑了。

更遠處的屋頂，紅毛看著腳下迷宮，跟毛冬青大叫：「哥，那個長著貓耳的，不是上次來找你的……」

迷宮出口，周楠拿了個小碼表笑咪咪計時，第一個出來的發一個櫻桃，第二出來的發兩個。拿了冠軍的那位青年摸不著頭腦：「不對啊，我怎麼覺得我還虧了呢？」

弦月初升。房頂瓦片微動，衛時、巫瑾消失。

通往浮空王居所的小路吵吵鬧鬧。

巫瑾：「不可能，今天晚上看機甲電影，今晚不可能！」

衛時：「也行，你戰袍寄過來了。穿上再看。」

巫瑾抓狂：「你真把裙子買回來了？不行！要穿你穿！」

衛時：「動態打靶，環數低的人穿。」

巫瑾：「背高考文言文，背不出來的人穿……唔！」

房門打開。門口迎接主人的家務機器人再次被反鎖在門外。

回克洛森秀基地前的清晨，巫瑾終於收到曲祕書的通訊。

早餐桌明亮寬敞，衛時隨手把巫瑾撈起。

巫瑾撲騰反抗：「不行，說好了技能該冷卻了！哎有通訊，休想刺探我白月光軍情！」

衛時在少年頸側隨意啃了口，把人放行。

巫瑾抬著椅子挪騰到門口，接通：「……工作簽證要過期了？準備資料續簽？好……」

虛擬螢幕投影在餐桌上方。三〇一九聯邦工作簽證N類面簽說明密密麻麻，手續繁瑣。光證明巫瑾就是巫瑾本人都有三道流程之多。

衛時：「這麼麻煩？」

幾分鐘後，浮空城主辦公室保險櫃打開。衛時從一遝子護照裡找出聯邦護照，出門，在兩小時內迅速抵達藍星。

聯邦民政局。民政局裡值班的阿姨頭髮灰白，燙了時髦的蓬蓬捲兒，大字型大小的終端螢幕上都是沒追完的家庭倫理劇，平時不看逃殺秀。

給兩人登記時，這位阿姨親切嘮嗑：「你們是先在蔚藍深空登記的啊？做什麼的呀？什麼運動員？喔練習生……都見過雙方家長了吧？好咧，這邊繳費再去那裡拍照……」

拍照時，正在給攝影機器人推油的小夥子差點沒瞪出眼珠，「衛、衛衛巫巫巫——」

值班阿姨嚇了一跳，把小夥兒推走，「嗚嗚什麼呢，別人拍結婚照，你怎麼站中間要和他們合影喲！」

幾分鐘後，聯邦資料庫婚姻登記生效，巫瑾正式以聯邦公民配偶身分取得居住資格。

懸浮車停在白月光大廈門口，巫瑾高高興興回公司覆命。

曲祕書笑咪咪揮別特意送小巫回家的衛選手，領著巫瑾走進辦公室，「已經更新簽證了呀？怎麼會這麼快……」

曲祕書顫抖：「什、什麼！」

午後。白月光四人小隊在戰隊經理辦公室門口齊聚。

接下來半小時，他們將與戰隊預簽第一份真正涉及職業賽事的合約。

一旦他們從克洛森秀出道，合約將在出道日當晚生效。

凱撒第一個被傳喚進辦公室。隔著一扇門，先是能聽到戰隊領隊訓話，然後是經理、副隊陳希阮、隊長林玨。

知道這次要和林隊面談，就連佐伊都略有緊張。

林隊表情一貫嚴肅，在練習生的口口相傳中從不通情達理，比賽打法風格也強硬。

辦公室門外，走廊上正在重播季中賽時的白月光戰隊高光視頻。

視頻中，副隊陳希阮被預製爆破淘汰，最後兩秒報回敵方方位。林玨先是打開狙擊護目鏡，然後扔了大狙，換一柄短刀、一把鳥槍。從敵方側後一躍而下，背後隼鷹刺青在肌肉虬結處迅猛張開。林玨用最後兩發子彈與刀完成了壯烈的一換三。

「林隊快要退役了。」文麟輕聲開口。

巫瑾一愣。

佐伊：「傷病。來白月光之前，林隊早年給小戰隊打比賽，工資不高，攢下四、五場比賽才去一次醫療艙。」

巫瑾猛的醒悟。林玨現在已接近逃殺秀選手的職業年齡末尾。因為早年經歷，林玨的職業生涯還會比其他選手更短——

佐伊拍了拍巫瑾肩膀，「林隊為白月光打了八年，扛住所有壓力，是整個戰隊打法牢不可破的核心。小巫，多和林隊談談。」

辦公室大門吱呀打開。凱撒跟被從牢裡放出來似的高高興興鑽出門外，換佐伊進去。佐伊出門之後就是巫瑾。

門內，巫瑾的戰隊合約就在林玨手中。

林玨坐在椅子上翻看合約，眉頭皺起，整個辦公室都像是被冰塊凍住，他的手背露出密集的隼鷹刺青。

「姓名。」

巫瑾嗖的立正，「巫瑾。年齡二十，第一志願突擊位，第二志願指揮位……」

一旁的戰隊經理笑呵呵示意巫瑾不用說這麼多。

林玨瞥了一眼。戰隊經理立刻息聲，安安靜靜。

林玨打開螢幕投影。從複賽起，克洛森秀八份關於巫瑾的賽後測評報告逐一翻過。林玨冷冰冰開口：「平均值，鏡頭表現S，戰術設計A，近戰搏鬥A-，動態射擊A-。」

螢幕切換。克洛森秀粉絲論壇，巫瑾個人專板。

「【置頂】全逃殺聯盟最帥氣的小巫給麻麻衝！今年星際聯賽必見到我巫！」

「【置頂】第八輪淘汰賽眾籌應援儲蓄罐【連結】，賽後新人王拉票應援儲蓄罐【連結】」

林玨掃了眼巫瑾，螢幕再次切換。

蔚藍之刃職業逃殺論壇，甩鍋抗壓對線板塊，氣氛暴躁，長年謾罵屠版不歇。林玨直接輸入「巫瑾」搜索。

「克洛森秀糊了？今年改捧小白臉了？」

「是白月光糊了吧。唱跳轉行當逃殺練習生？【巫瑾克洛森秀主題曲PS黑照。就這樣，克洛森秀一路保駕護航送到決賽？」

「白月光今年能出線嗎？喔不對，白月光今年還不註銷戰隊？」

林玨：「都看到了？」

巫瑾頓了一下，點頭。

林玨開口：「從你開始打職業起第一天，這些只會多不會少。商業價值是你的優勢，不過，只要你輸掉一場，觀眾就會選擇性遺忘之前所有勝場。」

游標在搜索結果上晃了晃，關聯搜索中頻繁出現的關鍵字：靠臉，內幕。

螢幕啪的一聲關閉。

林玨：「從練習生到狀態穩定的職業選手需要至少半年。這期間，你不會坐上首發，上場輪換需要用實力爭取。甚至有可能要一整年，你才會經歷第一次個人高光。因為話題度，你的每一次上場都將引起爭議。謾罵、過譽會對你造成比正常選手多出幾倍的壓力。」

「只要你還在打比賽，只要你還在接觸外界資訊，都會對你造成情緒超載。」

林玨看向巫瑾，「你做好準備了嗎。」

長桌前，少年抬起目光看向林玨，直截了當點頭，「好。」

林玨目光審視：「為什麼來打職業？」

巫瑾：「因為我想要打職業。」

AA12中子槍炸出的束流、預製破片彈範圍性殲滅的火光、機械裝甲、塔羅與神像、翼龍在白堊紀盤旋、騎士在凡爾賽宮贈予長劍，撕去NPC面具站在賽場之巔。

職業賽場和舞臺一樣絢爛，是與記憶類比設備裡，與那位二十一世紀偶像的一生，完全不同的未知。

林玨有些意外，緊皺的眉頭卻終於舒展。

「你的槍法是衛時教的，第一輪到第四輪淘汰賽中間很明顯在模仿他的風格。」

巫瑾點頭。

「他初賽和你同一場。初賽是衛時與你組隊晉級。」

巫瑾點頭。

林玨：「你們註冊結婚了。」

長桌旁，除了按規定上報的曲祕書外，戰隊經理、副隊、領隊和選管同時劇烈咳嗽，目瞪口呆！

巫瑾利索點頭，承認。

林玨：「衛時簽約浮空戰隊，今年是首發主力。他的實力至少不比我差。浮空戰隊會是今年的黑馬。」

戰隊經理一驚，領隊滿臉不敢置信，副隊陳希阮作為職業選手還能看出來點兒，旁邊的曲祕書與選管一臉空白。衛選手真有這麼強？他這麼強，他去當什麼練習生？

林玨定定看著巫瑾，「這也是將來會給到你的壓力，我想知道你自己的想法。」

巫瑾停頓少頃，「我和他的作戰風格不同。」

「再給我兩年。」巫瑾開口，帶了不肯服輸的少年銳氣：「我也許不能超過他。」

「但我有把握打敗他。」

「很好。」

林玨審視了巫瑾整整五秒。這位白月光隊長翻開合約，簽字，合上，遞給巫瑾。

「歡迎。白月光職業戰隊季中賽指揮位輪換，巫瑾。」

辦公室大門打開，巫瑾捧著合約驚喜出門。

佐伊笑著過來拍拍他的肩膀，旁邊凱撒熱情高漲——白月光給他的這份輪換offer，工資終於勉強超過了他女朋友的零花錢，凱撒當即下單給女友買了個粉色芭比口紅。

少頃，文麟出來。出於隊伍配置考慮，文麟沒有拿到第一志願重裝位，依然是「太子」佐伊的御用輔助。

佐伊和他碰了下拳頭，又慶幸又為隊友失落。

文麟笑了：「你這什麼表情……」

門內。林玨收拾檔案離座，領隊看著林玨背影，恍惚還是八年前自己把林玨帶進隊裡的時候。白月光從去年起狀態不佳，春季賽又被挖走偵查位，險些未能出線，到夏季賽才稍有好轉，沒想一轉眼就是林玨傷病發作。走廊裡的高光很有可能就是林玨職業生涯裡的最後一個高光。

林玨的退役意味整個白月光的大換血。

不止佐伊、文麟、巫瑾，共有七、八位預備役選手被提上輪換，白月光將用整個季中賽來磨合新的配置打法，直到戰隊狀態穩定。

能否從輪換變為首發，要看選手自己的努力。

幾人離開前，領隊突然想到：「剛才林隊怎麼不問小巫，為什麼沒加入浮空戰隊？」

陳副隊笑了笑，「這是巫瑾自己的職業生涯。你看克洛森秀，小巫剛開始菜成那樣，寧願滿場亂跑也沒找衛選手代打。」

「小巫挺好。他是團隊型選手，幾次淘汰賽戰場都分割得很好。給他兩年時間，他的打法能剋制很多單核配置戰隊，包括未來的浮空戰隊。」

「別看林隊今天嚇唬他，林隊從一開始就主張簽他做主役。」

懸浮車停在白月光大廈樓下，即將載著四位選手去往最後一輪克洛森秀淘汰賽。

曲祕書幽幽站在門口，佐伊路過時嚇了一跳，狙擊手視力極好，曲祕書竟然在看論壇上出了名的圍巾生子條漫。

曲祕書幽幽開口：「未雨綢繆。」

佐伊恍惚：「……」這個閱讀記錄是怎麼回事？除了圍巾還有麟佐、ALL凱撒、魏衍×PD。這都是什麼邪典CP？

一切準備就緒，懸浮車載著四人在藍星的低空飛馳。

車內，凱撒正在被女友訓斥，「你到底會不會買禮物？送紅毛的等身雕塑，送小巫的兔子，送我的口紅，第幾次了，啊？」

後排，巫瑾、文麟正在研讀最後一輪賽制，佐伊被凱撒吵得頭昏，恨不得也擠到後座，「你別在那瞎嚎……」

導航目的地，克洛森基地輪廓逐漸浮現，空氣裡飄蕩著梔子花香。

懸浮車駛入基地大門，巫瑾哇的一聲趴上車窗。

五彩斑斕的氣球隨處可見，空飄是五顏六色的各式應援。草坪擺好了燒烤架，克洛森雙子塔妝點隆重。南塔、北塔之間掛著長長的橫幅——

預祝克洛森秀全體練習生順利畢業！

晚霞燒了半邊天，草坪上擠擠攘攘。

等白月光小隊下車，劇務麻溜兒清點人數：「一、二、四個，齊活！」

露天舞臺，節目PD晃晃悠悠拿起麥克風。

上一輪淘汰賽五十進二十刷去了大半訓練生，但留在基地參加派對的依然不少。

林客一招手，笑嘻嘻拉住巫瑾，「巫哥，我排二十六，明天就得走……嗨你那什麼表情，又不是再也見不著！決賽我肯定得來，給你在臺下舉燈牌！夠意思不！」

「前三十是真的可以，這兩天offer把郵箱都塞滿了。不過巫哥，我想好了，以後不搞練習生這行了。打比賽是有意思，但我總苟著，一局下來也太寂寞了。」

「下週我就去新崗位上任，去做野外求生教學專員。工作職責包括但不限於幫老闆生火、替老闆打獵、捕捉網紅異獸幫老闆凹姿勢拍照，替老闆修圖發社交軟體……嗨，薪水比不上職業選手，再怎麼說也比練習生好得多！巫哥，你留在逃殺秀好好打！你可是我的昔日老大……」

篝火旁。練習生坐了一圈，應湘湘溫柔抱著吉他，正在唱新專輯裡的情歌。

旁邊秦金寶正在和紅毛探討「學一門樂器充實練習生簡歷」。要求簡單、容易上手、最好是彈撥打擊樂，可隨身攜帶在比賽裡秀一段、重量輕、抗摔……

最後兩人滿意得出結論，秦金寶去學竹板，學不會就改學撥浪鼓，紅毛去學三角鐵。

不遠處的燒烤架。勤勞的井儀小隊正在幫忙劇務串竹籤兒。一位剛來的實習後勤才向魏衍收了賽後問卷，被這位S級練習生凍得瑟瑟發抖，正抖抖索索。

明堯哈哈大笑，「怕什麼，把他喊來穿竹籤啊！魏衍就這樣，沒人找他說話就坐著。」

兩分鐘後，魏衍站在烤架前，一板一眼穿烤串，像在執行精心設計過的AI操作程式。

穿了一半，肩膀一涼。

魏衍和停在肩膀上的小翼龍大眼瞪小眼。

魏衍在竹籤尖尖上串了一點碎肉，用終端確認餵食可行後，給小翼龍遞了過去。

臺上，節目PD終於號召大家安靜。

遲到的白月光小隊匆匆交了賽後問卷，巫瑾趕緊捉了小翼龍，把牠蹭到翅膀上的紅色食物標籤撕了，重新貼到待烤的全羊身上。

明堯一把捉了巫瑾，得意洋洋向他炫耀自己新學的串籤技巧。

「一根籤子串蘑菇、撒上紫蘇，加魚丸、大蝦，就叫『姑蘇晚霞』。我機智不……」

巫瑾嗖地抽了一張冰凍速食手抓餅，對折兩次，用竹籤一串，「烤手抓餅！」

明堯嗚哇大叫：「什麼玩意兒！雅俗不可共賞！」

烤架另一端，文麟敏銳發現衛時選手再次缺席，紅毛偷偷摸摸打卡兩次。

文麟琢磨：「領隊說了，讓咱們問問浮空戰隊之後的計畫，最好能安排場訓練賽……要不讓小巫私底下問問？」

佐伊義正辭嚴拒絕，「不成。他倆都領證了，越是關係親近，越不能公私混淆。這事兒我去問就行，咱們白月光是小巫的底氣，別讓人家以為小巫是扶隊魔！」

文麟樂呵呵點頭。

臺上，PD提了個喇叭宣布賽程規則：「第八輪淘汰賽暨本屆克洛森決賽將採取順序排位對戰賽制，所有比賽將在一對一場地進行，比賽一共六場，下面我宣布根據前七輪淘汰賽計算的選手順位……」

巫瑾低頭在終端翻看節目組發布的規則詳解。

選手從一至二十順位排序，首輪分為十組對戰，第二名對抗第一名，第四名對抗第三名，以此類推。各自決出勝負之後，各組勝者向前一步挑戰，負者向後一步空出位置。

選手通過不斷與相鄰名次按實力調整位置，達成最終穩定排序。

賽制非常公平。而入場時的名次順位——

PD：「第一名，白月光戰隊，巫瑾！」

人群瞬間爆發出熱烈掌聲，凱撒、紅毛就差沒站在烤架上吹口哨，明堯使勁搖晃巫瑾大叫：「巫啊，請客，請客！」

佐伊在遠處豎起大拇指。

克洛森PD在臺上向巫瑾揮揮手，「第二輪、第七輪淘汰賽個人第一，第三輪、第六輪淘汰賽團隊第一。名至實歸。」

身旁，明堯直接把蟹肉棒揮舞成了螢光棒，巫瑾咧嘴一笑。

魏衍向巫瑾頷首，抬臂時像精密鼓掌機器人。

PD：「第二名，R碼戰隊，魏衍！」

巫瑾在魏衍臉上看到一瞬間表情空白，然而很快就淹沒在掌聲口哨之中。

巫瑾琢磨，魏衍估計以為大佬排在第二，實際上就衛哥那划水態度，前幾輪不是D就是C，後面多少個第一都救不了！

草坪上，巫瑾搶了明堯的蟹肉棒，作揮舞螢光棒狀快樂打CALL。明堯刷的摸出兩條蟹肉棒，不僅為魏衍打CALL還舞出了花……

PD：「第三名，井儀戰隊，左泊棠！」

只見篝火之中一個明堯蹦起，就差沒扛著隊長繞場三圈，巫瑾看得目瞪口呆。

接下來臺上名次報得飛快，第四名衛時、第五名薄傳火、第六名佐伊……

對陣順序在巫瑾腦海中迅速成型。

第一場自己對戰魏衍，贏則對陣大佬，輸則對上薄傳火、佐伊之一，而此時左泊棠掉入五、六對位，隨時可能殺回。

比賽一共六場，全輸則自己以第十三名掉出出道位。而但凡自己贏下其中一場即可出道——巫瑾微微呼出一口氣。

出道毫無懸念。那麼第八輪淘汰賽決賽，自己的目的只有一個——高位出道。

比賽規則宣布完畢。決賽公平而殘酷。順位第二十的選手需六場全勝才能擠入出道，而居於順位十四的文麟，則需要在六場中贏下場。等PD宣布散會，白月光小隊四人迅速齊聚為文麟出謀劃策，空氣中洋溢著焦脆炭烤肉香……

應湘湘款款上臺，笑咪咪敲了敲桌，「練習生們，你們有一週的時間去準備下一輪比賽。但是現在……Party time。」

場內猛然蜂擁而入幾十名AI選管，將選手辛辛苦苦串好的竹籤一搶而光。

所有練習生：「……」

凱撒第一個反應過來，蹦起就要搶肉！繼而被選管有力的機械臂抬起，輕拿輕放擼回地上。

夜幕當中，虛擬螢幕緩緩升起。

「《定向越野·燒烤食材搶奪大賽》」

「請選手立即前往基地後山集合。」

「食材有限，僅供前五名挑選。」

草坪陷入短暫沉默。

接著薄傳火第一個躥出！不知道有誰大喊了一聲：「衝啊——」

幾十名選手從原地跳起，向著後山撒腿狂奔而去。

明堯反應極快，剛走沒幾步一回頭，看了個目瞪口呆。巫瑾這廝竟然在到處搜刮烤肉夾當武器！跑在前面的選手紛紛如夢初醒，搶凳子、搶椅子、搶竹籤如蝗蟲過境。沒想巫瑾趁機就往後山躥去，上山前還打開終端，用夜視模式拍了張定向越野全景圖。

身後，左泊棠嘆為觀止，「這思路，不愧是淘汰賽積分第一。」

被巫瑾騷操作坑到麻木的拉斐爾：「……」

後山，隨著選手進場，數不清的鏡頭蜂擁而起！

標誌為「一號」的瑩綠色旗幟在夜色中鮮明可見，巫瑾三兩下爬上山，第一個拔旗！

滴滴兩聲。守點機器人把抽卡箱遞給巫瑾，木箱花紋繁複，圖案是無數蕨木、蘇鐵和綠色掩映間的恐龍。

第四輪淘汰賽，紅皇后假說、白堊紀復活。

巫瑾迅速把手伸進箱子抽卡，很快一張梁龍卡片夾在兩指之間。

「梁龍。特權：以龐大體型抵抗肉食恐龍襲擊。」

守點機器人點點頭，開始給恐龍氣球充氣。巫瑾還沒反應過來，只見氣球越充越大，長度接近四公尺，中間有個一人寬度的凹槽——兩隻機器人不由分說地把梁龍氣球外套套在了巫瑾身上！

巫瑾：「……」

一號點旗幟旁，秦金寶目瞪口呆：「那是什麼？巫瑾氣球？」

巫瑾被強行套了氣球，奮力向前掙扎，不料身後選手紛紛湧來，擼尾巴的擼尾巴，抱氣球的抱氣球。

巫瑾氣憤反抗：「啊啊不許抱啊啊啊啊——」路過的文麟隨手拍拍小巫腦袋安撫，覺著手感不錯又多拍了兩下。

遠處，秦金寶已是怒拔二號旗。

一號點，巫瑾套著氣球依然行動緩慢，眼看就要落入最後，巫瑾急中生智，一個呼哨！小翼龍從天盤旋而下，在巫瑾的指揮下嘎嘎啄破梁龍氣球！

「臥槽！這還有人搞召喚系的！」路過的紅毛一驚，奮力向前跑去，接著哈哈大笑。

二號點，細胞自動機，鱗翅目迷宮。拔旗的秦金寶背著三公尺寬的蝴蝶翅膀在山風裡被吹得打旋兒，再遠處，拔旗三號點的魏衍被噴了一身太陽王路易香水，成為甜膩膩的移動靶。

紅毛當機立斷：「小巫，合作！」

巫瑾：「妥！」

半山腰上，巫瑾、毛秋葵結盟，摸黑奮力向上爬去。四號點，被薄傳火設計拔旗的凱撒被強行困在單人KTV裡面唱遠古偶像選秀綜藝主題曲，唱不到八十分不給放出來。

KTV玻璃牆外探監的佐伊感慨：「今晚凱撒得關在裡面絕食了。嗯？小巫都追上來了？」

佐伊果決擋住巫瑾，「阿麟快跑！要是讓小巫衝上去，今晚大家只能吃手抓餅了！」

文麟毅然接令！

克洛森基地後山夜風飄揚，山腰順風傳來薄傳火的猖獗狂笑。五號點由井儀雙C押送拉斐爾拔旗，六號點被紅毛搶下，強行塞給了正在快樂的薄傳火，薄傳火旋即被機器人塞入仿第六輪淘汰賽遊樂設施——升降小青蛙，開始無限上上下下。

最後的慘烈爭奪在七號點爆發。

魏衍、秦金寶從後方追來，和井儀迎面交火！巫瑾、紅毛把佐伊、文麟凶殘按倒在地，巫瑾強行繳械佐伊！

然後，附耳，巫瑾嚴肅開口：「隊長，手抓餅萬歲。」

八號點外的圍欄終於打開！幾名選手向門內蜂擁而去，鏡頭打著補光迅速對準——山頂散發著溫暖的燒烤香味，是所有食材的集中地。

前五名此時已然決出，通往山頂，卻還有八、九、十三個拔旗點。

八號點。機器人遞給選手們每人一個金屬箱，上面繪有粉紅色愛心。

巫瑾打開，接著驀然驚喜。少年的視線在寒風中溫暖。

箱子內是投影儀，虛擬投影打出來的，是粉絲應援視頻。

戴著粉紅色羽絨帽的小姑娘在南十字星的雪地裡踩出「小巫加油」的腳印，穿著普高校服的少年興奮為巫瑾鼓氣，年輕的職場女士向鏡頭展示自己積累的十數個燈牌，且「小巫跳跳樂」已經四周目通關。

無數點點滴滴片段在鏡頭前迅速閃過，最後拼湊成五彩斑斕的愛心——

做你的霰彈槍，做你的騎士劍，望你斬諸天妖魔，願你一世如少年。

小巫給我衝！

投影合上。巫瑾轉身，眼眶微微發熱，對鏡頭逐一深深鞠躬。

九號點。金屬箱子繪製克洛森秀Logo，投影中是克洛森導師。

血鴿出現在鏡頭中央，起手先指出了巫瑾在七輪淘汰賽中的優勢與不足，最後嚴肅開口：「克洛森秀是你的起點。往前看，星際聯賽決賽。那是你應該去的地方。」

這位退役許久的老選手在投影中對著巫瑾伸出拳頭。

巫瑾伸手，拳頭隔著投影與血鴿鄭重相碰。

十號點。金屬箱子繪製溫暖的房屋，是代表「家」與「家人」的箱子。

巫瑾身旁，一路走到十號點的明堯在看到粉絲應援時就眼眶發紅，當此時自家爸媽出現在投影中，說道「兒子辛苦了」的時候，明堯猛然側過頭去。

左泊棠溫和給他遞去紙巾。

紅毛的箱子裡，毛冬青出現在投影。

巫瑾想起，自己上交的那份「賽後調查問卷」中，家人聯繫方式一欄空白。

巫瑾猶豫了少頃，在山頂打開最後一個箱子。

投影光明亮奪目，白月光職業戰隊隊長林玨出現在螢幕，罕見露出笑容，林玨身後是副隊陳希阮、笑咪咪的曲祕書、抱著兔哥的領隊。

巫瑾一頓，表情驟然驚喜。心臟於胸腔溫暖，但投影視頻還沒結束——鏡頭轉到跑滿火烈鳥的草坪。阿俊眉飛色舞向巫瑾打招呼，後面是終於脫下白袍、身穿格子襯衫牛仔褲的宋研究員，時常與巫瑾打籃球的兩位護衛隊青年，和心理醫師周楠。

攝影者調整鏡頭，露出帶槍繭的手，鏡頭穩穩轉向周楠。

周楠爽朗開口：「小巫，我們在家等你。」

克洛森後山山風溫柔炙熱。拍攝選手面部表情的攝影機紛紛收工移開。

紅毛湊到巫瑾跟前，神神祕祕開口：「你們林隊把問卷空白那欄發給了衛哥……」

巫瑾低頭，揚起唇角。

他認得視頻裡，衛時拿著鏡頭的手。

砰地一聲！隨著所有投影箱開啟，十號點拔旗，小型信號煙花炸開，食物香味順著山風蜂擁而來——第一批抵達的五名選手一窩蜂蹂身而上！

巫瑾目標明確，伸手就往手抓餅撈去，快樂的瞳孔映出快樂的餅子！

旁邊紅毛見到牛里脊就搶，明堯兩手各抓了一把蟹肉棒，被秦金寶擠到東倒西歪，落在最後的是脊背挺直的魏衍。

十號點鐵欄杆外此時圍了不少饑腸轆轆的練習生。

凱撒使勁瞎嚎：「魏衍！大兄弟！五花肉、牛板筋！」

佐伊不甘示弱：「玉米烤腸！」

薄傳火從人群擠來，手上抱了個海大的鐵盆，這人竟是把升降小青蛙的青蛙腦袋給徒手拆了下來，隔著欄杆往裡面扔，「用這個裝，用這個！」

巫瑾、魏衍合力接下，墊了層保鮮膜就回應群眾要求把海量食材往盆裡扔。旁邊紅毛興致高漲：「差不多了！怎麼下山？」

視野一片漆黑之中，通往山下的小鐵軌驀然亮起五彩繽紛的LED螢光。

能夠裝載二十幾人的礦車緩緩駛來。

山頂的選手一頓，接著爭先恐後向礦車奔去。

礦車從山頂飛馳而下。

明堯被山風吹得眼睛生疼，正大聲向隊長解釋：「沒哭，我才沒哭！」

魏衍還僵硬抱著升降小青蛙腦殼兒，凱撒正在旁邊咋咋呼呼翻來找去，「餓到不行了，有刺身沒？」紅毛在礦車車頭意氣風發縱情高歌：「我！站在！獵獵風中——」

克洛森基地草坪，應湘湘彎了彎眼角，「聽到了沒，他們回來了。」

團綜直播間。鏡頭從遠景推入，從後山急速而下的礦車像是年輕躍動的脈搏，練習生亂七八糟擠成一團，又笑又罵。

等練習生們落地，選管笑呵呵把應援投影盒遞給沒拿到前五名的選手。

直播間彈幕熱切雀躍。

「真・霸道・貴公子小明！光顧著看明爸、明媽視頻裡後面那個星雲景觀，這得是幾億信用點豪宅？」

「小巫戰隊好暖！巫子的哥哥們也好暖！小巫家裡的哥哥看著都是學究型的呀，怪不得小巫腦袋瓜子聰明，抓起小巫就是一個啾咪！」

「視頻裡是魏衍的妹妹嗎？是很溫柔的西方五官長相呢。」

「不是，是阿法索教授的孫女呀！麗莎小姐姐欸！上個月聯邦重審R碼案卷的時候，魏衍和麗莎一起出庭的。當年教授保護了魏衍，現在換魏衍保護麗莎……哈哈哈不是情侶啦，麗莎星博裡有男票的，好像是在浮空科研院進修時候認識的。麗莎還經常會po和小巫的合影啦，可見小巫、魏衍私交真好！總之，魏衍對麗莎來說，是最可靠的家人呀！」

食材被迅速裝上烤架。

草坪上方是五顏六色的虛擬投影。

薄家軍給薄傳火新作了應援曲，凱撒媽在視頻裡豪爽大笑——

直到第一串金針菇肥牛捲亮晶晶、熱騰騰出爐。

巫瑾從烤架抽出肥牛捲兒，還沒啊嗚一口，手肘微微一沉。

遲到了整整三個小時的衛時終於出現。

夏夜篝火旁的空氣炙熱流動。兩人湊到一塊兒也不嫌熱。

一竹籤串了兩捲肥牛金針菇，巫瑾消滅一半，剩下理所當然遞給衛時。吃完一串，巫瑾興致高昂拿起小鍋鏟，把烤盤上鬆鬆軟軟的手抓餅拍打到更加鬆鬆軟軟。

臺上應湘湘連唱了幾首專輯歌曲，剛放麥。這會兒練習生正在起哄讓血鴿唱歌。血鴿一臉嚴肅，顧左右而言他，然而架不住三個突擊位猛地躥出，半抬半推尊敬的血鴿導師就往臺上跑。

血鴿被迫營業，唱了首二十年前的逃殺戰友情，下臺前，這位老職業選手眼神毒辣，在人群中直直找到節目PD。

血鴿：「PD，唱歌。」

PD負手站起，絲毫不懼：「那行，你們玩，我這還有點事……」話音未落，烤架旁十幾個人高馬大練習生齊齊站起。

PD：「哎坐著吃啊，站著幹啥……哎喲！」

烤架盤換了一輪又一輪，小麥啤酒香味在草坪炸開。

先是凱撒、紅毛滿地瘋跑，秦金寶酒過三巡又跟人嘮嗑起秦漢演義。

明堯這會兒也醉得不輕，巫瑾不知道從哪兒找了根吊杆，用蟹肉棒在釣明堯玩兒。

屋頂有什麼東西在喵喵叫。

巫瑾抬頭，只見黑貓懶洋洋躺在屋頂，小翼龍正不斷用細長的喙從烤架上偷串兒，撲騰到屋頂。接著黑貓爪子一按，翼龍長喙一撕，再低頭一起分食。

「……」巫瑾趕緊把小翼龍叫回批評。

屋頂黑貓翻了個身，嗖的不見，留下屋脊上亂七八糟油膩膩的竹籤。巫瑾只能從後勤手上要了廚房紙、抹布，爬上屋簷。

扔掉竹籤，再給小翼龍擦擦油膩膩的長喙。

巫瑾抬頭。屋頂沒有樹木遮擋，星空絢爛晴朗。

自銀河一落而下，天鷹、人馬、獵戶、南十字星交錯排列，光芒璀璨。獵戶座的背後，就是懸浮於深空天體中的浮空城。

屋頂又傳來腳步聲，衛時在巫瑾身旁坐下。

巫瑾突然樂了。

衛時思忖：「怎麼？」

巫瑾看向克洛森以外的遠方。頭頂是星河如瀑，腳下是萬家燈火。

衛時就坐在身旁，這個他在R碼基地裡等了很多年的衛時，這個即將成為聯賽中最大勁敵的衛時。

過往沉沒於記憶深處。往後是即將正式開啟的職業生涯，是蔚藍星雲中即將以足跡踏遍的無數個點。

是觸手可及，是征途初始，是星辰浩瀚，是生命中前十九年不曾有過的燦爛人間。

屋簷下鬧騰成一團，這大概只是今後無數個夜晚裡最尋常的一晚。

因為尋常，才無需奢求，才能日復一日，循環往復。

真好。

巫瑾抬頭。兩人在星空下交換淺吻。

（全文完）

【特別收錄】

番外一　蔚藍深空最大寵物展

番外二　我喜歡一個人，可以追他嗎？

番外三　毛冬青的禮物

番外四　感謝等待，我回來了！

番外五　當逃殺戰隊改行做樂隊

番外六　梅花開了啊

番外七　誰先告白？誰求的婚？

番外八　克洛森秀練習生寒假實踐報告

番外九　平行時空：克洛森學神之戰

【番外一】

蔚藍深空最大寵物展

「早安，歡迎收聽《蔚藍逃殺星速報》。截止昨日，蔚藍賽區季中職業聯賽各戰隊首發名單已公布，卓瑪、白月光主力輪換引起熱議……」

「在即將到來的季中賽裡，將有六十二名新秀選手作為新生血液加入這一頂級職業賽場，其中二十七人來自克洛森、風信子、北極光等練習生選秀賽事，以正式出道身分獲輪換資格。」

「另有三十五人來自各戰隊青訓儲備，將以替補身分參與季中賽事。」

「此外，克洛森秀決賽於兩週前落下帷幕。出道順位第一的衛時選手去向遭議。據悉，浮空戰隊斥鉅資與衛選手簽下天價offer，打破歷屆練習生首發合約記錄。這裡我們請來知名解說Axel，對此您怎麼看……」

浮空城薄霧難得散去，陽光正好。

巫瑾哈欠連天，泡了兩杯咖啡，一杯遞給衛時。

旁邊家務機器人正在兢兢業業播放晨間廣播。

「謝邀。浮空戰隊是今年新註冊的外卡戰隊，首份合約就大方給到衛時選手主力C位，可以說是『重金聘外援』。今年浮空戰隊野心不小，我個人非常期待他們在外卡賽區的精彩

表現。但從衛選手職業發展來看，只有聯邦賽事才會給他更大的曝光率。去浮空戰隊，很可能星際聯賽一輪遊。」

「謝謝Axel。這次克洛森秀的其他出道選手，您認為還有哪些值得關注？」

巫瑾咕嘟喝完咖啡。

還有哪些值得關注！聽起來就像炒股經節目的專家選股。

「魏衍，毋庸置疑。排名第三的薄傳火也是銀絲卷今年力推的新秀，當然，同戰隊女選手寧鳳北也值得期待。排名六、八位的左泊棠、佐伊是很有天賦的狙擊手，因為決賽一對一賽制問題排名偏後。排名第四的巫瑾選手……」

「我很欣賞他在指揮、推理上的閃光點。但他的風格和目前的白月光相差迥異，作為突擊位依然有進步的空間。」

「林玨退役後的白月光，能不能拿到星際聯賽名額都難說。」

「您認為白月光出線可能性不大？」

「不全對。得看白月光這一批新鮮血液成長得有多快。」

節目中開始播放廣告。小機器人機智換了個臺，改為熱門旅遊景點介紹。

衛時喝完咖啡，最後一份檔簽署完畢。

通訊另一端，浮空城第四執法官毛冬青表示所有代辦項清空。恭喜浮空城主假期開始，祝度假愉快。

緊接著短訊如潮水湧來。

毛冬青：「【轉發】驚！適合夏季情侶旅遊的五十個冷門景點，它竟然排在第一位。」

紅毛興高采烈：「衛哥！這個絕了！【轉發】恐怖異獸養殖場，八大驚悚場景狩獵，狩獵多少吃多少。」

宋研究員：「【合集轉發】今夏養生好去處，放鬆身心就靠它。」

衛時看向合集轉發裡的情侶溫泉。

餐桌另一側。

巫瑾不知道按了小機器人哪個鍵，機器人刷刷吐出一遝子旅遊傳單滿桌亂飛。

巫瑾：「……」

衛時把人撈了過來，伸手露出終端。小機器人歡快掃了終端，扣除衛時兩百信用點，啟動內購，關閉了廣告列印植入外掛程式。

衛時低頭，隨心所欲啃了一口。

巫瑾後知後覺：「你那咖啡沒加糖啊！」

衛時嗯了一聲，就這麼把巫瑾按著，不上手也不讓人走，視線帶了點禽獸意味，暗示了一下就往巫瑾腰線上掃。

巫瑾：情緒鎖又解了一層，你能耐了啊！

男人就坐在晨光和窗簾陰影的分界處，睡袍裡露出健碩帶傷痕的胸膛，長腿在桌底擋下巫瑾退路。

巫瑾側過臉，緩慢、緩慢、緩慢地湊過去。

長椅被一把推開，小機器人趕緊往門外跑去，自動鎖門。

巫瑾在最後一刻設置鬧鈴，「半小時！說好了還要去旅遊……哇哇還剩二十九、二十九分、分鐘……」

浮空城主的懸浮車直到正午才啟動。

親衛隊隊長表示，要是自己休假旅遊，肯定一大早就跑了，畢竟小學春遊前一天都興奮到睡不著。衛哥真沉得住氣，不愧是衛哥！

霧氣散去後的太陽懶洋洋掛著。浮空基地外，午後的城市也懶洋洋倦躺著。

街市裡是慢慢飄著的煎炸煮香味，閉著眼睛也時時刻刻往鼻腔裡冒。午飯是一天中另一件值得慶祝的事情，第一件是起床一睜眼，一天中第一次與親人伴侶相見。

浮空實驗室的高塔沒入雲中，上週情緒鎖廣譜療法再次突破，基地最靠近高塔的入口又被送了成箱的甘蔗。

旁邊人行道上，有年輕夫婦在慢慢散步遛娃。

紅毛跟巫瑾提過，這家的丈夫從聯邦移民過來，過去陪老婆散步都戴面具，生娃之後不怎麼戴了。大概是決心要開始一段嶄新的生活。

懸浮車停在路邊，衛時買了兩份午餐上車。

巫瑾在副駕駛昏昏欲睡。衛時調檔自動駕駛，往巫瑾嘴裡塞了好吃的餃子。

巫瑾醒來，對伴侶的不守時表達了強烈批評。

衛時表示可以日後補償，雖然聽著總覺得不大對。

兩人抵達星港，巫瑾再次恢復活蹦亂跳，拿著旅遊手冊豪情萬丈。

還是小機器人肚子裡吐出來的那份手冊。封面、裝幀亂七八糟，和小廣告無差。

衛時：「你確定要去？」

《金雲度假星，蔚藍深空周邊最大寵物展覽！特異型皮卡丘首次出展》

巫瑾表示，自己記憶還停留在二十一世紀，連普通型皮卡丘都沒見過，看一眼特異型有助於增長知識！

衛時：巧了，三十一世紀也沒有皮卡丘。

巫瑾繼續畫餅，寵物展覽旁邊就是森林度假村，能打獵、能揉皮卡丘、能伐木、能玩野外生存，還能泡溫泉……

衛時看到情侶溫泉廣告，直接點頭，「就去這裡。」

通往該度假星的星船兩小時才有一班，不分席次，座位先到先得。候機室這會兒擠得滿滿當當，兩人被夾在人群最裡面，戴墨鏡靠牆站著，外面熙熙攘攘、吵吵鬧鬧。

這班星船晚點了近半小時，候機室沒什麼秩序，小朋友滿地亂滾，保育機器人拿著洗手液在後頭苦追，年輕女生嘰嘰喳喳聚在一起，遠處一團畢業旅行的高中生朝氣勃勃，製造了占比百分之六十以上的雜訊。

巫瑾和衛時擠在一起，正聚精會神看終端上的星塵盃北方狼戰隊逃殺秀視頻。

候機室噪音太大，不怎麼聽得見解說，巫瑾絲毫不覺，一個人在那兒自嗨，「6666還有這種操作！」

「天秀！這輔助賊帥！」

「這高光還不給輔助，要求也太高了吧！哎這解說說啥——」

衛時不知道從哪兒摸出一副降噪耳機。仿古款，還帶繩。

巫瑾往耳朵裡一塞，視頻音軌霎時清晰！

巫瑾給衛時點了個讚，再低頭時摸上右耳，總覺得這耳機線短了點，於是往衛時身邊湊了湊。

再看完一個小賽點，耳機線又短了點，巫瑾繼續往大佬旁邊亂擠。

再過了一個重播，耳機線又又短了點……

巫瑾低頭。衛時鎮定自若放手，仿古耳機線的分叉處被這人捲了有七、八圈，兩人的單耳接線亂七八糟纏繞在一起。

巫瑾一呆，這不短才怪！

衛時伸手，把送上門的巫瑾往身上一攬，動作和隔了幾個座位的小情侶無差。

十分鐘後，星船終於抵達。

遊客一窩蜂往星船上湧，兩人晃晃悠悠跟在後面。接駁口兩側都是免稅店，各地零食都有。巫瑾左買一點，右買一點，從候機室咔嚓咔嚓吃到座位。

直到悅耳的艙內廣播響起：「金雲星航為您提供優質的船上商務餐，請勿將食物外帶至艙內……」

巫瑾一驚：這不是廉價航空的標準操作嗎？竟然延續了整整十個世紀！

不遠處，面帶微笑的乘務員開始逐一檢查安全帶及外帶食物。巫瑾當機立斷要把脆玉米腸塞給衛時。

衛時無情拒絕。巫瑾只能把小零食往桌板底下一藏，乘務員款款而來，衛時翻開一本免稅品手冊，閱讀時脊背微微前傾，以精準的戰術配合擋住了巫瑾把桌布往下瞎拽的手。

乘務員檢查完畢，微笑離開。

衛時側過頭。巫瑾喜孜孜撩起桌布撈零食，撈不了幾下又咔嚓咔嚓響了起來。

星船抵達金雲度假村時正值小雨，接駁口交通堵塞，遊客以十二人分組被塞進懸浮小巴。

巫瑾猛地意識到：「咱們是不是沒買門票、沒繳交通費？」

衛時點頭。

巫瑾再低頭一看。廣告冊上，「免費團」三個字赫然在目！巫瑾心中咯噔一聲，預感不妙，緊接著貼滿廣告的懸浮小巴穿過雨水抵達，就連車燈都打出某情趣旅店地址投影。

等上了車，AI推銷員伸出六隻機械臂，殷勤向六對情侶推薦旅遊增值服務。

巫瑾旁邊也是一對同性情侶，其中戴黑框眼鏡的少年尤其自來熟：「這麼巧，你們也是來窮遊的啊！」

巫瑾哎了一聲，猶豫點頭。

那少年搭上話，便眉飛色舞說個不停：「這裡好幾項都有四人團購打折，想併團一起欸！你們也是來看皮卡丘的嗎？」

巫瑾瞬間激動：「是啊是啊！」

布滿小廣告的大巴上，衛時戴著墨鏡抱臂看著對面，那位少年的男友樂呵呵找衛時搭話：「我和他就是玩寶可夢認識的，我家有一隻祖傳的火伊布，還是好幾個世紀前在掌機裡面抓的，換了多少個寶可夢版本都沒忘記拷貝。說起來，雖然遊戲、動畫都沒人看了，但我就是用遊戲裡的這隻火伊布向他求婚的呢。」

衛時：「……」

旁邊的男士：「你們是皮卡丘廚嗎？還是喜歡別的什麼的，超夢？胖丁？小火龍？」

衛時：「……」

然而雞同鴨講的對話很快被接上，衛時一側頭，巫瑾就笑咪咪站在身邊。

車門打開，巫瑾在短短十分鐘內和少年混得溜熟的，還連帶著他們一起喊衛時叫衛哥。

這對情侶對窮遊駕輕就熟，攻略、優惠券玩得飛起。

巫瑾蹭了幾張團購券，一會兒帶著衛時去免費擼貓，一會兒又抱了兩大杯最便宜的聖代，還把上面大佬不碰的九層塔挖了。

衛時看著巫瑾吃草。

巫瑾指著九層塔表示：「這香料很多人都不吃。」

衛時勾勾手指。唇齒溫柔相撞，一觸即分。

衛時點評九層塔：「不好吃。」然後示意巫瑾再啃一口聖代。

巫瑾拍桌，「不成不成，大庭廣眾，沒羞沒臊！」

衛時三兩下清完了自己杯裡的聖代，直接把人摁住。

綿軟的霜淇淋蓋過味道濃郁的香料。

巫瑾哇嗚亂叫，衛時側過頭，「這裡沒別人。」

雨後的原始森林外，蕨葉遮擋的甜品驛站角落，兩人交換了一個碳水化合物極高、甜分過度的吻。

中巴駛入寵物展覽還有三站。

那對情侶起初還不怎麼敢和衛時搭話，在衛哥於氣槍射擊遊戲中滿環拿下一隻火伊布玩偶之後，立刻欽佩到五體投地。

巫瑾蹭了一路團購券，最後分別時把火伊布送給同行的少年。

兩對情侶在寵物展覽門口告別。

等巫瑾消失，少年興奮開口：「他倆人真好！」

他的伴侶點頭，「叫小巫的那位，一直在拖著他的男朋友往外走。」

少年：「嗯？」

伴侶笑了笑，「明明衛哥看著年齡更大，閱歷更多，但是小巫在推著他和外界接觸。很有意思的一對。」

金雲星寵物特展。

巫瑾滿懷期待推開大門，充滿熱忱領取了皮卡丘展覽門票券——

擠擠攘攘的大門內。

一團團黃皮耗子擠在一起。

巫瑾：「……」

「特異型皮卡丘」在展臺上分門別類陳列。SS號皮卡丘是小倉鼠染的，S號皮卡丘是珍珠熊染的，M號是豚鼠染的，L號是竹鼠染的。

旁邊還有松鼠、耳廓狐，還有工作人員在用安全染料往耗子狐狸身上糊。

展櫃右手，是密密麻麻的皮卡丘玩偶手辦，一折促銷的特產玉石，抓頭器，民族風長裙、網紅螢光髮夾……

巫瑾震驚看了眼傳單上高度PS的皮卡丘。

工作人員倒是十分耐心解釋：「就是長得不像才是特異型，長得一模一樣不就是普通型皮卡丘了嗎！給耗子染色也是行為藝術的一種，怎麼說？買不買？倉鼠三隻打折，竹鼠當場就能做湯……」

幾分鐘後，巫瑾恍惚出門，「這不是騙人嗎！」

衛時確認：「是。」

巫瑾攤開旅遊區地圖，衛時不假思索開口：「去溫泉旅館。」

於是兩人順著人流向溫泉旅館進發，路上又遇到了之前那對小情侶。除衛時外，三人都額外失望，好在星網評價中，該星球的私人溫泉極其值得一去。

景區交通中轉樞紐。巫瑾和少年同時睜圓了眼，「什麼？」

AI導遊溫柔告知：「從這裡乘坐中巴去往溫泉區，途經三座購物中心，每座將停留一小時整。尊敬的遊客，我們不存在強制購物，只是路過不要錯過，玉石原料一折起，可抵押聯邦信用身分貸款賭石……」

巫瑾及另一對情侶：「……」

衛時突然開口：「其他路線呢？」

AI導遊瞬間興奮，機械眼綻放光芒，「您好，從這裡抵達溫泉區，最快的捷徑是從原始叢林橫穿。金雲原始叢林中擁有四萬餘多樣物種，包括已經滅絕的猛獁象、人工培育的蜥臀目恐龍、特產月光女神蝶等等。」

「租用雨林基本交通設備的費用是每人六百信用點，附贈安全麻醉槍。雇傭AI嚮導的費用是每次八千信用點，野外求生教學專員的雇傭費用是每次兩萬四千信用點，一次帶您領略雨林風采。我們的金牌教學員中甚至有知名逃殺秀選手……」

旁邊那對情侶無語凝噎。交通設備租賃費用，兩人加起來一千二，也並非不可接受，但是——但是誰能徒手橫穿雨林？嚮導是一定得要的，這個時候天色近黑，運氣不好還得在森林裡過夜，野外求生教學專員也得雇。

這些增值服務加起來，合著不得坑人嗎！

櫃檯旁，巫瑾翻看地圖，「交通工具是小型越野飛行器，直線過去不到三小時。」比在強制購物點停留要快得多。

衛時點頭，「直接去。」

AI導遊立刻激動：「您好，兩架低空越野飛行器、AI嚮導，加野外教學專員。合計三萬三千兩百信用點，這邊刷卡……」

巫瑾俐落拒絕：「只要兩架飛行器。」

導遊服務臺前，AI一愣，驚到當機。旁邊那對小情侶、正在給人推銷的真人導遊、趴在櫃檯上的顧客同時側目。

只要兩架飛行器？這兩個人什麼來路，小雨天都戴著墨鏡不說，還要自己玩兒獨闖雨林！這是看不起猛獁象和恐龍？

給巫瑾送團購券的少年立刻開口：「要不還是和我們一起坐中巴吧？我帶了桌遊……」

巫瑾笑咪咪擺手，「溫泉旅館見！」

兩人找導覽門面租用了飛行器，立刻有「安全負責人」過來做最後勸說。

旁邊場地上，是兩組正在指導顧客使用租賃設備的野外教學專員，這會兒正在幫助顧客調試飛行器附贈的狩獵麻醉槍。

被幫助的顧客閒扯：「那邊也是你們顧客？他們倆怎麼調槍比你們快得多，刷刷刷的。」

野外教學專員：「嗨，怎麼可能……」

教學專員一回頭，「咦！」

原始雨林邊緣，巫瑾將調試好的麻醉槍安裝進飛行器武器架，少年動作精準迅速，挽起的袖口露出不張揚卻蘊含爆發性力量的肌肉。

巫瑾戴上頭盔，向不遠處的衛時招手。

飛行器緩緩上升，接著如兩道流星颯遝，急速飆入黃昏下的叢林之中！

人群裡，剛才跟巫瑾一路玩下來的少年神情驚愕：「他倆……他倆到底是幹什麼的？」

遊客密密麻麻，鮮少有人再注意到這裡。微風中卻聽到有人小聲議論：「像不像小巫和衛時？糟糕，我怎麼覺得像，我是不是磕CP磕上頭了？」

那少年一愣，小巫、衛時。
他低頭搜索終端，然後趕緊把結果遞給伴侶。
巫瑾，白月光娛樂，職業逃殺戰隊（聯邦）突擊指揮位首發輪換。
衛時，浮空娛樂，職業逃殺戰隊（外卡）隊長。
少年恍惚地喃喃自語：「……他倆長這樣為什麼要去打逃殺秀？所以他們都打職業了為什麼還要來窮遊！」
金雲度假星原始森林。
兩架小型越野飛行器在欽欽樹木中經過，細雨穿林打葉凝出濛濛霧氣。
衛時打開對講機：「準備上升。」
飛行器猛然向上昂起，衝破濕潤的林嵐霧氣，頭頂是熾熱燃燒的霞光，眼底是無邊樹海、零落散亂的湖泊河流，沿著河流的爛漫生靈。
鳥類占據了雨林邊緣的生態位，往內是河邊的豹貓、小狐狸、野豬、犰狳，雨林深處進入山地，山崖擋住這座小型星球的季風與海洋風。
食草披羽恐龍零星出現，然後是俯瞰下極為明顯的大型貓科哺乳動物。
巫瑾終端，含氧量指標在瘋狂上下變動。
第一個充能站抵達。飛行器降落，巫瑾解下頭盔，彎腰置換微型核燃料。
少年的胸背在悶熱的飛行器內被洇出汗水，能源站這會兒沒人抵達。巫瑾脫下上衣，軟管水龍頭刷刷向自己沖去，又刷卡買了一次性毛巾。
對講機裡傳來衛時聲線：「仔細聽。」
灼熱的空氣像是被低頻聲波擾動，大地微微震顫，遠處是此起彼伏的鳴叫，低沉磅礡。

巫瑾猛地提起心跳。

衛時控制飛行器下降，巫瑾直接鑽了進去。

男人用巫瑾裹著的白毛巾把人擦乾，飛行器再次上升到半空。

遠處叢林與山頂雪原分界處，一群猛獁象慢慢悠悠上山。

遠處的雪山峰脊挺直，像是雪白的金字塔。雪山頂著最後一輪落日，猛獁象群是迎著落日晚歸的旅者。

猛獁象滅絕於西元前兩千多年，那是金字塔剛剛於古埃及崛起，是古巴比倫在陶片上刻畫第一張地圖，是堯及舜，舜及禹。

衛時：「抓好。」

飛行器進入低噪模式，順著猛獁象群的足跡追去，接近人造雪山時，涼快的風打在半開的窗扇裡。巫瑾目不轉睛，衛時刻意控制飛行器的高度，不去擾動象群。

猛獁象在落日盡頭消失。

飛行器回到充能站。飛行器在平地劇烈振動，半天跳下來一個巫瑾：「不成！這裡黑乎乎的……」

衛時啞聲道：「所以？」

少年的瞳孔在夜色中發亮。

巫瑾呼吸同樣急促，他脫口而出：「……去溫泉旅館。」

弦月初懸，夜晚的原始雨林被月光籠罩。

兩架飛行器在電光石火之間騰然升空，併入漫天星辰之中。

（完）

【番外二】

我喜歡一個人，可以追他嗎？

南十字星的明家，是霸道總裁家族標配。

明堯他爸是霸道總裁，明堯他媽是霸道總裁夫人，明堯他哥是家族繼承人。

明堯還姓明。明者日月也。同天地之矩量，齊日月之輝光。帝王之氣撲面而來。

所以年末季度結算之後，公司下屬就給明總送了一整箱「帝王果」。

說是帝王果，其實就是蓮霧。

還在上小學二年級的明堯天天看動畫片嗑蓮霧、嗑蓮霧看動畫片。

明總裁驚了，蓮霧還沒秋葵好吃，明堯天天吃，此子必擔大任。

但蓮霧不能多吃。

明夫人有意培養小明堯的「延遲滿足」，明夫人溫言細語說道：「媽媽給你一顆果子，如果今天吃了，明天就沒有了。如果明天還給媽媽，明天就有兩顆。」

明家大少爺看到弟弟手裡捏著果子想吃不敢吃，便有意培養小明堯的「理財意識」。明哥哥耐心說道：「小明手裡有一顆果子，如果今天吃了，明天就沒有了。如果今天存在哥哥這裡，明天就能變成三顆，後天就能變成九顆。」

小明堯立刻把媽媽、哥哥的果子都存在了哥哥的小銀行。定存十天。

第二天，明夫人走進了明堯的小房間，發現了零顆果子。

明夫人大驚，發訊給閨蜜：「小明學不會延遲滿足怎麼辦？」

閨蜜：「小朋友這個年齡都沒有定性吧，要不送他去學個下棋射箭？」

當天下午，小明堯被送到了井儀幼兒射箭班。

井儀戰隊今年沒打出成績，廣告沒接多少，好在戰隊經理思路活絡，想起來搞培訓班賺外快。練習生兼職導師，美滋滋。

一整隊懸浮豪車把明堯送到射箭班，總裁公子待遇特殊，一人一班。

小弓箭精挑細選不磨手，靶距兩公尺——確保明堯閉著眼睛也不脫靶。靶位上面還有個小螢幕給明堯放動畫片。

明堯卻吵吵鬧鬧要回家。

射箭館經理哄騙：「十公尺靶能射中七環就能回家……」

噗的一聲。

小明堯反曲弓一揮，正中旁邊的十公尺靶九環，「我要回家！」

經理：「……」

幾分鐘後，一棟樓的負責人蜂擁而來。

經理低聲解釋：「對，是第一次摸反曲弓。雖然臂力、箭羽根據年齡調整過，用了箭側墊，但基本算是徒手，還是射中了旁邊靶位……」

小明堯理都不理，一個人坐在地上看動畫片。

戰隊那邊的管理人員思索：「讓小左過來吧。」

門吱呀一聲推開，有人站在明堯身後。

明堯一回頭，十二歲的少年一身淺白色騎射短打，窄袖左衽，腰間懸金鉤，像畫裡走出來的玉面公子。

少年掂了掂小明堯的玩具反曲弓，「靶位調十五公尺。」

靶位順著滑道後退，少年和藹開口：「十五公尺，射中十環就回家。」

小明堯憤慨：「你們說話不算話！」

少年：「他們說的不算，我說的算。」

小明堯搶回反曲弓，對著靶位蹭蹭亂射，愣是沒有一個高於六環。少年過來幫他糾正動作，每糾正一次就回到原位。

拿弓箭的小朋友斜眼看他。

少年笑道：「雖是我在教小公子射箭，但運弓的卻是小公子你。我要攘君一尺而退，這是井儀的規定。」

明堯在外被叫明少，在家又是小明，第一次有人叫他「小公子」。

明堯繼續斜眼，沒大沒小：「你怎麼穿這樣？」聽起來溫柔得很。

少年：「井儀的騎射服。」

明堯好奇：「你為什麼沒玉珮？」

少年：「我年齡沒到。」

明堯：「那為什麼就你戴個金鉤子？」

少年：「因為我比他們都能打。」

九歲的小明驕縱，十二歲的少年一身銳氣。

明堯：「你叫什麼？」

少年：「我叫左泊棠。」

左泊棠帶著小明堯上箭，預瞄，退回原位置。

調整了臂力的反曲弓催弦，明堯如臂使指，一發中的。十環。

明堯小朋友愣怔看了弓箭半天，忽然來了興趣，一箭接著一箭。

前幾個陪練他不喜歡，左泊棠正好。

明小少爺扯著左泊棠亂七八糟的聊，聊他不喜歡寫作業、聊好吃蓮霧、聊爸媽哥哥不陪他玩。

左泊棠這才發現明堯是個隱形的小話癆。

等明家開車接走明堯，明堯依依不捨。

所以第二天，明堯又躥來了井儀幼兒射箭班。

價格昂貴的射箭班，這麼一報就是五年。

五年中，左泊棠有時在，有時不在。

明堯對左泊棠的稱呼從「喂」、「那個誰」變成了到處嗷嗷亂嚎「左哥」、「我左哥今天」、「我左哥說了」……

左泊棠腰間的金鉤換成了玉珮，不在的時候，偶爾是去參加訓練賽，或者亂七八糟的高中生聯賽。

這類野雞比賽沒有實況轉播，小明堯湊了一個月零花錢，硬生生砸了個比賽實況贊助，場地邊緣一溜兒全是「左泊棠加油」的橫幅，就是贊助虧到血本無歸。

對明堯來說，零花錢沒了，下個月也就來了。

左泊棠卻嚴厲痛斥明堯浪費。

不料第二天，明堯直接跟家裡攤牌想打逃殺秀。

明家瞬間炸鍋。

等明堯再來射箭館的時候，左泊棠在裡面等他。

古色古香的石桌上放著左泊棠的練習配槍。

左泊棠罕見沒有露出笑容，「我知道隊長勸你過來打比賽，但職業生涯不是兒戲。」槍枝被輕易拆解，彈匣卸下，扔給明堯，「比賽裡，你遇到最多的是槍。救生艙只會在生死關頭彈出，非致命傷只能自己受著。你打得好，有觀眾，打得不好，觀眾會跑。」

明堯直勾勾看著他，兩眼放光：「我沒摸過槍，左哥……哥打給我看看唄。」

左泊棠一低頭，差點沒噎住。

明堯這表情跟追到戰隊裡的迷弟迷妹沒啥兩樣，彈匣摸一摸，還想拍照發星博。

左泊棠心想，是不是自己對小明的教導出了問題。

在明堯頻繁拜訪射箭館的幾年裡，是左泊棠盯著他寫作業，批評他頂撞爸媽，把翹課的明堯按著揍。

於是左泊棠直接把明堯轟出門，讓他仔細想想，是要在家裡當無憂無慮的小少爺，還是過來吃苦打逃殺秀。

然而明堯一週後就回來了。不僅和井儀簽了約，還帶上他的全部家當。

明堯意氣風發推開井儀戰隊大門，往訓練室一站，「我哥給我包了間靶場，練了一週。怎麼說！左哥，夠不夠給你打副手！」

標準動態靶，場館射擊步槍，十環。

前來做評估的井儀高層譁然，立刻給明堯升到S級練習生合約，進入練習生二隊預備役。明堯當天就跟著左泊棠，高高興興喊了一整天「隊長」。

人家是和左泊棠熟了改左哥，他卻是從左哥改口叫隊長。似乎喊了隊長，就完完全全把自己塞到井儀戰隊裡，和其他練習生混在一起，吃大鍋飯，談論漂亮女生，不用跟哥哥參加應酬、不用模擬炒股，徹底解放天性。

最重要的，晚上還能睡左泊棠！

明堯來得措不及防，井儀沒整出床位，只能勉強讓他擠著和左泊棠睡。然而隊裡的小朋友也不少，各個都想睡左泊棠旁邊，聽小左隊長講睡前故事。

到了夏天晚上，左泊棠的單人寢室裡亂七八糟擠了一堆人。一邊聽故事還一邊吃西瓜。明堯一邊搶瓜，一邊大聲嗶嗶：「十點了，睡覺！都聚在這裡幹啥？打擾隊長休息！」旁邊胳膊貼胳膊的同窗批評：「這不成，左隊是大家的，哎小明你今晚不是床鋪收出來了嗎？怎麼還跟左隊擠一起？」

左泊棠立刻反應過來。

十點半，明堯連著眾人一起被趕走。

回到床鋪，明堯思來想去覺得不爽，於是趁人不注意，搬了個小枕頭就往左泊棠房間衝去！井儀時常半夜三四點搞突擊夜訓，練習生門上大多沒鎖。明堯衝進門，拿了個網購的巨型同心鎖就往門軸上套！

除了他小明誰也別想進來！

左泊棠：「……你套同心鎖做什麼？」

明堯撓了撓頭，「……買了十幾個鎖，這個快遞來得最快。」

左泊棠無奈。離熄燈還有半小時，左泊棠這會兒正在燈下看書。

井儀這兩年比賽成績不好，但也是逃殺聯賽裡的高門大戶。左泊棠這種核心練習生，訓練服送洗完都熏檀香的。

明堯盯著左泊棠樂呵呵發呆。

左泊棠示意他坐過來：「來了井儀，君子六藝，禮樂射御書數，都有涉及。井儀為五射之一，勁射摜侯為白矢，於你不難。四射參連，還要多加練習。」

明堯故意問：「五射之四，襄尺呢？襄尺呢？」

左泊棠見他明知故問，笑道：「我第一次教你握弓的時候，就是襄尺。」

明堯瞬間振奮。

往後三年出乎所有人意料。明小公子不僅安安分分當了三年練習生，還如魚得水不亦樂乎。明總裁及明夫人來井儀探班時都驚了個呆。

泥裡到處打滾，掩體後隨時拔槍點殺的竟然就是過去一天到晚看動畫片的明堯？

從此之後，再沒人阻攔明堯的職業生涯。

明堯在練習生第四年給自己掙到了練習生一隊副C位置。

和未來的井儀隊長左泊棠打配合。

這年明堯十八，左泊棠二十一。距離他們打入克洛森秀還剩一年，距離他們正式踏入職業賽事還剩兩年。

位置出來當晚，明堯豪氣定下火鍋外賣、香檳可樂，在宿舍大肆慶祝。

同窗紛紛表示：「你們狙擊手就是事兒多，就個位置測評還要大擺宴席，不像咱們突擊——哎喲這雞翅真香，小明再給我個！」

左泊棠卻愣是沒出現。

明堯嘩啦抱住鍋子，「別給吃完了啊，我隊長呢！他人怎麼被你們搞沒了！」

隊裡的老油條笑罵：「除了你小明，誰敢搞你家隊長啊。他這不在樓下嗎？哎你別往外衝啊，還下雨呢！」

明堯嘿嘿一笑，亂七八糟攏了一盒涮好的肥牛就往樓下跑。

一群大小夥子湊一起，基本就只涮紅湯。

明堯邊出門邊咳嗽，這熱氣朝臉熏得，辣得夠嗆。

樓下小雨斷斷續續。隔著井儀那道門禁，遠遠就看到左泊棠站在街邊。

隊長旁邊還有一個妹子，腦袋就靠在隊長肩頭。

左泊棠伸手，拍了拍她的肩膀。

門禁內，明堯一愣。剛才還風風火火的腳步停下，渾身不知道是被雨淋了還是怎的，涼得發麻。

樓上還在呼來喝去吃火鍋，辣味兒竄下來，胃底都疼。

明堯就這麼站在雨裡。明家小少爺從小到大都沒受過什麼挫折，這回兒卻難受得很。他慢慢靠著淋雨的牆簷坐下，直到左泊棠刷門禁進院。

左泊棠手上也提了個飯盒，看著剛吃完飯，估計是不要自己的涮肥牛了。

他家隊長走過來，給他撐傘。

隊長明明有傘，衣服還濕了半邊，似乎一路回來都在為別人打傘。

「怎麼了，小公子？」左泊棠笑道。

又是小公子。

明堯低頭，鼻子就那麼一酸。然後很快反應過來，抹了把鼻涕，「隊長上去吃火鍋！我這都被辣得不行……」

夜晚。明堯躲在被子裡，拿著終端和發小溝通。

發小：你隊長談戀愛了，你心裡難受？

明堯：一。

發小：哎喲臥槽，你心情不好不想打字，合著不得我多打字！要不是我誰寵著你！你直的彎的，直的扣一，彎的扣二。

明堯想了想，隊長是直的，自己以隊長為偶像，所以自己也是直的：一。

發小：那不就得了。

發小：春天到了，小明看到隊長談戀愛，小明也想談戀愛了！

發小：這太正常了，偶像做什麼，你就想做什麼。你們這些無腦追星的都這樣！

發小的話如驚雷乍響，一語驚醒夢中人。

屋外小雨霏霏，從明堯的宿舍往下看，就是隊長和妹子分別的地方。

明堯翻了個身，不看窗，對著牆。

胃裡還在火辣辣地翻，兩位室友在旁邊小聲嘟囔：「小明怎麼了？等夜宵散場完了還給自己灌了一碗火鍋底料……」

明堯裹緊被子。受發小啟發，隊長可不就是自己的勵志偶像，人生導師！

一想到這裡，胸腔就像是有萬丈豪情，自豪喜悅，黯然神傷。然而同期練習生天天大腦放空、打槍放炮，竟是沒有一個人能體悟小明的快樂悲傷。

這種複雜的情緒又亟待分享。

於是——明堯加入了練習生左泊棠的粉群。

群裡幾百個妹子，幾十個小哥哥，每天嘰嘰喳喳修片剪圖吹彩虹屁，在短短幾日之間成為了明堯的心靈慰藉！追星就像是一場盛大的暗戀，你在前路燦爛輝煌，我在茫茫人群中為你保駕護航。

——真特麼太有意思了！

很快，明堯就全身心投入這一嶄新的興趣愛好之中。雖然隊長的女朋友可以抱抱隊長，但自己對隊長的愛是有深度、分層次、更深遠長久的。

在之後的一段訓練中，明堯深陷粉圈不可自拔。

左泊棠拿比賽高光。

明堯：哥哥一騎絕塵啊啊啊！

左泊棠被領隊臨時叫去，沒來得及收槍。

明堯一把抱住隊長的佩槍，擦拭收好：哥哥只有我了啊啊啊啊！

左泊棠被戰隊經理提點。

明堯：哥哥走花路啊啊啊啊！

戰隊經理：「以後大家要多向小左學習，小明你說是不是？」

明堯：「nsdd。」

左泊棠、經理、一眾練習生：「……」

明堯猛然反應過來：「你說得對！」

明堯混粉圈，又和其他人不大一樣。明堯不怎麼掐架，掐了也掐不過，倒是喜歡把隊長的視頻反反覆覆摸出來看，又偷偷摸摸去學。

就小男孩子那骨子勁兒，非要能學出十有八九，再提一槍桿子去其他練習生面前炫耀。

因此明堯進步飛快。

在與左泊棠練習雙C配合的時日，明堯不知不覺嗑隊長嗑上了頭。終端裡亂七八糟全是粉絲站扒拉出來的隊長圖，有時候看到神仙圖，下載一次不知道，又下載了七、八次。到最後終端上的左泊棠多到能玩連連看。

發小：「說起來我上次幫你徵友了。『小富二代，白淨可愛，性格佳，欲重金求一女友。』結果被版主刪了。」

發小：「說我廣告寫得像富婆重金求子……你有點反應啊你！」

視訊對面，明堯盯著終端嘿嘿嘿笑。

你的小寶貝左泊棠上線了。

你的小寶貝左泊棠下線了。

你的小寶貝左泊棠……

發小大驚：「哎我去，你這樣就精神滿足了？」

明堯不屑，只會情情愛愛的凡人，你懂什麼！

然而很快，明堯的追星之路遭遇了巨大的改變。

隨著井儀雙C頻繁配合出戰，左泊棠的唯粉中分出了一脈細小的支流。

井儀CP粉。

第一張飯拍出圖的時候明堯如遭雷擊。自己怎麼在圖上？這不影響自單嗑隊長嗎！

明堯耳廓指尖一併發紅，手忙腳亂通知版主刪圖。明堯作為小富二代，是論壇伺服器砸錢最多的資方，號稱左隊最豪唯粉。

版主嚇了一跳，這金主不能夠是毒唯啊，毒了站子就完了！

當晚，版主迅速號召數位大大慷慨救版，前來給明堯洗腦。靈魂契合、竹馬竹馬劈哩啪啦扯了一堆。

左泊棠正在此時敲門。

哐噹一聲，明堯顫顫巍巍的手指穿過虛擬投影屏，直直戳到床柱上。

左泊棠進門，眉頭皺起。

「狙擊手要保護好自己的手。」

十分鐘後就是射擊訓練。井儀的雙C押槍是靠時間經年累月砸出來的。一次性耳塞在射擊位旁，左泊棠找出一對，區分左右耳，遞給明堯。兩人的狙擊手套整齊疊成一遝就在桌上。

明堯是亮橙色，左泊棠是黑色。

明堯傷了手，左泊棠示意他伸手。井儀是落魄貴族戰隊，對選手婆婆媽媽要求一堆。

左泊棠虎口的槍繭做過修剪，低頭時玄色騎射服衣襟微開，玉珮底一穗流蘇晃動，白璧上的篆刻「國子以道……四矢貫侯，井之容儀……」在明堯心底就這麼一拂。

左泊棠：「好了。」

兩把狙擊槍架起，子彈從槍膛同時凶猛炸出。

子彈頭打著旋兒，明堯的心跳也跟著彈道在飆。眼睛往旁邊一瞄，鋒芒畢露的隊長比終端裡收的幾百張圖還要亮眼。

明堯：我愛豆在看我嗷！

井儀尊卑分明，自從左泊棠穿了玄衣，就算正式接下了擔負井儀未來的重任。左泊棠時時刻刻於眾人矚目之下，一言一行都要為師兄弟做表率，當年初見時的傲氣收了不少，話也必三思而出。

只有這會兒才毫無顧忌、只有在他小明面前。

左泊棠眉心展開，誇讚明堯：「很好。」

隊長把他自己那把佩槍隨意解下，扔了過來，「試試這個。」

明堯接住帶溫度的槍，「……」

明堯：不做毒唯了啊啊啊，井儀雙C我可，我非常可！

此後幾個月直到克洛森秀，明堯都處於極端精神分裂狀態。白天艱苦訓練，晚上在論壇一起嚎：井儀雙C啊啊啊，這默契，精神匹配max，看似溫柔空寂，實則波濤洶湧！

睡覺：放空。

第二天白天：訓練。

晚上：我嗑我自己！

睡覺：放空。

發小驚了個呆：「你知道你這像什麼嗎？就你有隻貓，你不敢當面吸，你非得等別人拍了貓，再一起混在人群裡雲吸貓。」

明堯嗶嗶：「你懂什麼！」

井儀選手各自有星博。不像公關團隊俱全的銀絲卷、白月光，井儀練習生的星博大多是自己打理。

左泊棠謹於行而慎於言，每發博必傳遞正能量，要麼就是弘揚傳統文化，在井儀一群練習生裡星博陽光信用分最高。

明堯最低。

及春分。

井儀左泊棠：「南園春半踏青時，風和聞馬嘶——歐陽修」

井儀練習生A：「青梅如豆柳如眉，日長蝴蝶飛！」

井儀練習生B：「飛！應嘶落地梅花識，卻作漫天柳絮飛！」

井儀明堯：「隊長又發博了嗷嗷啊隊長咱們今天不訓練了踏青成不——」

過了大概三個小時。

左泊棠給明堯回覆一個字：「可。」

井儀雙C粉群突然爆炸！明堯攜一眾師兄弟屁顛屁顛跟自家隊長出去踏青，回家又繼續嗑CP嗑昏頭。

一份踏青，雙倍的快樂！

井儀娛樂，經理看著一溜子星博眉頭微皺，明堯這不破壞隊形嗎！

領隊笑咪咪表示：「小左壓力大，也就在小明面前能輕鬆點。再說，小明雖然飛花令接不上，但文化成績挺好。你看隔壁白月光，幼稚園畢業的都招……」

井儀雙C最終在克洛森秀揚名。

塔羅牌陣雙C押槍，左泊棠淘汰，明堯終於從隊長的羽翼中走出，一夜成長。

白堊紀大災厄，左泊棠以伶盜龍一舉翻盤，殺回出道位，明堯吹噓了整整兩個月。

往後是馬雅神廟之戰、圍剿機械巫瑾——

明堯終於從沒半點比賽經驗的小狙擊手脫胎換骨。

這其中還結交了和他有共同愛好的小巫。

比如，小巫喜歡嗑圍巾CP，小明喜歡嗑井儀CP。

比如，小巫會P圍巾結婚證，小明會P井儀結婚證。

再比如，小巫喜歡看《帝少祕戀：我成了他的神祕未婚妻》（浮空王×我），小明喜歡看《夢鎖井儀：男神隊長愛上我》。

巫瑾絕望：「我真的不看那篇，它是自己跑到我終端首頁上來的……」

明堯熱情洋溢：「我懂！」

男孩子嗑CP有什麼不好！自己就是越上頭，比賽發揮越好！

通過比賽和共同愛好，明堯迅速和巫瑾建立了革命友誼，並隆重邀請一眾狐朋狗友參加了位於浮空城藍澀酒吧的隊長生日派對。

明堯並不知道自己戴上的貓耳，在愛情多巴胺分泌時會飛快搖動。

明堯也不知道左泊棠親眼目睹巫瑾的貓耳對衛時搖成虛影。

明堯更不知道左泊棠回頭，看著明堯對自己晃動的貓耳身形巨震。

當晚，明堯回到宿舍，折了個紙王冠，醉到稀里糊塗愣是要給隊長戴上，有那麼幾秒酒醒，突然想起記憶裡隊長說了句：「……女朋友，我什麼時候有女朋友……」

像是有熱水一瓢子潑上腦袋。

明堯渾身血液熾熱流淌，酒也沒醒，哈哈大笑：「隊長，泥真沒女盆友？泥知道嗎，我一直，我一直……」

明堯笑到流出眼淚，「我一直在給你打榜啊隊長！」

啪嘰。一顆真心獻出，明堯用掉全部勇氣，直接攤平醉倒。

第二天早上起床的明堯沒啥記憶，左泊棠不在。

第三天，左泊棠早起。

第四天，在明堯嚇到以為隊長被刺殺了的當口，左泊棠終於出現。

「小明。」左泊棠無奈開口，沒躲掉明堯撲面而來的熊抱。

之後的明堯過得非常快樂。隊長沒有女朋友，怎麼想都快樂。白天想一下快樂，晚上想一下更快樂，要是能夢到就是三倍的快樂。

中間左泊棠似乎找領隊問過什麼，領隊嚇了一跳，連續幾天看兩人神色都不對。

然而一切最終恢復正常。

克洛森秀八輪淘汰賽落下帷幕。出道名次頒布，明堯卡在第十。狙擊手單打獨鬥是弱項，井儀對小明的成績表示已經滿意。

克洛森秀最後一晚。

明堯找PD要了自己的高光比賽錄影，號稱要和隊長複盤，等複盤到晚上十一點半，明堯沒臉沒皮地往被子裡一鑽。

動作之熟練，和九歲、十四歲無差。

左泊棠：「……」

明堯大聲嚷嚷：「門反鎖了！今晚不能開門，我聽說了，小巫送凱撒那窩兔子沒養好，又生崽了。不鎖門凱撒會偷偷給咱們塞兔子……」

左泊棠只能留下十九歲的明堯。

十九歲是神奇的年齡。在任何相關法規政策下，只要到了十八、十九，無論是故事裡的主角還是配角，都突然具備了可以領悟魔法的能力。

凌晨四點，明堯突然驚醒。

窗外是魚肚白的光，被窩裡是左泊棠慣有的熏衣檀香。

夢裡檀香鋪天蓋地，窗外雲雨翻騰。

明堯突然脹紅了臉，從被窩跳下，一直跑到寢室外牆角。

明堯蹲在牆角，和凱撒絕望放到牆角的兔子窩蹲在一起。

明堯狠狠摸了把眼睛，隊長被吵醒，走出來，蹲在他面前，「怎麼眼睛紅了？」

明堯又哭又笑：「不知道，這兔子辣眼睛。」

克洛森秀後的時光流逝飛快。

明堯多數時間都待在訓練室，喊也喊不動。

等到季中賽開始，井儀在出線壓力下掙扎，再沒人有心思管風花雪月。

井儀領隊都被明堯嚇了一跳，耐心勸導：「沒事，你做什麼隊裡都同意。壓力不存在的，小明啊你一個富二代別把自己累垮了……」

然而給到左泊棠的壓力更大。浮空戰隊平地之中橫空出世，幾場訓練賽井儀輸得一塌糊塗。之後與卓瑪的訓練賽再次敗北。

正式賽，小組賽遇白月光，林玨、凱撒雙雙高光，井儀零比二再敗。

左泊棠沒說什麼，明堯知道隊長在自責。

訓練賽是左泊棠聯繫的。目的是讓練習生適應浮空戰隊創造的一系列刁鑽打法，外卡賽區開賽早，聯邦不少戰隊已經開始模仿。

但訓練賽連敗直接摧毀了小井儀的信心與節奏。

小組賽第二場，為了求穩，老雙C輪換上場，明堯在替補席愣怔坐著。

左泊棠沒來現場。明堯把通訊打到基地，後勤說隊長還在訓練。

等小組賽結束，明堯跟隊回組，領隊接到基地電話：「小左進醫院了？你說什麼……」旁邊明堯臉色蒼白，搶了車鑰匙就跑。

懸浮車在城市上空以最快速度疾馳，明堯跳下車，一路跑回基地。開門時，狙擊手的指節都在發抖。

左泊棠從醫院回來，垂目聽訓。

井儀職業戰隊隊長隨後抵達。

左泊棠身為職業選手，訓練時沒有考慮體能極限，按隊規，該罰。

領隊及經理都於心不忍。左泊棠最終在射箭館裡面罰抄隊規。

明堯站在外面，在隊長抬頭的一瞬間扭頭。

路過的練習生小心詢問：「小明，你這什麼表情，哎你別難過啊……」

井儀的下一場正式賽在一週後。

明堯比過往練得更凶，左泊棠在訓練室的時候，他一定也在。有時候瞌睡來了，聽到隊長沒睡，明堯又換上訓練服一溜煙跑過來。

這時大多已經一兩點。

左泊棠從訓練室拿起大衣，拎著不睡覺的明堯一起慢慢回寢室。

能睡著，就各回各屋，睡不著，就把井儀二樓的沙盤再推一遍。

所以明堯大多睡不著。

左泊棠給氣笑了：「回吧，下場打鷹隊，保持體力。」

鷹隊曾是老牌強隊，沒落得比井儀更早。

比賽開場當天，媒體對井儀再上新雙C並不看好，兩方僵持近三小時，井儀輸掉第一場。領隊來接人時意外發現，雙C狀態都不差。

左泊棠言簡意賅：「還能打。」

第二場，四小時。左泊棠在中場逆轉局面，穩紮穩打經營獲勝。

第三場，雙C在絕境打出經典押槍，最終大優勢取勝。

場內觀眾轟然沸騰，老井儀粉齊齊向兩位新C致敬。

臺下，老隊長舉著左泊棠的應援燈，等明堯看過來，又從副隊手上拿了明堯的應援燈。

解說語速飛快：「押槍是每代井儀傳承的標誌。小井儀能以這種配合在劣勢下取勝，就是給井儀觀眾一劑定心針。那讓我們恭喜，本場比賽獲得勝利的井儀……」

兩人慢慢走出比賽場館。明堯一言不發跟在隊長身後。

左泊棠回頭，無奈：「怎麼贏了還哭了？」

明堯哭到上氣不接下氣。

明堯：「隊長，我喜歡一個人，我可以追他嗎？」

左泊棠安靜許久。就像等一個終於到來的結局。

左泊棠：「我不知道，但也許可以試試。」

左泊棠抬手，給了明堯一個溫暖的擁抱。

（完）

【番外三】

毛冬青的禮物

蔚藍之刃逃殺論壇。季中賽八卦雜談匿名板。

主題：「男孩子脖頸上用尼龍繩穿一枚子彈，是什麼意思？」

匿名一：中二期。很正常，像我弟不僅在項鍊上穿過子彈，還穿過水晶骷髏、複合維生素片、雪碧拉環。

樓主：應該不是。他不中二，而且很乖。

匿名一：多大？

樓主：二十。

匿名二：……白月光戰隊的新選手巫瑾？

樓主：嗯哪。

匿名三：逃殺選手裡戴項鍊的確實罕見。除非信仰原因，很少有人佩戴首飾。當然，戴子彈也不能說是首飾。有沒有可能是情侶掛飾？還有誰戴過？

樓主：最近幾輪比賽，來給巫瑾應援的粉絲，人人均脖子上掛顆子彈。三十三口徑到手榴彈都有。星網同款子彈項鍊賣爆了。

匿名三：……同期選手裡，有沒有和巫瑾一起戴子彈的？

樓主：衛時沒有、魏衍沒有、凱撒沒有。主流三CP排除。

匿名三：有沒有可能是小巫訓練時的第一枚子彈，意義重大，所以掛在身上？

樓主：時間不對。巫瑾串子彈在克洛森秀第五輪到第六輪淘汰賽之間。子彈是微型擲彈槍預製破片彈，紋路也普通。那麼問題來了，兩場比賽之間，克洛森秀放假一個月。他人去哪兒了？回來之後還生病了。

匿名三：確實不大對。無論怎麼說，掛子彈還是太中二了……

匿名四：等等，不要地圖炮啊，我們這裡就偶爾看見有人佩戴子彈。

樓主：哪兒？

匿名四：浮空城。

樓主、全體匿名成員：浮空城？衛時的浮空戰隊？

匿名二：所以是小巫在第五輪淘汰賽之後，跟衛選手去了浮空城，融合當地審美，給自己弄了條項鍊？大概能解釋了，但我總覺得還有什麼深層含義……

匿名二：話說回來，浮空戰隊成立兩個月，在外卡賽區天天拳打腳踢欺負弱小。這週怎麼沒消息了，他們這週去哪裡了？

藍星，星港接駁口。

剛落地的星船上，浮空護衛隊小隊長吆喝：「要下去了，趕緊的，都收拾好了，別給衛哥丟臉……」

船艙哐啷亂響，小隊長把聚眾K歌的幾人分開，揪住紅毛先檢查洗沒洗頭。

紅毛大呼冤枉，後頭沒洗頭的幾個浮空戰隊選手趕緊往洗手間躲。一瓶乾洗髮噴霧被四隻手搶來搶去，最後幾人人模狗樣地出門。

臨走時，隊裡的貓耳少年小橘，還在對船艙內的人體解剖紀錄片戀戀不捨。

衛時戴了個墨鏡出現，小隊長振奮行禮，回頭向隊員們招呼：「行咧，走著！」

接駁口外，接機處。

白月光新聘用的助理跟在曲祕書身後，十分緊張。

季中賽開始兩個月，浮空戰隊是當之無愧的全賽區第一黑馬，核心戰術是以衛時為中心的單核絞殺，不僅在外卡戰區未逢一敗，浮空戰隊幾次展示的鬼才打法還在最近不斷被聯邦、帝國賽區效仿。

白月光和浮空，兩支戰隊的訓練賽是一週前約上的。這是小助理第一次接待外賓。

星船著陸完畢，接駁口打開，首先出來的是步履如飛身長腿長的衛時。後面是浮空戰隊副隊——人氣選手毛秋葵、偵查位小橘、兩位狙擊手……

小助理一個激靈迎上，還沒開口，就看到衛選手向曲姐微微點頭，「曲祕書。」

衛時身後，戰隊選手議論紛紛：「哪位美女？」

「曲祕書啊！巫哥戰隊行政祕書。」

「禮貌呢，麻溜的，別給衛哥丟份！」

幾人齊齊立正，氣勢磅礴：「曲祕書好！」

「……」前來接機的曲祕書與小助理同時嚇了一跳。

好在曲祕書反應飛快，露出職業化笑容，「衛隊，車備好了。旅途勞累，先上來休息吧。其他選手們……」

紅毛舉手，「我和衛哥先離個隊，去趟花鳥市場。」

偵查位小橘嗖的豎起貓耳，「我也去。」

紅毛納悶：「你去，你去幹啥？」

小橘脾氣不好：「你管個鏟鏟！」

紅毛如臨大敵：「不許跟蹤我，要不我告訴我哥……」

小隊長連忙把小橘一撈，嘻嘻哈哈堆笑，「去吧，早去早回。橘啊，咱們在白月光戰隊等他們，你不是一直想見小……喔不對，巫哥……」

紅毛一臉莫名其妙，跟衛時上車走了。

懸浮車順著星港低空高速巡迴，在第三個岔路口駛入街道。導航面板中，懸浮車與目標藍點益發接近，直到重合。

衛時減速降落，車門開啟，紅毛想都不想竄到後座，等在街邊的巫瑾鑽進副駕駛座。

紅毛趕緊抬頭，看天花板、看窗外、看膝蓋，就是不敢看前頭。

然後沒忍住往前排瞄了一眼——衛哥正襟危坐，小巫高高興興摸了把衛哥的腰子，熟門熟路拆了袋炒花生米，往衛哥嘴裡一塞，完了還回頭給自己遞了一把。

紅毛咔嚓咔嚓，欣然開始啃花生米。

趁紅毛低頭的當口，巫瑾往駕駛座一湊，衛時按住少年，低頭，隨手把內視鏡往上一折，隔絕後座視線。

紅毛和凱撒一樣，是單核單執行系統，做一件事的時候就沒心思去想第二件。等紅毛吃完花生米，把剛才一忘而空，車內一切如常。

懸浮車正向花鳥市場進發。

巫瑾好奇：「怎麼不在浮空城買？」

紅毛頭疼：「我哥是執法官，寵物市場附近監控他都有許可權。要是讓他知道我在幹啥，我就完了。」紅毛誇張做了個咔嚓的動作。

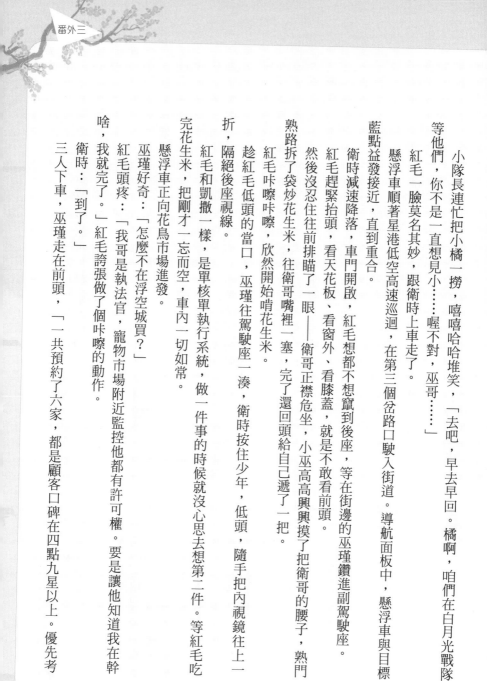

衛時：「到了。」

三人下車，巫瑾走在前頭，「一共預約了六家，都是顧客口碑在四點九星以上。優先考慮的第一要素是……」

花鳥市場人聲鼎沸，雞飛狗叫處處嘈雜。三人走進一家門店，登記預約的少女溫柔上前接待，「您好，是來看豚鼠的嗎？」

店面後院，幾十隻豚鼠軟乎乎趴在各自的小籠子裡曬太陽。

店員耐心傾聽巫瑾的要求，點頭，「豚鼠的壽命約四到八年，在基因改造的情況下也不超過十年。您說的我都理解。」

幾隻奶茶色的小豚鼠被飼育者小心翼翼捧上天鵝絨桌面，「這幾隻都是理論壽命十年的品種。沒有更長的了，至少聯邦、帝國都沒有。豚鼠的壽命遠遠比人類要短，與其用非自然手段延長小傢伙的壽命，不如在牠活著的時候好好對牠。」

巫瑾停頓少許，「是這樣的。我的朋友，他飼養的豚鼠已經六歲了。他目前還在療程之中，我擔心寵物去世會對他造成……」

飼育者嘆息：「我很抱歉。」

「我見過很多這樣的例子。你們大概沒有詢問過他本人的意願，比起飼養替代品，也許他更想要的，只是長久的陪伴。」

午後，花鳥市場熱熱鬧鬧，人煙熙攘。

紅毛提了個籠子，裡面的小豚鼠睡得安安穩穩。

紅毛：「實驗室那裡，情緒鎖突破得差不多了。我哥是從伴療者療法轉過來的，和其他病例又不一樣。他對豚鼠依賴很深。他那隻豚鼠，是一歲多送到實驗室，訓練了兩年，再送給我哥。」

「實驗室搞基因科技，不怎麼會養寵物，送來的時候還挺瘦的。是我哥一點點把牠餵胖，買了牽引繩，每天下班出門去遛。這幾個月豚鼠睡得多，醒得少。我哥有時候處理完公務，就坐在那裡看著牠，一看幾個小時。」

巫瑾停頓許久，問道：「下一任伴療者，有沒有考慮更換成壽命更長的？灰鸚鵡？紅海膽？象龜？」

紅毛欲哭無淚：「我倒是還想讓他養梁龍呢。醫生說了，我哥需要體積比他小、毛茸茸的那種。」

回到白月光大廈之前，衛時簽署了快遞檔，將小豚鼠祕密空運到浮空基地。

宋研究員再次為「當初替毛冬青選擇了豚鼠伴療」向紅毛道歉，紅毛搖頭。

「那是我哥自己選擇的。」伴療者選擇從來都是雙向。

紅毛離開後，巫瑾又帶著衛時從花鳥市場一端走到另一端。「利劍」和「劍鞘」感知敏銳，卻無法替毛冬青挑選他的下一位伴療者。

衛時拍拍巫瑾脊背，「走吧。」

命運會替毛冬青做出最好的選擇。

白月光大廈。

浮空戰隊的到來引起全體成員熱烈歡迎。訓練賽就在大廈B6層的巨型練習場地舉行。

林玨觀戰，陳希阮帶白月光年輕主力上場。

六對六賽場。中型100×120固定地圖中，兩隊自掩體分散站開。腕表提示開始，衛時如一把尖刀狠狠插入白月光場地，凱撒負隅頑抗。

兩隊在近白月光據點二十公尺處激烈膠著，等凱撒犧牲，浮空一舉入侵據點。

然而凱撒後方空無一人，除了——剛才支援凱撒的彈道並非來自C位陳希阮、佐伊，而是偽裝成狙擊手的突擊補位，巫瑾。

白月光據點已成空殼，僅有巫瑾一人。

浮空戰隊後方，悄無聲息潛入的佐伊、陳希阮雙雙拉開槍線，截斷浮空退路。緊接著槍線讓給佐伊，陳副、文麟以迅雷不及掩耳之勢撲上，亂槍淘汰趕來對陣的紅毛，場內比分拉平！

賽場上方。

林玨：「誰在指揮？」

正在監聽選手頻道的分析師回答：「林隊，是小巫。浮空戰隊打單核Rush戰術，起手必把衛時放在突擊。小巫的意思，是直接放棄突擊線，把優勢留給狙擊位，在掩體後游擊。」

隨著紅毛淘汰，場內形勢奇跡般地向白月光傾斜。

佐伊占據浮空身後掩體，浮空失去視野優勢，小橘不惜隻身闖入視野盲區替衛時創造優勢。信號彈再次炸開，小橘被佐伊擊殺。

而賽場另一端，東躲西藏的巫瑾終於被浮空抓住。

衛時氣勢凶狠，毫不猶豫提槍下場……

觀戰臺。

領隊恍惚：「……他倆是領證了吧？嘶，這下手真是不留情面。」

旁邊，林玨負手點頭。合著衛時揍得越狠，林玨越是欣賞。

十秒後，巫瑾緊隨小橘被淘汰。

雙方各剩四人，在掩體中展開鏖戰。

林玨：「現在指揮的是誰？」

分析師一愣一愣，「……還是巫瑾。他們還在按照小巫的計畫走。小巫說的，六對六混戰容易拉長戰線，用小巫、凱撒換走紅毛、小橘兩個偵查位，穩賺不賠。浮空戰隊失去視野布置，白月光這裡狙擊、重裝齊全，還能打標準S.W.A.T.戰術。」

場內，白月光再次剿殺一人，佐伊拿取三分！

然而緊接著，衛時從正面直直殺回，手起刀落解決文麟、陳希阮、白月光偵查位，最後佐伊無力抵抗，三比六落敗。

看臺。林玨微微點頭，「指揮得不錯。」

「但不成熟。今晚讓小巫、佐伊複盤，報告二十三點前交給我。」

比賽拉鋸四十分鐘結束。

場館邊沿，巫瑾從醫療艙跳出，面前四塊虛擬螢幕反覆在選手第一視角間切換。巫瑾眉頭微皺，飛快記錄。

房門從外敲響，巫瑾開門，衛時進入。

走廊上，凱撒正拉著紅毛往白月光食堂跑。

兩人是兄弟相見惺惺相惜，凱撒咋咋呼呼：「把他們都叫上唄，領隊知道你們要來，昨晚提前買了龍蝦。咱們先偷偷搞點刺身吃了，剩下來再留給食堂晚上搞焗飯……」

走廊角落，凱撒一推門。門內，巫瑾坐在高腳凳上。

衛時單膝跪在地毯上，一手噴霧一手癒合凝膠，嫻熟地替巫瑾擼起戰鬥服褲腿，對治療艙處理後的創口進行二次癒合修復。

凱撒一頓。身為情場老手，凱撒總覺得有哪裡不大對勁。

這不是小巫自己該做的事嗎？

哎那個衛選手，包紮就包紮，怎麼還摸了一把小巫腿子……

身後，佐伊、文麟進門，一臉司空見慣習以為常。

凱撒給佐伊擠了個眼神。

佐伊腦海咯噔一聲。小巫是給凱撒發過婚訊消息來著，然後……然後消息好像被自己給阻截刪了。凱撒這大傻子還全然不知。

佐伊嚴肅對凱撒做出口型：結─婚─了。

凱撒：啊？啥玩意兒？漿糊了？

佐伊：「結─婚，marriage……」

凱撒理解能力為零，老半天目光又回到巫瑾、衛時兩人。這兩人毫無忌憚大大方方──

凱撒：臥槽。小巫把衛選手給泡了？

正在此時，房門再次打開。浮空戰隊戴著貓耳的偵查位少年小橘，探了個腦袋進來，直戳戳盯著巫瑾！

巫瑾見到小橘，立刻反應過來是那天在帝國拍賣會上救出來的改造貓……改造人……貓型改造人……

小橘兩眼放光。

對巫瑾大聲問出暗號：「主人，你還記得我的安全詞是什麼嗎？」

啪嗒一聲。不止凱撒，佐伊、文麟、紅毛齊齊沒站穩撞到了牆上。

房間內空氣肅殺。

巫瑾愣怔之中，記憶迅速回滾──帝國、極樂之星、拍賣會、賓館房間……

貓耳少年被大佬驅趕得滿屋亂跑，驚恐喵喵叫：「主人，他好可怕！主人，我的安全詞是『橘貓』，主人他要打我！橘貓！主人！橘貓橘貓！」

巫瑾恍然大悟：「安全詞是……」

身後驀然泛起砭人肌骨的涼意。巫瑾一回頭，衛時站在暗處，眼窩冰冷，抱起的雙臂緩慢放下。

巫瑾撞上衛時視線，危機感大增，「是……是啥？」

咔嚓一聲。門邊，佐伊火冒三丈扭動關節，狙擊手死亡視線緊盯衛時。

——你們浮空戰隊隊長和偵查位真有意思，帶小巫這麼玩兒？

房間凝結如實質的沉悶瞬間被佐伊劈開，擠成一圈的人群紛紛騷動。

凱撒看向巫瑾的眼神瞬間欽佩；文麟瘋狂搓揉眉心，左右為難；剩下一個紅毛原地蹦起，扯著浮空戰隊好不容易選出的偵查位就往門外跑！

貓型改造人不容易，能偵察整個地圖不出聲的就這麼一隻。

哐啷！小橘的飛機耳瞬間壓下，頭頂褐色的髮絲兒全部炸毛。

衛時把改造貓趕出門外，手段之囟殘令人髮指！房間內亂糟糟一團，巫瑾使勁兒拖住大佬，「等等、安全詞什麼意思？」

門外小橘被氣到喵喵叫，改造貓對浮空隊長沒有半點敬意，擠著門縫就要進來。等門內出現衛時面無表情的臉，小橘又被嚇得一退，隔著門瞎瘠薄亂嚎：「主人，橘貓，橘貓！」

凱撒一臉驚奇看向巫瑾，「小巫你可拉倒吧。你哪能不知道這詞什麼意思？我給你那幾千部小電影……」

衛時緩緩轉向凱撒。

巫瑾欲哭無淚：「真不知道啊，我……哎不對，凱撒哥快跑！」

房間內再度竄出來一個凱撒，好在佐伊算是信了巫瑾，嚴肅解釋安全詞的SM意義。巫瑾聽得一愣一愣，小捲毛都被嚇傻。

門外，紅毛見小橘還在鬧騰，生怕浮空戰隊偵查位被隊長謀殺。但這小破貓管也管不住，紅毛只能打開通訊：「哥——」

通訊接通。小橘嗖得跳起，貓瞳火冒三丈，「不許打通訊給你哥告狀！」

紅毛解釋：「我沒告狀，我怕我哥在家裡一個人寂寞，我關懷孤寡老人。」

小橘生氣，一爪子就要往紅毛臉上糊，「你才老！」

雞飛狗跳之後，大部隊終於跟著凱撒去吃龍蝦刺身。

凱撒對巫瑾、衛時的真正關係表示十分驚奇，但下一秒注意力又移到龍蝦身上。

佐伊：「……」合著凱撒就是個單細胞生物吧？他女朋友怎麼想的？跟細胞交往？

通往白月光食堂的工作人員通道七彎八繞。等到了食材間，一群正役選手扒著門縫湧入如餓虎撲食，看守龍蝦的小機器人原本正在細分調料，抬頭見到佐伊還好，等人臉識別出凱撒瞬間大驚失色！

有凱撒！警報聲呼呼響起！

凱撒一個招呼：「快快快，挖兩勺子就跑，這蝦吃起來就跟霜淇淋似的……」

巫瑾來白月光一年，和凱撒鬼混熟練。在食堂大叔、領隊出現之前，巫瑾翻出碗碟扔給一眾逃殺選手，案板上的蝦殼已經被機器人剝下，凱撒抽出刺身刀，片刺身時手速晃成虛影，蒜瓣肉順著紋路起出，霜淇淋一般的蝦肉晶瑩剔透，紅毛在旁邊找冰塊、找檸檬。

佐伊眼皮一跳，終於給紅毛指路，「這邊。」

幾分鐘後，領隊氣喘吁吁出現。食材間空無一人，破布娃娃一樣的小機器人正在牆角哭唧唧給自己充電。

白月光大廈，七層空中花園。

選手用完了所有檸檬，文麟回寢去找柳丁替代。

佐伊正在不遠處打通訊，紅毛趕緊湊到巫瑾、衛時面前，「衛哥，宋研究員說了，那貓是稀有品種，您別下重手！咱們選拔偵查位的時候，沒人能跑得過他！小橘皮是皮了點，但衛哥放心，回去讓我哥管他！」

巫瑾樂了：「你哥還能管小橘？」

紅毛：「嗨！這事兒得從老早之前說。浮空城改造人待遇優渥，不僅定期領藥，還包分配工作。小橘一開始是拿宋研究員名片找來的，看在宋哥面子上，研究員給了他助理職位，結果這貓天天上班打遊戲，然後我哥做主讓他改行當遊戲主播……」

藍星，花鳥市場。

小橘戴著耳機，乘坐公車抵達的市場南部，正是早晨巫瑾一行人離開的地方。

懸浮公交上有幾個初中生在打FPS（第一人稱射擊）遊戲，小橘看了幾眼，不屑扭頭。菜雞！

身後，幾名初中女生對小橘竊竊私語：「好可愛呀，他戴的是貓耳耳機嗎？過去都沒見過……」

「能不能拍照識別呀？」

「對著別人拍照不好吧……」

小橘捂住貓耳，一躥下車。

那玩兒遊戲的幾個初中生也下了車，還堵在月臺前。一群男孩子吵吵嚷嚷大驚小怪：

「你撿槍啊！」

「我去，你偷偷撿啊，別出掩體啊。」

「啊啊啊糟糕你隊友噴你了！」

「啊啊誰在打你？敵人在哪裡？你在哪裡？這怎麼什麼都看不見……」

小橘懶洋洋開口：「右轉三十度，陽臺上面。」

拿終端打遊戲的小男生手忙腳亂右轉三十度，激動開口：「我看到他了！我看到他了！啊我死了啊我死了……」

螢幕一片漆黑。小男生抬頭向小橘道謝。這會兒螢幕上又開始第二局，下一班車還有三分鐘，小橘指揮了幾句，乾脆霸道搶來終端自己玩兒。鏡頭轉速調到最大，觸控式螢幕被點出了花兒。

螢幕中，小橘一手甩狙讓人眼花繚亂。兩分半，遊戲結束。

小男生們肅然起敬，圍著貓耳少年團團轉：「你這麼厲害，是主播吧？直播號多少？我發了零花錢就給你打賞！」

小橘皺眉，「當個錘子主播！」

公車呼呼抵達。小橘上車，看向窗外，思緒飄飛。

當初轉行之後，做遊戲主播比起當研究助理還有點意思，然而星際直播行業競爭激烈，自己花了三天，整整直播六個小時，收到打賞竟然只有一百信用點！星網高級貓薄荷包郵就得九十信用點。然而還沒下單，浮空城就找自己收了二十仲介費。

小橘：「……」

前來收租子的紅毛卻教訓他：「你這已經是珍稀品種特權了！房子還給你白住呢，主要是讓你對浮空城有歸屬感，慢慢養成交稅的習慣。我哥說了，你一天只上班兩小時，罰二十算少的！」

小橘大怒，但又打不過紅毛。於是當天下午藉著去浮空實驗室做檢查的機會，小橘偷偷潛入城主府——的寵物別院，把黑貓兄弟的貓薄荷一搶而光，帶回家炒菜。

當晚城主府一片貓嚎。

次日清晨，空氣裡飄著妙鮮包炒貓薄荷的焦糊香味，有人敲響家門。

那是他第一次見到毛冬青。

叮叮兩聲，懸浮車報站。小橘晃了晃腦袋，不去想回憶裡那檔子破事兒。

那群小初中生還在圍著他呱唧呱唧，小橘一抬手，「喂，這邊哪裡有賣老鼠的？」

小男生們：「倉鼠？啊，要大一點的……是荷蘭豬吧？前面右轉就是，你真的不是遊戲主播嗎？」

小橘頭也不回下車。

荷蘭豬就是豚鼠。賣豚鼠的店員熱情接待：「今天來了好幾波顧客，怎麼都要壽命最長的。咦，寶寶們怎麼一見到你就發抖？」

小橘隨手在豚鼠籠子裡撈了撈食物，一眼認出最像毛冬青養的那隻，滿臉嫌棄。

店員忐忑：「是不是不喜歡……」

小橘盯著豚鼠。果然和毛冬青那隻一模一樣。那天毛冬青就是帶著豚鼠來上門捉人的。最氣憤的是，因為自己嚇到豚鼠了，所以客廳讓給豚鼠，這位執法官在臥室給自己記過！

毛冬青穿著浮空護衛隊制式純黑軍氅，腰間配光子執法槍，手上是漆黑的皮質手套。

小橘向來不喜歡皮質手套。在極樂之星長大，這類東西多多少少都有隱晦聯想。但這廝竟然戴了個手套只是為了抓豚鼠牽引繩。毛病！

臥室裡，毛冬青以非法入侵私宅罪給小橘記過，帶去改造人看守所關禁閉，另外拿貓薄荷炒菜一事，罪同吸毒論處。

小橘：「……」

兩人在臥室迅速展開鬥毆，毛冬青毫不費力壓制小橘，又加了三天禁閉。

橘貓溫暖的臥室裡，毛冬青壓著貓耳少年的脊椎骨，與他保持相當一段距離。小橘惱怒往身後看，只能看見翻飛的大氅、執法官紮在軍褲裡的白色襯衫和挺直的長腿。

毛冬青：「你還未成年。不想上學可以。」

「既然在浮空城註冊了，成年之前，我有權管教你。」

於是小橘被扔到禁閉室。禁閉室裡極其枯燥，不僅沒有妙鮮包，還有個自學物理學的民科非要教他基礎物理。

小橘一腳踹走民科，從口袋裡掏出僅剩的貓薄荷。

然後他被民科舉報了，理由還是吸毒。

禁閉室外，宋研究員無可奈何把小橘放出，扔給毛冬青，愛咋辦咋辦，順便表揚了舉報小橘的邵瑜。

出門後，嗑了大幾片貓薄荷的小橘兩眼發昏，走路沒重心。看到毛冬青還嗶嗶，今天是他注射MHCC的日子，不給嗑藥是想殺貓？

毛冬青把人帶到醫療室，一管子MHCC扎進小橘胳膊裡。沒有貓薄荷削弱痛覺，小橘疼到哇哇亂叫，身體發涼。

毛冬青一言不發。小橘氣到炸毛，一個猛子就往毛冬青身上撲。

橘貓張牙舞爪，毛冬青慢慢後退，小橘凶狠趴上，胳膊勾住毛冬青就要咬人洩憤。

執法官按住小橘額頭，把人慢慢挪開，輕輕拍了拍他的脊背。

小橘突然不吭聲了。MHCC注射完畢。

無論是改造貓還是改造人，MHCC都將伴隨他們一生。

小橘等痛感過了，一胳膊擦去生理性眼淚。

毛冬青給他遞上紙巾，「去睡。禁閉明天再繼續。」

陽光灑在頭頂。

花鳥市場。

店員見小橘盯了豚鼠半天，瑟瑟發抖，這眼神莫不是要把豚鼠吃了？

小橘：「就這隻了。包好。」

店員：「……」親，這是豚鼠，您提著籠子就能走了，沒法兒包裝啊！

小橘自言自語：「胖死了，怎麼會有人喜歡老鼠？怎麼不養橘貓？」

店員迷茫：「橘貓？橘貓更胖啊……哎您怎麼生氣了！」

浮空戰隊行程緊湊，和白月光的訓練賽之後，就是封閉式集訓。

小橘晃晃悠悠提著籠子，見豚鼠瑟瑟發抖，又改成捧著，最後是抱著。

他順手給紅毛打了個通訊：「龍蝦？給我留點，不許吃完，不許！」

白月光大廈。

紅毛只能給小橘留了點刺身，塗上芥末，放巫瑾的小冰箱裡凍著。

巫瑾：「然後呢？然後呢？」

紅毛：「然後？小橘做直播三天打魚兩天曬網，就被我哥差去貓咪咖啡廳。他不愛上班，倒是三天兩頭往我哥那邊跑，上班了也是和貓一起睡覺。」

「後來有一陣子他不知道抽什麼風。」

「那會兒我哥作為執法官，主持一個浮空城青少年創新大賽。小橘不知怎的去參加了，我哥戴著面具給他頒獎的時候，整個人都嗨到僵硬！小橘一百七十一公分，站在一群小蘿蔔頭裡面找我哥拿獎狀。那場面哈哈哈哈哈！」

巫瑾想了想：「小橘的改造人知識，都是冬青哥教的吧？」

紅毛點頭，「嗯，手把手教了一個月。理論上在浮空城登記的改造人都要有引導人，小橘情況特殊，就被分給我哥了，帶到成年為止。」

巫瑾恍然。雛鳥效應。

紅毛：「後面浮空戰隊建隊，我想著那會兒小橘偷貓薄荷的時候，神不知鬼不覺的，不如讓他試試偵查位，結果一試就成！」

「一開始我哥還不允許，說他體脂率有點高，然後小橘又炸毛了……」

白月光大廈門口，小橘抱著豚鼠歸隊，路上還給巫瑾買了盒棉花糖。畢竟當初是巫瑾放了貓，貓要知恩圖報。

此時接近晚餐時間，白月光剛剛公布「晚餐有龍蝦焗飯」，練習生、戰隊勤務、正役隊員一窩蜂往食堂擠！電梯史無前例堵塞。

小橘托著豚鼠，還在為店員那句「橘貓更胖」憤憤不平。

那會兒毛冬青說他體質率高也是。

橘貓胖怎麼了！體脂率本來就這樣！不胖哪來的爪墊？哪能摸槍沒聲兒！於是當晚，小橘衝進引導人毛冬青的私宅，逼著人看自己的腹肌肱二頭肌。

毛冬青當即訓斥讓他穿好衣服，執法官的睡袍披在肩頭，是淡淡喬木和漿果的味道。

小橘不動聲色把毛冬青的睡袍穿回了家。

按照骨齡，小橘將在今年十月成年。毛冬青的引導人關係也將正式解除。

第一次跟浮空戰隊出門之前，小橘問毛冬青，之後還接不接引導？

毛冬青搖頭。他要陪著豚鼠走完生命的最後一段。

小橘心想。他要讓毛冬青陪著自己，不接引導最好。要是接了——他也去考個引導證，把毛冬青的引導對象搶過來。

凡是總有個先來後到。他不跟豚鼠搶人，別人也不許和他小橘搶。

吱呀。白月光電梯抵達。

小橘和數不清的練習生擠入！

電梯瞬間滿載，小橘伸手護著新買的豚鼠不被擠到。接著又害怕豚鼠缺氧，把籠子舉得高高，對著敞亮的電梯頂燈，像在捧著蛋糕許願。

終端滴滴滴三聲。

是代表「家人」的特殊通訊音效。被小橘欺負過的黑貓不會打通訊，所以暫時只有毛冬青擁有這個特權。

電梯門打開。門外，紅毛趕緊把刺身遞給小橘。巫瑾接過豚鼠，驚訝發現這一隻比紅毛選的還像毛冬青養的那隻……簡直就是毛冬青那隻豚鼠的復刻。

紅毛也是驚了。

小橘把棉花糖塞給巫瑾，再三提醒巫瑾不要忘記自己的安全詞，那是以後接受橘貓報恩的憑證！然後飛快溜到旁邊接視訊，又指揮紅毛，「把籠子挪遠點，快！」

視訊另一端，毛冬青在虛擬投影中出現。

小橘吃著紅毛留給他的刺身，被芥末辣了個夠嗆。

毛冬青：「怎麼了？」

小橘伸著貓舌頭嘶嘶吐氣，「芥末，辣的！算了說了你也不懂——」

虛擬螢幕裡，毛冬青養了三年的豚鼠慢慢爬上桌，和小橘大眼瞪小眼。

小橘微微扭過頭去。一隻豚鼠和一隻貓和平共處，花了自己整整三個月時間。三個月是豚鼠生命的三十分之一。

伴療者生命短暫，必然會對毛冬青的治療產生影響，實驗室已經在為此著手做準備。

毛冬青伸手，豚鼠蹭了蹭他粗糙的手掌。

這位執法官點頭，「少吃芥末。」

毛冬青忽然一愣。

螢幕另一側，小橘直直看著毛冬青。

視線相對，小橘迅速搖頭，「沒什麼，要開飯了，掛了——」

身後，巨大的龍蝦焗飯端上桌。白月光、浮空戰隊齊齊歡呼，凱撒、紅毛尤其誇張，表現得就跟沒吃過龍蝦似的。

小橘的視線在人群裡逡巡。

巫瑾正在快樂排隊盛飯，衛時慢條斯理動筷，巫瑾一臉期待。在衛時突破情緒鎖之後，這大概是他第一次嘗到龍蝦焗飯的味道。

小橘看向終端，放下手臂，找紅毛要回豚鼠籠子，決定先給新買的小豚鼠弄點吃的。

少年小心翼翼抱著四四方方的豚鼠籠子，低頭時像在許願。

他想要毛冬青喜歡下一個伴療者。

他想要伴療者有著九十九年的壽命，陪著毛冬青度過漫長的解鎖期。

這隻小豚鼠，將是下一任伴療者送給毛冬青的第一個禮物。

（完）

【番外四】

感謝等待，我回來了！

盛夏。

克洛森秀論壇，圍巾CP專版。

圍巾生子條漫最後一話完結，漫畫裡的巫瑾、衛時帶著二十六個孩子加上兩尾剛出生的小人魚揮手和讀者告別。

版上，無數克洛森鐵粉陸續上線，抱住版主、畫師溫柔揉揉捏捏。

此時季中賽賽程進行了一半，聯邦蔚藍賽區混戰不休。外卡賽區，浮空戰隊以二十七比零的比分一騎絕塵出線。

逃殺界瞬間轟動。針對衛時的報導、資料分析絡繹不絕，沉寂了數年的單核五保一打法也因為衛時崛起。

年輕、帥氣、不苟言笑的黑馬戰隊巨C無疑吸引了整個業界關注。在衛選手身價與日俱增的同時，粉絲數瘋狂上漲。

衛選手是逃殺界幾年難得一遇的新秀Top。

Top粉多，就代表毒唯也多。

前幾輪淘汰賽沒給衛時鏡頭的克洛森秀被毒唯拎出來「維權」，圍巾粉和毒唯掐成一團，以往偶爾還會冒頭的「衛衍CP」、「時拾秋葵CP」直接被打壓到不見蹤影。

此時克洛森圍巾論壇，粉絲紛紛哀嚎。

「外卡賽區和聯邦賽區也距離太遠了吧，什麼時候才有糧呀嗷嗷嗷……」

「想念克洛森秀時期。」

「想念+1。辣雞PD再怎麼圈錢，也是剪輯花絮與團綜不斷，再說給兩位兒子花錢我樂意！現在就等著小巫、衛神進決賽，小巫給麻麻衝！說好了賽季末相見，少一場也不算相見！」

提起上一屆克洛森秀，氣氛一時戚戚。

克洛森決賽結束一個月，版面已經換了裝修。選秀向來是割韭菜，走一輪來一輪。克洛森論壇的廣告位此時齊齊換成新一屆的五百名選手。

矩形橫幅「PICK你的克洛森王子」在首頁飄揚，頭像裡的小哥哥們稍顯稚嫩，雖然可愛，卻一個都不認識。

好像故事還是那個故事，只是喜歡的角色都換了人。

圍巾群聊版，副版主立刻開導：「說起來，上一屆是公認實力最強的一屆呢。不僅是衛昭君，小巫、凱撒、小薄他們都在競爭新人王……」

「應老師參加綜藝，還提了好幾次咱們的練習生。上週還說想看小巫、小明講相聲，秦金寶打快板兒！」

「還有血鴿導師……」

「昨天新克洛森秀第一期開播，有個練習生在鬧，血鴿導師想都不想吼了他一句『凱撒別吵』，旁邊PD都沒反應過來，我看直播都看驚了！」

克洛森基地。

雙子塔再次擠擠攘攘，PD趕羊似的把新一屆練習生趕回寢室，一回頭，樂了，「咱們去年也是這麼把人趕進去的！」

血鴿點頭，抽空藉著終端小螢幕看白月光VS.銀絲卷複盤。血鴿沒退役的時候，看這兩文戰隊都如臨大敵。

這會兒翻翻小巫直拍，再翻翻小薄直拍，再瞅一眼凱撒，手心手背都是肉。

瘋傳了整整半個賽季的「白月光隊長林玨退役」終於在上週官方公布，還是在林玨舊傷復發，無法繼續比賽的情況下。

林玨是個狠角色。血鴿感慨，林玨對別人狠，對自己更狠。在對上銀絲卷之前，林玨無一缺席參與了所有的前置小組賽，在確保白月光能穩定晉級的情況下才宣布退役。

PD夾了根菸，吞雲吐霧，「這林玨怎麼想的？然後隊伍就交給佐伊了？誰指揮啊？佐伊大局觀還差了點，小巫預判又不大行。他倆天賦都好，這種新人，我要是隊長就把他倆供著，慢慢練。臨危受命，不怕他們心態崩了？」

血鴿搖頭，「林玨沒時間了。」整整一個月的小組賽，林玨已經是在盡全力傾囊相授。

PD嘆氣：「下場銀絲卷主場，白月光沒了林玨，能爆個冷門打贏不？」

血鴿斬釘截鐵：「不能。」

PD：「……那咋辦？」

血鴿想了很久：「不知道。」

對於佐伊、巫瑾、文麟與凱撒，沒有了林玨的白月光，將是他們有史以來最艱巨、漫長的一戰。

兩日後，外卡賽區。浮空戰隊以無冕之王身分晉級，正式進入休假模式。

同天下午，白月光VS.銀絲卷，銀絲卷主場，白月光零比三戰敗。

蔚藍之刃論壇。

粉絲毫無意外爆發出對「白月光」的巨大不滿。指責白月光青黃不接，指責佐伊沒有腦子，指責隊裡是不是凱撒指揮，指責巫瑾靠臉上位，指責文麟透明人。

季中賽開賽一個月，彷彿小白月光四位選手的高光就這麼在一夜之間抹去，所有關聯搜索一片謾罵。

「如果白月光還想贏，只有一個辦法。就是老隊員和新廢物們輪換。今天三場比賽交了多少學費？季中賽是你們交學費的地方嗎？要輸滾去訓練賽輸……」

領隊出現在後臺，巫瑾合上正在瀏覽論壇的終端。

刺目的燈光從上方照下，巫瑾起身，汗水濕透少年的胸膛脊背，腹部的兩道傷口包紮完畢，少年抿著唇，不知道他在想什麼。

領隊拍了拍巫瑾的肩膀。

白月光小四隻中，佐伊明顯情緒不佳，凱撒正在論壇開小號和人罵戰。人家噴，他更能噴，凱撒這人還對人身攻擊免疫。

此時林玨從門外走進，幾人齊齊站起。

林玨點頭，「基於今天的表現，你們之中有人會從明天開始去二隊輪換。」

包括領隊、勤務在內，所有人身形巨震。白月光主役七個位置，幾年來除林隊、陳副不變，其餘一直在輪換之中。季中賽前半段，四人以壓倒性優勢超過了同期替補練習生，正式坐穩首發。然而首發沒有半週，卻被林玨突然的決定打亂。

白月光二隊，是打次級逃殺職業賽事的分部。不僅二隊沒有季中賽名額，且次級賽事清一色是固定圖，成本低、投資少，觀眾寥寥無幾。

從頂級直接聯賽打到次級，幾乎就是選手被冷藏的標誌。

領隊立刻開口：「林隊，他們只是輸了兩場，再磨合磨合不成問題……」

林玨擺手。白月光職業戰隊隊長面沉如水，房間內再無一人反駁。

兩輪輸給銀絲卷的比賽視頻投影在半空，直拍依次掃過小白月光四人。

房間中寂靜無聲。林玨打開資訊欄，就著投影給二隊分布傳訊：一隊將在未來一段時間往二隊塞一名選手……

輸入板停滯，林玨緩緩敲字。

巫瑾。

凱撒第一個跳起，「這搞什麼？」

緊接著佐伊斷然開口：「林隊，這兩場指揮確實是小巫。但是小巫在主動攬鍋，我們經驗尚且不足，換誰指揮都是輸，您不能……」

林玨厲聲訓斥：「安靜。」

「戰隊的第一條規定，服從指揮。」林玨緩慢把視線移向巫瑾。

巫瑾停頓幾秒，點頭，「我沒有異議，但我要知道為什麼。」

房門吱呀關上，林玨與巫瑾沒入走廊。身後，凱撒還在憤慨嚷嚷，文麟已經在聯繫副隊陳希阮。

走廊，巫瑾看向林玨。林玨點了根菸，菸頭在黑暗中明明滅滅。

「你的指揮風格。」

「佐伊、我、薄覆水，都是全域型指揮，但是你和任何人都不一樣。」

「你是精算型。你的每一步指揮都出於對規則的理解，你的任意一場季中賽，都像在打克洛森秀，像塔羅牌陣、像白堊紀。根據規則精算沒有任何壞處，但你記住，人永遠沒有資料精準。你的指揮風格容錯率太低，如果隊友是我和陳副，這兩輪還有可能拿下。聽懂了嗎？」

巫瑾瞇起眼睛，腦海中像是被劇烈攪動，渾身一震。

容錯率。問題在容錯率。

和林玨、陳希阮搭檔，以及在克洛森秀與衛時搭檔，隊友都能精準執行自己下達的指令。但林玨退役之後，未來的小白月光絕不是大佬、林隊一樣的精密儀器，任何執行誤差都會在比賽中無限放大，最終被對手揪住反擊。

巫瑾怔怔開口：「林隊，是想讓我去二隊提高指揮容錯率。」

林玨緊鎖的眉輕微舒展。

巫瑾的職業生涯成長順風順水，出道前搭檔衛時，出道後搭檔陳希阮包括自己。對他來說，好壞參半。讓巫瑾去次級聯賽摸爬滾打一段，能用最快速度讓巫瑾適應現實。

對面，巫瑾卻突然咧嘴。不知道是因為得到答案，還是因為確認沒有被戰隊徹底流放，巫瑾使勁點頭，「謝謝林隊，我會好好在二隊……」

林玨打斷：「後不後悔？」

巫瑾一愣。

林玨：「這輪比賽之後，戰隊會宣布調動。所有輿論會默認你為兩輪戰敗背鍋。如果你當初簽的是浮空戰隊，現在的你應該在慶祝出道後二十七連勝。」

巫瑾莞爾：「有我指揮，肯定沒二十七連勝。」

開完玩笑，巫瑾抬頭看向隊長，「我會去二隊，但我會在季中賽結束前打回來。」

昏暗的走廊上，林玨掐滅了菸。眼前剛滿二十的少年意氣風發，夷然不懼。

一門之隔，佐伊、凱撒、文麟吵成一團。

林玨向巫瑾伸手。往後，沒有自己的白月光將徹底向雙指揮轉型，成為蔚藍賽區獨一無二的策略型「雙核」戰隊。老白月光的打法不會繼承，新白月光將會開拓獨屬於他們自己的風格與配合。

林玨的手背露出密集的隼鷹刺青。巫瑾伸手，與林玨碰拳。

白月光對銀絲卷零比三的第一個夜晚，蔚藍之刃論壇成為白月光黑子盛大的狂歡。

佐伊在林玨面前據理力爭搶鍋。

巫瑾再三安撫小隊長，坐上了通往二隊基地的懸浮車。

白月光於當晚放出首發調整名單，觀眾一片譁然，對巫瑾噴得更狠，似乎只要巫瑾離隊，白月光就能拳打銀絲卷、腳踢R碼，小組賽再不敗一場。

巫瑾乘著夜色抵達二隊，終端上是敲了一半的輸入框。

巫瑾調侃：衛神，我要去打二隊了。咱們掉級賽見！

衛時：去練指揮了？

巫瑾：可不！我這要是從二隊打不上來怎麼辦？

衛時：好辦。讓浮空戰隊也開二隊。

巫瑾從小機器人手裡接過行李，邊順著小路邊走邊瞎瘠薄回訊：你這是要給我送溫暖，攔路送分？

衛時：不，把你按在二隊出不來。

巫瑾樂了。

衛時：回頭。

巫瑾一呆。身後喬木窸窣作響，懸浮車從小徑盡頭穿來。在逃殺界炙手可熱的新戰術啟明星衛時，竟是在半夜摸黑跑到白月光二隊。

衛時給巫瑾扔了一個手抓餅，「我來看看。」

「將來妨礙浮空戰隊奪冠的小指揮，在怎麼籌畫逆襲打臉。」

「白月光繼季中賽三輪連敗之後，首次對首發名單進行調整。突擊指揮位新人巫瑾下調二隊，老將梅賽斯替補空缺。據悉，白月光此次『退休反聘』，旨在以老將補全隊伍經驗空缺。下一場白月光客場對戰蔚藍人民，將在兩日後開賽……」

蔚藍之刃論壇，突如其來的公告像是捲起了發洩性的狂歡。滿屏「妥了」、「出道就降級666」肆無忌憚。

直到版主封禁了一批極端黑，才漸有客觀評論浮上水面。

「平心而論，巫瑾的指揮風格很新穎。蔚藍賽區需要不一樣的打法，但巫選手確實和白月光現有的配置磨合度不高。」

「用老將替？不是用新人替？個人認為白月光還是給巫選手留了位置，能不能再衝回一隊看他自己。我持樂觀態度，小白月光的問題不在於巫瑾一個人。白月光此舉是對四位選手採取了不同的培養方式。佐伊、凱撒、文麟用陳希阮、梅賽斯等老將手把手帶，巫瑾這種個人風格鮮明的，去二隊自己找節奏……」

清晨。巫瑾出現在白月光二隊的早飯桌上，幾位少年齊齊緊張起立。

為首的二隊副隊慌不迭按下正在瀏覽論壇的終端，臉色脹紅問好。巫瑾是上屆克洛森秀出道位第四名，白月光內定的突擊指揮正役，在級別上比他們高了不少。

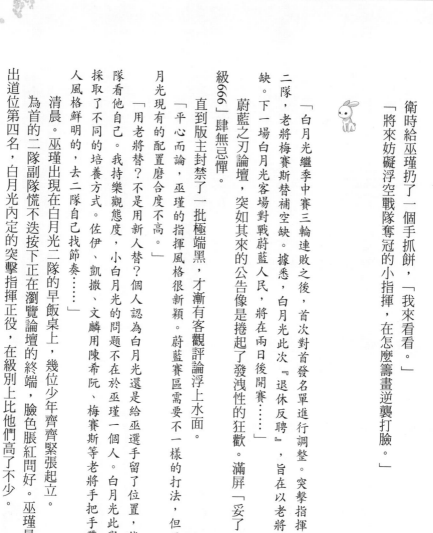

但剛才的論壇輿論混戰，讓這位二隊小副隊眼神飄忽，生怕一言不對觸怒巫瑾。

巫瑾笑咪咪問好，給自己抓了個餅。

二隊普遍年齡偏小，副隊不過才十九，兩名主力十七、十八，一屋子都是鮮活的少年。原二隊隊長兼指揮位此時在克洛森秀搏出道，故而指揮位空缺。

餐桌對面，幾位少年先是不大敢說話，跟著巫瑾的節奏一問一答之後，氣氛終於活絡。

「巫哥來打指揮，咱們終於不用被挨揍了！」

「去年是被井儀二隊壓著打，今年隊長又去克洛森秀了，還好巫哥能來！」

「巫哥，你別在意網上那些……」

幾人齊齊縮了腦袋，瞪著開口那人。

這是哪壺不開提哪壺！

副隊嚥了口唾沫看向巫瑾。面前的巫瑾比克洛森秀轉播裡要稍高，胳膊腿抽長，不知是瘦了些還是因為長大，下巴稍微顯出一點點尖削。聽後輩說話時，巫瑾視線專注，偶爾輕微點頭，顯出一種熟練的可靠。

巫瑾聞言溫和道：「因為我個人的原因，下一輪比賽，會有一部分觀眾盯著二隊失誤不放，所以，」巫瑾灑脫一笑：「一起加油。」

副隊鬆了口氣，使勁點了個頭。新來的巫前輩十分好相處，遠不像黑子所說的「親眼所見耍大牌」、「跟佐伊搶位置」……而且巫瑾和他們差不多同齡，玩也能玩到一起去。

下一秒，副隊猛地一個激靈。巫瑾吃完餅，從終端裡投影出密密麻麻的配置研究筆記，白月光二隊每位選手的選位、特長、短板一一在列。

副隊倒吸一口冷氣。筆記全部手寫，從一年前到昨天打卓瑪二隊，複盤細節皆具在內。

這是巫瑾總結的?巫瑾從一隊調任二隊才多久?這人簡直瘋了,他是昨晚沒睡覺?

巫瑾:「下一場比賽在兩天後。」

「作為指揮位,我會盡力以最快速度與隊伍磨合。我不會耽誤你們的休息、訓練時間。從今天上午開始,我希望能與你們每人有一個小時的一對一單獨溝通。」

幾位少年紛紛點頭點頭,毫無異議。按照領隊原本的規畫,先要給巫瑾接風,然後帶著參觀宿舍,再一起去教練跟前走一遍,沒想巫瑾雷厲風行。

巫瑾頷首,真誠開口:「謝謝。」是自己臨時插入二隊打亂節奏,理應道謝。

一小時後,第一位選手從巫瑾預留的會議室走出,激動和隊友描述:「近身搏鬥三招撂倒我,主隊的突擊位就是不一樣……」

緊接著下一名偵察位進入,再下一名……

下午兩點,二隊教練進入訓練室,剛想受林玨委託介紹巫瑾,猛地發現這位小指揮已經融入隊中如魚得水。

訓練完畢。教練給林玨打了個通訊:「你這小巫厲害啊,再混一週,二隊都要心甘情願叫他隊長了。位置分析他給做了,賽前分析他也給做了,而且他不僅會搞資料,還會給你家二隊隊員畫餅!現在這群小朋友一個個跟打了興奮劑似的……誰教他的啊?」

入夜。巫瑾洗完澡,在白熾燈下回看二隊賽事視頻。

終端微微一震,彈出星博特別關注推送。

與此同時。蔚藍之刃,巫瑾個人專版,掛著白月光小突擊位橫幅的版面下,此時已然掐成一片烏煙瘴氣。

有黑子拿巫瑾的主題曲錄影來噴,有浮空戰隊的毒唯前來打壓。Top的CP必須是Top,浮空戰隊打下的二十七連勝成績成了羞辱圍巾粉的「底氣」，更有毒唯要求圍巾給新來的「衛橘」讓道。

版主雷厲風行全版禁言。巫瑾選手的季中賽五次高光剪輯被再次高亮置頂。

「第一，他不比任何人差。第二，他從克洛森出道、到拿白月光指揮位，都是他自己的實力。第三，有人不願意等他，但有人願意。」

星博。白月光戰隊調動像是攪亂的沸水，激起無數輿論喧嘩。

職業逃殺選手受到的關注度要遠高於練習生時期，觀眾、粉絲組成也更為複雜。往時逃殺秀粉絲都能因為應援色、首發名單字體大小、場內喊加油的次序撕到你死我活。

巫瑾的調動，攪動的不僅是白月光，還有克洛森粉、聲勢壯大的浮空戰隊粉。

正在衛橘凶狠打壓圍巾、圍巾寸步不讓的當口，對方猛地息聲。

巫瑾的小站姐迅速在群內詢問：「他們怎麼了？」

有人放出截圖。浮空戰隊的小橘直接冒頭掐起了自家粉絲，真主下場手撕CP粉聲勢之壯大讓人瞠目結舌。

「……」巫瑾的站姐情緒複雜。浮空戰隊這是不管選手形象了嗎？雖然自己不嗑衛橘，但小橘真是牛X壞了！每天發貓片不管浮空金主廣告也就算了，現在下場懟他自己的站姐……不過小橘和小巫似乎關係很好。

等等，你們關係好就好，小橘你在星博說想給小巫當貓是怎麼個……

幾分鐘後。@浮空戰隊─小橘終於被浮空管理禁言。接著圍巾粉絲驀然沸騰——

衛時也發了條星博。這人統共只有三條星博，前兩條還是系統自動轉發。

「#克洛森秀# 我是克洛森秀練習生衛時，請為我助力吧！」這條一年前。

「#浮空戰隊# 我是蔚藍深空賽區註冊選手衛時，#三〇一九季中職業聯賽#敬請關注。」這條是一個月前。

最後一條。

衛時：「@白月光戰隊—巫瑾星際聯賽見。」

圍巾粉群。

粉絲狂喜亂舞！糖，糖，這是什麼及時雨超級奶香大白兔硬糖！星際聯賽入圍條件苛刻，但各賽區入圍戰隊均是從季中賽選出。

衛神說，星際聯賽見，就是能百分百肯定巫瑾還會再回白月光職業隊，並全然相信白月光能在混戰中出線！

白月光戰隊，二隊基地。

巫瑾合上終端，然後吧唧把腦袋貼在枕頭上，快樂翻滾。

床位貼了幾張浮空隊長官方應援手幅，光澤細膩的仿紙螢幕上是衛時在第二十三連勝拔劍時動圖。

就在昨晚，大佬以兩個手抓餅為要脅強硬把手幅貼在了自己的臨時宿舍床尾木板上！此時巫瑾仗著衛時不在，躺在床上，大大咧咧抬起腳丫子，一腳抵住大佬的拔劍英姿。

終端微微一亮。

巫瑾振奮，和視頻裡的伴侶有一搭沒一搭閒聊。談浮空、談白月光、談魏衍新拍的雜誌封面、談改造人廣譜藥劑販售……

巫瑾最終哈欠連天。

終端螢幕慢慢暗淡，鏡頭轉了個向，衛時突然開口：「你又踹我海報了。」

巫瑾一驚，迅速把腳放下，狡辯：「長得帥，被踹兩腳，怎麼了！」

衛時冷靜表示，回頭也弄一張巫瑾手幅。

巫瑾嗨了聲：「我那手幅都季中賽的，現在得滯銷了。」

衛時：「不會，我囤一波，等你打回來，再抬價賣。」

巫瑾做晚安告別：「得了吧，血虧！」

衛時勾唇：「不，穩賺。」

往後的時間飛竄而過。

巫瑾註冊二隊的第二天，第一場比賽如期而至。冰雪飄飛宕的逃殺賽固定圖M19K-5入場口打開，空氣傳來機關設施失修氧化後的鐵銹銅鏽氣味。而幾乎在同一時間，幾百星里外的季中賽職業賽事賽場，妝點盛大的維多利亞式紅磚城堡賽場內，十萬人矚目之下，巫瑾曾經的隊友，佐伊、陳希阮、凱撒正踏入對戰蔚藍人民娛樂的賽場。

M19K-5破敗冷清，紅磚城堡矜貴莊嚴。

十八點整，兩場比賽同時開啟。巫瑾在漫天鵝毛大雪中拔出石縫中的大劍，帶著四位隊友從側翼衝陣；佐伊接過陳希阮手中的彈匣，一槍狙中水晶頂燈，摧毀敵方視界。

二十點。佐伊得勝而出，甫一回到後臺就拿起終端問：「小巫那邊怎麼樣？」

林玨搖頭，「輸了。不虧。」

比賽結束當晚，蔚藍之刃論壇再次陷入罵戰。巫瑾下調二隊，首戰告敗，一隊少了個巫瑾，反敗為勝，任小學生也能算出加減法。偶爾還有人解釋「第一場比賽還要磨合，蔚藍人民娛樂本來就比不上銀絲卷」……然而很快就被壓下。

浮空戰隊，衛時戴著平光眼鏡，反覆觀看巫瑾的比賽複盤。

克洛森基地，血鴿鬆了口氣，向PD解釋：「兩天，能磨合成這樣，小巫比沒下放的時候還要進步了點。你看他在四十四分十二秒的指令，砸碎冰面，製造地形真空區，拉開距離走遠端射擊。」

「他在照顧新的隊友。」

「白月光二隊配置，兩狙擊、一補位、一重裝。巫瑾在把隊伍資源往狙擊位轉。」

三天過去。論壇罵聲稍歇，黑子們又找到了新的樂子，一窩蜂擠去噴薄覆水在對戰R碼時的失誤。

巫瑾暫時拋棄了一切個人練習，筆記本上密密麻麻寫滿四位隊友的資料，動態狙擊環數、極限心跳下的恢復時間、負重移動速度……

白月光戰隊，陳希阮驚異：「他在做什麼？我記得你說的，要讓小巫更少依賴資料，他的判斷太理性，所以容錯率低……」

林玨：「還有一種解決方法。如果對資料分析到極限，把所有判斷套入模型計算，也能抬高容錯率。」

陳希阮反應過來：「所以他是……」

林玨：「這是他的風格。」

二隊的第二場比賽在一週之後。再上場時，四位隊友於巫瑾不再是對應位置的臉譜，是真實、在各個實力維度均有波動的、有血有肉的隊員。

白月光一比一打平覆盆子二隊，接著二比一拿下賽點。

星網再次譏諷，覆盆子二隊打了十場就拿了三次小分，巫瑾還特意再送了次溫暖。

然而巫瑾所有的「厄運」都像是在此時凝固。從贏下覆盆子之後，白月光二隊的連敗詛咒終於破解。

八月初，打井儀二隊，二比一艱難贏下。井儀是次級聯賽第一大奪冠熱門，饒是白月光有巫瑾加入，比賽結果仍是出乎不少人意料。

八月中，打R碼二隊，二比零。由於聯邦取消改造人項目，R碼青訓部青黃不接，僅有一半選手為改造人，卻無人想到能被白月光零封。

在此之後，連續六場，白月光場場零封對手！

星網一片譁然，被打壓了整整兩個月的巫瑾粉絲終於看到希望。

巫瑾依然在二隊，但他打得特別拚命。

「二隊七連勝，但他們還在往上打。除了比賽要贏，小分要全拿，技術分要全拿，視野分要全拿。」

「感謝小巫讓我們看到了這樣的二隊，認識了可愛的少年們。也心疼摸摸兒砸。我猜，林隊給了他一個許諾，只要小巫能打出成績，就把他調回一隊。然後我那愛吃餅的蠢兒子，就順著這道光不惜一切往上攀。」

九月，巫瑾在次級聯賽的一段高光，生生殺入蔚藍之刃主版。

少年身披斗篷，在雪地中與R碼的十七歲改造人鏖戰，兩隊皆只剩下一人。雪白的刀鋒映出明晃晃的人造光源，和巫瑾鋒芒凌冽的雙目。

在對方橫貫刺向要害的前一瞬，巫瑾反手拔出身後大劍，格擋，接著抵著R碼練習生的天靈蓋方位劈下！

哐噹一聲，R碼練習生伸手，鐵質護腕抵住刀刃，巨力從手臂傳來，兩人腳下碎裂出蛛網似的霧白色薄冰！冰面從站立點坍塌、延伸、天崩地裂，雪片以兩人為中心瘋狂飛舞！

練習生再無力抓住刺刀，銀色救生艙炸開。

巫瑾急速後撤，站上最後一塊浮冰。斗篷在身後翻滾，五對五戰役九人全滅！

他是冰天雪地裡唯一的王。

高光迅速被收錄在蔚藍之刃主版。消失了兩個月的白月光黑粉頓時一夜之間冒出，所過之處一片罵戰，然而此時白月光粉底氣充足。

白月光二隊分部。時間平淡推移。巫瑾的筆記逐日逐日加厚，更多時間在與戰隊資料分析師探討。

二隊的少年與巫瑾混熟，在原隊長參加克洛森秀期間，巫瑾終於成為當之無愧的「小隊長」。幾個少年「巫隊、巫隊」叫得順口，平時不訓練期間，爬牆上樹、蹲草、摘桔子、拽櫻桃都扯著巫瑾一起。

二隊基地靠山，進山出山只有一條路，偶爾巫瑾傍晚出門，飯點後回來，一身暖融融的餅子味。

按說基地偏僻，機器人外賣也不怎麼願意送，巫瑾也沒懸浮車，然而卻次次有餅吃，也不知道是誰送來的。

十月，季中賽臨近結束，白月光一隊終於被准許請假。

大清早，巫瑾還沒起床就被凱撒一嗓門吵醒，佐伊、文麟毫不客氣推開巫瑾的寢室大門，凱撒擠在外面，給巫瑾背了一大箱零食，還順便給巫瑾發了隻兔子。

幾人和二隊的練習生吃了飯，佐伊怎麼看巫瑾都覺得瘦了點，要不就是長開了，少年變成能獨當一面的青年。

基地外，凱撒見山就野，提了個塑膠袋就出去挖蘑菇。後面跟了個機器人，凱撒挖一個，機器人識別一下有毒沒毒。待蘑菇抱回來，一群人圍了個鍋子，亂七八糟倒點調味料炒了，竟然十分鮮美。

等佐伊臨走，和巫瑾擁抱，「等你回來。」

回隊的契機比巫瑾想得要長，又比預料中要短。

十月第二週，二隊的指揮位預備役抵達基地。皮膚呈蜜棕色的少女笑起來牙齒雪白，來之前就是巫瑾的鐵粉。

「來預備役了？來頂小巫的位置，小巫要回來了？」視訊另一端，文麟極度驚喜：「我查查……對，她是林隊上個月招來的，之前在雜牌隊打偵查位。喲，和小巫你一個路子，小姑娘數學挺好的，還在讀一個學位呢現在，她以後就是你帶的新人了！」

放下視訊。文麟突然想到，林玨特意為二隊招來和巫瑾一個風格的指揮位，為的就是讓巫瑾的知識儲備無斷層傳遞——

白月光延續了整整八年的「林玨式打法」，從巫瑾起，或許將被徹底改寫。

十月末，季中賽最終決賽開啟。巫瑾收拾完所有二隊基地的行李，臨走前把一遝子筆記送給小指揮位，坐上了通往白月光總部大廈的懸浮車。

來的時候樹木蓊鬱發綠，走的時候已是金燦燦一片。

白月光大廈，訓練賽開始前兩小時。退休反聘的老將梅賽斯破天荒多吃了兩個雞腿。凱撒見狀，偷偷摸摸伸手要拿第六個。

陳希阮無奈呵斥：「晚上有訓練賽，攝入超標了啊。」

凱撒振振有詞：「我和前輩學習……」

陳希阮樂了：「你前輩今晚又不打比賽。」

食堂長桌，幾人齊齊一愣。梅賽斯不打訓練賽，那由誰來打？

電梯「叮咚」一聲，拖著行李箱的巫瑾咧嘴大笑揮手。

還拿著雞腿的凱撒一頓，接著鬼哭狼嚎興奮撲上，後面的佐伊一把把凱撒推開，還沒擠進去，旁邊文麟直接給了巫瑾一個有力的擁抱。

巫瑾有力回抱，抬頭看向自己未來的隊友。

「我回來了。」

季中賽決賽第二週，巫瑾正式歸隊，開始跟白月光訓練賽。

對戰R碼、蔚藍人民、銀絲卷……

巫瑾的筆記本上，關於隊伍配置的各項數值終於完善。無數個初始方案被否決，取而代之是一套逐漸成熟的戰術風格，兼併了巫瑾、佐伊兩人在內的指揮特色。

到第六場訓練賽，對戰帝國雷霆戰隊。等白月光幾人離場，雷霆教練向林玨開口：「他們和媒體報導的不一樣。我以為，你們新組了一支衝擊出線的隊伍，沒想到是一支要去奪冠的隊伍。」

雷霆教練鄭重與全員握手，林玨終於露出滿意笑容。

第九場訓練賽對戰井儀。還沒開場，隔著牆都能聽到井儀領隊在訓斥明堯：「你跟巫瑾打招呼，把槍杆子舉起來亂揮作甚！槍走火了打著人家救生艙怎麼辦？被媒體拍到了說你要暗殺巫瑾怎麼辦！」

等比賽完，教練放人，明堯高高興興就往巫瑾的更衣室衝。

小明時隔兩個月沒見，精神煥發。此時時過境遷物是人非——明堯一爪子去摸巫瑾的臉，「你這是瘦了還是抽脂了？」

巫瑾機警捂住腦袋，反手就揍明堯。明堯嗷嗷亂叫，很快兩人在更衣室門後擠成一團。

等打完休息，明堯：「你後天上場？」

巫瑾點頭。這會兒明堯反倒比巫瑾心事更多，「你們戰隊得搞好公關啊，這個不得提前找媒體通氣？蔚藍之刃那邊水軍事先埋好。」

「你們白月光有資源不？沒有？沒有找井儀買啊！我們被噴了八年，版主都跟我們經理混熟了……」

巫瑾把磨磨唧唧的明堯往體檢艙帶去，隨手把明堯一塞。

明堯還在大驚小怪：「沒找水軍？那小破論壇烏煙瘴氣的，我要是你，我多看一眼都得吐血！」

巫瑾樂了：「我不吐血啊。」

明堯：「哎實話跟你說了，我輸成狗那幾場。我爸砸了幾十萬請版主吃飯，給我掛了一個月免噴牌，我看看能不能在牌子上加你一個……」

巫瑾伸出食指，在明堯面朝上的臉盤子上搖了搖，「看燈，別看我。看我測不了眼壓。他們現在不噴，以後又不會不噴。打比賽又不是粉黑大戰，贏了就贏了，輸了等下次贏。」

明堯嘿了一聲，表示服氣。小巫不急小明急！

等體檢完了，明堯隨手在巫瑾的寢室撈了一大把零食，邊跑邊喊：「不許搶，我替你掐了那麼多帖，一帖五毛，夠買你這兩袋仙貝的了！」

巫瑾：「左隊，你怎麼在這兒！」

明堯一秒夾起尾巴，左顧右盼，不料一個瞬間就被巫瑾搶回仙貝。明堯大聲斥責巫瑾使詐，巫瑾笑容猖獗，牆角走廊，剛體檢完的左泊棠慢慢走出。

明堯：「……」

左泊棠把圍巾在明堯的脖子上裹了兩圈，禮貌向巫瑾道別。

左隊社交手段高超，這次來白月光，特意還帶了巫瑾送給井儀的那隻兔，此時左手拎著兔籠。明堯跟在他隊長身後，巫瑾能聽到兩人低聲交談。左隊溫柔帶笑，明堯樂得冒泡，走路時都打著飄。

沒走幾步，明堯搶下隊長手裡的兔籠。

但等兩人從電梯走出，坐上井儀的懸浮大巴，兔子又回到左泊棠手上。

巫瑾心裡惦記著兔，趴在窗戶上看了會兒。

「……」

這兩人心裡根本沒兔！這兩人在小樹林裡偷偷牽手！

季中賽決賽第四週，白月光飛往賽場的星船上，巫瑾終於跟隊。

星船外是無垠星海。三小時後，將是白月光對戰銀絲卷。彷彿兩個月前，巫瑾的「上一場」季中職業賽情景重現。

區別在於，白月光以F組小組第一出線，銀絲卷以B組小組第一出線。薄傳火經過兩個月磨合，與薄覆水配合無間，寧鳳北以微弱小分差距，在女團新秀挑戰賽上輸給薇拉，卻在「廣告價值預估」中更勝一籌。

佐伊、文麟益發沉穩，凱撒還是那個凱撒。巫瑾從一隊調到二隊，降級兩個月。

走進賽場的一瞬，林玨看向巫瑾問：「緊不緊張？」

巫瑾搖頭。

林玨：「兩場。」

「正式賽不是訓練賽。你有兩個月沒打正式賽，前兩場我不會讓你上去，你會坐在這裡看轉播。」

「第三場，梅賽斯下來。然後你從這裡上臺，帶著你觀察到的，和這兩個月積累的所有經驗，打敗他們。」林玨表情冷峻，眼神犀利。

巫瑾毫不猶豫點頭。

賽場觀眾席。V1觀賽區，阿俊提著沒打亮的燈牌，從人群擠到座位，將燈牌隨手放在旁邊空座，彬彬有禮和另一側可愛的小姑娘搭訕。

這一排坐席的少女們穿著優雅的小禮裙，遵循著逃殺秀最初的繁瑣著裝禮節，談話間溫柔活潑，見多識廣。

阿俊暗暗謀畫如何去要通訊號，靈機一動拽來燈牌，「第一次給選手應援，燈牌剛才才寄到，還不知道開關在哪……」

幾位少女熱心幫忙，燈牌啪嗒打開，「巫瑾My Ace」幾個大字閃閃發亮。

少女們倏地兩眼放光，嘰嘰喳喳拿出一遝子手幅，都是各式各樣的小巫選手。為首的那位淑女一秒改變態度，眼神又激動又慈祥：「謝謝你來給我兒子應援……」

阿俊看到眼花繚亂：「妳們……小巫都兩個月沒上場了，妳們還留著手幅？」

領座的妹子爽朗一笑，「可不！就包裡塞著啊。上一場沒有，不代表下一場沒有，萬一就等到了呢！你不也帶了燈牌嗎！」

阿俊開口幾次，沒好意思說，燈牌是替老闆拿的。

觀眾席燈光熄滅，第一場即將開賽。白月光戰隊，佐伊、文麟、凱撒、陳希阮、梅賽斯、偵查位依次登場。幾位少女沒等到巫瑾，仍是給白月光使勁兒鼓掌。

阿俊身側，空位的主人終於出現。

有少女好奇看去，竟然還有人掐最後一秒到場！

那人找阿俊要回燈牌。賽場內濛濛的光映照過來，能看到那人頎長高䠷的身形和露出個輪廓的五官。

浮空戰隊隊長，衛時。

少女猛地一個激靈，心跳像是從胸腔跳出，衛時就抓著那塊沒亮的「巫瑾My Ace」的燈牌，「搞到真的」四個大字像是十萬伏特電流順著脊椎直躥而上！

衛時側過臉，伸出食指，對她作了一個安靜的手勢。

解開幾乎所有情緒鎖的衛選手，少了螢屏裡的煞氣，拿燈牌的動作不大熟練，有著不易察覺的直男式溫柔。

白月光對戰銀絲卷第一場，銀絲卷以微弱優勢取勝。

觀眾仍然對選手們致以敬意，佐伊抓住一切機會，幾乎是拿命在輸出，梅賽斯與陳希阮穩得出奇，只是差點運氣。

第二場，凱撒力挽狂瀾打出兩個高光，但銀絲卷的薄傳火同樣出彩——根據蔚藍之刃統計，一旦把凱撒、薄傳火放在一個賽場，兩人都會同時爆種子不惜一切代價打敗對方。

白月光再次差了點運氣，第二場告負。

短暫中場休息時間，解說在高臺上分析：「……也許白月光差的不是那麼點運氣。銀絲卷的配置非常高明，薄覆水指揮，小將寧鳳北、薄傳火各司其職。但白月光的指揮是佐伊，輸出位、指揮位都在同一名選手身上，對選手個人素質要求極高。當然，佐伊選手是我見過最有天賦的選手之一，但是還不夠，他需要成長，他現在只能拿一個位置，拿兩個必然崩盤。林玨退役，意味著白月光很難在短期內培養出接替他……」

第三場選手陸續上場。白月光領隊正在與裁判溝通。

臺上的解說一頓：「等一下，我們看到這裡，白月光準備替換上場選手！」

五名選手陸續從後場走出。解說語速飛快：「必須提醒觀眾朋友們的是，這一場是BO5（Best of five，五局三勝）決勝局，對白月光至關重要。他們要換誰？從陣容來看，白月光換無可換！林玨已經於上週正式申報退役，無法再次參賽……」

舞臺光打在賽場中央，巫瑾作為突擊位走在隊伍前列，緊跟著凱撒。

場內有短暫半秒寂靜。緊接著震天價的呼喊洶湧而來！有等待了巫瑾整整兩個月的粉絲，有為「掉級，再殺回職業級」的少年鼓掌的路人，也有對決勝局派出掉級選手心存質疑的觀眾。前排的小妹子驀地開口：「手幅、手幅！快！」

場內零星亮起螢光手幅，巫瑾逐一鞠躬。能將手幅保留到現在的觀眾，必定每一場都在等他回來。

白月光VS.銀絲卷，第三場開戰。

賽場背景是逃殺選手流落荒島，依附以圖騰為力量的原始部族。此時選手右手皆是密密麻麻的圖騰火紋。銀絲卷呈銀白色，白月光為淡藍月白色。

薄覆水起手消耗圖騰，在白月光防線前布下熊熊燃起的火焰阻斷，以最快速度分割戰場，斬斷凱撒、陳希阮突襲的可能。白月光的指揮只有佐伊，雖然曾經還有巫瑾，但從正常思路猜測，林玨絕不會瘋狂到讓兩個月沒打職業賽的巫瑾一上場就接替指揮位。

佐伊無法指揮、狙擊兼顧，意味著狙擊位必然束手束腳，只需針對突擊即可——雜草蔓延的荒地，又一束火焰騰然生起！

寧鳳北提著長短雙刀，向薄覆水預判的方向探去，驀地火焰上方錯視扭曲的空氣中躥出巫瑾、陳希阮，寧鳳北毫不戀戰，縱身急退，反手一銃打向巫瑾！

準心偏離。

「N35方向，我失手一次。」寧鳳北微抿嘴唇，向薄覆水彙報。

薄覆水點頭，隻身去斬殺偷襲者。寧鳳北與大薄更換防線遊走，抵達目標點時再次拿起對講機，「南面也被縱火了，他們……」

寧鳳北聲線驟斷，交火聲從對講機傳來！

幾秒後，這位銀絲卷選手倉促拿起對講機：「E105，我失手兩次。等等，陳希阮……」

寧鳳北的聲線再次掐斷，這一次所有人腕表滴滴兩聲。寧鳳北淘汰。

觀眾席猛地泛起竊竊私語，解說一個臨場反應：「寧鳳北失誤過多，這場不應該。」緊接著發生的場面卻讓解說一個措手不及。

薄傳火在幾乎一模一樣的遊擊戰中被刺殺淘汰。

解說一頓：「薄傳火、寧鳳北，銀絲卷兩位小將在決勝局接連出現低級失誤……」

賽場中央，薄覆水驀地傳訊：「集合突圍，往側翼祭壇方向走，避免動手。我再重複一遍，避免動手。」

銀絲卷副隊在對講機裡回應：「好，知道。小薄、小寧這場經驗不足造成失誤，不過問題不大……」

薄覆水厲聲開口：「不是失誤。」

夜色中，這位銀絲卷隊長以最快速度偽造反向逃跑痕跡，解釋道：「是高溫。五次交手點都在對方火焰附近，高溫、風速和火焰影響火銃準星，他們倆打不中準心，都是被白月光預判了。」

「寧鳳北第二次交手才被處決，傳火是第三次。證明對方在處決之前，都曾試探兩人的失誤彈道。寧鳳北射擊時有前傾壓槍習慣，在高溫錯視下前傾增大，陳希阮就是抓住這一點在躲避。」

「對方的指揮位對傳火、寧鳳北射擊習慣瞭若指掌，才能刻意創造『失誤』。」

副隊一頓：「即使是瞭解彈道，但高溫下什麼都可能發生，除非算上誤差值……」

薄覆水：「他算上了，白月光指揮敢在開場放火，就是在試探他們兩人的彈道誤差範圍。白月光所有戰術都基於『為對方製造誤差彈道』設計。這一場，他們指揮風格換了。」

銀絲卷僅剩的四人在祭壇後聚集。

薄覆水沉聲開口：「基於資料模型的指揮。這一輪，他們的指揮是巫瑾。」

往後半小時，少了兩人的銀絲卷在白月光圍追堵截下展開生死時速大逃亡。然而白月光多年積澱，經營發育能力一流，在半小時內將前期的人頭優勢越拉越大。

半小時，銀絲卷再淘汰一人。

四十分鐘，薄覆水被殲，白月光於賽點局六比零獲勝。

白月光拿下BO5第一分。

場內驀然歡呼，陳希阮拿下全場四個人頭，瘋狂輸出，揮手向粉絲示意。

後臺，技術組核對完資料，MVP光束亮起，最終停在巫瑾腦袋上。陳希阮哈哈大笑，揉了把巫瑾肩膀，佐伊起手為巫瑾鼓掌。

臺上，兩位解說嘆為觀止：「完美，完美的布局。通過高溫下的錯視和彈道誤差為銀絲卷『製造失誤』，再利用失誤剿滅對方。如果觀眾朋友看過白月光之前的比賽，就會發現這一局的風格節奏和白月光以往勝場完全不同。我很好奇，這是巫瑾選手的臨場發揮，還是白月光未來將會開闢的、嶄新的一條路……」

臺下，僅有的幾張巫瑾應援手幅在燈光下熠熠發亮。白月光團粉齊齊為巫瑾鼓掌，無論最終輸贏勝負，有這一役，他完全具備從二隊調回一隊的指揮水準。

那廂，阿俊正在向旁邊的妹子吐槽：「這林玨怎麼想的，讓小巫去打決勝局！輸了小巫背鍋，贏了……好吧，贏了算是小巫給他自己正名。」

那妹子卻無暇理會阿俊，專心致志捧著臉，一臉姨母笑看著隔著座位的衛時。

衛時揚起下巴。視線與臺上的巫瑾相交，全場最矚目的燈牌在懷裡閃閃發亮。

BO5第四場，白月光再換為佐伊指揮。薄覆水全面針對巫瑾，卻給了佐伊、文麟可乘之機。最終巫瑾以一把匕首與寧鳳北同歸於盡，佐伊占據高地，擊殺銀絲卷副隊，白月光六比四獲勝。

BO5最後一場，銀絲卷節奏徹底打亂，對方布局風格琢磨不定，薄覆水打得相當拘謹。

「可惜了，」解說嘆息開口：「銀絲卷的最好狀態，是掌握主動、全力以赴出擊。打不出氣勢，就等於打不贏逆風局。」

整場BO5合計五小時二十二分結束，白月光三比二逆襲獲勝。

選手從救生艙走出，臺下紛紛站起的觀眾像是此起彼伏的潮水。

麥克風依次遞給白月光的每一名參賽選手。

梅賽斯打趣，自己退役半年被撈回來打比賽，兒子寫作業都沒人輔導，現在終於能徹底拿退休金，不用在退休反聘的邊緣仰臥起坐。

凱撒表示第五場是他指揮的，按巫瑾、佐伊的原話，對面節奏亂了隨便打，所以凱撒自己指揮自己。

文麟作為白月光的高情商發言人，場場採訪負責總結過去，展望未來，發言中不著痕跡安利觀眾回看巫瑾上週的次級聯賽決賽重播。

最後輪到巫瑾。舞檯燈下，還沒洗去圖騰紋身的少年接過麥克風。這位白月光突擊指揮位曾因為顏值、話題度、出道即降級等雜聞幾次被送上熱搜。現在臉頰被圖騰覆蓋，站在他上一次被遣送去二隊的賽場舞臺上，笑起來露出雪白的牙齒。

巫瑾：「感謝等待。我回來了。」

少年右手靠近胸腔鞠躬，心跳在擁抱整個熟悉而陌生的舞臺。

臺下，掌聲與歡呼為這位小MVP爆發。

燈影喧囂，萬眾矚目。白月光VS.銀絲卷以三比二獲勝。

散場後，薄傳火、寧鳳北特意來找巫瑾嘮嗑，寧鳳北還拍了張和巫瑾的合照，說是要氣得薇拉喵喵叫。旋即兩人都被薄覆水抓回去複盤。

後場，始終盯著轉播的林玨脊背挺直，像是一座堅硬沉默的山。

林玨轉身，站在門口，等白月光的小夥子一道回家。

當晚，蔚藍之刃論壇再次爆發混戰。

明堯氣到不行，巫瑾表示：「打得好不好，區別就在於噴得多還是少……」

打敗銀絲卷對白月光晉級相當重要，只要再勝五場，就能拿到最終去往星際聯賽的資格。用二隊突擊位的話來說，就能拿到「被浮空戰隊暴揍」的資格。

等主隊打完比賽，隊員體檢完畢，收拾收拾坐星船回到基地，已經是深更半夜。適逢二隊打完次級聯賽，整個白月光娛樂包了個火鍋店，無限制自助吃宵夜。

慶祝一隊勝利，也慶祝巫瑾回歸。

幾位二隊隊員正圍著小爐子閒聊亂侃：「今年星際聯賽一定好看。紅桃K和他們戰隊掰了，合約沒到還得打，結果還打了幾場MVP，戰隊又非要人續約了！」

「銀絲卷雖然輸了，但今年總得衝進聯賽吧。井儀、卓瑪也是。」

「說到傳奇還是浮空戰隊……」話音未落，二隊的小突擊張大了嘴，像是受了什麼驚嚇，直愣愣看向火鍋店外。

隊友：「什麼？」

小突擊：「衛、衛衛衛衛……」

隊友：「嗯？」

小突擊：「衛時！浮空戰隊隊、隊長，衛時！我是不是幻視了，他怎麼跑咱們戰隊吃宵夜來了……」

門口，凱撒一把推動旋轉門，後面跟了黑壓壓一群人捲進門內，衛時正在人群裡和巫瑾說話。

隊友揚眉，「沒問題啊，林隊說了，宵夜帶家屬也給報銷。」

小突擊：「家屬？」

隊友：「你不知道？衛隊和咱們巫哥好早以前就結婚了。」

小突擊：「啊！」

啪嗒一聲，旁邊那位二隊新來的指揮妹子指尖顫抖，渾身冒出幸福的粉絲泡，一鏟子拍扁了盤子裡的金針菇。

宵夜結束，巫瑾直到第二天中午才起床。

衛時又一處不知名的產業內，巫瑾抗議拍桌，「計時啊！說好的計時呢！這個月額度欠費了！沒有了！小巫不能用了！」

衛時在少年頸側淺吻，然後把小巫抖了抖，感覺小巫又能用了，便欺身壓上。

午後陽光正好。

一週後，白月光一比三告負R碼。

兩週後，白月光拿下卓瑪，再次晉級。

蔚藍之刃主版找到了新的樂子，白月光又為巫瑾製作了嶄新的官方應援手幅，巫瑾的動態靶射擊成績，第一次穩定突破九環。

圍巾CP隨著巫瑾崛起而再次崛起，霸道隊長×隔壁隊花，產糧層出不絕。曲祕書又嗑完兩本同人，笑咪咪翻到封底。她知道總有一天，小巫會憑藉實力和衛選手並肩而站。

十一月。佐伊經過一年半實習，正式任職白月光隊長。這位年輕的小隊長在手臂上紋了一隻展翼的隼，與林玨如出一轍，那是白月光傳承十幾屆的隊徽。

十一月末，白月光以蔚藍賽區第四出線，正式獲得星際聯賽參賽資格。

次年春。星際聯賽逃殺賽，所有戰隊在主賽場聚集亮相，拍攝定裝照。

兩支等著導演指揮入場的戰隊，在門口百無聊賴。

白月光隊長佐伊拎著隊裡的新人替補，依次過來拓展人脈。凱撒也跟在隊伍裡面，巫瑾跟在凱撒後面。

等輪到凱撒，凱撒一拍大腿，「浮空戰隊啊，這不都認識嗎！」

順便從人群裡拉出紅毛：「這個，我兄弟！」

旁邊，星際聯賽劇務表示，認識了也要走個過場，剪成花絮正好給你們上鏡！

於是巫瑾伸手，「白月光戰隊，巫瑾。」

對面，衛時同樣伸手，「浮空戰隊，衛時。」

正在此時，通往主賽場的大門打開。

導演一揮手，「進，進，讓後面的戰隊都進！推個遠景……」

兩支戰隊一窩蜂衝入主賽場。門內的光芒描摹出擠成一團的剪影，兩支幾乎全由新鮮血液組成的戰隊在逃殺秀最高級別賽事場館門口交匯。

一個故事落幕。

卻成傳奇伊始。

（完）

【番外五】

當逃殺戰隊改行做樂隊

季中賽結束後到星際聯賽開賽之前，是逃殺職業選手難得的假期。

巫瑾在浮空城混吃混喝了半個月，某天晚上突然接到戰隊傳訊。

「營業！」通訊內，戰隊領隊發來銀絲卷、卓瑪、井儀的星博截屏，「休賽期長達一個月，不營業，戰隊粉絲要跑大半！逃殺圈也算是半個娛樂圈，小巫啊，咱們白月光不能落於人後……」

浮空城軟乎乎的沙發上，巫瑾抱著霜淇淋全家桶觀摩其他戰隊營業。

銀絲卷全員女裝直播……倒也不是全員，寧鳳北襯衫、領帶、西褲帥氣俐落，坐在一群「鶯鶯燕燕」中間頗有王霸之氣。

卓瑪戰隊拍攝了一組「隊員×卓瑪刀」的寫真。

犛牛、藏銀、唐卡加上藏腰刀帥到飛起。

井儀——井儀乾脆搞了一部紀錄片。片中隊長、隊員和諧融洽，狙擊、突擊互相幫助，最後主旨昇華點題，井儀是個快樂的大家庭。

白月光領隊感慨：「低成本紀錄片，咱們怎麼沒早想到呢！」

比起林玨還在時的白月光，今年的宣傳經費確實攔腰斬半。

小白月光組成沒多久，在成績打出來之前，戰隊拒絕了絕大多數代言廣告。逃殺選手最重要的是競技成績，並非說剛出道就接廣告不行，而是戰隊要表明一種態度。

廣告吃的是粉絲經濟。

在成績出來之前，絕不過早消費粉絲。選手專注於訓練，不搞有的沒的，是白月光從建隊初始就向觀眾立下的承諾。

因此巫瑾、佐伊等選手真正開始接廣告，也是季中賽出線之後的事。資金沒周轉過來，拿來宣傳的經費自然就少。

白月光通訊頻道，戰隊經理慢條斯理提議全員女裝為保護小跳蛙公益專案代言，緊接著遭到了除文麟外全員反對。

文麟表示，還挺想看佐伊穿一次裙子。

於是經理拿出方案B，「錄製白月光星際聯賽應援主題曲。」

眾人一致同意方案可行。巫瑾小心翼翼問經理，製作宣發經費多少？

經理大方給了一個數字，九。

巫瑾放心：「既然是九萬信用點……」

經理笑咪咪，「九千。應援是長線作戰，這一次只是試水，咱們能省則省，畢竟聯賽前還要花錢。」

巫瑾兩眼一黑：「……」九千！九千怎麼灌唱片！

經理十分樂觀：「不夠拍MV，咱們可以只錄歌。不夠錄歌，咱們可以只放demo，demo也做不了，咱們可以買個beat全員喊麥！營業嘛，心意到了即可！」

結束通訊，巫瑾躺在沙發，一動不動。

衛時起身，從沙發旁邊走過。

巫瑾對三十一世紀的唱作行業並不瞭解，打開終端瀏覽了幾個音樂超市，繁複的榜單、標籤、詞曲上線流程、編曲軟體UI交互讓人眼花繚亂。九千信用點不多，但如果自己編曲，能餘出很大部分成本。

巫瑾打通訊給昔日綜藝隊友莊樊、Hudi。

莊樊這兩天正忙著炒作單飛緋聞，按他的原話，等過兩週再出來澄清緋聞，怒斥媒體，炒一波男團團魂。

「你要發歌？大兄弟，合作不——」

巫瑾立刻說明來意：「是我們團要發歌。」

莊樊納悶：「你們……團有音準嗎？」

巫瑾誠懇搖頭。別人有沒有他不知道，反正凱撒沒有。

莊樊如實回答：「好的調音師，二十萬起。」

巫瑾再次攤在沙發，發出了餅子被煎烤的嘆氣聲。

衛時再次起身，從沙發旁邊走過。

第二個接通訊的是Hudi，小男生對能打能殺能唱能跳的巫哥十分欽佩：「免費的調音師也有！跨界合作這種，相當於跨圈招攬人氣。我知道幾個調音師求名不求利的，但這幾天應該都在果子狸音樂節，拒不見客……」

巫瑾掛斷通訊，給自己翻了個面。

衛時再一次起身，打開終端投影和家庭影院，螢幕正在播放浮空娛樂最新投資的音樂電視劇。

巫瑾又要打給鷹刃……

電視音量突然開大。

巫瑾：「嗷！」

衛時面無表情，終端游標在浮空娛樂臺標下面打圈。

巫瑾猛然反應過來：「蹭……浮空娛樂的資源？」

衛時揚起下頷，氣場全開——不然？

巫瑾撲通翻下沙發，樂顛樂顛跑到衛哥面前，「衛董，靠裙帶關係發歌，會不會違反貴公司規定？」

衛時緩慢摘下浮空城主處理政務專用的平光眼鏡，居高臨下審視膽兒溜肥的小歌手。

男人白色襯衫挺直，扭釦只鬆開最上，頸側輪廓清晰的肌肉並著刀削斧鑿的下頷線隱入扭釦之中。

小歌手喉嚨動了動，立刻和衛董看對了眼！

巫瑾舔了舔嘴唇，衛董事長低頭，在沒錢發歌的貧窮小歌手唇齒間肆意掠奪。小歌手十分上道，乾柴烈火一觸即發！

巫瑾氣喘吁吁：「衛董，怎麼說！」

衛時聲線沙啞：「想發歌？晚上來我房間……」

話音未落，巫瑾趕不及就往房間跑！

衛時：「……」

浮空城的夜晚燈火絢爛，滿山霧嵐之間是流淌的溫存。

十八線小歌手洗完澡，在床上裹著被子懶洋洋一動不動，衛董事長穿著浴袍把人撈起，金主play還沒玩盡興，「很好，明天安排讓你發歌。」

巫瑾踹了他一腳，十分入戲，「謝了啊董事長，我們團還有幾個兄弟都要錄歌。您別對他們下手，有什麼衝著我來——」

衛時在少年頸側親吻，「還挺講義氣。」

巫瑾表揚自己：「以身飼虎！」

衛時老虎輕輕咬了一口小白兔，「董事長很滿意。以後房間鑰匙給你，下班後自覺來這裡等著，明白了？」

巫瑾滿口答應。

等衛時打完通訊回到臥室，伴侶抱著自己那半邊枕頭，已是睡得四仰八叉十分高興。衛時關燈躺下，臂彎熟練攏起巫瑾暖乎乎的肩膀。

巫瑾運動多，睡得早，第二天起床精神滿滿。

浮空娛樂影音分部坐落在藍星，旗下簽約作曲人、調音師、歌手不計其數。

巫瑾背著電吉他，乘坐星船抵達藍星，一路通訊中，白月光職業戰隊幾人對「不用喊麥」均表示十分滿意！事實上，九千信用點連好點的beat都買不起，如果巫瑾談不下編曲調音，最差情況是白月光跟著版權免費的古典音樂喊麥……

懸浮大巴駛往浮空娛樂大廈。饒是這裡為影音分部，門口虛擬螢幕中仍能看見浮空逃殺戰隊的宣傳應援。

再遠處是浮空娛樂的官方周邊店。巫瑾剛一下車，逃殺選手敏銳的視力就捕捉到了店面一角，攤位上一溜子打槍的衛哥、坐著的衛哥、站著的衛哥……

店員隨手給巫瑾推銷一張衛時單人海報：「浮空隊長粉？看看這個，一百信用點，就它賣得最好！」

巫瑾左右看了一下沒人，迅速摟了海報去櫃檯結帳。

結完帳從員工通道上樓，乘電梯抵達六十二層唱作工作室。

浮空娛樂的唱作部，編混錄調對外各自明碼標價。巫瑾起初從標價最低的開始看，接著收到大佬短訊：直接挑最貴的。

巫瑾：「……」

接著分公司執行總裁阿俊表示，白月光是逃殺界頂流，要做跨界合作就做最好的，擴大浮空娛樂唱作知名度。正好這兩天小橘在大廈樓頂曬太陽，讓小橘帶著巫瑾去敲門。

很快小橘從樓頂抱了個毛線球下來。

「這兩天搞創作的都去了那個，果子狸音樂節，」小橘領著巫瑾左彎右繞，「就剩幾個作品沒寫好的在公司趕稿。」

巫瑾一呆。寫歌不是拚靈感嗎？這還能趕稿！稿子寫完了還來得及唱？

小橘把門一踹，「喂，給你帶歌手來了。」

門內的長髮微胖的男士掃了眼巫瑾，「長得太流量，不要。」

小橘挽起袖子就要揍人，「閉嘴，這是我主人。」

長髮男士震驚，立刻來了興致：「靈魂訓誡主題的唱不唱？什麼？自帶作曲，唱兩句聽聽。一般長你這樣的唱歌都沒有靈性……」

巫瑾取下電吉他，連接終端音箱。

這位音樂人震驚：「你這是二十世紀還是十世紀的電吉他？剛出土嗎？夠用不？要不要我再給你找一套編鐘過來？」

然而等巫瑾抱著吉他開口，音樂人終於露出嚴肅表情。

巫瑾給白月光寫了應援曲，詞是文麟臨時填的，兩方都沒打磨，合在一起卻是明晃晃的少年氣息。

巫瑾氣息很穩，音域不算太寬，吐詞不端著，從頭到尾都熱情洋溢。旋律從一開始就高昂，少年唱歌時十分自信，像在發光。

音樂人坐在椅子上看著，心中預測，按照巫瑾的音域，正常高潮部分應該很難上去，看他接下來怎麼處理編曲——面前，少年一個掃弦，到了「刀槍烈火，並肩同行，掙脫束縛，砥劍前進」直接不管音域，用真聲頂著氣息喊出。

一曲結束。唱作人終於站起，「很好。」

非學院派，應該只受過最基礎的聲樂培訓，前面的技巧部分也是流量男團的過時唱法，但卻有完全無法掩飾的亮點。

巫瑾能輕易調動觀眾情緒。

一首歌能稱之為「燃」，編曲、混音、臺風、歌詞都要下工夫。眼前的小歌手做到了一半，另一半完全有提升空間。

這位長髮音樂人迅速同巫瑾簽下協定，下午讓他把那個沒聽過名字的白月光糊逼男團拉過來錄音，晚上修音混音放demo，明天找個吉時直接發行。

等處理完畢，音樂人好奇：「你是簽給浮空？怎麼沒你名字？」

小橘抱著毛線球開口：「你傻啊，我主人可是上過浮空老闆，有浮空股權的。」

音樂人喔了一聲，原來是走裙帶關係唱歌的。不過實力擺在這兒，有沒有裙帶關係無所謂，而且人家不是簽了那什麼叫白月光的小公司……

一小時後，白月光三人轟隆隆上樓。

音樂人一臉震驚看向傳說中的白月光糊逼男團。工作室內是一座座驃悍的人形肌肉山，副隊陳希阮站在錄音棚旁邊，哪個唱不好就要揍誰。

音樂人：「……合著你們是來搞錄音棚大逃殺的吧？」

下午的錄音出乎意料順利。

音樂人意外在凱撒的嘶吼中找到了生息狂野的靈性，激發了難得的混音靈感。等demo出來，音樂人滿意到和白月光戰隊一起出去擼串。

次日早晨，白月光營業開張，應援曲發布。

巫瑾提前兩小時瘋狂刷新網頁。

衛時把咖啡遞給他，巫瑾明顯有些緊張。

這種緊張又和打逃殺賽相異。舞臺、逃殺秀與音樂，是巫瑾的世界裡全然不同的維度。過往的經驗完全不能用在此處。雖然逃殺選手唱成什麼樣都無可厚非，但……

上午十點，曲目發布。

白月光粉絲紛至遝來，在評論區快速占樓，興致高昂吃糧。

十點零五分，評論區瞬間爆炸，在看到曲目資訊中的「編曲：巫瑾」時，好評如潮上升到好評如海嘯，對新唱作人給出了熱烈鼓勵。

十點四十分，有知名唱片類星博博主推薦，白月光主題曲小幅度出圈。

十二點，巫瑾接到白月光戰隊通訊。

巫瑾呆呆放下終端。衛時揚眉。

巫瑾：「果子狸音樂節向白月光戰隊發了邀請……」

這位一向冷靜的白月光突擊指揮位猛地躥起，「我能上音樂節舞臺了！」

果子狸音樂節既不是搖滾音樂節，也不是電音音樂節。能上臺的什麼都有，參加音樂節的觀眾來幹什麼的都有。白月光受邀，很大一部分是因為跨界聯動。

搞音樂的看逃殺不多，邀請函寫得十分禮貌，翻譯過來就是：能把麥克風唱響就行！從主辦方角度推斷，逃殺戰隊發專輯就圖個樂子，功勞也是調音師居多。

白月光領隊欣然接受邀請，戰隊該幹啥幹啥。

饒是如此，巫瑾就差沒激動到把它當葛萊美音樂獎對待。

浮空基地，城主宅邸。

巫瑾抱了把電吉他，夜以繼日從客廳嚎到臥室，從臥室嚎到走廊。有時候浮空護衛隊晚休，巫瑾還會拖著吉他去籃球場旁邊蹦蹦跳跳開演唱會。

為了儘快培養出穩健的臺風。

衛時每次從浮空高塔下來，就順著球場把人撿回去，有時候多撿一把吉他，有時候幫巫瑾抱著籃球。

巫瑾搞音樂入了魔，Beat又來回改了幾次，一週後終於坐上去往音樂節的星船。

星船內，白月光領隊諄諄教導選手：「到了音樂節不許打架。給你們買的保險只在逃殺賽場上作用。」

巫瑾舉手，「就算打起來，受傷的也是別人……」

領隊：「想什麼呢！你們被打傷還好，萬一打傷別人，公司賠不起啊！」

巫瑾：「……」

星網。白月光應援曲目在短短一週內掀起無數正面反響。凱撒吼得帶勁，文麟副歌洗腦，佐伊和陳希阮的rap風格粗獷，巫瑾的高音喊到聲嘶力竭，竟然還在調上。

對於這首與主流音樂風格迥異的主題曲，職業評論人給出非常中肯的讚揚：「主唱聲樂功底到位，喊也不是瞎喊，這是一種近十個世紀前流行的表現手法，常見於街頭樂隊，洋溢著年輕的衝勁——啥？不叫主唱？叫突擊指揮位……」
應援曲悄無聲息爬上若干個野雞榜單的同時，白月光粉絲在漫長的休賽期中迎來了一針令人激動的強心劑。
「哥哥們就算把底褲都輸在星際聯賽，以後還能搞樂隊過活！」
而其中最為自豪的莫過於唱作人巫瑾的後援團。
「巫選手，你還記得你是一名逃殺職業選手嗎！」
「兒砸在克洛森秀還抱了個古典吉他認認真真唱抒情歌，現在就是去吼音樂節了！」
「明明只是陪了兒砸一年，怎麼感覺把兒子從九歲養到了二十！向全世界安利最可愛的小巫！會打槍、能射箭，唱跳俱佳還軟綿綿！」
與此同時，白月光職業選手巫瑾的副業崛起，再次將圍巾CP催出形勢一片大好。
佛擋殺佛逃殺魔王衛時×貌美隊花小歌手巫瑾瞬間熱度上竄。實際上，當巫瑾與季中賽展示出驚人的指揮天賦之後，圍巾CP再不存在單方吸血。
蔚藍之刃僅剩最後的一小撮黑子在棺材板裡不斷做仰臥起坐：「這是買了誰的歌給巫瑾掛名？」
「光有人聲音軌沒圖像，怕是口型都對不準？」
論壇群眾絲毫不理會。甚至發散話題。
「說起來，克洛森秀畢業學員裡面，有人在女裝、有人在發歌、有人在拍寫真——衛神這段時間去哪兒了？」
下午，山嵐被日光驅散。果子狸音樂節包下了整座山谷，白月光戰隊從員工通道進入。
這邊等候席基本都是「嘉賓」。有白月光這種神祕聯動嘉賓，也有業界泰斗級的特邀嘉賓，還有蹭音樂節過來露臉的末流小歌手嘉賓。

巫瑾抱著樂器，十分激動，工作人員只瞅了一眼，不認識，就把他們和一群小歌手安排在一起。

凱撒往塑膠椅子上咔嚓一坐，身形孱弱的小歌手們紛紛後退半步！其中也有認出白月光戰隊的，熱情前來搭訕。

臺前，觀眾陸陸續續抵達，已經有樂隊開始激情演奏。

巫瑾聽了幾耳朵，已經略微緊張。三十世紀編曲處理又與二十一世紀不同，段落感更強，現場奏樂也更花哨。

等快到白月光登場，巫瑾向隊友揮揮手，去棚屋後面調整狀態。

巫瑾拿出電吉他，熟練背上。

旁邊的小歌手一驚：「你……你真是自己伴奏的啊？」

巫瑾笑：「只能唱唱live，錄歌還要靠後期。」

小歌手給他豎了個手指，牛逼！人家可是會唱作的裡面最能打的……

巫瑾走出棚屋，起了副歌先找手感。

嘉賓區域後面做什麼的都有，巫瑾並不違和，然而二十一世紀的電吉他依然醒目。

少頃，走上來一個小青年，盯著巫瑾的臉看，看完了又看吉他，「你這是什麼啊？」

巫瑾十分老實：「電吉他。」

那人伸手，「我試試看。」

巫瑾好奇，能彈奏十個世紀以前的電子器樂雛形，在現今相當罕見。

巫瑾遞過吉他，剛要把監聽耳機遞過去，那人亂七八糟撥了兩撥，用勁還挺大，「這怎麼沒聲啊？」

巫瑾：「……」我的吉他！還我吉他！

巫瑾搶回吉他，換了方向繼續彈。

小青年湊上：「你是哪個娛樂公司的？你叫什麼，想不想紅？你知道我是誰嗎？」

巫瑾忍無可忍摘下耳機。

身後棚屋內，先前和巫瑾搭話的小歌手正帶著一個人出門，說：「對，巫瑾是往這兒走了……」

兩人忽然停步。

遠處。巫瑾面前，那位青年仍在逼逼叨叨：「把你名片給我，我捧你，你跟著我。聽不聽得懂啊你……」

巫瑾緩慢繃緊肌肉，冷淡開口拒絕。

這人卻不依不饒，見巫瑾氣勢沒什麼攻擊性，直接動手動腳，「過來，聽話。」

巫瑾一把閃過，放下吉他，攥緊拳頭。

身後，小歌手心中咯噔一聲。完了，這小富二代在圈內還算有名，但巫瑾可是會唱作的裡面最能打的……

然而沒等他反應過來，身邊的男人猛然衝出，氣壓讓人心驚膽戰，直直就衝著那富二代一拳掄去！

小歌手：完蛋。這個才是最能打的，前面沒有定語。

小歌手心想，浮空隊長和白月光突擊位感情真好，接著一嗓子嚎起趕緊勸架：「衛隊、別別，有事咱們找保全解決……」

衛時下手看不出輕重，調戲巫瑾的那人卻一聲慘叫，捂著手腕說不出話。

這會兒後臺劇務已經在催「白月光樂隊」準備，眼看後勤就要走出棚屋，衛時突然面無表情攬上巫瑾肩膀，在人嘴唇宣誓主權啃了一口。

小歌手、被揍的富二代、前來喊人的後勤：「……」

巫瑾扯著衛時就往準備區跑，「別打重手啊，馬上我得唱了，你能擠到觀眾席嗎？」

身後，被擊倒在地的青年對著衛時背影怒罵，工作人員小心翼翼扶他起來。

青年：「他誰啊，給我去查。保全呢？你就站著不報警？」

工作人員如實回答：「剛才那個是衛董。浮空娛樂董事長……您看看要不咱不報警，和浮空娛樂那邊……溝通一下算了？」

青年：「……」

旁邊聽牆角的小歌手剛才還在為巫瑾、衛時的關係驚到腿軟，這會兒再次親耳聽到一炸雷，驚呼：「啊！」

果子狸音樂節前場，巫瑾艱難擠進人潮與白月光會合。

來找巫瑾的陳副隊還沒看出什麼，凱撒誇張：「臥槽，會玩啊！年輕人精力無窮……」

巫瑾趕緊抿唇，左看右看。

佐伊往凱撒背上一拍，「你他媽打比賽偵查敵情的時候，要能有這觀察力，咱們就賽區第一出線了！趕緊的！」

幾人從狹窄的通道走上對應編號的舞臺，眼前瞬間陽光奪目。

文麟、陳希阮明顯還做了準備，連林玨都不怕的陳副隊難得同手同腳，後面跟著的佐伊、凱撒加偵查位、兩個輪換位，直接手插口袋，和郊遊無差。等見到觀眾還從容自如地揮了揮手。

DJ給了個小高潮，MC在上面激情澎湃介紹：「下面有請我們的特邀嘉賓，蔚藍賽區的星際逃殺聯賽種子戰隊——白月光光光光光！」

巫瑾打了個嗝。

文麟嚇了一跳：「小巫你別緊張啊！哎你去前面和凱撒站一排。」

巫瑾趕緊站到凱撒旁邊。

凱撒傻笑，「這麼多人啊，嘿嘿嘿嘿……」

臺下，僅占音樂節五分之一的逃殺秀觀眾驚喜異常，爆發出熱烈的歡呼。舞臺最上方的虛擬螢幕正在加速播放戰隊在叢林、輻射廢墟、古堡、荒蕪沙丘等等情境中的一系列高光。很快，剩下五分之四的觀眾也齊齊做出手勢，對勇士們致以問好與敬意。

場上再無廢話，DJ直接給出前奏。巫瑾深吸一口氣，低頭，右手按弦。

「請給我振翼的勇氣，賽場上盤旋的鷹。榮耀起始於這裡，走向浩瀚無邊的星際……」

身後凱撒拿著麥克瘋嗷嚎起，文麟副歌接上。臺下主辦方準備好的托兒跟著吼出副歌，唱完兩段flow，人群已是融洽加入。

巨大的露天舞臺之下是音樂彙聚成的洪流。

在高潮到來的前一秒，少年頂著炎炎烈日抬頭，同樣布滿槍繭的右手掃弦如虛影。刀槍烈火，並肩同行。

臺下是跟著唱詞肆意吼叫的人群，簡單、毫無技巧修飾的氣流衝擊輕易調動起聽眾的情緒，越來越多的人在跟著巫瑾吶喊。

有觀眾激動喊叫：「白月光，星際聯賽，給我衝！」

舞臺上的巫瑾露出燦爛笑容。

白月光的音樂節表演遠遠超出主辦方意料。

下場時，甚至還有人詢問是樂隊轉行去做逃殺戰隊，還是逃殺戰隊改行做樂隊。

舞臺邊沿，凱撒一個跳水衝進人群，幾個三百斤的大漢麻利把他接住，瞬間就和凱撒勾肩搭背不見蹤影。佐伊帶著文麟在人群裡撞pogo，陳希阮對音樂節傳統節目死牆產生興趣。

臺下仍然有逃殺秀粉絲在尖叫。逃殺戰隊在音樂節出場，對旁人是驚喜，對他們就是驚喜Max。人群源源不斷向白月光湧來，巫瑾認真簽名，合影，完了被衛時一個招呼。

衛時：「走了。」

巫瑾向粉絲揮揮手，和浮空隊長並肩走向遠處。

人群微微一愣，驀地有人認出：「衛時？衛隊也來了？」

「巫瑾旁邊那個不就是……」

懸浮車車門閉合，自動駕駛檔位開啟，衛時給巫瑾扔去一把吉他。

民謠吉他，當初在蔚藍深空給巫瑾買下的那把。

巫瑾趁著手感調弦。剛才是唱音樂節，現在是單獨唱給這個人聽。

巫瑾：「唱哪首？」

衛時沒有指示。

巫瑾嘿嘿一笑。然後把前座調寬，抱著吉他低頭，像在地下酒吧的舞臺上給衛時唱歌。

「槍口的蝴蝶，訓練室的晝夜。」

「夢想明明滅滅，要再努力一點，才能不與你分別……」

「衛哥，我唱完了。你也表示下唄！」

「衛哥我想聽你rap！」

衛時：「想聽rap？」

衛時把人從副駕駛按入懷中，懸浮車速度瞬間飆升，巫瑾奮力掙扎，氣息不穩：「哎、哎哎、哎哎哎、這不還在車上啊！別、別別、別別別——」

時間一晃而過。

三〇一九星際聯賽結束。蔚藍賽區戰隊中，R碼殺入四強，銀絲卷挺入八強，井儀、白月光、蔚藍人民與卓瑪則於十六強鎩羽。

幾支戰隊在本賽季均有不同程度的主力換血，按照白月光領隊的說法，第一年就是把新人拎進世界賽摸爬滾打，贏一場大賺，輸一場不虧。

最終聯賽奪冠的，是本屆星際賽最大黑馬，浮空戰隊。

關於浮空隊長的神祕背景，媒體眾說紛紜。然而衛時最早的資料記錄只能溯源到克洛森秀。第一次上鏡還是第三輪淘汰賽副本——原因是沒交夠克洛森秀曝光費。

與克洛森同期的幾大練習生選秀節目紛紛後悔不已，人家克洛森PD就是躺著都能挖出金礦！而且就浮空戰隊這個態勢，挖出來的根本不是衛昭君，而是衛壆。

又過了兩年，浮空戰隊繼續在星際聯賽佛擋殺佛、神擋殺神。

而聯邦蔚藍賽區方面，白月光繼多年後首次挺進四強。

（完）

【番外六】

梅花開了啊

一月初。

浮空城白栗子區，區公立中學初中部。

初二九班剛剛下課，年輕的數學教師抱著一遝子作業慢慢向辦公室走去，窗外是輕飄飄的冬雪。

他推開辦公室門，裡面一派暖和。

白栗子區作為浮空城新劃分的行政區，公立中學也建校剛不久，教師大多年輕。年輕教師愛鬧，在學生面前還能保持威嚴，關上辦公室大門也不過是一群精力充沛的青年。

「邵老師欸！」語文老師向剛進門的數學老師打了個招呼：「桌上給你放了瓜子！」

邵老師微笑道謝，放下作業，解下沾了點落雪的圍巾。

邵老師看著只有二十八、九歲，戴一副細框眼鏡，俊秀溫和，身體有些偏瘦，像生過一場大病。他是學生們偷偷評選出的「長得最好看的理科老師」。

辦公室裡正在邊嗑瓜子邊看浮空戰隊的比賽重播。

浮空戰隊是整個浮空城的驕傲。

這會兒正好放到廣告，幾名年輕教師七嘴八舌：「怎麼一場比賽分兩期放的啦？」

「邵老師才下課就看不到了……」

邵老師笑咪咪連上螢幕控制終端：「換臺吧，看白月光怎麼樣？」

隔壁桌位的女教師揶揄：「邵瑜老師果然是白月光鐵粉。」

邵瑜入職不到兩個月，和同事關係融洽。據校長透露，邵老師在入職前一個月接連拿到浮空城教師資格證書、數學物理初高中執教資質。邵瑜的本碩文憑檔案加密，調不出來，但這位的年輕教師在面試時的精彩表現，讓校長當場拍板錄用。

邵瑜的教學風格詼諧有趣，知識儲備豐富，談吐優雅。

執教兩個月中，除了被學生家長投訴過一次「在數學教學中夾帶私貨教授物理」，其餘各方面出色優異。

邵瑜私下還是個小有名氣的民科。

辦公室裡的虛擬螢幕調到白月光戰隊比賽。邵瑜椅子還沒坐熱，辦公室外有學生砰砰敲門，「報告老師，有人在走廊打架！」

幾名當值教師走出，正是年級裡兩對雙胞胎在打架。

二對二。

語文老師頭疼，拎起其中一隻：「你弟弟和別人打架，你怎麼就衝進去一起打啦？」

小男孩被打得有點懵，卻十分倔強，「那是我弟弟，只能我揍他，別人不行！」

邵瑜老師分開兩對雙胞胎，各自帶去訓話。少頃，四位小朋友寫完檢討狀出門。

邵老師摸了四把毛茸茸的腦袋瓜，「兄弟感情真好。」

語文老師扶額，「我弟這個年齡的時候，簡直人嫌狗厭。」

邵瑜思考：「如果我有弟弟……」他被揍了，我肯定也得幫他打回去，他想吃什麼就給他買，養得白白胖胖、軟乎乎的。

語文老師攤手，「所以邵老師沒有弟弟咯。」

邵瑜眼帶笑意，「也許有呢。」

臨近寒假，剛考完期末考試，學生們心思都不在學習上。

放學後，邵瑜送學生出校門。副校長開車離校，和邵瑜揮揮手，「小邵早點走，晚上有大雪。」說完了關上車窗感嘆，小邵是真的挺喜歡學生。

等學生們都走完，邵瑜裹上圍巾，回到辦公室，關窗，從抽屜中拿出一張願望清單。

其中一行——讓初二九班期末考試數學均分提高十分。

達成，劃掉。

邵老師離開辦公室，駕駛懸浮車出了校門。

浮空城飛起鵝毛大雪。不起眼的懸浮車車速驀然飆升，車窗打開，冷冽寒風呼嘯而來。邵瑜看似久病初癒的臉龐卻並不懼怕寒風。他摘下那副邵老師標誌性的細框眼鏡，略顯穠豔的五官在夜風於暴雪中陡然凌厲。

懸浮車停在城市一隅。這裡燈紅酒綠，曖昧橫生。

邵瑜走進一處不起眼的酒吧，點了一杯Four Loko，視線在舞池裡群魔亂舞的人群中逡巡。很快有人同樣注意到這裡。

如果此時辦公室裡的老師們也在這間同志酒吧，必然會十分驚奇邵瑜簡直像換了一個人。邵老師看似懶散坐在卡座一角，神情多數時候冷漠，身上是與生俱來的上位者氣息。

接連兩位男士試圖替邵瑜買單，都被無情拒絕。

直到第三位。

男人剃了寸頭，壯碩到近乎誇張，看向邵瑜的眼裡帶著欣賞和審視。

「我是否有幸，能請先生喝一杯酒。」

邵瑜勾唇。Four Loko一飲而盡，半點廢話都沒。兩人很快乾柴烈火搞在一起，激吻從酒吧洗手間隔間，到男人裝飾豪華的高檔公寓。在進入正題前的一瞬，邵瑜雙手被反銬在身後，銀質手銬「咔嚓」一聲響起。

男人從身後親吻邵瑜的臉頰，從驚喜到狂喜，「你也好這口？」

疼痛如酥麻電流在邵瑜身體內亂竄，疼痛帶來的愉悅在邵瑜沒有眼鏡掩飾的雙眸前，綻出絢爛白光。

邵瑜示意後面的人麻溜兒開始。

雪片紛下，夜色迷離爛漫。

邵瑜穿上衣服，準備打車回家。

身後的男人罕見露出慎重表情，兩人各方面都契合，他打算發展成固定交往對象，甚至再往前一步。

邵瑜還沒出門，突然被男人拉住手，鑲嵌滿寶石的項圈塞到他手裡。

邵瑜隨手扔回。

男人神色一愣：「不是吧，我的技術還不好？方圓兩個區你問問，提燈都找不到我這麼優秀的S。過來，乖，戴上項圈，以後咱倆固定搭。」

邵瑜理都不理。

男人尋思著自己魅力也不差，難道人家喜歡被動的？男人立刻面龐冷肅，抖S氣勢全開，不容分說就要強行給邵瑜套項圈。

邵瑜兩手插在外套內，緩慢回頭。

下一瞬，這位略顯蒼白的邵老師，徒手將男人凶殘劈倒在地。接著一腳橫踹把人提到床邊，右手指節微動，邵瑜毫不費力從男人掛在牆邊的大氅中拽出一把仿古眼鏡王蛇左輪手槍，冷漠抵在男人額頭。

男人：「……」

邵瑜：「……」

男人：他怎麼知道自己大衣裡有槍？臥槽我不是S嗎，怎麼他比我還能打？

邵瑜直到打開槍枝保險，才愣了一愣。

邵老師緩慢把保險再次拉上，手槍扔回大氅，「不好意思，條件反射。」

男人：我信了你的邪！

然而邵瑜還真是條件反射。他看了下自己的手，邊思考邊道：「以後再約可以，項圈不戴。我白天還要給學生上課，不能教壞小朋友。」

男人糾結半天：「射擊學校？」

邵瑜搖頭，「初中。我教數學。」

男人：「……現在的初中數學老師都這樣？」

邵瑜：「不是。抱歉，今天稍微喝了點酒，有點上頭。為了慶祝一下我們班數學考試均分提高十分。」

男人：「……」

邵瑜隨手寫下聯繫方式，頭也不回走了。

身後的男人在地毯上繼續躺著，維持被邵瑜拿槍指著的姿勢半天不動，手上捏著那張手寫名片——邵。通訊號0063-XXX-XXX。

男人攤在地上，腦補中是剛才性感的小邵老師、教室裡在講解數學題的小邵老師、呼吸急促的小邵老師、溫柔送同學們回家的小邵老師。

男人猛然跳起，發星博。

二十萬粉的邊緣群體知名抖S：糟糕，我好像戀愛了！

公寓外。邵瑜叫了網約車回家，路上還在補白天沒看完的白月光比賽視頻。

邵瑜在終端敲字，敲了又刪，刪了又敲，最後只剩四個字：打得不錯。

另一端頭像迅速亮起，小雪豹頭像的白月光突擊手興奮回覆：必須的！

邵瑜看了終端半天，低頭滿是笑意。

浮空高塔，資料流程監控處。

兩位小研究員正在互相嗶嗶：「邵瑜怎麼聯繫上巫哥了啊？這事衛哥知道嗎？」

「知道吧……邵瑜不是S級監控對象嗎。不過人家確實被抹記憶了，除了興趣愛好特殊了點，也沒什麼社會危害性啊。」

「那也不能讓他聯繫巫哥，這不是……」

宋研究員推門而入。

「行了，這有什麼！」

「小巫都說沒事了，過往一筆勾銷。」

邵瑜在浮空高塔試藥三年，為解開情緒鎖提供了難以想像的珍貴資料。不僅如此，邵瑜是唯一能在高度痛感下，理智回饋主觀實驗資料的改造人。

邵瑜的存在，將原本預估為十年的情緒鎖研究，硬是擠壓到了三年。到去年九月，情緒鎖所有階段解鎖完成。

邵瑜在去年十一月正式結束勞改。

他曾在R碼基地解散時帶走不少改造人的生存藥劑，但直到今日，因為他救下的人遠遠要超過他所傷害的人。

功與過，是這個世界上最難量化的事物之一。邵瑜離開浮空塔時，身體素質一落千丈，面部五官也做了細微調整。但在真正伸手接觸塔外陽光的一瞬，愉悅突破心底土壤而出。

邵瑜在一次回塔複查時見到了來找紅毛打籃球的巫瑾，兩人交換通訊號。

S級人形兵器對血脈有著超乎尋常的感知。

邵瑜能百分百確信，巫瑾擁有源於他父系一脈的基因。在那之後，邵瑜就時常觀看白月光比賽、購買白月光周邊，成為浮空戰隊主場浮空城的少數異類。

浮空實驗室內，宋研究員脫下白袍準備下班。

「當他被抹去記憶之後，從現代法律意義上來說，我們就應當把他視作另一個完全不同的自然人。行了，邵瑜最近有沒有什麼違法亂紀的事情報告？」

小研究員想了半天：「他又和浮空民間科學學會吵起來了，邵瑜覺得某一期期刊內容不嚴謹……學會副會長煩死他這個杠精了，噴邵瑜是低等民科，然後邵瑜噴副會長是偽科學牲畜，副會長噴邵瑜是浮游生物，邵瑜噴副會長是單細胞阿米巴蟲……」

宋研究員：「……以後這種事不用再彙報了。」

——這都什麼跟什麼！浪費時間！下班！

次日清晨，邵瑜上班時心情頗佳。

座位旁的語文老師十分誇張：「不是吧？就因為你弟回你消息了，你就這麼開心？」

邵瑜戴著細框眼鏡勸說：「小點聲，有學生在辦公室罰寫檢討呢。」

寒假前最後一課是素質教育課。說是素質教育，其實就是老師帶著一群初中生，去幾個街區外的浮空生物醫藥大學感受學習氛圍。邵瑜監督初二九班的同學們戴上具有定位功能的小紅帽，坐上懸浮大巴去大學裡遛學生。

浮空生物醫藥大學在整個學術界地位頗高。

不僅因為它是整個蔚藍深空排名最高的醫科大學，浮空生物醫藥還為浮空實驗室輸送了源源不斷的人才。

這天正巧是浮空生醫大的校園開放日。

魏衍替麗莎拎著購物袋，戴著墨鏡，面無表情走在校園。

麗莎・阿法索穿著白色長裙厚披肩，像是校園裡青春躍動的風景。

麗莎卻是知道，魏衍這會兒十分拘謹。解開兩層情緒鎖之後，R碼戰隊隊長魏衍終於稍微有了點鮮活的人氣兒，但話還是不多。

很快，麗莎的男朋友替兩人拍完合影，笑容滿面走來，熟練地從魏衍手裡接過麗莎的購物袋。

麗莎在浮空生物醫藥讀大學三年級，繼承了來自於祖父阿法索教授的生物學天賦。小姑娘言笑晏晏，語速極快，開起R碼隊長的玩笑毫不手軟。

「毛秋葵說你喜歡一個逃殺女選手……哈哈哈你可別管我怎麼認識的秋葵，真的假的呀魏衍哥……」

魏衍眼神局促，拒絕回答。

正在此時，他突然一頓。遠處一群戴小紅帽的初中生走過，他看到了一個人。

「我離開一下。」魏衍言簡意賅，轉瞬消失在麗莎的視線之中。

浮空生物醫藥大學的開放日，正趕上臘梅盛開。校園裡飄浮著清清淡淡的臘梅香，腳下是還未化去的積雪，梅花樹間人山人海。

戴小紅帽的學生們在人群裡十分顯眼，魏衍快速追趕。

白栗子公立中學初中部，同學們吵吵鬧鬧。

小邵老師正在給同學們介紹臘梅：「臘梅精油是通過超臨界二氧化碳萃取的，再以物理手段二次加工。說到物理……」

旁邊，語文老師正在批評：「以後作文不許再寫，紅的似火、粉的似霞、白的似雪……你們能不能找點別的形容詞！」

邵瑜話說一半，突然一愣，有人直直站在自己面前。

邵瑜向魏衍微笑點頭，繼續帶學生：「那麼說到物理……魏衍先生，你擋著路了。」

魏衍：「你記得我？」

邵瑜：「R碼戰隊隊長。浮空城有誰不看逃殺秀？」

魏衍：「……」

邵瑜帶著同學們繼續向前走，魏衍竟然還在後面跟著。

魏衍的手背是還沒癒合的注射針孔，按照浮空城給的用藥進度，他將在兩年後完全解開情緒鎖。而研發此類藥劑的實驗對象，正是邵瑜。

魏衍曾無數次想找邵瑜，為阿法索教授討回一個公道。

再見面時，邵瑜卻已經是記憶清空的邵瑜。

阿法索教授一事，在浮空城操縱下終於被聯邦翻案。教授生前最想破解的情緒鎖，此時也終被攻破。

R碼基地被查封多年，邵瑜不再是當年的邵瑜。三年試藥對他的身體負荷、壽命都造成了損傷。

原本想狠揍邵瑜的一拳，終究像打在棉花上，煙消雲散。

浮空生物醫藥大學裡臘梅盛開，紅的似火，粉的似霞，白的似雪。

魏衍想起濃煙繚繞的R碼基地，想起尚且年幼的自己站在改造人人群裡，第一次看邵瑜進鎖，接著又看衛時進鎖，最後是自己進鎖。

身旁戴著小紅帽的初中生們吵鬧不休，邵瑜頗有耐心一一安撫。等忙完，邵瑜回頭，對著魏衍隊長一笑。

「魏隊，梅花開了啊。」

魏衍沉默許久，終於有了反應：「嗯。」

梅花開了。

（完）

【番外七】

誰先告白？誰求的婚？

白月光挺進星際聯賽四強的第一年，全隊歡欣鼓舞。

半決賽是凱撒抽的籤，完美閃避了R碼、浮空戰隊，對上了同樣爆冷進入四強的帝國星皇戰隊。半決賽中，星皇的紅桃K就差沒拿命在Carry，卻依然不敵士氣高漲的白月光戰隊。

決賽是白月光VS.浮空。

白月光全員心態良好，放手一搏，即便最終搏了個零比三告敗。

禮花與燈光同樣絢爛的頒獎臺上，冠亞兩支戰隊握手。

負責解說比賽的退役選手表示：「白月光這支戰隊很有潛力。就連剛才決賽三局，他們都是越打越好。」

次年，白月光氣運不再，止步四強。

又到來年，白月光一路殺入決賽，在代表逃殺秀最高賽事的戰場上與浮空狹路相逢。

這一次，白月光以三比二逆襲取勝，中斷了浮空戰隊的五連冠之路。

星網爆炸式沸騰。

網媒、紙媒頭版頭條皆是這場能稱之史詩級的逃殺戰役。白月光「決賽BO5指揮」巫瑾與浮空戰隊「神壇上的男人」衛時在各大推送流、雜誌封面——強強相撞。

一時間，長期低迷的逃殺圈紙媒被某類小群體粉絲買脫了銷！

即便最苛刻的評論人都對白月光戰隊的表現讚不絕口，畢竟沒有人會詆毀勝利：「……浮空戰隊蟬聯冠軍四年，毫無疑問，所有人都在覬覦他們的王座，研究他們的打法。但這之中，只有白月光戰隊是成功的。如果說佐伊的指揮專剋常規戰隊，那巫瑾邏輯縝密的精算流指揮就是一支『奇兵』。巫瑾完美切割了浮空戰隊的隊形，直擊這支單核戰隊的最大弱點……我依然敬畏神壇上的衛時，只是現在，固守在冠軍寶座上的巨龍被斬下，群雄割據，神格更迭。往後所有的逃殺聯賽將迎來新的巨變。」

蔚藍之刃巫瑾專版。

「大家還記得當年降級到二隊的小巫嗎？」被頂上熱度首頁，粉絲唏噓感慨，往前回看，陪巫瑾一路走來已經有六年。

六年不短不長，曾經的麻麻粉不少已經在帶著兒子、女兒繼續看螢屏上的小巫，論壇時時有人抱怨，陪娃看逃殺秀只能看兒童模式。

螢幕裡的小巫已經成長為能獨當一面的大巫，練習生時期欠缺的基本功被補全，現在的巫瑾是整個蔚藍賽區，近身格鬥最拿得出手的職業選手之一。

與此同時，巫瑾粉群裡的女友粉、老婆粉也大比例上升。

溫柔、帥氣、情商高還武力值爆表的白月光選手巫瑾，誰不喜歡！

六年來，同樣活躍的還有大旗不倒的圍巾CP粉。

星網上關於衛時即將退役的傳聞甚囂塵上，這位浮空隊長正值當打，偶爾卻並不上場，把機會留給輪換選手。對於衛時，粉絲們基本是盼一場看一場，看一場盼一場。

「啊啊啊啊啊有生之年！白月光奪冠！小巫線上家暴衛神！」

「看哭了，從克洛森秀追到現在，這樣也太好了吧！最喜歡《逃殺週刊》裡的錯位抓拍。小巫和衛神握手，從側面看，新王前傾，額頭和舊王相抵。」

「暖哭我了，這兩個人終於秀恩愛秀到領獎臺了嗎？」

當年的麻麻粉，到現在也看了巫瑾、衛時「秀恩愛」足足六年。

克洛森秀的戀人牌、凡爾賽舞會、團綜不說，兩人互相現場看對方的音樂節表演、比賽不論，圍巾出道後半年，直接有粉絲扒出——當年衛時在克洛森秀的第一張應援票，就是巫瑾投的。

當然是巫瑾。除了巫瑾，誰會用同一張高糊小雪豹當頭像？

「我是不是嗑糖嗑暈了，這種出現在同人小說裡的標準情節，竟然發生在了魔幻現實之中？啊啊啊啊啊我TM嗑爆！」

然而魔幻現實還在繼續。

巫瑾、衛時幾次被粉絲拍到一起買手抓餅、共進晚餐。

官方從不澄清。

粉絲、媒體均默認兩人「兄弟感情很好」。雖然和巫瑾「兄弟感情好」的人多了去了，職業選手被拍到吃手抓餅，十有八九旁邊還站了個啃餅的巫瑾。

如果一起吃餅不能代表什麼，那「一起旅遊」則在飯圈掀起軒然大波。

全逃殺界第一戰神衛隊，什麼時候和別人一起旅遊過？

不僅如此，衛時的星博一片貧瘠，除了轉友商廣告，就是給巫瑾點讚，給巫瑾MVP點讚、給巫瑾新專輯點讚、給巫瑾跨界參加街舞比賽點讚……

衛時，一個無情的小巫取向點讚機。

巫瑾的大號有官方管著，和衛時正式互動不多，但這位白月光突擊位的小號關注了一家頻繁給衛隊出圖的神仙站子……

粉絲心力交瘁——巫啊你不看自家站子，也不看圍巾站子，就看衛神，你這是連你自己都不想看了嗎？

巫瑾和衛時在鏡頭前從沒注意過「避嫌」。

兩人太坦然，坦然到連粉絲都分不清糖是真是假。但無論如何，這六年讓無數CP粉露出姨母笑，在辛苦學習工作之餘萌得甜兮兮冒泡。

巫瑾奪冠次年，浮空再次三比一擊敗R碼登頂。

到初春，衛時正式宣布從正役首發轉為輪換。

這位逃殺秀史上不可抹滅的傳奇，在消息發布後十分鐘迅速衝上全星網熱度第一。

觀眾、粉絲、媒體紛紛措手不及，業界一片混亂，很快第一篇媒體通告出來：「以衛時選手的實力，再打兩年、三年甚至十年首發都不是問題。但別忘了，沒有衛時的浮空戰隊，也是當之無愧的頂級戰隊……」

衛時終究有更重要的事情要做。

浮空城在蓬勃發展了七年旅遊、生物行業之後，即將迎來第二次產業轉型，事務繁多。

夏初，衛時被路人拍到出現在白月光大廈門口。

粉絲：簡直閃瞎！

旁邊還有巫瑾、佐伊、凱撒。

有觀眾表示，巫瑾、衛時之間應該確實沒什麼，要真有什麼，隊友就不是這個平淡無奇的反應了……

白月光大廈樓下。

佐伊刷了兩下星博，合上終端。

平淡無奇——呵呵，早就習慣了！

白月光戰隊明天在銀絲卷主場有比賽，巫瑾訓練完，麻溜兒準備去家裡住著，畢竟離賽場近，還能給公司省酒店住宿費。

今天衛時恰好有空，開車來接巫瑾。

離開公司前，兩人往白月光HR部門走了趟，嚇得戰隊經理立刻出現，生怕衛時要把人挖去浮空戰隊。

好在巫瑾只是去找HR改了下選手檔案。

經理終於放心。

懸浮車載著兩人往家的方向駛去。

與此同時，白月光巫瑾、浮空戰隊衛時的公開選手資料卡在同一秒刷新更改。

巫瑾：已婚。

衛時：已婚。

媒體：「……」

逃殺秀觀眾：「……#&（@#￥！」

趕在通話短信洶湧而至的前一瞬，巫瑾暫時關閉終端通訊，笑咪咪看向衛時。

懸浮車停在雨後的木屋旁。

小機器人乖覺出門，在不遠處它給自己搭了一座機器人小屋。

房間內，巫瑾洗了個戰鬥澡。

洗完澡的衛時正在床上用終端看小說。

衛時基本從來不看小說。除了這本《帝少祕戀：我成了他的神祕未婚妻》。

——真人同人拒絕KY，無關政治純屬YY。公眾章節試讀：那一夜，王蠻橫的把我帶走，在我面前摘下了面具……

巫瑾：「……」

這家網文網站在上個月剛剛完成為期十五天的改造，改造後自動向終端首頁資訊流推薦「好友們都在看」。

衛時在被推薦了《帝少祕戀》之後，只用不到三十秒就揪出了「追文好友」巫瑾。

巫瑾努力辯解：「我不是，我沒有……啊啊啊這本是我六年前點開的！」

床上咕咚咕咚作響，小巫被迫翻滾。

有聲書自動朗讀響起：「王是如此的霸道，我被牢牢桎梏在他的身下……」

巫瑾羞恥：「要搞就搞乾脆的，咱們能不用這玩意兒當背景音……」

衛時在他脖頸後親吻，表示有聲書挺好：「繼續放。」

晚上十一點，巫瑾因著明早還有比賽，按小學生作息睡覺。

巫瑾精疲力盡，軟乎乎在床上攤著。

衛時熄了燈，打開終端、星博，守在巫瑾旁邊。

巫瑾翻了個身，一條腿毫不客氣搭在衛時身上，「咱倆這算是公開了吧。」說完又傻笑了一會兒，高高興興入睡。

第二天，白月光打銀絲卷。

薄覆水表示，輸贏無所謂了。

畢竟無論是輸是贏，媒體關注點都不會在銀絲卷……

打完比賽，媒體娛記蜂擁而上。

巫瑾和場務溝通，場務知悉，開麥：「賽後採訪專注比賽，有什麼問題可以之後再問，今天還有一位外卡戰隊前隊長特意趕來觀賽……」
場內喧嘩聲炸開。
是衛時？衛時也來了？昨天兩人同時公布已婚，到現在還高踞熱搜不下，多少媒體為此禿頭趕稿……
巫瑾倒是輕鬆如常。關於他和衛時，他要等到大佬在場再公布一次。
賽後採訪結束，巫瑾從選手通道走出，衛時在通道盡頭等他。
巫瑾伸手，同樣槍繭厚重的手主動牽上衛時，在無數鏡頭與聚光燈下等不及把伴侶從陰影中拉出。
陽光正好。
媒體有兩秒靜默，接著瘋狂湧上。
衛時下意識要擋在巫瑾面前，接過麥克風，卻是被巫瑾搶先。
巫瑾：「對，結婚了。有些時候了……謝謝祝福。」
巫瑾在鏡頭前笑容燦爛，「誰先告白——是我。」
「誰求的婚——是他。」
衛時側過臉。
男人視線直直對著巫瑾，眼神專注。
巫瑾回頭，溫柔流淌。
巫瑾沒給衛時理論誰先告白的機會。就算大佬反駁，自己也能舉證，是當初在R碼基地，必須是自己先看上了他。
圍堵兩人的媒體來不及地記錄、出圖、發稿。

巫瑾打完比賽換了件白T恤，全身素色，脖頸上繫的那顆子彈就更加顯眼。

螢屏外。蔚藍之刃論壇。

兩位站在逃殺秀最高巔峰的王者公布婚訊，無異於驚天炸雷。

外面亂成一團，圍巾專版更是直接炸鍋。

「啊啊啊啊啊啊我心臟受不了！」

「我特麼早看出來了！但真到這時候，怎麼都激動得想哭咧。」

「我就說，子彈是浮空城的婚約信物。小巫戴子彈多久了？得從克洛森秀開始吧。你倆可真能藏！」

「挑這個時候公布，是因為衛神卸任首發吧。嘖！衛神這是退役之前怕小巫被惦記，特意宣告主權嗎？」

「小巫&衛神，麻麻愛你們呀！請一直一直幸福下去！」

等壇友終於鎮定，版主上大號冒泡。克洛森秀—圍巾專版、蔚藍之刃—圍巾專版，版規同時刪去一行字，重做補充。

相識於克洛森秀，並肩蔚藍星海。砥劍成雙，榮耀與共——圍巾CP專版，不禁真人。

（完）

【番外八】

克洛森秀練習生寒假實踐報告

「克洛森秀練習生寒假實踐報告」（第六場淘汰賽前）

批改人：血鴿

魏衍：六點起床。七點負重走，七點半手槍速射手榴彈定點準投，九點滑降突擊訓練……

導師批改：八十五分。不要寫成流水帳。

巫瑾：今天天氣晴朗，萬里無雲，我學習了一套A級難度戰術閃狙……

導師批改：八十九分。

衛時：今天天氣晴朗，天上飄著朵朵白雲，我學習了神奇的中軸重鎖射擊術……

導師批改：八十八分。你和小巫怎麼都關心天上有沒有雲？

佐伊：今天的小巫學習了戰術閃狙，凱撒也學習了戰術閃狙，文麟學習了原始重機槍水冷方法。作為隊長，我感到十分欣慰……

導師批改：六十分。文不對題，寫你自己。

凱撒：今天天氣晴朗，萬里無雲，我學習了一套A級難度戰術閃狙……

導師批改：零。PD管一下作業抄襲。

薄傳火：冬天是洋洋灑灑的冬，我從寢室走出，雪花打在我冰冷的槍管上，有那一瞬間，我的喉嚨因為不經意的感動而乾澀。我站在雪地裡，拿著槍，就像是在寒冬裡戍邊的戰士，此時的冬天又與他們的冬天一樣嗎……

導師批改：八十九分。無用資訊太多。嗓子發炎多喝熱水。

秦金寶：卻說今日拉練，卓瑪隊長督戰。練習生各自分路，某與狙擊約定，舉火為號，於兩翼殺奔，乃逼得賊人不敢衝陣，勢必抱守關防……

導師批改：九十二分。文體新穎。那是你訓練賽對手，不是賊人。

毛秋葵：今日打靶。九環、十環、九環、十環、十環、十環……

導師批改：一分。PD，這個也管一下。

左治棠：今日研習近戰槍線，對比霰彈槍高低姿態開火時的指向性射擊。我與明堯以五十公尺靶位為例實踐，報告如下……

導師批改：九十七分。範文。

明堯：今天隊長……

導師批改：八十五分。寫你自己。

夜深。

血鴿放下作業，喝了一口明目枸杞茶。

又是勤勤懇懇澆灌克洛森花朵的一天。

（完）

【番外九】

平行時空：克洛森學神之戰

克洛森私立高中。高二7班。

曲祕姝笑咪咪翻完一本《校霸狂寵：絕愛小學神》，抽出壓在模擬試卷底下的《文理雙修：重生期末考試之前》仔細閱覽。

後座，準備競爭班長的佐伊、左泊棠正奮力背誦競選講稿，值日生明堯穿著一雙Nike正在划水掃地，邊掃邊找學習委員巫瑾嘮嗑：「聽到沒，今天有轉校生要來……」

最後一排，凱撒鬼鬼祟祟從抽屜裡掏出「魚網網吧」的開業廣告，跟同桌紅毛吹牛要去「魚老師家補習」。

很快凱撒旁邊糾了一批去「魚老師家補習」的同學，凱撒攥著廣告點人，「一、二……四，還有沒有？五黑搞起，滿五個就發車！」

凱撒納悶問紅毛：「你不去？」

紅毛：「我不成啊，今天我老大要來……臥槽！」

凱撒身後，走廊上，教導主任PD的臉貼住一塊擦得乾乾淨淨的窗戶玻璃，活像校園恐怖電影。

凱撒被沒收小廣告，放學後寫檢討。

PD走進教室，身後還跟了一位少年。單肩包，校服的襯衫袖子隨意捲起，一百八十出頭，比PD還高。

等教導主任介紹到這位是轉校生……他慢慢點了個頭，無框平光眼鏡閃了閃，鏡片底下眉眼俊氣，沒什麼表情。

這轉校生還是個酷哥。

巫瑾跟著同班同學鼓掌歡迎，熱烈鼓掌，鼓掌鼓掌……

就這麼鼓著，轉校生的視線就盯在了自己臉上。

PD立刻給轉校生介紹班上同學：「這是你們班的學習委員，巫瑾。行了，小巫帶人熟悉一下同學。」

巫瑾乖巧起立，伸手自我介紹：「我叫巫瑾，小巫見大巫的巫……」

旁邊明堯拍桌給巫瑾撐場面：「就是他！理綜偏題難題破碎者・蔚藍市解析幾何王座合法繼承人・克洛森秀的統考高分守護者・白月光學隊的巫瑾！」

轉校生揚眉，與巫瑾握手，一言不發。

握手時不動聲色捏了一下，巫瑾幾乎以為是自己的幻覺。

然而直到現在，巫瑾甚至還不知道他的名字。

巫瑾只能接著介紹班長：「這位是班長，魏衍。」

明堯立刻補充：「電磁大題突擊之刃・去氧核糖核酸證題者・內切三角劍盾職掌人・魏衍。喂喂，給點面子啊！這是活生生的巫瑾和魏衍，就站在你面前！你有沒有參加過市統考啊？怎麼會沒聽說過他們？」

巫瑾介紹佐伊：「這是副班長，佐伊。」

轉校生掃了眼佐伊胸前的名牌：白月光學隊的少隊長・物理狙擊者・佐伊。

然後是左泊棠。

井儀的曙光晨曦・押題與雙押題創始人・禮樂射御書數精通者・左泊棠。

然後是銀絲卷的傳火者……

克洛森私立傳奇學神班終於在轉校生的面前展露出冰山一角。

巫瑾帶著轉校生轉來轉去，數道視線看新來的酷哥，暗暗打量。

這位是憑實力考入還是砸天價贊助錄取？這位將是未來攪動局勢的學神，還是深藏不露的學渣？

巫瑾介紹到凱撒。

轉校生終於見到了第一位名牌上沒有任何頭銜的同學。

（無）凱撒。

然後是第二位。

（無）毛秋葵。

毛秋葵見到轉校生卻十分激動，兩眼發光，「老大，你終於來了！老大——」

眾人紛紛收回目光，原來是和毛秋葵一條道上的。

眾所周知，毛秋葵、小橋、阿俊等等，均是浮空財團斥鉅資砸贊助費送入克洛森私立高中的「財團董事公子們」。

既然紅毛與轉校生熟識，轉校生很大可能是個有錢有勢的酷哥學渣……

紅毛旁邊，凱撒激動，似乎意識到了終於有人能和自己爭倒數第一、倒數第二或者倒數第三，「你兄弟啊，放學一起去網吧啊——」

上課鈴終於響起。新來的轉校生被安排在學習委員巫瑾旁邊做同桌。

巫瑾從抽屜拿出課本，才發現轉校生的視線依然牢牢鎖在自己身上。

巫瑾茫然。轉校生示意巫瑾低頭。

上課起立前，轉校生突然開口：「為什麼不戴名牌？」

巫瑾誠懇：「太長了。」

理綜偏題難題破碎者・蔚藍市解析幾何王座合法繼承人・克洛森秀的統考高分守護者・白月光學隊的巫瑾。

轉校生嗯了一聲。

巫瑾這才發現對方和自己靠得極近，對方的呼吸差點打在自己臉上。

轉校生終於開口：「我叫衛時。」

話音剛落，巫瑾身形一震。

衛時，他叫衛時，難道他就是傳說中的——

理綜偏題難題破碎者・蔚藍市解析幾何第一任無冕之王・神格消失的放逐者・蔚藍深空的衛時。

巫瑾心臟劇烈跳動。自己是「蔚藍市解析幾何王座合法繼承人」，正是因為第一任無冕之王衛時從市統考中消失匿跡。關於衛時的傳說各不相同，有人說他破格飛升入大學，有人說他已經退學，有人說他看破紅塵去做民科。

但衛時此時就坐在他身邊，是他的同桌。

上課起立前的最後幾秒，兩位解析幾何新王與舊王的目光相撞，如金石迸出劇烈火花！

巫瑾：「為什麼不參加市統考？」

衛時：「退學了，家事。」

巫瑾：「你復學了……為什麼轉校？」

衛時：「看看新王長什麼樣。」

巫瑾：「……」

教室前排，班長魏衍表情僵硬帶領全體同學向血鴿老師鞠躬：「起立！老師好——」

彎腰鞠躬前一瞬，衛時在巫瑾耳邊懶懶開口：「嗯，看過了。還挺好看的。」

生物課開始，同學們紛紛坐下。

巫瑾睜圓了眼睛。在克洛森私立，很少會有人誇他長得好看。一般情況下，同學見面寒暄，先誇對方主科學得好，再誇對方副科學得好。實在誇不了，還能誇對方德智體美勞全面發展。看衛同學神態，似乎真的覺得自己，呃，「長得好看」。

導師血鴿開始講課。

巫瑾低頭，從筆袋裡拿出了一枝胡蘿蔔筆，筆桿是圓圓胖胖的胡蘿蔔。

衛時：「你喜歡胡蘿蔔？」

巫瑾：這人怎麼上課還講話呢！

衛時看了會兒胡蘿蔔，又看了會兒巫瑾。

這節課學習花青素。小組討論環節，新舊理科王者同時合上教科書，在狹小的桌椅之間對拚知識點。

巫瑾：「花青素是天然抗氧劑，水溶性色素。」

衛時：「花青素是酚類化合物中的類黃酮化合物，是黃酮類代謝途徑的分支產物。」

巫瑾語速飛快：「花青素的化學式是C15H11O6。」

衛時冷峻勾唇：「花青素的食物添加劑代號是E163。」

巫瑾一呆：超、超綱了！

衛時大獲全勝，向巫瑾勾勾手。

巫瑾：「什、什麼？」

衛時擄走胡蘿蔔筆在手上肆意把玩。小胖蘿蔔是巫瑾生物期中考試滿分的戰利品，血鴿御賜。巫瑾顯然很喜歡這枝胡蘿蔔，衛時戳一下，巫瑾緊張一下。

衛時玩夠了，把胡蘿蔔還給巫瑾，摘下平光眼鏡，趴桌上睡覺。

巫瑾：……就睡覺了，睡覺了？啊啊啊啊有人上課睡覺！

下課鈴聲響起，學習委員巫瑾盡職盡責帶領衛時去領初級稱號。

「轉校生入學，可以在基礎稱號裡面選擇一樣用於名牌稱謂。例如，及格者・巫瑾、上晚自習者・巫瑾。當然，也有少數同學在月考之後直接失去及格稱號……」

兩人穿過長長的走廊，在樓梯口突然有一位陌生同學躥出！

「巫瑾，我要挑戰你！」

走廊上的同學紛紛虎軀一震，是誰？竟然要挑戰理綜偏題難題破碎者・蔚藍市解析幾何王座合法繼承人・克洛森秀的統考高分守護者・白月光學隊的巫瑾！

那位同學一聲冷哼，亮出名牌：理綜偏題難題挑戰者・紅桃K。

走廊頓時譁然！巫瑾是偏難題破碎者，K是偏難題挑戰者，在名牌氣勢上差了一截。怪不得K要向巫瑾下戰書！

走廊上，拿著掃帚清掃包乾區的明堯立刻擠進人群，兩眼放光，「好的，K向小巫挑戰了！巫瑾同學，你願意接受他的挑戰嗎？」

巫瑾只能點頭。

人群迅速爆發出歡呼。很快有學生會公證人薄覆水到場，將兩人名牌暫時收繳。

薄覆水：「巫同學，如果你戰敗，你將會失去理綜偏難題破碎者的稱號，而K將奪走你的這份榮光。」

「K同學，如果你戰敗，你將失去名牌上的全部稱號，盡數送給面前這位巫選手。」

「你們準備好了嗎？」

兩人同意。薄覆水頷首，將兩人帶到決鬥自習室。兩張桌子遙遙相對，巫瑾、K各坐一端，手中是完全相同的兩份試卷。

自習室窗戶玻璃外被圍堵得水泄不通！

衛時透過反光的窗扇，若有所思看向巫瑾。

身後，明堯滿頭大汗說：「讓一讓、讓一讓，學生會簽約解說，個人刷題者林客來了！看比賽怎能沒解說！」

自習室內，審題兩分鐘到。薄覆水按下計時器，巫瑾、紅桃K同時開始奮筆疾書！

窗外，解說林客興奮開口：「決鬥開始！現在兩人的進度都在選擇題部分。第一題是物理，已知六個小球在十二個不同摩擦力的粗糙斜面中滾動，眾所周知，K是曾經的高二摩擦力小王子！那麼這道題對他毫無難度……」

「K解出來了！K比巫瑾提前動筆了！」林客驚呼：「不愧是曾經的摩擦力小王子，或許經此一役，K將會晉級為摩擦力天王！鬥題時，先下筆者必以聲勢勝之……等等，什麼！巫瑾動筆了，巫瑾他……他把所有選擇題答案都填上了！原來，竟是這樣！」

「在K審一道題的時間裡，巫瑾同學已經默默算好了全部十道選擇題！我的天吶！這是什麼樣的效率？如果現在不是K的名牌晉級賽，只是普通的刷題匹配賽，坐在巫瑾對面的人很有可能已經投降認輸！」

人群喧嘩成一片，前來觀賽的學弟、學妹們嘆為觀止。

衛時站在窗外。

自習室裡的少年面色坦然，筆尖在試卷上一刻不停，字跡圓溜溜似曾相識。

九分鐘，K臉色微緊，剛剛答到第二道大題，巫瑾已經接近做完。

林客一掌拍上欄杆，「最後一題是高達二十分的解析幾何附加題！出現了，是的，二次曲線直紋仿射最速解題法出現了！上一次巫瑾用這種解法是什麼時候？期中考試？高二第一次月考？」

十一分鐘，巫瑾交卷。薄覆水收卷，判卷，滿分交還。

自習室終於開窗。

K臉色脹紅：「我輸了。」說完就低下頭，快步離開自習室。

明堯在門外嚷嚷：「名牌啊，你名牌不要了嗎？」

林客嘆息：「眾所周知，沒有任何稱號的名牌對於K這位年級前十的同學來說，是別在胸口上的恥辱。如果換做我，我寧願不戴名牌，也不會戴上空名牌……什麼？凱撒？請不要用特殊個例和我杠。」

門內，K臉龐發紅，血液上湧，離開時同手同腳。

身後，薄覆水把K的名牌遞給巫瑾，巫瑾開口叫住K：「請等一下。」

K猛地回頭。巫瑾把名牌還給他，推門而去，「加油。」

走廊上，一眾同學齊齊給這位再次捍衛榮耀的理綜偏題難題破碎者讓路。

巫瑾繼續帶衛時走向校技術室。

衛時：「怎麼不要了？」

巫瑾做了兩節手操，誠誠懇懇：「我的名牌太長，加不了其他稱謂，要來也沒用。如果搶了他的稱號不用，對挑戰者是一種羞辱。」
衛時：「成王敗寇。」
巫瑾搖頭搖頭，「那是他最看重的榮譽。K的力學很強，他值得這塊名牌。今天之後，他也不會再向我挑戰。決鬥不是為了贏，就像考試不是為了拿最高分一樣。」
衛時走在巫瑾身後，像是突然在新玩具上又發掘出了新的趣味。
「有意思，」衛同學琢磨：「平時誰和你一起自習？」
巫瑾：「白月光學習小隊……」
衛時：「讓他們三個自己玩，明天開始你和我一起自習。」
巫瑾：「啊？」
衛時命令：「帶上你那枝蘿蔔筆。」
巫瑾抓狂：「那是胡蘿蔔……」
衛時想著，把人抓來自習，總得給一塊糖，問道：「喜不喜歡兔子？明天我帶一隻到學校給你玩。」
巫瑾被衛時過於跳躍的思維驚到一個激靈，開口就要拒絕。
衛時回頭，居高臨下看著巫瑾，把他整個人攏在自己的陰影之中。
「看你做題的風格，」衛時緩慢伸手，巫瑾危機感大增！往牆角一縮！
衛時慢慢俯在少年耳側，「你是R碼補習班出來的？」
巫瑾身形巨震，臉色微變！
R碼補習班，全稱「Revolutionary Cram School」。
一般這種補習班都有一個高大上的英文名，和一個沒人看的全英文機翻網站。而R碼直譯過來就是——「革命性填鴨式教育補習班」。

與其他補習班不同，R碼採用了一種相當極端的教育方式。包括但不限於控制學生睡眠、藥物干擾學生多巴胺分泌、建立大腦刷題獎勵機制、人工塑成刷題成癮性。曾有一段時間，R碼是家長們用來解決問題少年的「改造營」，然而很快R碼就被叫停。

學生離營後，必須持續不斷刷題才能保持正常生活的精神狀態。如果有一天不做題，五羥色胺與多巴胺分泌將直線下降。

蔚藍市政府在嚴懲了R碼補習班的同時，投入大量人力、物力拯救從R碼出來的「改造學生」。最終出乎所有人意料，拯救「改造學生」的唯一方法竟然是……

深夜，巫瑾趕緊搖搖腦袋。不行，想太多了！

現在最關鍵的問題，衛同學究竟是如何知道自己是從R碼補習班出來的？

第二天，衛同學果然遲到。衛同學竟然直到課間操才來，手上還拎著寵物籠子，裡面是一隻小白兔。

衛時把小白兔遞給巫瑾。

巫瑾：……等等，我正在做操，我正在領跳課間操哇啊啊啊！

巫瑾只能趁第二節擴胸運動接過兔子，趁第四節體側運動把兔子放在地上，然後在小白兔面前蹦蹦跳跳。

衛時看了看蹦蹦跳跳的小白兔，再看了看蹦蹦跳跳的巫瑾，心情愉悅。

課間操後，巫瑾嚴肅找上比自己高了一個頭的衛同學。

巫瑾和兔子一起堵著衛同學。

衛時懶洋洋開口：「你是問，我怎麼知道你來自R碼？」

巫瑾點頭點頭。

「想知道？」衛時突然轉身，換為把巫瑾壁咚在牆角，饒有興味靠近巫瑾，「用你們克洛森的方式，決鬥贏過我，我就告訴你。」

巫瑾驟然瞇眼。

用克洛森的方式。就是指在一對一刷題對戰中贏過衛時。衛時作為解析幾何舊王、蔚藍市理綜界的傳奇，實力深不可測。雖然自己未必有完全把握能贏，但不妨一試——

衛時伸出一根手指，在巫瑾的小圓臉面前晃了晃，「一個月後，決鬥。」

巫瑾斷然點頭，轉身而去。臨走前還被薅了一把頭頂軟乎乎的小捲毛。

衛時在後面喊了聲：「晚上一起自習。」

巫瑾扭頭，假裝沒聽見。心中思緒電轉，自己與衛時的頂級刷題決鬥，流程之繁瑣又與昨天的挑戰賽不同。除了比試同一張考卷之外，兩位同學還需要在比賽之初進行Ban選……

樓道此時被堵得水泄不通。

巫瑾小心翼翼捧著兔子，在人群裡跳了兩下，才看到人群盡頭的景象。

學生會副會長薄覆水，正在與風紀委員毛冬青進行一場刷題決鬥。

這場的解說是白月光學隊的優秀學生，陳希阮。

只聽陳希阮快速開口：「比賽開始十二秒，兩位優等生已經入座！接下來即將進入的，就是激動人心的Ban選環節！首先讓我們聚焦風紀委員，大毛同學！」

「是的，大毛同學搶到了我們的藍色座椅！那麼毛冬青的一Ban（禁用位），是……是薄覆水同學最擅長的現代散文閱讀理解！」

「好的，可以看到我們的裁判方已經把散文閱讀理解從題庫中移除！」

「接下來是紅色方薄覆水，他選擇的Ban位是，啊！是毛冬青最擅長的化學熵變問題！好的，這一部分題目也已經從題庫移除。」

「接下來是毛冬青的一搶，他搶到了五代十國歷史！眾所周知，這一部分歷史考點非常繁瑣，接下來兩位選手將共同面對這一部分考題，看來毛冬青早有準備。好了，那麼薄覆水同學最後選出的Counter位是……」

「中東地區地理讀圖題！薄覆水選出了這一部分題庫！下面有請精算者・Ban選大師・白月光學隊的不滅之魂林玨，為我們帶來本場比賽的預測勝率……」

巫瑾抱著兔，站在人群外，突然反應過來什麼。

頂級學神決鬥中，必有Ban選環節。兩位同學根據自己、對方的優劣勢刪減增加題庫，以取得策略制勝。

一個月後自己也要與衛同學決鬥。自己的擅長題型眾人皆知，衛時同學卻實力成謎。不行！自己必須提前刺探衛同學的弱點。知己知彼，百戰不殆！

巫瑾抱著兔子擠出人群。

衛時抱臂站在樹下，「怎麼？」

巫瑾：「……晚上一起自習。」

於是當晚，巫同學和衛同學一起自習。

自習有百家流派，所擅各不相同。如魏衍以RNA核糖核酸入道，必先以生物熱身，輔以物、化拔高題感，繼而洋洋灑灑解千題而不疲。
巫瑾則用力均勻，文理交替，往往數十題便釋卷，做一兩節眼保健操再繼續。
故欲窺一人所擅，必先與其自習。
自習室內。巫瑾握著胡蘿蔔筆，暗中觀察衛同學。
巫瑾做完兩節眼保健操，繼續觀察衛同學。
巫瑾又寫了半張試卷，悄悄摸了一會兒兔，再次觀察衛同學……
自習課結束。
「……」巫瑾抓狂：這人怎麼沒做題啊！
衛時在兩小時內睡了一覺，搶了巫瑾的胡蘿蔔筆過來玩，把兔子放在巫瑾的筆袋上，盯著巫瑾的小捲毛若有所思。胡搞瞎搞。
此時衛時心情舒暢，表示下次再一起自習。
二十一點放學後，克洛森私立門口擠滿了接送學生的私家車，其中一輛邁巴赫尤其顯眼。車門打開，左右保鏢齊齊鞠躬，「衛少！」
路邊的同學ABCDE：「……」臥槽，這人好會裝逼！
衛時找了個路燈下光影分明的角度，以最霸總的姿勢九十度轉身，就要讓巫瑾銘記這終身難忘的一幕，對過於富貴的自己一見鍾情——
衛時一回頭，巫瑾早就跑到半公里開外，在公車站旁高高興興買手抓餅。
衛時：「……」
從此之後，巫、衛兩位同學開始固定結伴自習。
衛時同學藏鋒於內，基本只看卷不動筆。巫瑾只見過他下筆一次——解題之凶殘霸道，天搖地動，鬼哭神驚！

這種炸裂式題風，讓巫瑾隱隱記起當年的R碼，但再細究又了無蹤跡。

但兩人終於因為自習熟識。

早晨第一節英語課，衛時繼續趴桌上睡覺。

導師應湘湘敲桌提問：「請第五排戴眼鏡的同學翻譯……」

衛時頭也不抬，摘下眼鏡，扔在桌上。

「……」巫瑾只能被迫戴上眼鏡，站起，乖巧翻譯。

中午，克洛森食堂人潮洶湧。衛時隨手訂了兩份外賣，薅著巫瑾去小門口取。

克洛森私立中午不開門，外賣都是從外面用繩子吊進來。

小門口熙熙攘攘，喊叫聲此起彼伏，「高二9班紅桃K，牛肉拉麵加雙份牛肉！」

「高二7班幻影凱撒，炸雞全家桶一份！」

巫瑾等了半天，聞著手抓餅香味就往矮牆跑，聽到牆後外賣員在喊：「高二7班巫小兔，手抓餅套餐兩份！」

巫瑾：「……我不叫巫小兔！」

外賣員：「那你別拿人家巫小兔的外賣啊。」

巫瑾抓狂：「……這是我的外賣。」

外賣員：「那你不是巫小兔誰是巫小兔？」

巫瑾取了兩份手抓餅，氣憤去找訂餐的衛時理論。

衛時冷靜表示，不暴露真實姓名，是保護隱私的第一步。

於是第二天中午巫瑾用衛小兔的名義訂餐。

來的還是同一位外賣員。外賣員哈哈大笑：「你不是昨天的巫小兔嗎？巫小兔、衛小兔。你倆瞞著學校談戀愛吧？」

巫瑾：「……啊！」

一週後，巫瑾終於大致摸清了衛時的弱點。兩位蔚藍市解析幾何的新舊王者一樣偏科理綜，語文作文在及格線上掙扎。

兩週後，巫瑾又把衛同學的弱點拋在了腦後，兩人放學竟然會一起打會兒籃球。

三週後，克洛森私立模擬考試出分。兩張試卷倒扣在桌上，教室裡一片喧嘩。

有人被迫摘下「模擬考的數學之光」名牌，有人欣喜若狂戴上「方程式貫通者」，有人以卷面分對賭稱號，有人在爭相傳閱魏衍的生物滿分樣卷。

教室第五排，巫瑾、衛時分坐左右兩側，數學試卷倒扣。

兩人同樣對分數信心滿滿。

巫瑾提出條件：「如果我比你分數高，以後訂餐不能寫巫小兔。」

衛時點頭：「如果沒有我高……」

巫瑾睜大眼睛。

衛時：「名牌借我玩一天。」

巫瑾：啊？

衛時轉學一個月不到，至今名牌一片空白，就連教務白送的稱號都不要。

有人說衛時要佛系高考，有人說衛時盯上的是巫瑾的名牌——意圖在對戰中把「理綜偏題難題破碎者‧蔚藍市解析幾何王座合法繼承人‧克洛森秀的統考高分守護者」奪為己用。

但就連相處近一個月的巫瑾都無法猜透他的意圖。

協定達成。兩張卷面翻開。

滿分一百五十，巫瑾一百四十九、衛時一百五十。

巫瑾一頭栽在桌上，「……啊啊啊啊哇哇哇哇啊！」

衛時揚眉，巫瑾試探性拿起同桌試卷。字體遒勁有力，肆意張揚。整齊劃一的「解」、「已知」、「可推導」邏輯縝密，卷面解體格式和班長魏衍近乎一致——

準確來說，是和魏衍、毛冬青都近乎一致。

R碼補習班的風格。

巫瑾一驚，猜測最終驗證。

衛時也是R碼補習班出來的，那他……

走道邊，仍有一群同學在爭搶魏衍的生物試卷。明堯搶得最歡，不愛學習的小明尤其喜歡湊熱鬧。

此時魏衍正巧不在，有人議論到班長曾經的「R碼補習經歷」，明堯立刻接上八卦。

「R碼補習班？我知道啊！不就是革命性填鴨式教育補習班！」

「半年前因為藥物干擾學生多巴胺分泌被查封了！鬧得滿城風雨！治療？嗨，也不是不能治療。」

「當年市政府投入大量資源拯救R碼改造學生，還真琢磨出一個點子。你們可別在班長面前說啊，說了他得打我。但這是事實！你想，幹點什麼才能快速促進多巴胺分泌？那當然是談戀……啊啊啊班長你怎麼回來了！」

教室第五排。衛時看了眼巫瑾，十分滿意。

巫瑾：「嗯？」

兩人座位旁，紅毛聽了半耳朵，開始騷動。

紅毛撓著腦袋看向凱撒，低聲詢問：「說到談戀愛，我還挺喜歡隔壁班花的。你說，有機會嗎？」

凱撒正在看三十分的化學試卷，「啥？有機？有機不會啊。」

前排，曲祕姝笑咪咪從考卷裡拿起一本《學霸哥哥：不談戀愛就會死》開始翻閱，佐伊十分感慨，R碼補習班的同學確實有校園戀愛特權。魏衍還是早脫單早好。

再前排，薄傳火表示談戀愛不如護膚。而旁邊的紅毛終於給凱撒理順邏輯。

凱撒：「你要談，肯定得瞞著PD和風紀委員會，咱們旁邊有誰是正大光明談戀愛的？」

紅毛：「哎，老大是啊。他就正大光明轉學過來追人了……」

巫瑾聽力極好。紅毛的老大就是衛時。衛時來光明正大追人了？他追誰了？這人除了上課睡覺，和周圍沒有交互啊！

巫瑾把試卷還給衛時。

衛時深深看了巫瑾一眼。

巫瑾茫然。

巫瑾若有所思。

巫瑾猛地反應過來！

巫瑾一呆！

巫瑾數學比衛時低了一分，願賭服輸，把名牌交給對方。

衛同學表示一週後再給。

一週後……正是兩人決戰題海之巔的日子——然而目前還顧不了那麼遠。

當晚，巫瑾戰戰兢兢背上小書包，戰戰兢兢刷卡坐公車，戰戰兢兢回家在書桌坐好。

衛同學入學一個月不到，和明堯、魏衍、佐伊說過兩三句話，被應老師罰站兩次，被血鴿老師批評一次。

衛同學……該不會是來追應老師的吧？

巫瑾大驚，畢竟應湘湘一共和衛時說過四句話。

「衛同學，出去罰站。」

「時間到了，回來。」

「衛同學，出去罰站。」

「回來。」

巫瑾打開兔籠，在書桌上擼了會兒兔。

衛時還和自己說過很多話……可他總不會是來追自己的吧？絕對不可能！自己只是一個普通小巫啊！

想到這裡，巫瑾終於放下心來。

回家後，巫瑾繼續在題海裡快樂徜徉了一會兒，按照小學生作息睡覺。

桌上的小白兔抱著衛時送的兔玩具，一點二公尺單人床上的巫瑾抱著枕頭。

巫瑾做了一個夢，夢中小巫晚歸，擔中肉盡，止有剩骨。途中衛同學，綴行甚遠。小巫懼，投以剩骨。衛同學得剩骨，目似瞑，意暇甚……

幾公里外，衛家宅院內，幾十平方公尺的豪華大床上，衛同學同樣做了一個夢。夢裡普通小巫腳撲朔，泥塑小巫眼迷離，兩隻小巫傍地走……

第二天清晨，巫瑾起了個大早，著手調查衛同學的R碼補習班背景。

值日生明堯同樣早到。明堯特別喜歡當值日生，因為值日生不用下樓做課間操，可以在四樓陽臺上為做課間操的左泊棠熱情打CALL。

因此左泊棠是全校唯一一位自帶BGM的課間操選手。

岔遠了——巫瑾特意挑明堯上學的時間過來，因為明堯是克洛森私立高中八卦之王。

小明拿著掃帚，思索開口：「衛時？我記得他那輛S650限量版邁巴赫。那是衛家的車。去年衛家家主去世，六個堂口鬧成一團，直到大少爺橫空出世艷壓、哦不對，鎮壓全場！」

「說起來大少爺確實消失了一段時間，說是被強制送到全封閉式補習班了……」

巫瑾心想，如果他們的生活是一個短篇沙雕小故事，那明堯一定擔當了所有背景介紹和旁白講解。

明堯突然猶豫開口：「你這個眼神讓我覺得，我可能是個工具人……」

巫瑾嚇了一跳，安撫：「怎麼可能？光榮的值日生小明怎麼會是工具人！」

等同學們陸續抵達教室，巫瑾終於把線索理清。

衛時是衛家大少，在衛家大廈將傾的時候被送去R碼補習班虐待……也依此因「家事」退學一年。

想到這裡，巫瑾十分唏噓。衛同學有著非常值得同情的過去，但衛少和自己的生活確實有壁，他的想法也揣摩不透。畢竟富貴的衛同學坐邁巴赫（Maybach），而貧窮的小巫連麥麗素（Mylikes）都吃不起。

上課鈴聲響起，衛時踩鈴聲進門。

衛時照例不聽講。衛時從價值四十萬的書包裡拿出價值二十萬的訂製版鑲鑽遊戲機，和巫瑾說他在遊戲機裡裝了一個兔遊戲。

巫瑾：「……」你才想玩兔遊戲！

第一節語文，巫瑾認真記筆記，衛時在玩兔遊戲。

第二節數學，巫瑾認真記筆記，衛時：「嘖，這遊戲真好玩。」

第三節英語，巫瑾認真記筆記，衛時：「小兔子進化了，超高校級機械裝甲戰鬥兔。」

巫瑾動了動耳朵，最終強自按捺下好奇心。

兔遊戲誘惑失敗。

到了中午，衛時轉變策略。

第五節物理，巫瑾認真記筆記，衛時掏出一本精編模擬題庫。

第六節化學，巫瑾認真記筆記，衛時：「嘖，神仙題目。」

第七節生物，巫瑾認真記筆記，衛時擊掌讚嘆：「好題，好題！」

巫瑾終於忍不住：「你在做什麼題？」

衛時邪魅一笑：「想知道？放學後小樹林找我。」

巫瑾一秒回絕。

衛時也不理會，再做一題，擊掌長嘆：「此題只應天上有，人間難得……」

講臺，生物老師血鴿終於忍不住：「第五排的同學，你上課上得好好的鼓掌幹什麼？」

衛時旁邊，特別想看題的巫瑾也忍無可忍，「行，小樹林就小樹林！」

放學之後，巫瑾帶上草稿紙、胡蘿蔔筆、錯題本、充電小檯燈，在小樹林等待衛同學。

衛同學還沒出現，空氣裡飄蕩著淡淡的玫瑰芳香。

巫瑾打了一會兒蚊子，一直打到衛同學出現。

衛時果然帶來了精編模擬題庫。

巫瑾欣喜若狂，打開小檯燈，在樹墩上快樂做題。

然而很快他發現，這題他做過的，還是在R碼補習班基地做過……

當時正是寒冬，R碼補習班還在內測階段，高價招收優等生被試體驗革命性填鴨式教育方法。

勤工儉學的巫瑾在R碼基地做完題，因為電磁干擾腦部多巴胺分泌而略微反胃。巫瑾在補習班門口冒著寒風坐了會兒，邊坐邊等測試結果出來。當身體差不多緩過來了，巫瑾高高興興站起，在臺階旁邊堆了一個小小的雪人。

等雪人堆完，不遠處的棚屋裡傳來窸窣聲響。然而巫瑾還沒走近，就迅速被R碼教員拉開，「你知道那裡關了誰嗎？不許去！」接著就連正對著棚屋的雪人都被教員一腳踹倒……

巫瑾猛地反應過來。R碼補習班，傳來聲響的棚屋，消失的衛少……

衛時緩慢單膝蹲下，仰頭看著在樹墩上做題的巫瑾。

「喂，」衛時把胡蘿蔔筆搶走，往巫瑾手裡塞了一朵香檳玫瑰，「謝謝你的雪人。我還挺喜歡你的，雖然你矮了點。」

「我做你男朋友怎麼樣？」

克洛森私立高中。

夕陽西下。巫瑾從小樹林裡冒出，奪命奔逃！

校門口，遊手好閒蹲著的紅毛和凱撒跟巫瑾打了個招呼。

巫瑾愣怔回頭，毫無反應。

凱撒大驚：「臥槽，小巫傻了！」

巫瑾呆呆坐上公車，巫瑾呆呆背著書包回家，巫瑾呆呆回到小書桌……

克洛森八卦之王明堯一個短信敲來：小巫！你怎麼了？你怎麼傻了？

巫瑾呆呆打開翻蓋彩屏手機，腦內翻江倒海電閃雷鳴，最後憋出一句……我矮嗎？

明堯摸不著頭腦，只能安慰：沒啊沒啊。雖然你上學期還挺矮的，這學期不就長到一七六了嗎！好大一小巫往天上竄！

好大一小巫攤在書桌上，腦海一片亂麻。

衛同學……學習不好玩嗎？為什麼要談戀愛？愛是多麼珍貴，給數學不行嗎？為什麼要給男朋友……高爾基說過，書是人類最好的男朋友。不對，高爾基怎麼說來著……

巫瑾不得不試圖沉浸於作業的海洋，用學習來忘卻憂傷。然後一提筆就發現，胡蘿蔔筆忘在衛時那兒了。

巫瑾只能換了枝筆，儘量不去想到衛少。

翻蓋手機滋滋振動。

發信人：衛時。

巫瑾嚇了一跳，但手機還是響個不停。巫瑾只能打開二百五十六色彩屏螢幕。

衛時：我有三樣東西落你那兒了。

巫瑾：啊？我胡蘿蔔筆還沒要回來呢！

衛時：第一樣，兔籠旁邊隔板夾縫裡。

兔子、兔籠都是衛時送的，巫瑾乖巧把兔抱出，對著手電筒看了眼隔板，裡面竟然真有一條夾縫！夾縫裡還塞了張紙條——

不和我談戀愛，怎麼知道我擅長的題型。

巫瑾：「……」

衛時發完這條就沒了聲。

巫瑾翻來覆去一晚上，小學生作息徹底打亂，第二天頂了個黑眼圈上課。

胡蘿蔔筆放在桌上，衛同學請假沒來。

當晚，衛時又發了一條短信：第二樣，兔飼料的包裝紙袋上。

巫瑾：「……」

兔飼料也是衛同學送的。包裝袋是塑膠，裡面又是錫紙。塑膠是乾垃圾，錫紙是可回收垃圾，沒吃完的兔飼料是濕垃圾。衛同學熟記蔚藍市垃圾分類回收日期表，所以能推算出自己這會兒還沒扔包裝袋。

巫瑾從書桌紙垃圾桶裡扒拉出包裝紙袋。

紙袋上「兔哥專用」四個大字下面果然還印著一行小字——

我能用左手寫字。所以，我們可以手牽手一起刷教輔。

巫瑾：「……」

第三天，衛同學還是沒來。

巫瑾想著，自己昨天翻箱倒櫃，除了兔子沒拆其他都拆了，怎麼也找不到衛時「落在自己這裡」的第三樣東西。

衛時短信照常抵達：第三樣——我的心。

衛家宅邸，蹺課三天整的衛時在堂口處理衛家家事。

那廂，巫瑾終於忍不住旁敲側擊紅毛，他衛哥去哪兒了？紅毛表示，衛哥表白失敗，多巴胺急速下跌，R碼補習班施加的情緒鎖發作，悲傷逆流成河——簡而言之，衛哥在自閉。

幾分鐘後，衛時接到紅毛電話：「你這麼說的？」

衛時的語氣聽不出情緒。

紅毛拍胸脯表示：「現在流行美強慘。我給老大你穩固人設，追誰不是手到擒來。」

衛時：「我下週去學校。」

紅毛驚訝：「啊？不再多請假幾天？哎老大，你都去學校了，你那病假條能不能借我用……」

巫瑾連續四晚夢到軟軟的小雪人。除了小雪人，有時候是在刷題的衛同學，有時候是在玩兔遊戲的衛同學。在這之前，巫瑾只會夢到安培、牛頓、庫侖、瓦特、焦耳……

週四，紅毛給衛時打電話瞎嚎：「大哥你還是出現吧，小巫同學又打電話問我你治療怎麼樣了……」

週五凌晨，巫瑾猛然驚醒。夢裡是上膛的狙擊槍，帶著銀色鏡面的撲棱蛾子，翼龍上和自己一起做數學題的衛同學。

這是個什麼亂七八糟夢！

然而從這天起，巫瑾開始不斷夢到自己和衛同學在凡爾賽宮做數學題，自己和衛同學在摩天輪上做數學題，自己和衛同學回到R碼基地一起做數學題……

巫瑾心中咯登一聲。完了。

他好像，有點想見到衛同學。啊啊啊啊啊不可以的不能早戀——

到週一早上，巫瑾恍惚中想起今天是什麼日子。

今天是自己和衛同學決戰題海之巔的約定之期！

巫瑾大驚，來不及就往學校跑。這場刷題戰自己原本不想輸，但衛同學還在病中，最好能不著痕跡輸給衛同學，讓衛同學快樂分泌多巴胺。可輸太明顯了又容易被發現……

巫瑾終於在自己的座位旁看到衛時。

十七歲的衛時脊梁筆挺，穿白色校服襯衫，有點……好看。

巫瑾嗖地移開目光，然而餘光被迫掃到衛同學。衛同學今天是用左手寫字。

衛時揚起唇角，「早。」

空氣裡是乾淨好聞的皂香味。巫瑾鬆了口氣，就當做什麼都沒發生過，多好！

第二節課下課。兩人同時站起，向著刷題戰專用自習室走去。

高二7班同學一愣，接著驀地沸騰！

巫瑾要出戰了？是誰能讓小巫選手起身捍衛王座？

什麼——竟然是衛時！衛時同學不是遲到早退、上課睡覺的學渣嗎，等等，聽說衛同學這次統考數學滿分！難道、難道他是……

觀賽解說・林客激動萬分開口：「難道他就是傳說中的——理綜偏題難題破碎者・蔚藍市解析幾何第一任無冕之王・神格消失的放逐者・蔚藍深空的衛時！」

教學樓轟的被無數喧嘩炸開！高一、高二，數不清的學生如潮水向自習室湧去，為這場史詩級決戰掀起第一道波瀾。

林客趴在自習室窗外，十分緊張。這場刷題戰之後，他的解說段位也將直線上升！

林客：「是的，是他們！隱姓埋名的舊王衛時，和解析幾何的新統治者巫瑾。他們來了！他們是正切與餘弦相撞，他們曾是兩個傳奇時代的平行，卻在此刻終於正交！是了，衛時來奪回自己的王位了！」

「小巫！捍衛你的王座，要麼在這裡衛冕，要麼失去一切榮耀！」

「好的，藍色座位上的巫瑾首先開動。他的Ban選是——一Ban必修古詩文默寫？我的天！古詩文式默寫是最簡單的考核題目之一。巫瑾這一Ban，無異於空Ban，看來他是想堂堂正正和衛同學在題海決鬥！」

「那麼紅方衛時的Ban選是——是更為基礎的英語單詞默寫！」

自習室外猛然響起了熱烈的掌聲。

巫瑾沒有Ban去自己的弱項，也沒針對衛時的強項，衛時禮尚往來，同樣也把這一Ban位白送給巫瑾。

兩人像是在自習室裡行了一個精彩的執劍禮。

緊接著二Ban、三Ban、四Ban全部給到送分題，一張難度為S的試卷被隨機抽取，最終平攤在兩人面前。

巫瑾掃了眼卷面，終於放心。

他的策略很簡單。理化政史生數英，他將全力以赴，給予對手足夠尊重。但他同樣還需要卷面中包含「作文題」。

巫瑾的作文向來一塌糊塗，除了萬里無雲就是天上飄著幾朵白雲。巫瑾以往題戰必Ban作文，今天則是特意放出了作文題——為了讓衛時贏。

卷面共一百分，從數學、物理開始，最後是四百字速寫作文。

監考者薄覆水敲鈴，兩人同時以最快手速做題！

林客：「開始了，他們開始了！竟然第一題就是兩人功成名就的解析幾何！從旁觀者角度看來的，這張圖裡竟然有十四個三角形、十二個矩形、兩個圓角矩形、六個圓錐和十八個圓……」

「衛時下筆了！天哪，在短短十秒之間，他就畫出了第一道輔助線！這道輔助線是如此的精妙，就像人們在命運中註定相連。很好，衛同學已經答出了第一小題！再看巫瑾……啊啊啊！這兩個人是如此的默契，兩位同學心有靈犀，竟然在十八個圓內，做出了一模一樣的輔—助—線！」

「現在來到化學合成題。巫瑾走精算劑量流派，在兩步之間達成結果！衛同學風格大巧若拙，是的，他捨去了所有的高錳酸鉀，用最廉價的原料以量取勝，合成了最終劑量結果！殊路同歸！」

時間一晃而過。最後十分鐘。

所謂四百字作文速寫，是指在規定十分鐘內，以最快速度審題，完成不超過四百字的小作文。文體不限，包括詩歌。

巫瑾輕微活動了一下手腕。

剛才的二十分鐘對戰酣暢淋漓，他清楚知道，衛時和自己的水準不相上下，勝負難決。但到了作文題，只要衛同學不偏題，妥妥就能比自己高分。

作文題是「我的夢想」。

巫瑾機械下筆：今天天氣晴朗，晴空萬里，萬里無雲，太陽高照。此時我又想起了我的夢想……

衛時作文寫得極快，在結束前八分鐘停筆。

巫瑾一緊張，也加速寫作，在結束前兩分鐘交卷。

自習室外，等待已久的同學們十分激動，敲窗等待兩位王者的試卷公示。

負責收卷的薄覆水一愣。批改很快出來，巫瑾作文以微弱優勢取勝。

作文以外，語數外物化政史地生九門大課，兩人無一丟分。

薄覆水卻始終沒有公示試卷。

自習室外瞬間譁然。不僅同學紛紛要求試卷公示，就連巫瑾自己也吃了一驚，怎麼會有人作文比自己還爛？

在群眾抗議之下，薄覆水不得已亮出小分。

衛時：作文（0/20）

在這個世界上，零分作文永遠比滿分作文來得讓人興奮。

自習室窗外，紅毛一聲臥槽，林客、秦金寶、明堯紛紛表示必須要看到衛時的零分作文，接著凱撒帶頭起哄瞎嚎。

薄覆水不得已請示教導主任，公開試卷。卷面被點點膠貼在牆上，自習室大門敞開。浩蕩的人潮興奮湧入，直衝衛時的零分作文——

標題：《我的夢想》

姓名：衛時

作文一共十二個字：我的夢想，就是和巫瑾談戀愛。

巫瑾：「……」

巫瑾：啊啊啊趕緊趁亂跑路啊啊啊——

門口的凱撒一把揪住巫瑾，「小巫，你往外跑幹什麼？往裡面跑啊，裡面多熱鬧，你看衛時作文了沒啊……」

巫瑾面如死灰。

整個自習室，無數雙激動驚訝好奇的目光向巫瑾席捲而來！

林客一腳踩在桌子上，「我看到了什麼！等等，我看到了什麼！『我的夢想，就是和巫瑾談戀愛。』作為解說，我收回剛才說過的話，衛時竟然不是來奪回自己的王位，而是要和新王共同分享這代表至高榮榮譽的皇座！我的天，我的天……」

人群裡，同學們十分激動，議論紛紛：「公開表白！」

「光天化日之下談戀愛！」

「啊啊啊衛同學好帥！」

巫瑾：「……」

自習室外，教導主任PD終於擠入人群，拿了個擴音喇叭：「讓讓，讓讓啊。衛同學跟我出去一趟，還有巫瑾同學。」

周圍同學瞬間驚恐：「他倆會被罰站嗎？」

「是啊！不是說不給早戀？」

「好可憐，PD棒打鴛鴦！」

巫瑾：「……」

PD把兩人帶到辦公室，拍了拍桌，表情糾結，終於一聲嘆息，「市教育局和我溝通過了，你倆都上過R碼補習班對吧？」

衛時沉重點頭。

巫瑾：等、等等，我是上過，但我也沒後遺症……

PD十分憐惜：「我懂了。真是苦了你們兩個了，解決後遺症的唯一方法就是早戀，我也不攔著你們。小巫恢復得這麼好，現在想來，也一定是衛時同學用愛感化的結果。」

巫瑾：「不——」PD！你聽我說！

PD擺擺手打斷，「不用多說，我都懂。這個世界任何事情，考分、學歷、老師家長的期待，都沒有比健健康康活著重要。因為你們倆的特殊情況，學校給予你們一項特權。」

兩張嶄新的名牌晶片放在桌上。

談戀愛者・衛時

談戀愛者・巫瑾

趕在巫瑾開口之前，衛時上前一步，「謝謝老師。不過，我還在追他。」

巫瑾一頓。

PD恍然：「那成，我給你們改改。」

談戀愛者・衛時

被追求者・巫瑾

巫瑾：「……」等、等等，還不如不改——

辦公室大門刷的關上。

衛時回頭，乾淨清爽的少年直直看向巫瑾，慎重開口：「巫同學，我想追你，你願意給我這個機會嗎？」

巫瑾一愣，沒有應允也沒有拒絕。

衛時把它當成默認，向巫瑾伸手，「謝謝。」

衛時示意巫瑾拿出自己的名牌。

巫瑾這才想起，自己數學差了衛時一分，願賭服輸，只能把名牌上交。

衛時將兩人的名牌碰了一下。

巫瑾一大串名牌稱號上，最後一欄驟變。

「被追求者・巫瑾」變為「被衛時追求者・巫瑾」。

「……」巫瑾猛地跳起，「不行不行！」這不得更羞恥了！

衛時理智誘哄：「那你牽一下我的手。試一下，若不喜歡，我替你把名牌摘了。選擇權在你。」

巫瑾半信半疑，伸出爪子輕輕摸了一下衛時，就一下下。

衛時猛然回握。兩人掌心相觸之處，驀然像是有翻江倒海的電流竄來，夢境中支離破碎的記憶洶湧澎湃，在瞬間將巫瑾捲入。

翼龍脊背、克洛森秀，所有記憶殘缺處被補全。

巫瑾脫口而出：「衛時——」

記憶重構。耳邊是滴滴響起的機械音：「腦電波波動達到閾值，被治療者衛時，最後一道情緒鎖解除成功。」

「請被治療者衛時，伴療者巫瑾在二十四小時後出艙。」

巫瑾猛然反應過來。R碼基地、反轉的雪人、克洛森私立高中……

他們不在克洛森私立高中，他們在浮空實驗室，也在彼此的意識裡。

情緒鎖治療最後階段，是陪伴被治療者走過最灰暗的記憶。

他深陷大佬的記憶之中，大佬的記憶也被自己影響。

巫瑾回頭。解開完整情緒鎖的衛時正是十七歲模樣，穿著高中校服，站在教務處外的走廊上。

巫瑾感覺十分新鮮，對衛時上下其手，「什麼時候想起來的？」

衛時牢牢握住巫瑾，「比你早。」

還有二十四小時才能出治療艙。

克洛森私立高中正逢下課，數不清的學生偷偷往教務處這裡觀望。

衛時肆無忌憚把巫瑾從辦公室門口牽走，兩人的名牌在陽光下閃閃發亮。

拿著掃帚的值日生小明眼睛最尖，狙擊手視力不是蓋的。

只聽到小明在遠處大聲嚷嚷：「班長！左班長，你看他倆名牌。我也想要一個，這名牌怎麼領？是自己去教務處領嗎？」

左泊棠瞇眼去看兩塊名牌。

理綜偏題難題破碎者・蔚藍市解析幾何王座合法繼承人・克洛森秀的統考高分守護者・被衛時追求者・白月光學隊的巫瑾。

和他的只有一道頭銜的男朋友——

談戀愛者・衛時。

（完）

【獨家收錄】

紙上訪談最終回，創作難忘回憶大公開

Q24：在連載過程中有沒有遇上什麼困難？或是寫這種題材的故事，最大的挑戰是什麼？

A24：在寫凡爾賽宮那場淘汰賽的時候，因為一些壓力，思路斷斷續續，中間還重寫了一次副本。幸運的是有很多讀者小天使給我安慰與信心，讓我有了繼續寫下去勇氣。這篇文下筆一直很溫柔，因為讀者小天使很溫柔。

對於逃殺秀這種題材，最大的挑戰是平衡邏輯和趣味，白白還在努力。

Q25：如果有機會穿越未來參加克洛森秀，您會想變成哪位角色？為什麼？以及會想挑戰哪場淘汰賽？不想挑戰哪場淘汰賽？

A25：想要變成的角色——應湘湘老師。不用在賽場裡摸爬滾打，有情調搭配始祖鳥撞色連衣裙，知名女影星兼逃殺秀導師，簡直是人生通關啦！
最想參與的淘汰賽——第四輪，白堊紀大逃殺。因為想瞅一眼風神翼龍。
最不想參加的淘汰賽——第二輪，細胞自動機……我怕蛾子！

Q26：寫出《驚！說好的選秀綜藝竟然》這麼成功的作品後，會考慮繼續寫無限流題材的小說嗎？或是對哪些題材比較感興趣？能否請你簡單介紹接下來的新作品？

A26：謝謝。

會，下一本依然是無限流，不過副本風格、主角人設將會有很大的變化，整體情節上也會加入基建、科技樹、完整的能力體系等等。算是一次全新的挑戰XD

Q27：您覺得自己私底下是個怎樣的人？筆下有沒有哪部作品的角色跟您最像？

A27：喜歡吃東西，好奇心強。

橘貓一樣的人吧XD

性格會像文麟，但朋友堅持說更像凱撒（?!）

Q28：有沒有曾經讓您難忘（或覺得好笑）的讀者互動經驗？

A28：大多是難忘的經歷。

第一次收到讀者留言，看到博客的粉絲數從個位數變成兩位數、三位數、四位數。

還有各種有趣的文下評論。

後來買了個熱敏印表機，建議、鼓勵都用小紙條打出來貼在牆上。

就像是在牆上給小巫記錄身高。

慢慢一面牆就貼滿了，很開心，滿足感很強。

Q29：最後請您對讀者說幾句話吧(灬ºωº灬)♡

A29：感謝大家的支持，給每一位小天使比心。
喜歡是很私人的事情，謝謝你們把珍貴的喜歡給小巫和衛時，也謝謝你們把珍貴的喜歡給白白。
如果可以，請允許白白和白白的故事繼續陪著大家走下去(*^▽^*)！
感謝鞠躬！

（完）

【作者後記】

感謝讀者溫柔澆灌了小巫的成長

《驚！說好的選秀綜藝竟然》完本許久之後，小巫依然存在於我生活的方方面面。

炒菜的時候想到克洛森秀的伙食；切海蜇皮的時候想著給巫崽扔進棘皮動物大逃殺；旅遊的時候，會想小巫、衛哥或許也擠在茫茫人海之中。

這個故事的完結，正是選手們新生活的開始。

往後白月光的小突擊位，將在星際聯賽乘風踏浪，將周遊星海，也將與伴侶一同肩扛名為「浮空城」的責任。

身位作者，即便我已不再是這段旅程的參與者，我對小巫的的夢想仍然抱有同樣的尊敬和熱忱。

一路走來，小巫的成長被澆灌了許多來自於讀者的溫柔。

她們喜愛小巫，也與小巫一樣熱衷探索每一個副本，她們願意去包容選手的失誤，也樂意去傾聽副本背後的故事。

正因為她們，克洛森秀的每一次淘汰賽都會在儘量合理的邏輯範圍內，展示節目組對科學、歷史的真誠。

對於一篇初連載於網路的小說來說，能被這樣認真可愛的讀者喜歡，是最大的幸運。

感謝手捧這本書的讀者。

3019的夏季，小巫踏上新的旅程。

往後遍歷星河的每一步足跡，都幸甚有你。

晏白白

於二〇二〇年夏

i 小說 028

驚！說好的選秀綜藝竟然6（完）

國家圖書館出版品預行編目（CIP）資料

驚！說好的選秀綜藝竟然6（完）/ 晏白白著. -- 初版. -- 臺北市：
愛呦文創, 2021.1
冊；公分. --（i 小說；028）
ISBN 978-986-99224-2-5（第6冊：平裝）

857.7　　109006111

愛呦文創

作者	晏白白
封面繪圖	六　零
Q版繪圖	魅　�
責任編輯	高章敏
特約編輯	劉怡如
文字校對	劉綺文
行銷企劃	羅婷婷
發行人	高章敏
出版	愛呦文創有限公司
地址	10691台北市忠孝東路四段59號10-2樓
電話	（886）2-25287229
郵電信箱	iyao.kaoyu@gmail.com
愛呦粉絲團	https://www.facebook.com/iyao.book
總經銷	聯合發行股份有限公司
電話	（886）2-29178022
地址	231新北市新店區寶橋路235巷6弄6號2樓
美術設計	廖婉禎
內頁排版	洸譜創意設計股份有限公司
印刷	沐春行銷創意有限公司
初版一刷	2021年1月
初版三刷	2021年6月
定價	360元
ISBN	978-986-99224-2-5

愛呦文創